SAMANTHA DOWNING

Meine wunderbare Frau

GOLDMANN
Lesen erleben

Samantha Downing

Meine wunderbare Frau

Thriller

Deutsch von Rainer Schmidt

GOLDMANN

Die Originalausgabe erschien 2019 unter dem Titel »My Lovely Wife« bei
The Berkley Publishing Group, an imprint of Penguin Publishing Group,
a division of Penguin Random House LLC., New York.

Dieses Buch ist auch als E-Book erhältlich.

MIX
Papier aus verantwortungsvollen Quellen
FSC® C083411
FSC
www.fsc.org

Verlagsgruppe Random House FSC® N001967

1. Auflage
Deutsche Erstveröffentlichung September 2019

Umschlaggestaltung: UNO Werbeagentur München
Umschlagmotiv: © arcangel/Miguel Sobreira
FinePic®, München
Redaktion: Ann-Catherine Geuder
Th · Herstellung: ik
Satz: KompetenzCenter, Mönchengladbach
Druck und Bindung: CPI book GmbH, Leck
Printed in Germany
ISBN: 978-3-442-20574-5
www.goldmann-verlag.de

Besuchen Sie den Goldmann Verlag im Netz

EINS

Sie schaut mich an. Ihre blauen Augen sind glasig und blicken flackernd zu ihrem Drink und wieder herauf. Ich schaue mein eigenes Glas an und spüre, wie sie mich beobachtet und sich fragt, ob ich genauso interessiert bin wie sie. Ich schaue zu ihr hinüber und lächle, um ihr zu zeigen, dass ich es bin. Sie lächelt zurück. Ihr Lippenstift ist fast weg; der Rand ihres Glases ist rot verschmiert. Ich gehe hinüber und setze mich neben sie.

Sie schüttelt ihr Haar auf. Farbe und Länge sind nicht bemerkenswert. Ihre Lippen bewegen sich, sie sagt Hallo, und ihre Augen sind jetzt heller. Sie sehen aus, als wären sie von innen beleuchtet.

Körperlich spreche ich sie an, wie ich die meisten Frauen in dieser Bar ansprechen dürfte. Ich bin neununddreißig und ausgezeichnet in Form, habe volles Haar und zwei tiefe Grübchen, und mein Anzug passt besser als jeder Handschuh. Darum hat sie mich angesehen, darum hat sie gelächelt, und darum freut sie sich, dass ich zu ihr herübergekommen bin. Ich bin der Mann, auf den sie es abgesehen hat.

Ich schiebe mein Handy über den Tresen zu ihr.

Hallo. Ich heiße Tobias.

Sie liest und zieht die Stirn kraus, und ihr Blick geht zwischen dem Handy und mir hin und her. Ich tippe noch eine Nachricht.

Ich bin taub.

Ihre Brauen zucken in die Höhe, sie legt eine Hand vor den Mund, und ihre Haut färbt sich rosa. Verlegenheit sieht immer gleich aus.

Sie schüttelt den Kopf. Es tut ihr leid. Das wusste sie nicht.

Natürlich wussten Sie es nicht. Woher auch?

Sie lächelt. Aber nicht ganz.

Ich bin nicht mehr das Bild in ihrem Kopf, nicht mehr der Mann, den sie sich vorgestellt hat, und jetzt weiß sie nicht genau, was sie tun soll.

Sie nimmt mein Handy und tippt eine Antwort.

Ich bin Petra.

Freut mich, Sie kennenzulernen, Petra. Sie sind Russin?

Meine Eltern waren Russen.

Ich nicke und lächle. Sie nickt und lächelt. Ich kann sehen, wie die Rädchen in ihrem Kopf arbeiten.

Sie würde lieber nicht bei mir bleiben. Sie will einen Mann finden, der hört, wie sie lacht, und der seine Worte nicht zu tippen braucht.

Gleichzeitig ermahnt ihr Gewissen sie, niemanden zu diskriminieren. Petra möchte keine oberflächliche Frau sein, die einen Mann zurückweist, weil er taub ist. Sie möchte mich nicht ablehnen, wie es schon so viele getan haben.

Das nimmt sie jedenfalls an.

Ihr innerer Kampf entfaltet sich wie ein Stück in drei Akten, und ich weiß, wie es endet. Meistens jedenfalls.

Sie bleibt.

Ihre erste Frage betrifft mein Gehör. Oder seine Abwesenheit. Ja, ich bin von Geburt an taub. Nein, ich habe noch nie etwas gehört – kein Lachen, keine Stimme, kein bellendes Hündchen, kein Flugzeug am Himmel.

Petra macht ein trauriges Gesicht. Sie weiß nicht, dass es herablassend ist, und ich sage es ihr nicht, denn sie gibt sich Mühe. Sie bleibt.

Sie fragt, ob ich Lippen lesen kann. Ich nicke. Sie fängt an zu reden.

»Als ich zwölf war, habe ich mir das Bein an zwei Stellen gebrochen. Ein Fahrradunfall.« Ihre Mundbewegungen sind grotesk übertrieben. »Ich musste einen Gipsverband tragen, der von meinem Fuß bis zum Oberschenkel reichte.« Sie verstummt und zieht einen Strich quer über ihren Schenkel für den Fall, dass ich doch Mühe habe, sie zu verstehen. Habe ich nicht, aber ich weiß ihre Bemühungen zu schätzen. Und ihren Schenkel auch.

Sie spricht weiter. »Sechs Wochen lang konnte ich nicht gehen. Für die Schule brauchte ich einen Rollstuhl, weil der Gips zu schwer für Krücken war.«

Ich lächele. Teils stelle ich mir die kleine Petra mit einem großen Gipsverband vor, und teils frage ich mich, wo diese traurige Geschichte hinführen mag.

»Ich behaupte nicht, dass ich weiß, wie es ist, sein Leben im Rollstuhl zu verbringen oder irgendeine dauerhafte Behinderung zu haben. Ich habe nur immer das Gefühl … na ja, es ist, als hätte ich eine kleine Kostprobe davon bekommen, wie das wäre, wissen Sie?«

Ich nicke.

Sie lächelt erleichtert. Sie hatte Angst, ihre Geschichte könnte mich kränken.

Ich schreibe:

Sie sind sehr empfindsam.

Sie zuckt die Achseln. Strahlt wegen des Kompliments.

Wir trinken noch etwas.

Ich erzähle ihr eine Geschichte, die nichts mit der Taubheit zu tun hat. Ich erzähle ihr von dem Tier, das ich als Kind hatte, einem Ochsenfrosch namens Sherman. Er saß immer auf dem größten Stein im Teich und fraß sämtliche Fliegen. Ich habe nie versucht, Sherman zu fangen; ich habe ihn nur beobachtet und er mich manchmal auch. Wir hockten gern so zusammen, und ich fing an, ihn als mein Haustier zu bezeichnen.

»Was ist aus ihm geworden?«, fragt Petra.

Ich zucke die Achseln.

Eines Tages war der Stein leer. Hab ihn nie wiedergesehen.

Petra sagt, das ist traurig. Nein, sage ich. Traurig wäre es gewesen, seinen toten Körper zu finden und ihn begraben zu müssen. Das musste ich nicht. Ich stellte mir einfach vor, er sei umgezogen, zu einem größeren Teich mit mehr Fliegen.

Das gefällt ihr, und sie sagt es.

Ich erzähle ihr nicht alles über Sherman. Zum Beispiel hatte er eine lange Zunge, die so flink umherschnellte, dass ich sie kaum sehen konnte, aber ich wollte sie immer fangen. Ich saß dann am Teich und fragte mich, wie gemein dieser Gedanke war. Wie schrecklich war es, wenn jemand versuchte, einen Frosch bei der Zunge zu packen? Und würde es ihm wehtun? Und wenn er stürbe, wäre es dann Mord? Ich habe nie versucht, ihn bei der Zunge zu packen, und ich hätte es wohl auch gar nicht geschafft, aber ich dachte daran. Und dabei hatte ich das Gefühl, ich sei kein guter Freund für Sherman.

Petra erzählt mir von ihrem Kater Lionel, der nach dem Kater ihrer Kindheit benannt ist, der auch Lionel hieß. Ich sage, das ist komisch, aber ich bin nicht sicher, dass es komisch ist. Sie zeigt mir Bilder. Lionel ist ein zweifarbiger Kater, und sein Gesicht ist halb schwarz, halb weiß. Der Kontrast sieht zu hart aus, um niedlich zu sein.

Sie redet weiter, jetzt von ihrer Arbeit. Ihr Job ist das Branding von Produkten und Firmen, und sie sagt, das sei das Einfachste und zugleich das Schwierigste auf der Welt. Schwierig sei es am Anfang, denn es sei so schwer, die Leute dazu zu bringen, dass sie sich an etwas erinnern, aber je mehr Leute anfingen, eine Marke wiederzuerkennen, desto einfacher werde es.

»Irgendwann kommt es gar nicht mehr darauf an, was wir verkaufen. Die Marke wird wichtiger als das Produkt.« Sie zeigt auf mein Handy und fragt, ob ich es wegen des Namens gekauft habe, oder weil mir das Handy gefällt.

Beides?

Sie lächelt. »Sehen Sie? Sie wissen es nicht.«

Vermutlich nicht.

»Was machen Sie denn?«

Buchhaltung.

Sie nickt. Es ist kein sonderlich aufregender Beruf, aber er ist solide, stabil und etwas, das man leicht tun kann, wenn man taub ist. Zahlen sprechen nicht mit einer Stimme.

Der Barkeeper kommt herüber. Er ist adrett und sauber und im College-Alter. Petra übernimmt das Bestellen, und das tut sie, weil ich taub bin. Frauen denken immer, man muss sich um mich kümmern. Sie tun gern etwas für mich, weil sie glauben, ich bin schwach.

Petra besorgt uns noch zwei Drinks und eine neue Schale Knabberzeug, und sie lächelt, als wäre sie stolz auf sich. Es bringt mich zum Lachen. Innerlich, aber es ist immer noch ein Lachen.

Sie lehnt sich zu mir herüber und legt mir eine Hand auf den Arm. Und lässt sie da. Sie hat vergessen, dass ich nicht ihr idealer Mann bin, und wie es jetzt weitergeht, ist vorhersehbar. Es wird nicht lange dauern, und wir gehen zu ihr. Die Entscheidung ist leichter, als sie sein sollte, allerdings nicht, weil ich Petra besonders attraktiv finde. Sondern weil ich wählen kann. Petra gibt mir die Macht, es zu entscheiden, und in diesem Augenblick bin ich ein Mann, der Ja sagt.

Petra wohnt downtown, nicht weit von der Bar, mitten zwischen all den großen Markenzeichen. Ihre Wohnung ist nicht so ordentlich, wie ich gedacht habe. Überall herrscht

Chaos: Papier, Kleidungsstücke, Geschirr. Es lässt mich vermuten, dass sie ihren Schlüssel oft verliert.

»Lionel ist hier irgendwo. Wahrscheinlich hat er sich versteckt.«

Ich suche diesen kontrastreichen Kater nicht.

Sie flitzt umher, wirft hier ihre Handtasche hin, zieht da die Schuhe aus. Zwei Gläser mit Rotwein erscheinen, und sie führt mich ins Schlafzimmer. Sie dreht sich lächelnd zu mir um, und Petra ist attraktiver geworden. Sogar ihr schlichtes Haar scheint jetzt zu funkeln. Das kommt vom Alkohol, ja, aber auch, weil sie glücklich ist. Ich habe den Eindruck, sie ist seit einer Weile nicht mehr so glücklich gewesen, und ich weiß nicht, warum. Attraktiv genug ist sie.

Sie drängt sich an mich. Ihr Körper ist warm, ihr Atem von Wein getränkt. Sie nimmt mir das Glas aus der Hand und stellt es weg.

Ich trinke es erst viel später aus, als es dunkel ist und das einzige Licht von meinem Handy kommt. Wir tippen hin und her und machen uns lustig über uns selbst und die Tatsache, dass wir einander nicht kennen.

Lieblingsfarbe?

Limettengrün. Eissorte?

Bubblegum.

Bubblegum? Das blaue Zeug?

Ja. Und dein Lieblingsgeschmack?

Französische Vanille. Pizzabelag?

Schinken.

Moment, reden wir noch von Pizza?

Wir reden nicht mehr von Pizza.

Danach döst sie als Erste ein. Ich überlege, ob ich gehen, dann, ob ich bleiben soll, und der Gedanke dreht sich so lange im Kreis, dass ich wegdämmere.

Als ich aufwache, ist es noch dunkel. Ich rutsche aus dem Bett, ohne Petra zu wecken. Sie schläft auf dem Bauch, ein Bein angewinkelt, das Haar auf dem Kissen ausgebreitet. Ich kann nicht entscheiden, ob ich sie wirklich mag oder nicht; also entscheide ich mich einfach nicht. Ich muss es ja nicht.

Auf dem Nachttisch liegen ihre Ohrringe. Sie sind aus gefärbtem Glas, ein Wirbel von Blautönen wie ihre Augen. Als ich mich angezogen habe, lasse ich sie in meine Tasche gleiten. Ich nehme sie mit, um mich daran zu erinnern, das nicht wieder zu tun. Fast glaube ich, es wird funktionieren.

Ich gehe zur Wohnungstür, ohne mich umzudrehen.

»Bist du wirklich taub?«

Sie spricht laut und zu meinem Rücken.

Ich höre es, denn ich bin nicht taub.

Und ich gehe weiter.

Ich tue so, als ob ich sie nicht hörte, gehe geradewegs zur Tür und schließe sie hinter mir, und ich gehe weiter, bis ich ihr Gebäude verlassen habe, die Straße hinunter und um die Ecke. Erst jetzt bleibe ich stehen und frage mich, wie sie darauf gekommen ist. Ich muss mich verraten haben.

ZWEI

Ich heiße nicht Tobias. Ich benutze diesen Namen nur, wenn ich will, dass jemand sich an mich erinnert. Der Barkeeper, in diesem Fall. Ich habe mich vorgestellt und meinen Namen ins Telefon getippt, als ich hereinkam und etwas zu trinken bestellte. Er wird sich an mich erinnern. Er wird sich erinnern, dass Tobias der taube Mann ist, der die Bar mit einer Frau verlassen hat, die er gerade erst kennengelernt hat. Der Name war für ihn, nicht für Petra. Petra wird sich sowieso erinnern, denn mit wie vielen tauben Männern hat sie wohl schon geschlafen?

Und wenn ich keinen Fehler gemacht hätte, wäre ich eine merkwürdige Fußnote in ihrer Sexualgeschichte geblieben. Aber jetzt wird sie mich in Erinnerung behalten als »den Typen, der sich taub gestellt hat« oder »den Typen, der sich möglicherweise taub gestellt hat«.

Je länger ich darüber nachdenke, desto mehr frage ich mich, ob ich vielleicht zwei Fehler gemacht habe. Vielleicht habe ich kurz gestockt, als sie mich gefragt hat, ob ich wirklich taub sei. Möglich ist es, denn das tut man, wenn man unerwartet etwas hört. Und wenn ich es getan habe, dann hat sie es wahrscheinlich gesehen. Dann weiß sie wahrscheinlich, dass ich gelogen habe.

Auf der Fahrt nach Hause ist alles unbehaglich. Der Sitz

im Auto scheuert und tut mir im Rücken weh. Das Radio ist mir zu laut, ein einziges Gekreische. Aber ich kann Petra nicht an allem die Schuld geben. Ich bin schon seit einer ganzen Weile reizbar.

Zu Hause ist es still. Meine Frau, Millicent, liegt noch im Bett. Ich bin seit fünfzehn Jahren mit ihr verheiratet, und sie nennt mich nicht Tobias. Wir haben zwei Kinder; Rory ist vierzehn, Jenna ist ein Jahr jünger.

In unserem Schlafzimmer ist es dunkel, aber ich kann Millicents Gestalt unter der Bettdecke erkennen. Ich ziehe die Schuhe aus und gehe auf Zehenspitzen ins Bad.

»Und?«

Millicent klingt hellwach.

Ich drehe mich halb um und sehe ihre Silhouette. Sie stützt sich auf den Ellenbogen.

Da ist sie wieder. Die Entscheidungsfreiheit. Millicent gewährt sie nur selten.

»Nein«, sage ich.

»Nein?«

»Sie ist nicht richtig.«

Die Luft zwischen uns gefriert. Sie taut erst wieder auf, als Millicent ausatmet und den Kopf zurücksinken lässt.

Sie steht vor mir auf. Als ich in die Küche komme, organisiert Millicent das Frühstück, die Lunchpakete für die Schule, unseren Tag, unser Leben.

Ich weiß, ich sollte ihr von Petra erzählen. Nicht vom Sex mit ihr – davon würde ich meiner Frau nichts erzählen. Aber ich sollte ihr sagen, dass ich mich geirrt habe und dass Petra richtig für uns ist. Das sollte ich tun, weil es ein Risiko ist, Petra da draußen zu lassen.

Doch ich sage nichts.

Millicent sieht mich an, und ihre Enttäuschung trifft mich wie eine physische Kraft. Ihre Augen sind grün in vielen Schattierungen wie ein Tarnanzug.

Sie sind ganz anders als Petras. Millicent und Petra haben nichts miteinander gemeinsam, außer dass sie beide mit mir geschlafen haben. Oder mit einer Version meiner selbst.

Die Kinder poltern die Treppe herunter und schreien einander schon an; sie streiten darüber, wer gestern in der Schule was über wen gesagt hat. Sie sind für die Schule bereit und angezogen, wie ich meine weißen Tennissachen für die Arbeit anhabe. Ich bin kein Buchhalter und war es auch nie.

Während meine Kinder in der Schule sind und meine Frau Häuser verkauft, bin ich draußen auf dem Court in der Sonne und bringe den Leuten das Tennisspielen bei. Die meisten meiner Kunden sind mittleren Alters und nicht mehr in Form, und sie haben zu viel Geld und Zeit. Gelegentlich engagieren mich Eltern, die glauben, ihr Kind sei ein Wunderkind, ein Champion, ein zukünftiges Vorbild. Bis jetzt haben sie sich alle geirrt.

Aber bevor ich gehen kann, um irgendjemandem irgendetwas beizubringen, zwingt Millicent uns alle, wenigstens fünf Minuten zusammenzusitzen. Das nennt sie Frühstück.

Jenna verdreht die Augen, trommelt mit den Füßen und fiebert darauf, ihr Telefon zurückzubekommen. Handys sind bei Tisch nicht erlaubt. Rory ist ruhiger als seine Schwester. Er macht das Beste aus unseren fünf Minuten, indem er so viel wie möglich isst und sich dann in die Taschen stopft, was nicht mehr in seinen Mund passt.

Millicent sitzt mir gegenüber, und ihre Kaffeetasse

schwebt vor ihrem Mund. Sie hat ihre Arbeitskleidung an, Rock, Bluse und hohe Absätze, und ihr rotes Haar ist nach hinten gebunden; in der Morgensonne sieht es aus wie Kupfer. Wir sind gleichaltrig, aber sie sieht besser aus – immer schon. Sie ist die Frau, die für mich hätte unerreichbar sein sollen.

Meine Tochter klopft in einem bestimmten Muster auf meinen Arm, wie im Rhythmus eines Liedes, und sie hört nicht auf, bis sie meine Aufmerksamkeit hat. Jenna sieht nicht aus wie ihre Mutter. Ihre Augen, ihr Haar und die Form ihres Gesichts hat sie von mir, und manchmal macht mich das traurig. Manchmal auch nicht.

»Dad, kannst du heute mit mir neue Schuhe kaufen gehen?«, fragt sie. Sie lächelt, denn sie weiß, ich werde Ja sagen.

»Ja«, sage ich.

Millicent verpasst mir unter dem Tisch einen Tritt. »Diese Schuhe sind einen Monat alt«, sagt sie zu Jenny.

»Aber jetzt sind sie zu eng.«

Dagegen kann nicht einmal meine Frau etwas sagen.

Rory fragt, ob er noch ein paar Minuten sein Videogame spielen darf, bevor er zur Schule muss.

»Nein«, sagt Millicent.

Er sieht mich an. Ich sollte Nein sagen, aber jetzt kann ich das nicht mehr, nicht nachdem ich seiner Schwester ihren Wunsch zugestanden habe. Das weiß er, denn Rory ist der Clevere. Er ist auch derjenige, der aussieht wie Millicent.

»Na los«, sage ich.

Er rennt davon.

Millicent knallt ihre Kaffeetasse auf den Tisch.

Jenna nimmt ihr Telefon in die Hand.

Wir sind fertig mit dem Frühstück.

Bevor sie vom Tisch aufstehen, funkelt Millicent mich an. Sie sieht haargenau aus wie meine Frau und zugleich kein bisschen wie sie.

Das erste Mal habe ich Millicent in einem Flughafen gesehen. Ich war zweiundzwanzig und auf dem Heimweg von Kambodscha, wo ich den Sommer mit drei Freunden verbracht hatte. Wir waren jeden Tag high und jede Nacht betrunken und hatten uns die ganze Zeit nicht rasiert. Ich hatte das Land als gepflegter Vorortjunge verlassen und kam zurück als zottelbärtiger Mann mit dunkelbraunem Gesicht und ein paar tollen Geschichten. Nichts im Vergleich zu Millicent.

Für mich war es eine Zwischenlandung, die erste in der Heimat. Ich ging durch den Zoll und wollte ins Inlandsterminal, als ich sie sah. Millicent saß allein in dem leeren Bereich vor dem Gate und hatte die Füße auf ihren Koffer gelegt. Sie starrte durch die vom Boden bis zur Decke reichenden Fenster auf das Rollfeld. Ihr rotes Haar war zu einem losen Knoten gebunden, und sie trug T-Shirt, Jeans und Sneakers. Ich blieb stehen und beobachtete, wie sie die Flugzeuge beobachtete.

Es war die Art, wie sie aus dem Fenster schaute.

Ich hatte das Gleiche getan, als meine Reise anfing. Es war mein Traum gewesen, zu reisen und Länder wie Thailand und Kambodscha und Vietnam zu sehen, und das hatte ich getan. Jetzt war ich wieder auf vertrautem Boden, da, wo ich aufgewachsen war, aber meine Eltern waren nicht mehr da. Allerdings bin ich nicht sicher, ob sie jemals wirklich da gewesen waren. Für mich jedenfalls.

Als ich zurückkam, war mein Traum vom Reisen erfüllt, aber kein anderer war an seine Stelle getreten. Bis ich Millicent erblickte. Sie sah aus, als finge sie gerade mit ihrem eigenen Traum an. Und ich wollte ein Teil davon sein.

In dem Moment dachte ich an all das nicht. Es fiel mir erst später ein, als ich versuchte, ihr oder sonst jemandem zu erklären, warum ich sie so attraktiv fand. Ich war zwanzig Stunden unterwegs gewesen und hatte immer noch ein paar vor mir, und ich brachte nicht mal die Energie auf, sie anzusprechen. Ich konnte sie nur bestaunen.

Wie sich herausstellte, saßen wir im selben Flieger. Für mich war es ein Zeichen.

Sie hatte einen Fensterplatz und ich einen Mittelplatz in der mittleren Reihe. Es erforderte ein bisschen Überredungskunst, einen kleinen Flirt mit einer Stewardess und einen Zwanzig-Dollar-Schein, und ich durfte neben Millicent sitzen. Sie blickte nicht auf, als ich mich setzte.

Als der Getränkewagen vorbeikam, hatte ich einen Plan. Ich würde bestellen, was immer sie bestellte, und weil ich bereits entschieden hatte, dass sie etwas Besonderes war, konnte ich mir nicht vorstellen, dass sie etwas so Profanes wie Wasser bestellen würde. Es würde etwas Ungewöhnliches sein, zum Beispiel Ananassaft mit Eis, und wenn ich dann das Gleiche bestellte, hätten wir einen Augenblick der Symmetrie, der Symbiose, des Zufallsglücks – was auch immer.

In Anbetracht dessen, wie lange ich nicht mehr geschlafen hatte, erschien der Plan in meinem Kopf plausibel, bis Millicent der Stewardess sagte: Danke. Nein, danke. Sie wolle nichts trinken.

Ich sagte das Gleiche. Die Wirkung war nicht die, die ich mir wünschte.

Aber als Millicent sich der Stewardess zuwandte, sah ich

zum ersten Mal ihre Augen. Ihre Farbe erinnerte mich an die üppigen, weiten Felder, die ich überall in Kambodscha gesehen hatte. Sie waren nicht annähernd so dunkel wie heute.

Sie fuhr fort, aus dem Fenster zu starren, und ich fuhr fort, sie anzustarren und dabei so zu tun, als starrte ich sie nicht an.

Ich sagte mir, ich sei ein Idiot, und ich solle sie einfach ansprechen.

Ich sagte mir, irgendetwas stimme nicht mit mir, denn normale Menschen benähmen sich nicht so bei einem Mädchen, das sie noch nie gesehen hatten.

Ich sagte mir, ich solle mich nicht benehmen wie ein Stalker.

Ich sagte mir, sie sei zu schön für mich.

Wir waren seit dreißig Minuten in der Luft, als ich sie ansprach.

»Hi.«

Sie drehte sich um. Starrte mich an. »Hi.«

Ich glaube, erst da hörte ich auf, den Atem anzuhalten.

Jahre vergingen, bevor ich sie fragte, warum sie dauernd aus dem Fenster gestarrt habe, im Flughafen und im Flieger. Weil sie nie zuvor geflogen sei, sagte sie. Sie hätte einzig und allein davon geträumt, sicher zu landen.

DREI

Petra war Nummer eins auf der Liste, aber da sie jetzt ausgeschieden ist, gehe ich weiter zur nächsten, einer jungen Frau namens Naomi George. Ich habe noch nicht mit ihr gesprochen.

Am Abend fahre ich zum Lancaster Hotel. Naomi arbeitet dort an der Rezeption. Es ist ein altmodisches Hotel, das von seinem vergangenen Glanz lebt. Das Gebäude ist riesig und so prachtvoll gestaltet, dass es heutzutage nicht mehr gebaut werden könnte. Es würde zu teuer, wenn man es richtig, und zu kitschig, wenn man es falsch machte.

Der Eingang ist eine Glastür mit Seitenflügeln und bietet einen guten Blick auf die Empfangstheke. Naomi steht dahinter in der Lancaster-Uniform, einem blauen Kostüm mit goldenen Tressen und einer glatten weißen Bluse. Sie hat langes dunkles Haar, und mit den Sommersprossen auf ihrer Nase sieht sie jünger aus, als sie ist. Naomi ist siebenundzwanzig. Wahrscheinlich will man in Bars immer noch ihren Ausweis sehen, aber sie ist nicht mehr so unschuldig, wie sie aussieht.

Spätabends habe ich schon mehr als einmal beobachtet, dass sie männlichen Gästen gegenüber freundlicher wurde. Es waren jedes Mal einzelne, ältere, gut gekleidete Männer, und sie verlässt nach Dienstschluss nicht immer das Hotel.

Entweder verdient Naomi sich ein bisschen Geld nebenher, oder sie hat aufstiegsorientierte One-Night-Stands.

Aus den sozialen Medien weiß ich, dass ihre Lieblingsspeise Sushi ist und dass sie dunkles Fleisch ablehnt. Auf der Highschool hat sie Volleyball gespielt, und ihr Boyfriend hieß Adam und trägt heute den Namen »Kretin«. Ihr letzter Boyfriend, Jason, ist vor drei Monaten weggezogen, und seitdem ist sie solo. Naomi überlegt, ob sie sich ein Haustier anschaffen soll, wahrscheinlich eine Katze, aber noch hat sie es nicht getan. Sie hat mehr als tausend Freunde online, aber soweit ich es übersehen kann, sind darunter nur zwei echte. Höchstens drei.

Ich bin immer noch nicht sicher, ob sie die Richtige ist. Ich muss mehr herausfinden.

Millicent hat das Warten satt.

Gestern Abend habe ich Millicent in unserem Badezimmer angetroffen, wo sie vor dem Spiegel stand und sich abschminkte. Sie trug Jeans und ein T-Shirt mit einem Aufdruck, der sie als Mutter einer Spitzenschülerin in der Siebten auswies. Also als Jennas Mutter, nicht Rorys.

»Was hat denn nicht gestimmt bei ihr?«, fragte sie. Sie benutzt Petras Namen nicht, weil es nicht nötig ist. Ich weiß auch so, wen sie meint.

»Sie war einfach nicht die Richtige.«

Millicent schaute mich nicht im Spiegel an. Sie strich sich Lotion ins Gesicht. »Das war die Zweite, die du abgelehnt hast.«

»Es muss die Richtige sein. Das weißt du.«

Sie ließ den Deckel ihrer Lotion zuschnappen. Ich ging ins Schlafzimmer, setzte mich hin und zog die Schuhe aus. Es war ein langer Tag gewesen, der zu Ende gehen musste, aber Millicent ließ das nicht zu. Sie folgte mir ins Schlafzimmer und baute sich vor mir auf.

»Bist du immer noch sicher, dass du es tun willst?«, fragte sie.

»Ja.«

Ich kämpfte zu sehr mit meinem schlechten Gewissen, weil ich mit einer anderen Frau geschlafen hatte, um große Begeisterung an den Tag zu legen. Es hatte mich am Nachmittag beim Anblick eines kleinen alten Ehepaars überkommen; die beiden mussten mindestens neunzig Jahre alt sein, und sie gingen Hand in Hand über die Straße. Zwischen solchen Eheleuten gab es keinen Betrug. Ich schaute zu Millicent auf und wünschte, ich könnte dafür sorgen, dass wir auch so wurden.

Millicent sank vor mir auf die Knie und legte mir eine Hand aufs Knie. »Wir müssen es tun.«

Ihr Blick flackerte, und die Wärme ihrer Hand breitete sich aus, als sie an meinem Bein heraufkroch. Es machte meine Gewissensbisse noch schlimmer. Und es weckte in mir den Wunsch, *alles* zu tun, um sie glücklich zu sehen.

Weniger als vierundzwanzig Stunden später sitze ich vor dem Lancaster Hotel. Naomis Schicht endet erst um elf, und ich kann nicht einfach noch drei Stunden lang vor dem Hotel sitzen. Statt nach Hause zu fahren, gehe ich etwas essen und setze mich dann in eine Bar. Es ist eine gute Wahl, wenn man sonst nirgends hinkann.

Es ist halb voll, und die Gäste sind überwiegend einzelne Männer. So nett wie die Bar, in der ich mit Petra war, ist diese hier nicht. Die Cocktails kosten die Hälfte, und wer hier einen Anzug trägt, hat bereits die Krawatte gelockert.

Der Holzboden ist mit den Schrammen der Barhocker gemustert, die Theke mit Wasserkringeln verziert. Es ist ein Lokal von Trinkern für Trinker, und jeder hier hat zu viel intus, um auf Details zu achten.

Ich bestelle ein Bier und schaue mir ein Baseballspiel auf dem einen und die Nachrichten auf dem anderen Fernseher an.

Am Ende der dritten Spielrunde zwei Outs. Morgen vielleicht regnerisch, aber es könnte auch sonnig werden. Es ist immer sonnig hier in Woodview, Florida, einer sogenannten Enklave in der wirklichen Welt. In ungefähr einer Stunde können wir am Meer sein oder in einem State Park oder in einem der größten Vergnügungsparks der Welt. Wir sagen immer, dass wir großes Glück haben, hier im Herzen Floridas zu leben, vor allem diejenigen unter uns, die im Unterbezirk Hidden Oaks wohnen. Hidden Oaks ist eine Enklave in der Enklave.

Am Anfang des vierten Innings ein Out. Noch zwei Stunden, bis Naomis Schicht endet und ich ihr folgen kann.

Und dann kommt Lindsay.

Ihr lächelndes Gesicht starrt mir vom Bildschirm entgegen.

Lindsay mit ihren schmalen braunen Augen und dem glatten blonden Haar, ihrer Frischluftbräune und den großen weißen Zähnen.

Sie ist vor einem Jahr verschwunden. Eine Woche lang war sie ein Thema in den Nachrichten, und dann war die Story vorbei. Ohne nahe Verwandte, die dafür sorgten, dass sie in den Medien weiter präsent war, interessierte sich niemand mehr dafür. Lindsay war kein vermisstes Kind; sie war nicht wehrlos. Sie war eine erwachsene Frau, und nach weniger als sieben Tagen war sie vergessen.

Aber nicht bei mir. Ich erinnere mich noch an ihr Lachen. Es war so ansteckend, dass ich mit ihr lachen wollte. Ich sehe sie und weiß wieder, wie gern ich sie hatte.

VIER

Das erste Mal sprach ich auf einer Wanderung mit Lindsay. An einem Samstagmorgen folgte ich ihr in die Hügellandschaft außerhalb der Stadt. Sie fing auf dem einen Pfad an, ich auf einem anderen, und nach einer Stunde begegneten wir uns.

Als sie mich sah, nickte sie, aber ihr Hallo lud nicht zu einer weiteren Unterhaltung ein. Ich winkte, und mein Mund formte das Wort »Hallo«. Unbewusst warf sie mir einen sonderbaren Blick zu, und ich reichte ihr mein Telefon, um mich vorzustellen.

Verzeihung, das sah wahrscheinlich merkwürdig aus! Hallo, ich heiße Tobias. Ich bin taub.

Ich sah, wie sie ihre Wachsamkeit vergaß.

Sie stellte sich vor, wir unterhielten uns, und dann setzten wir uns hin und tranken Wasser, und sie bot mir einen Snack an. Pixy Stix. Sie hatte eine ganze Handvoll davon.

Lindsay verdrehte die Augen über sich selbst. »Schrecklich, was? Beim Sport dieses Zuckerzeug zu essen? Aber ich liebe die Dinger.«

Das stimmte. Ich hatte seit meiner Kindheit kein Pixy Stix mehr gegessen, aber ich liebte sie auch.

Sie erzählte mir von sich, von ihrem Job, ihrem Zuhause und von Hobbys, von denen ich schon wusste. Ich erzählte ihr die gleichen Geschichten, die ich ihnen immer erzählte. Als die Morgensonne aufging, beschlossen wir, unsere Wanderung zusammen zu beenden. Wir schwiegen während der meisten Zeit des Weges, und das gefiel mir. In meinem Leben war es selten still.

Meine Einladung zum Lunch lehnte sie ab, aber wir tauschten Telefonnummern aus. Ich gab ihr die Nummer des Handys, das ich benutze, wenn ich Tobias bin.

Einmal schickte Lindsay mir eine SMS, ein paar Tage nach der Wanderung. Ich musste lächeln, als ich sie bekam.

Es war toll, dich letzte Woche kennenzulernen. Hoffe, wir können gelegentlich wieder zusammen wandern.

Das taten wir dann.

Ein anderer Pfad diesmal, weiter im Norden, in der Nähe des Indian Lake State Forest. Sie hatte wieder Pixy Stix dabei und ich eine Wolldecke. Wir machten Rast an einer Stelle, wo das dichte Laub die Sonne abhielt. Als wir uns niederließen, lächelte ich sie an, und es war echt.

»Du bist süß«, sagte sie.

Nein, du bist süß.

Ein paar Tage später schrieb sie wieder eine SMS, und ich ignorierte sie. Inzwischen waren Millicent und ich uns einig geworden, dass Lindsay die Richtige war.

Und jetzt, ein Jahr später, ist Lindsay wieder im Fernsehen. Man hat sie gefunden.

Ich fahre von der Bar aus geradewegs nach Hause. Millicent ist schon da; sie sitzt vorn auf der Veranda. Sie hat immer noch ihre Bürokleidung an, und ihre Kunstlederpumps passen zu ihrer Haut. Sie sagt, sie lassen ihre Beine länger aussehen, und das stimmt. Es fällt mir immer auf, wenn sie sie trägt, sogar jetzt.

Nachdem ich den ganzen Tag gearbeitet und dann im Auto gehockt habe, um Naomi zu beobachten, wird mir bewusst, wie dringend ich duschen muss. Aber Millicent rümpft nicht mal die Nase, als ich mich neben sie setze. Bevor ich etwas sagen kann, tut sie es.

»Es ist kein Problem.«

»Bist du sicher?«, frage ich.

»Hundertprozentig.«

Ich weiß nicht, ob das stimmt. Wir hätten uns zusammen um Lindsay kümmern sollen, aber so ist es nicht gekommen. Und ich habe keine Argumente, die ich anführen kann.

»Ich verstehe nicht, wie …«

»Es ist kein Problem«, wiederholt sie. Sie hebt die Hand und zeigt zum ersten Stock unseres Hauses hinauf. Die Kinder sind da. Ich habe noch weitere Fragen, aber ich kann sie nicht stellen.

»Wir müssen mit der Nächsten warten«, sage ich. »Wir sollten jetzt nichts tun.«

Sie antwortet nicht.

»Millicent?«

»Ich hab's gehört.«

Ich möchte fragen, ob sie es auch verstanden hat, aber ich weiß, es gefällt ihr bloß nicht. Es macht sie wütend, dass Lindsay jetzt gefunden worden ist, gerade als wir die Nächste planen. Es ist, als wäre sie inzwischen süchtig.

Sie ist nicht die Einzige.

Als ich Millicent im Flugzeug kennenlernte, war es keine Liebe auf den ersten Blick. Nicht bei ihr. Es war nicht mal mildes Interesse. Nachdem sie Hallo gesagt hatte, starrte sie weiter aus dem Fenster, und ich war wieder da, wo ich angefangen hatte. Ich ließ den Kopf an die Lehne sinken, schloss die Augen und machte mir Vorwürfe, weil ich nicht den Mut hatte, mehr zu sagen.

»Entschuldigung.«

Meine Augen klappten auf.

Sie schaute mich an mit ihren großen grünen Augen und runzelte die Stirn.

»Alles okay?«, fragte sie.

Ich nickte.

»Sicher?«

»Ja, sicher. Ich verstehe nicht, was du …«

»Weil du mit dem Kopf gegen das Ding schlägst.« Sie deutete auf die Kopfstütze. »Der Sitz wackelt.«

Ich hatte nicht gemerkt, dass ich es tat. Ich hatte gedacht, wenn ich mir im Geiste Vorwürfe mache, dann tue ich es eben dort: im Geiste. »Verzeihung.«

»Dann ist alles okay?«

Ich kam weit genug zu mir, um zu begreifen, dass das Mädchen, das ich angestarrt hatte, jetzt mit mir sprach. Sie sah sogar besorgt aus.

Ich lächelte. »Alles okay, wirklich. Ich hab mich nur …«

»… selbst verprügelt. Das tue ich auch.«

»Weshalb?«

Sie zuckte die Achseln. »Da gibt es viele Gründe.«

Ich verspürte den Drang, alle Gründe zu erfahren, die dieses Mädchen dazu brachten, mit dem Kopf irgendwo gegenzuschlagen, aber das Fahrwerk war eben ausgefahren worden, und wir hatten keine Zeit. »Verrate mir einen«, sagte ich.

Sie dachte über meine Frage nach und legte sogar einen Finger an die Lippen. Ich musste schon wieder ein Lächeln herunterschlucken, nicht nur, weil sie so niedlich war, sondern auch, weil ich ihre Aufmerksamkeit hatte.

Als das Flugzeug gelandet war, antwortete sie.

»Arschlöcher«, sagte sie. »Arschlöcher in Flugzeugen, die mich anquatschen, wenn ich eigentlich nur in Ruhe gelassen werden will.«

Ohne nachzudenken, ja, ohne auch nur zu begreifen, dass sie von mir sprach, sagte ich: »Vor denen kann ich dich beschützen.«

Verblüfft starrte sie mich an. Als sie sah, dass ich es ernst meinte, lachte sie laut.

Als mir klar wurde, warum sie lachte, lachte ich auch.

Als wir durch die Fluggastbrücke gingen, hatten wir uns nicht nur einander vorgestellt, sondern sogar Telefonnummern ausgetauscht.

Bevor sie wegging, fragte sie: »Und wie?«

»Wie was?«

»Wie würdest du mich vor all den Arschlöchern im Flugzeug beschützen?«

»Ich würde sie zwingen, den mittleren Sitz zu nehmen, die ganze Armlehne beanspruchen und sie mit dieser Karte mit den Notfallinformationen schneiden.«

Sie lachte wieder, länger und lauter als vorher. Bis heute kann ich nicht genug bekommen von ihrem Lachen.

Dieses Gespräch wurde zu einem Teil von uns. Zum ersten gemeinsam verbrachten Weihnachtsfest schenkte ich ihr einen Riesenkarton, groß genug für einen Großbildfernseher, schön verpackt und mit einer Schleife. Darin war nichts als eine Notfallkarte.

Seitdem versuchen wir an jedem Weihnachtsfest, uns den kreativsten Verweis auf unseren Insiderwitz einfallen zu lassen. Einmal habe ich ihr eine Rettungsweste geschenkt, wie man sie unter dem Sitz findet, und einmal hat sie unseren Christbaum mit herabhängenden Sauerstoffmasken geschmückt.

Immer wenn ich in ein Flugzeug steige und die Karte mit den Notfallinformationen sehe, muss ich lächeln.

Das Merkwürdige ist: Wenn ich einen Augenblick benennen sollte, den exakten Augenblick, als alles in Bewegung kam und uns dahin brachte, wo wir jetzt sind, würde ich sagen müssen, es war wegen einer Papierschnittwunde.

Es passierte, als Rory acht Jahre alt war. Er hatte Freunde, aber nicht zu viele; auf der Beliebtheitsskala war er ein Durchschnittskind, und so war es eine Überraschung, als ein Junge namens Hunter ihn mit einem Blatt Papier schnitt. Absichtlich. Sie hatten sich darüber gestritten, welcher Superheld der stärkste war, und Hunter war wütend geworden und hatte Rory geschnitten. Der Schnitt lag in der Falte zwischen Daumen und Zeigefinger der rechten Hand. Er war so schmerzhaft, dass Rory laut schrie.

Hunter wurde für diesen Tag nach Hause geschickt, und Rory musste zur Krankenschwester, die ihm die Hand verband und ihm einen zuckerfreien Lolly schenkte. Der Schmerz war schon vergessen.

Als die Kinder an dem Abend schliefen, sprachen Millicent und ich über die Papierschnittwunde. Wir waren im Bett. Sie hatte eben ihren Laptop zugeklappt, und ich hatte den Fernseher ausgeschaltet. Die Schule hatte gerade erst wieder angefangen, und Millicents Sommerbräune war noch nicht restlos verblasst. Sie spielte nicht Tennis, aber sie schwamm gern.

Millicent nahm meine Hand und massierte die dünne Haut zwischen Daumen und Zeigefinger. »Hattest du hier jemals eine Schnittwunde?«

»Nein. Du?«

»Ja. Hat höllisch wehgetan.«

»Wie kam das?«

»Holly.«

Ich wusste sehr wenig über Holly. Millicent sprach fast nie über ihre größere Schwester. »Sie hat dich geschnitten?«, fragte ich.

»Wir haben Collagen aus unseren Lieblingssachen gemacht; wir haben Bilder aus Illustrierten ausgeschnitten und sie auf große Bogen Bastelpapier geklebt. Holly und ich griffen im selben Augenblick nach demselben Bogen, und« – sie zuckte die Achseln – »ich habe mich geschnitten.«

»Hast du geschrien?«

»Das weiß ich nicht mehr. Aber ich habe geweint.«

Ich nahm ihre Hand und küsste den längst verheilten Schnitt. »Was waren das für Lieblingssachen?«, fragte ich.

»Was?«

»Du hast gesagt, ihr habt Bilder von euren Lieblingssachen ausgeschnitten. Was waren das für Sachen?«

»O nein«, sagte sie, zog ihre Hand weg und knipste das Licht aus. »Du wirst daraus nicht noch eine verrückte Weihnachtsnummer machen.«

»Gefällt dir unsere verrückte Weihnachtsnummer etwa nicht?«

»Doch, sehr sogar. Aber wir brauchen nicht noch eine.«

Das wusste ich. Es war ein Versuch gewesen, das Thema Holly zu vermeiden, weil Millicent nicht gern über sie sprach. Deshalb hatte ich nach ihren Lieblingssachen gefragt.

Ich hätte nach Holly fragen sollen.

FÜNF

Lindsay ist das Hauptthema in den Nachrichten. Sie ist die Einzige, die man gefunden hat, und die erste Überraschung ist der Fundort.

Als ich Lindsay das letzte Mal gesehen habe, waren wir mitten im Nirgendwo. Millicent und ich hatten sie tief ins Sumpfland in der Nähe eines Naturparks gebracht, weil wir hofften, die Wildtiere würden sie eher finden als Menschen. Lindsay lebte noch, und wir würden sie zusammen töten. Das war der Plan.

Das war der springende Punkt.

Es kam nicht dazu, wegen Jenna. Wir hatten dafür gesorgt, dass beide Kinder bei Freunden übernachteten. Rory war bei einem Freund und spielte Videogames, und Jenna hatten wir zu einer Pyjamaparty mit einem halben Dutzend zwölfjährigen Mädchen gebracht. Als Millicents Telefon klingelte, klang es wie ein Kätzchen. Das war Jennas Klingelton. Millicent meldete sich vor dem zweiten Miau.

»Jenna? Was ist los?«

Ich beobachtete Millicent, wie sie zuhörte, und jedes Mal, wenn sie mit dem Kopf nickte, schlug mein Herz ein bisschen schneller.

Lindsay lag auf dem Boden, die sonnenbraunen Beine auf der Erde ausgestreckt. Die Wirkung der Droge, mit der wir sie flachgelegt hatten, ließ allmählich nach, und sie fing an, sich ein bisschen zu bewegen.

»Schatz, gibst du Mrs Sheehan bitte mal das Telefon?«, sagte Millicent.

Sie nickte wieder.

Als sie sprach, hatte ihr Ton sich verändert. »Ich verstehe. Vielen Dank. Ich bin gleich da.« Sie trennte die Verbindung.

»Was ...«

»Jenna ist schlecht. Irgendetwas mit dem Magen, vielleicht eine Lebensmittelvergiftung. Sie kommt seit einer Stunde nicht von der Toilette.« Bevor ich reagieren konnte, sagte sie: »Ich fahre hin.«

Ich schüttelte den Kopf. »Lass mich das machen.«

Millicent widersprach nicht. Sie schaute auf Lindsay hinunter und sah dann wieder mich an. »Aber ...«

»Ich übernehme das«, sagte ich. »Ich hole Jenna ab und bringe sie nach Hause.«

»Ich kann mich um sie kümmern.« Millicent schaute auf Lindsay hinunter. Sie meinte nicht unsere Tochter.

»Natürlich kannst du das.« Ich hatte nicht den leisesten Zweifel. Ich war nur enttäuscht, weil ich es verpassen würde.

Als ich bei den Sheehans ankam, war Jenna immer noch übel. Auf dem Heimweg hielt ich zweimal an, damit sie sich übergeben konnte, und ich saß fast die ganze Nacht bei ihr.

Millicent kam kurz vor dem Morgengrauen nach Hause. Ich fragte nicht, ob sie Lindsay weggebracht hatte, weil ich davon ausging, dass sie sie auf dem gottverlassenen Landstrich begraben hatte. Ich habe keine Ahnung, wie sie im Moonlite Motor Inn, Zimmer 18, landen konnte.

Das Moonlite ist außer Betrieb, seit vor mehr als zwanzig Jahren der neue Highway gebaut wurde. Damals wurde es einfach aufgegeben und den Elementen überlassen, den Ratten und Landstreichern und Junkies. Niemand kümmerte sich darum, denn niemand musste mehr dort vorbei. Lindsay wurde von ein paar Teenagern gefunden, die die Polizei riefen.

Das Motel ist ein eingeschossiges Gebäude, lang gestreckt und mit Zimmern, die sich zu beiden Seiten aneinanderreihen. Zimmer 18 ist auf der hinteren Seite in der Ecke und von der Straße nicht sichtbar. Ich sehe im Fernsehen ein Luftvideo von dem Motel und versuche mir vorzustellen, wie Millicent zur Rückseite des Moonlite fährt, parkt und den Kofferraum öffnet.

Lindsay über den Boden schleift.

Ich frage mich, ob sie dazu stark genug ist. Lindsay ist ziemlich muskulös gewesen, von dem vielen Sport an der frischen Luft. Vielleicht hat Millicent etwas benutzt, um sie zu transportieren. Eine Karre, etwas mit Rädern. Sie ist clever genug, um so etwas zu tun.

Der Reporter ist jung und ernsthaft; er spricht, als käme es auf jedes Wort an. Lindsay sei in Plastik eingewickelt, in den Wandschrank gestopft und mit einer Wolldecke zugedeckt worden. Die Teenager hätten sie gefunden, weil sie betrunken Verstecken gespielt hätten. Ich weiß nicht, wie lange sie da im Schrank lag, aber der Reporter sagt, Lindsays Leiche wurde zunächst anhand ihres Zahnstatus identifiziert, und die Ergebnisse der DNA-Tests stehen noch aus. Fingerabdrücke hat die Polizei nicht nehmen können, weil man ihre Fingerkuppen abgeschliffen hat.

Ich bemühe mich, mir nicht vorzustellen, wie Millicent das getan hat oder dass sie es überhaupt getan hat, aber schon bald ist es das Einzige, das ich mir vorstellen kann.

Die Bilder in meinem Kopf gehen nicht weg. Lindsays lächelndes Gesicht, ihre weißen Zähne. Meine Frau, wie sie Lindsays Fingerkuppen abschleift. Wie sie Lindsays Leiche in ein Motelzimmer schleppt und in den Wandschrank schiebt. Alle diese Bilder blitzen den ganzen Tag über in meinem Kopf auf, am Abend und als ich versuche zu schlafen.

Millicent dagegen sieht aus wie immer. Sie sieht aus wie immer, als sie von der Arbeit nach Hause kommt und einen Salat macht, als sie sich abschminkt und als sie am Computer arbeitet, bevor sie schlafen geht. Falls sie die Nachrichten gehört hat, sieht man es ihr nicht an. Ein halbes Dutzend Mal setze ich an, sie zu fragen, wie und warum Lindsay in dieses Motel gekommen ist.

Ich frage nicht. Denn mein einziger Gedanke ist: Warum muss ich fragen? Warum hat sie es mir nicht erzählt?

Am nächsten Tag ruft sie mich mitten am Nachmittag an, und die Frage liegt mir auf der Zunge. Allmählich frage ich mich außerdem, ob es noch mehr gibt, das ich nicht weiß.

»Denk dran«, sagt sie, »wir gehen heute Abend mit den Prestons essen.«

»Ja, ich hab's nicht vergessen.«

Natürlich habe ich es vergessen. Das weiß sie und sagt mir den Namen des Restaurants, ohne dass ich danach fragen muss.

»Um sieben«, sagt sie.

»Wir treffen uns da.«

Andy und Trista Preston haben ihr Haus von Millicent gekauft. Andy ist ein paar Jahre älter als ich, aber ich kenne ihn seit Ewigkeiten. Er ist in Hidden Oaks aufgewachsen, wir sind auf dieselben Schulen gegangen, und unsere Eltern kannten einander. Jetzt arbeitet er bei einer Softwarefirma, verdient genug Geld, um Tennisunterricht zu nehmen, und tut es nicht. Deshalb hat er einen Bauch.

Aber seine Frau nimmt Unterricht. Trista ist auch hier in der Gegend aufgewachsen, jedoch in einem anderen Teil von Woodview, nicht in Oaks. Wir treffen uns zweimal die Woche, und in der restlichen Zeit arbeitet sie in einer Kunstgalerie. Zusammen verdienen die Prestons doppelt so viel wie wir.

Millicent kennt das Einkommen ihrer Kunden, und die meisten haben mehr als wir. Ich muss gestehen, dass mir das mehr ausmacht als ihr. Millicent glaubt, das ist, weil sie mehr verdient als ich. Sie irrt sich. Es ist, weil Andy mehr verdient als ich, aber das erzähle ich ihr nicht. Sie kommt nicht aus Oaks, und sie weiß nicht, wie es ist, hier aufzuwachsen und am Ende dann hier zu arbeiten.

Wir gehen in ein gehobenes Restaurant, wo alle Salat, Hühnchen oder Lachs essen und Rotwein bestellen. Andy und Trista trinken die ganze Flasche. Millicent trinkt eigentlich nicht, und sie kann es nicht leiden, wenn ich es tue. Also trinke ich in ihrer Anwesenheit nicht.

»Ich beneide dich«, sagt Trista zu mir. »Ich hätte gern deinen Job und wäre den ganzen Tag draußen. Ich spiele zu gern Tennis.«

Andy lacht. Seine Wangen sind rot. »Aber du arbeitest in einer Kunstgalerie. Das ist praktisch das Gleiche.«

»Den ganzen Tag draußen zu sein und den ganzen Tag draußen zu arbeiten sind zwei verschiedene Dinge«, sage ich. »Ich würde gern den ganzen Tag am Strand herumsitzen und nichts tun.«

Trista rümpft ihre Stupsnase. »Ich glaube, das wäre langweilig, den ganzen Tag so herumzuhängen. Lieber würde ich etwas tun.«

Ich würde gern sagen, dass es zwei Paar Schuhe sind, Tennisunterricht zu nehmen und welchen zu geben. Bei der Arbeit denke ich zuallerletzt daran, dass ich unter freiem Himmel bin. Die meiste Zeit versuche ich, Leuten Tennis beizubringen, die lieber telefonieren, fernsehen, sich betrinken oder essen würden. Die Leute, die wirklich Tennis spielen oder gar Sport treiben wollen, kann ich an weniger als einem Finger abzählen. Trista gehört nicht dazu. Sie liebt Tennis eigentlich nicht. Sie liebt es, gut auszusehen.

Aber ich halte den Mund, denn das tun Freunde. Wir weisen uns nicht gegenseitig auf unsere Fehler hin, es sei denn, wir werden gefragt.

Die Unterhaltung verlagert sich auf Andys Arbeit, und ich blende sie aus, kriege nur noch Schlüsselwörter mit, weil mich das Geräusch von Besteck ablenkt. Jedes Mal, wenn Millicent ein Stück vom gegrillten Huhn abschneidet, denke ich daran, dass sie Lindsay umgebracht hat.

»Aufmerksamkeit«, sagt Andy. »Das ist das Einzige, was Softwarefirmen interessiert. Wie können wir deine Aufmerksamkeit kriegen, und wie können wir sie behalten? Wie können wir dich dazu bringen, den ganzen Tag vor deinem Computer zu sitzen?«

Ich verdrehe die Augen. Wenn Andy trinkt, neigt er dazu zu predigen. Oder Vorträge zu halten.

»Komm schon«, sagt er, »beantworte meine Frage. Was hält dich vor dem Computer?«

»Katzenvideos«, sage ich.

Trista kichert.

»Sei kein Arsch«, sagt Andy.

»Sex«, sagt Millicent. »Es muss entweder Sex oder Gewalt sein.«

»Oder beides«, sage ich.

»Tatsächlich muss kein Sex dabei sein«, sagt Andy. »Kein richtiger Sex jedenfalls. Notwendig ist die Verheißung von Sex. Oder von Gewalt. Oder von beidem. Und eine Storyline – du brauchst eine Storyline. Egal, ob sie Wahrheit oder Fake ist oder wer sie erzählt. Die Leute müssen sich nur dafür interessieren, was als Nächstes passiert.«

»Und wie sorgt man dafür?«, fragt Millicent.

Er lächelt und malt mit dem Zeigefinger einen unsichtbaren Kreis in die Luft. »Sex und Gewalt.«

»Aber das ist doch überall so«, sage ich. »Sogar die Nachrichten basieren auf Sex und Gewalt.«

»Die ganze Welt dreht sich um Sex und Gewalt«, sagt Andy. Er malt noch einmal mit dem Finger den Kreis und sieht mich an. »Du weißt das – du bist von hier.«

»Allerdings.« Offiziell ist Oaks eine der sichersten Gemeinden im Staat. Denn die ganze Gewalt findet hinter geschlossenen Türen statt.

»Ich weiß es auch«, sagt Trista zu ihrem Mann. »So viel anders ist Woodview nicht.«

Ist es doch, aber Andy widerspricht nicht. Stattdessen lehnt er sich hinüber und drückt seiner Frau einen Schmatzer auf die Lippen. Als ihre Münder sich berühren, legt sie ihm die flache Hand an die Wange.

Ich bin neidisch.

Neidisch wegen ihrer einfachen Gespräche. Neidisch wegen ihrer harten Trinkerei. Neidisch wegen des schlichten Vorspiels und des Sex, den sie nachher haben werden.

»Ich glaube, wir haben's alle kapiert«, sage ich.

Andy zwinkert mir zu. Ich werfe einen Blick zu Millicent hinüber, die auf ihr Essen starrt. Sie findet öffentliche Zärtlichkeitsdemonstrationen abstoßend.

Als die Rechnung kommt, stehen Millicent und Trista beide auf und gehen zur Toilette. Andy schnappt sich die Rechnung, bevor ich es kann.

»Spar dir den Protest. Ich übernehme das«, sagt er, und sein Blick wandert über die Rechnung. »Ihr seid eine preiswerte Tischgesellschaft. Kein Alkohol.«

Ich zucke die Achseln. »Wir trinken eben nicht viel.«

Andy schüttelt den Kopf und lächelt.

»Was?«, frage ich.

»Wenn ich geahnt hätte, dass aus dir so ein langweiliger Familienvater wird, hätte ich dafür gesorgt, dass du viel länger in Kambodscha bleibst.«

Ich verdrehe die Augen. »Jetzt bist du der Arsch.«

»Dazu bin ich hier.«

Bevor ich etwas sagen kann, kommen die Frauen wieder an den Tisch, und wir sprechen nicht mehr über das Trinken. Oder über die Rechnung.

Wir gehen alle vier hinaus und verabschieden uns auf dem Parkplatz. Trista sagt, wir sehen uns zur nächsten Stunde. Andy sagt, er wird auch bald anfangen. Hinter ihm verdreht Trista die Augen und lächelt. Sie fahren ab, und Millicent und ich sind allein. Wir sind mit zwei Autos da, weil wir uns erst im Restaurant getroffen haben.

Sie dreht sich zu mir um. Im Licht der Straßenbeleuchtung sieht sie so alt aus, wie ich sie nur jemals gesehen habe. »Geht's dir gut?«, fragt sie.

Ich zucke die Achseln. »Mir geht's gut.« Was soll ich sonst sagen?

»Du machst dir zu viele Sorgen.« Sie schaut über das Meer der Autos hinaus. »Es ist alles in Ordnung.«

»Das will ich hoffen.«

»Glaub mir.« Millicent schiebt ihre Hand in meine und drückt sie.

Ich nicke und steige in mein Auto, aber ich fahre nicht direkt nach Hause. Stattdessen fahre ich am Lancaster Hotel vorbei.

Naomi steht hinter der Rezeption. Ihr dunkles Haar fällt offen um ihre Schultern, und obwohl ich die Sommersprossen auf ihrer Nase nicht sehen kann, glaube ich, ich kann es doch. Ich bin erleichtert, als ich sie sehe und weiß, sie arbeitet immer noch an der Rezeption und geht wahrscheinlich immer noch ihrer Nebentätigkeit nach. Es gibt keinen Grund zu denken, ihr könnte irgendetwas zugestoßen sein, denn wir haben vereinbart zu warten. Nach Naomi zu sehen ist irrational, aber ich tue es trotzdem.

Ich bin nicht zum ersten Mal irrational. Seit sie Lindsay gefunden haben, schlafe ich nicht mehr gut. Ich wache mitten in der Nacht mit Herzklopfen auf, und es hat jedes Mal irgendeinen irrationalen Grund. Habe ich die Haustür abgeschlossen? Sind diese Rechnungen bezahlt? Habe ich daran gedacht, all die Kleinigkeiten zu erledigen, die ich erledigen muss, damit das Haus nicht abbrennt oder von der Bank kassiert wird und niemand mit dem Auto verunglückt, weil die Bremsen nicht pünktlich kontrolliert wurden?

All diese Kleinigkeiten lenken mich von Lindsay ab. Und von der Tatsache, dass ich, was sie betrifft, nichts tun kann.

SECHS

Samstagmorgen. Jenna hat ein Fußballspiel. Ich bin allein, weil Millicent ein Haus präsentieren muss. Samstag ist der wichtigste Tag für Immobilienmakler wie für Tennislehrer. Aber auch der wichtigste Tag für die Freizeitaktivitäten unserer Kinder. Millicent und ich wechseln uns samstags mit den Kindern ab, und das letzte Mal, dass wir alle zusammen waren, liegt mehr als ein Jahr zurück, als Rory in der Endrunde eines U-Zehn-Golfturniers spielte. Jetzt spielt er auch Golf – ich habe ihn in aller Frühe abgesetzt, bevor das Spiel seiner Schwester anfing –, und er spielt im selben Klub, in dem ich Tennisunterricht gebe. Er spielt Golf, weil es nicht Tennis ist, und das ärgert mich genauso sehr, wie er es beabsichtigt.

Bisher hat Jenna nichts von dieser Aufsässigkeit an den Tag gelegt. Sie bemüht sich nicht, schwierig zu sein. Jenna tut etwas, weil sie es tun möchte, nicht, weil es jemanden ärgert, und ich bewundere diese Eigenschaft an ihr. Außerdem lächelt sie viel, und dann lächle ich zurück und gebe ihr, was sie haben will. Ich habe keine Ahnung, was ich dabei nicht mitkriege, und weil ich es nicht herausbekomme, macht Jenna mir eine Heidenangst.

Fußball ist nicht mein Spiel. Ich habe die Regeln erst gelernt, als Jenna anfing zu spielen, und deshalb bin ich keine große Hilfe. Ich kann ihr nicht sagen, was sie tun soll oder wie sie es besser machen kann, wie ich es könnte, wenn sie Tennis spielte. Es ist nur ein glücklicher Zufall, dass sie im Tor steht, denn so weiß ich wenigstens, dass es ihre Aufgabe ist, dafür zu sorgen, dass die andere Mannschaft keinen Treffer erzielt. Darüber hinaus kann ich sie nur anfeuern.

»Du schaffst das!«

»Gut gemacht!«

»Toller Versuch!«

Ich frage mich oft, ob ich ihr peinlich bin. Ich glaube schon, aber ich tue es trotzdem, denn sonst bliebe mir nur übrig, ihre Spiele schweigend anzuschauen. Das käme mir grausam vor. Wenn sie den Ball abfängt, bevor er ins Netz gehen kann, drehe ich durch. Dann lächelt sie, aber sie winkt ab, damit ich den Mund halte. In diesen Momenten denke ich an nichts anderes als an meine Tochter und ihr Fußballspiel.

Millicent reißt mich mit einer SMS aus meinen Gedanken.

Mach dir keine Sorgen.

Mehr schreibt sie nicht.

Die Kids auf dem Platz schreien. Die andere Mannschaft schießt auf das Tor, und meine Tochter muss den Ball schon wieder halten. Sie hält ihn nicht.

Jenna dreht sich um, wendet mir den Rücken zu und stemmt die Hände in die Hüften. Ich möchte ihr gern sagen, es ist nicht schlimm, jeder macht Fehler, aber das wäre genau das Falsche. Eltern sagen so etwas immer, und Kinder können es nicht ausstehen. Ich konnte es früher auch nicht.

Jenna starrt auf den Rasen. Eine Mitspielerin aus ihrer

Mannschaft kommt zu ihr, klopft ihr auf die Schulter und sagt etwas. Jenna nickt und lächelt, und ich frage mich, was ihre Mitspielerin gesagt hat. Wahrscheinlich das Gleiche, was ich gesagt hätte. Aber es hat mehr bedeutet.

Das Spiel geht weiter. Ich werfe noch einmal einen Blick auf mein Telefon. Millicent hat nichts weiter geschrieben.

Ich rufe die Nachrichten auf und schnappe nach Luft.

Im Obduktionsbericht steht, Lindsay sei erst seit ein paar Wochen tot.

Irgendwo, irgendwie hat Millicent sie fast ein Jahr lang am Leben gehalten.

Ich habe den Drang wegzulaufen. Wohin, weiß ich nicht. Es ist nicht wichtig. Ich weiß auch nicht, wozu. Ich will nur weglaufen.

Aber ich kann Jenna nicht allein lassen, hier bei einem Fußballspiel, wo sonst niemand sie anfeuert. Ich kann meine Tochter nicht verlassen. Oder meinen Sohn.

Als Jennas Spiel vorbei ist, hole ich Rory vom Club ab, und wir drei essen wie üblich nach dem Sport eine Pizza und zum Nachtisch Frozen Yoghurt. Ich habe Mühe, der Unterhaltung zu folgen. Sie merken es, denn sie sind meine Kinder – sie sehen mich jeden Tag und wissen, wenn etwas nicht stimmt. Ich frage mich, wie sie wohl über Millicent denken.

Aber sie sieht ja nie aus, als ob etwas nicht stimmt. Im letzten Jahr war sie immer ruhig, selbst für ihre Verhältnisse. Vor einem Monat hat sie davon gesprochen, die nächste Frau zu suchen.

Jetzt fügt sich alles zusammen. Sie hat die nächste erst erwähnt, nachdem sie Lindsay umgebracht hatte.

Für mich war das letzte Jahr angefüllt mit Arbeit, den Aktivitäten der Kinder, Hausarbeit, Diskussionen über Rechnungen, Autowäsche. Nichts Herausragendes. Kein einzelnes Ereignis, kein Tag, nichts, woran ich mich in zwanzig, dreißig oder vierzig Jahren noch erinnern werde. Jennas Fußballmannschaft wäre beinahe in die Endrunde gekommen, hat es aber doch nicht geschafft. Millicent war wieder erfolgreich in ihrer Firma. Die Benzinpreise sind gestiegen und wieder gefallen, eine Kommunalwahl ist gekommen und gegangen, meine Lieblingsreinigung hat zugemacht, und ich musste mir eine neue suchen.

Oder ist es zwei Jahre her, dass die Reinigung geschlossen hat? Es verschwimmt alles.

In der ganzen Zeit hat Millicent Lindsay am Leben gehalten. Als Gefangene.

Die Bilder, die mir durch den Kopf gehen, sind beunruhigend bis barbarisch. Ich stelle mir Dinge vor, wie ich sie schon in den Nachrichten gehört habe, von Frauen, die man gefunden hat, nachdem sie jahrelang von einem geistesgestörten Mann gefangen gehalten worden sind. Noch nie habe ich gehört, dass eine Frau so etwas getan hat, und als Mann kann ich mir nicht vorstellen, so etwas zu tun.

Ich lasse die Kinder zu Hause und fahre zu dem Haus, in dem Millicent eine Besichtigung durchführt. Es ist nur ein paar Straßen weit entfernt, und die Fahrt dauert wenige Minuten. Vor dem Haus stehen zwei Autos, ihres und ein SUV.

Ich warte.

Nach zwanzig Minuten kommt sie heraus mit einem Paar, das jünger ist als wir. Die Frau macht große Augen, und der Mann lächelt. Als Millicent den beiden die Hand gibt, sieht sie mich aus den Augenwinkeln. Ich spüre, wie der

Blick ihrer grünen Augen auf mir landet, aber sie hält nicht inne und unterbricht den Fluss ihrer Bewegungen nicht.

Das Paar geht zu seinem Wagen. Millicent bleibt vor dem Haus stehen und schaut ihnen nach. Sie trägt heute Marineblau – einen schmalen Rock, hohe Absätze und eine Bluse mit Nadelstreifen. Ihr rotes Haar fällt glatt bis zur Kante des Unterkiefers und ist dort waagerecht abgeschnitten. Als wir uns kennengelernt haben, war es viel länger. Seitdem ist es jedes Jahr kürzer geworden, als hätte sie sich vorgenommen, es in regelmäßigen Abständen um einen Zentimeter zu kürzen. Es würde mich nicht überraschen, wenn sie es tatsächlich so gehalten hätte. Ich weiß nicht genau, ob mich überhaupt noch irgendetwas im Zusammenhang mit Millicent überraschen würde.

Sie wartet, bis der SUV weg ist, bevor sie sich zu mir umdreht. Ich steige aus und gehe auf sie zu.

»Du bist aufgebracht«, stellt sie fest.

Ich starre sie an.

Sie deutet auf das Haus. »Lass uns hineingehen.«

Wir gehen hinein. Der Eingang ist riesig, die Zimmer sind mehr als sechs Meter hoch. Ein Neubau wie unseres, aber das hier ist noch größer. Alles ist offen und luftig, und alles konzentriert sich auf das Wohnzimmer, in das wir jetzt gehen.

»Was hast du mit ihr gemacht? Ein Jahr lang? Was hast du gemacht?«

Millicent schüttelt den Kopf, und ihr Haar schwingt hin und her. »Wir können jetzt nicht darüber sprechen.«

»Aber wir müssen …«

»Nicht hier. Ich habe einen Termin.«

Sie geht weg, und ich folge ihr.

Ein paar Monate nach unserer Hochzeit wurde Millicent schwanger. In mancher Hinsicht war es eine Überraschung, denn wir hatten überlegt, ob wir warten sollten, aber ohne uns zu entscheiden. Wir achteten nicht jedes Mal darauf, uns zu schützen. Wir hatten über diverse Methoden der Verhütung gesprochen, aber am Ende waren es immer Kondome. Millicent nahm nicht gern Hormone. Sie wurde davon zu emotional.

Als Millicent über die Zeit hinaus war, vermuteten wir beide, sie sei schwanger. Bestätigung brachte ein Test zu Hause und einer beim Arzt. An dem Abend konnte ich nicht schlafen. Wir saßen noch lange auf unserer Secondhandcouch in unserem heruntergekommenen Mietshaus. Ich lag an sie gekuschelt da mit dem Kopf auf ihrem Schoß, und ich fing an, mir über alles Mögliche Sorgen zu machen.

»Was ist, wenn wir es vermasseln?«, fragte ich.

»Werden wir nicht.«

»Wir brauchen Geld. Wie sollen wir …?«

»Wir kriegen das hin.«

»Ich will es nicht einfach hinkriegen. Ich will, dass es uns gut geht. Ich will …«

»Das wird es.«

Ich hob den Kopf und sah sie an. »Wieso bist du so sicher?«

»Wieso bist du so unsicher?«

»Bin ich nicht. Ich bin nur …«

»Besorgt.«

»Ja.«

Sie seufzte und drückte meinen Kopf sanft wieder in ihren Schoß zurück. »Sei nicht albern«, sagte sie. »Es wird uns gut gehen. Besser als gut.«

Noch Minuten zuvor hatte ich mich wie ein Kind und nicht wie ein werdender Vater gefühlt.

Sie machte mich stärker.

Wir haben es weit gebracht seit jener ersten Zeit, als wir kein Geld hatten. Ich hatte mein Studium der Betriebswirtschaft wieder aufgenommen, aber als ich halb fertig war, wurde sie schwanger. Weil wir Geld brauchten, brach ich das Studium ab und kehrte zurück zu dem, was ich am besten kann: Tennis. Es war mein einziges Talent, und ich spielte besser als jeder, mit dem ich aufgewachsen bin. Auf dem Tennisplatz glänzte ich. Nicht hell genug, um Profi zu werden, aber hell genug, um Privatunterricht anzubieten.

Als ich Millicent kennenlernte, hatte sie eben ein Jahr lang Kurse in Immobilienwirtschaft absolviert und lernte für die Prüfung. Nachdem sie sie bestanden hatte, dauerte es eine Weile, bis sie mit dem Verkaufen anfing, aber sie tat es schon während der Schwangerschaft und auch, als die Kinder noch Babys waren. Und sie hatte recht – wir haben es geschafft. Es geht uns besser als gut. Und soweit ich weiß, haben wir die Kinder bisher nicht verkorkst.

SIEBEN

Als sie jetzt in dem leeren Haus steht, das sie verkaufen will, vermittelt mir Millicent nicht ein Gefühl der Stärke. Sondern der Angst.

»Das ist nicht okay«, sage ich. »Nichts davon ist okay.«

Sie zieht eine Braue hoch. Das fand ich immer süß. »Hast du etwa plötzlich Gewissensbisse?«

»Ich hatte immer schon …«

»Nein. Das glaube ich nicht.«

Sie hat schon wieder recht. Ich hatte noch nie Gewissensbisse, wenn ich versucht habe, sie glücklich zu machen.

»Was hast du mit Lindsay gemacht?«, frage ich.

»Das ist doch egal. Sie ist weg.«

»Nein, nicht mehr.«

»Du machst dir zu viel Sorgen. Es ist alles in Ordnung.«

Es klingelt.

»Die Arbeit ruft«, sagt sie.

Ich gehe mit ihr zur Tür. Sie stellt mich vor und erzählt ihnen von meinem Tennistalent. Sie sind genauso jung wie das vorige Paar und genauso ahnungslos.

Ich fahre nach Hause, aber dann halte ich nicht an, sondern fahre einfach weiter.

Zuerst schaue ich beim Lancaster vorbei. Naomi steht hinter der Theke, und ihre Schicht dauert noch etliche Stunden.

Als Nächstes fahre ich zum Country Club. Ich überlege, ob ich zur Ablenkung im Clubhaus abhängen, mit ein paar meiner Kunden plaudern und Sportfernsehen gucken soll. Aber auch hier halte ich nicht an.

Ein paar andere Möglichkeiten gehen mir durch den Kopf: eine Bar, ein Park, eine Bücherei, ein Kino. Ich verheize fast eine halbe Tankfüllung mit dieser Herumgondelei auf der Suche nach einem Ziel, bevor ich Kurs auf das Unvermeidliche nehme.

Nach Hause.

Da fahre ich immer hin.

Als ich die Tür öffne, höre ich die Geräusche meines Lebens.

Rory spielt ein Videogame, und elektronische Schüsse hallen durch das Haus. Jenna telefoniert, schreibt Textnachrichten und deckt den Tisch. Der Duft des Abendessens weht durch den Raum, Huhn und Knoblauch und etwas mit Zimt. Millicent steht hinter der Theke und rührt das alles zusammen. Sie summt immer vor sich hin, wenn sie das Essen macht. Normalerweise ist ihre Liederauswahl völlig lächerlich – eine Showmelodie, eine Opernarie oder die neueste Popmusik, und auch das ist ein Insiderwitz zwischen uns beiden.

Sie blickt auf und lächelt. Das Lächeln ist echt, das sehe ich in ihren Augen.

Wir setzen uns alle an den Tisch und essen zusammen. Jenna unterhält ihre Mutter und langweilt ihren Bruder mit einer detaillierten Beschreibung ihres Fußballspiels. Rory gibt mit seinem Golf-Score an; er war heute besser als alle anderen unter sechzehn. An den meisten Tagen geht es bei uns so zu, wenn wir essen. Sie sind ausgelassen und laut und voll von den Geschichten des Tages, und wir beide leben seit einer Ewigkeit zusammen und sind entspannt.

Ich frage mich, wie oft wir so zusammengesessen haben, während Lindsay eingesperrt war.

Als ich ins Bett gehe, stelle ich überrascht – nein, schockiert – fest, dass ich seit Stunden nicht mehr an Lindsay gedacht habe, an die Polizei, an das, was Millicent und ich getan haben. So viel Macht hat mein Zuhause und alles, was dazugehört, über mich.

In meiner Kindheit war es nicht so. Ich bin zwar in einer Familie mit zwei Elternteilen in einem Vororthaus mit zwei Autos, guten Schulen und zahlreichen außerschulischen Angeboten aufgewachsen, aber wir haben nicht zusammen gegessen, wie meine Familie es tut. Und wenn wir doch einmal alle zusammen aßen, ignorierten wir einander. Mein Vater las Zeitung, meine Mutter starrte ins Nichts, und ich versuchte, meinen Teller so schnell wie möglich zu leeren.

Meine Eltern kamen nur, um mir beim Tennis zuzuschauen, wenn ich in einem Turnier spielte, und auch das nur, wenn ich in die Endrunde gekommen war. Und ihren Samstag hätten sie beide für nichts in der Welt geopfert. Zuhause war ein Ort zum Schlafen, ein Ort, an dem ich meine Sachen aufbewahrte und den ich so bald wie möglich verlassen wollte. Was ich tat. Ich verließ das Land so schnell ich konnte. Flüchtete vor der Vorstellung, mein Leben lang immer nur als Enttäuschung empfunden zu werden.

Ich kehrte erst beim Tod meiner Eltern nach Hidden Oaks zurück. Es war ein tragischer Unfall, der nicht zu verhindern oder wenigstens vorauszusehen war. Sie waren auf dem

Highway unterwegs, und ein Wagen vor ihnen verlor einen Reifen. Er durchschlug die Frontscheibe der Limousine meines Vaters, und sie starben beide. Tot, einfach so. Immer noch zusammen und höchstwahrscheinlich unglücklich.

Ihre Leichen habe ich nicht zu sehen bekommen. Die Polizei meinte, das würde ich nicht wollen.

Es stellte sich heraus, dass meine Eltern so getan hatten, als besäßen sie sehr viel mehr Geld, als es tatsächlich der Fall war, und so kam ich in ein Haus, das unter Hypotheken ächzte, und hatte gerade genug Geld, um einen Immobilienanwalt dafür zu bezahlen, dass er alles regelte und das Haus abstieß. Meine Eltern waren nicht mal die gewesen, für die ich sie gehalten hatte. Sie waren Hochstapler. Sie konnten es sich nicht leisten, in Hidden Oaks zu wohnen; sie taten nur so. Ich hatte keine Familie und wusste nicht mal genau, was eine echte Familie war.

Unsere hat Millicent geschaffen. Ich sage, sie, denn ich kann es nicht gewesen sein. Ich hatte keine Ahnung, wie man ein Zuhause erschafft; ich wusste nicht mal, wie man dafür sorgt, dass alle zum Essen erscheinen. Sie ja. Als Rory zum ersten Mal auf seinem Hochstuhl sitzen konnte, schob sie ihn an den Tisch, und seitdem essen wir zusammen. Trotz zunehmender Klagen unserer heranwachsenden Kinder tun wir es immer noch.

Als Millicent mit Jenna schwanger war, stellte sie unsere Familienregeln auf. Ich nenne sie Millicents Gebote.

Frühstück und Abendessen zusammen, immer.
Kein Spielzeug, kein Telefon bei Tisch.
Taschengeld wird durch Hausarbeit verdient.
Einmal in der Woche gibt es einen Filmabend.

Zucker bleibt beschränkt auf Obst, nicht Obstsaft, und auf besondere Anlässe.
Alle Lebensmittel sind bio, soweit das Geld es gestattet.
Körperliche Tätigkeiten und Übungen sind zu begrüßen. Nein, sie sind Pflicht.
Fernsehen und Videospiele sind erst erlaubt, wenn alle Hausaufgaben erledigt sind.

Über diese Liste musste ich lachen. Sie funkelte mich an, und ich hörte auf. Inzwischen konnte ich unterscheiden, ob sie so tat, als wäre sie wütend, oder ob ihr Zorn echt war.

Eine nach der anderen stellte Millicent ihre Regeln auf. Aber statt das Haus in ein Gefängnis zu verwandeln, gab sie der Familie ein Gerüst. Beide Kinder treiben Sport. Geld bekommen sie nur, wenn sie dafür arbeiten. Einmal die Woche setzen wir uns zusammen und schauen uns einen Film an. Die Kinder essen hauptsächlich biologische Lebensmittel und sehr wenig Zucker. Wenn ich nach Hause komme, sind sie mit ihren Hausaufgaben immer fertig. Und das alles macht Millicent.

Dieselbe Millicent, die Lindsay ein Jahr lang am Leben erhalten hat, während sie Gott weiß was mit ihr anstellte.

Ich kann immer noch nicht schlafen. Ich stehe auf und sehe nach den Kindern. Rory hat alle viere von sich gestreckt und die Decke weggeschleudert. Als er vierzehn wurde, wollte er die Planeten und Sterne an der Decke und die Dinosaurier an den Wänden nicht mehr. Wir haben das Zimmer zusammen renoviert, alles neu gestrichen und die Möbel ausgewechselt, und jetzt hat das Zimmer eine dunkle und drei beige Wände, an denen ein paar Rockposter hängen. Die Holzmöbel sind dunkel gebeizt, und er hat Verdunklungsvorhänge für die Nacht. So stellt ein Kind sich ein Erwachsenenzimmer vor. Mein Sohn wird ein Teenager.

Jennas Zimmer ist immer noch orange. Sie ist fast von Geburt an besessen von dieser Farbe. Ich glaube, das geht zurück auf Millicents Haarfarbe. Jennas Haar sieht aus wie meins – dunkelbraun ohne eine Spur von Rot. Sie hat Poster von Fußballspielerinnen an der Wand, daneben ein paar Musikgruppen und einen oder zwei Schauspieler. Ich weiß nicht, wer sie sind, aber wenn sie im Fernsehen auftreten, fangen Jenna und ihr Freundinnen an zu quieken. Nachdem sie jetzt das reife Alter von dreizehn erreicht hat, sind alle ihre Puppen im Schrank verschwunden. Sie steht auf Mode, Schmuck und Make-up, das sie noch nicht tragen darf, sowie auf ein paar wenige Stofftiere und Videospiele.

Ich gehe im Haus umher und kontrolliere Türen und Fenster. Ich gehe sogar in die Garage, sehe mich um und suche nach Spuren von Ratten oder Käfern oder Wasserschäden. Ich gehe in den Garten und sehe nach dem Seitentor. Das Gleiche tue ich vorn, und dann gehe ich wieder im Haus herum und verschließe alle Türen.

Das hat Millicent immer getan, besonders nach Rorys Geburt. Wir wohnten noch in dem heruntergekommenen Mietshaus, und jeden Abend lief sie herum und verschloss sämtliche Türen und Fenster. Sie setzte sich ein paar Minuten hin, und dann stand sie wieder auf und fing von vorn an.

»Die Gegend hier ist nicht gefährlich«, sagte ich ihr. »Hier wird niemand einbrechen.«

»Ich weiß.« Sie stand wieder auf.

Irgendwann beschloss ich, ihr zu folgen. Ich kam ihr auf

Schritt und Tritt nach und imitierte jede ihrer Bewegungen. Erst funkelte sie mich nur wütend an.

Als ich trotzdem nicht aufhörte, bekam ich eine Ohrfeige.

»Das ist nicht lustig«, sagte sie.

Mir verschlug es die Sprache. Ich war noch nie von einer Frau geohrfeigt worden. Keine hatte mir je den Hintern versohlt, nicht einmal zum Spaß. Aber da ich mich soeben über meine Frau lustig gemacht hatte, hob ich die Hände und bat um Entschuldigung.

»Es tut dir nur leid, weil du eine Ohrfeige bekommen hast.« Millicent machte kehrt, verschwand im Schlafzimmer und schloss ab.

Die ganze Nacht dachte ich, sie würde mich verlassen. Sie würde meinen Sohn nehmen und einfach weggehen, weil ich alles verdorben hatte. Extrem, ja. Aber Millicent lässt sich nichts gefallen, Punkt. Einmal, als wir noch miteinander gingen, sagte ich, ich würde sie zu einer bestimmten Zeit anrufen, und dann tat ich es nicht. Sie sprach mehr als eine Woche lang nicht mit mir. Ging nicht mal ans Telefon.

Damals kam sie zu mir zurück. Aber ich hatte keinen Zweifel daran, dass sie mich verlassen würde, wenn ich sie nur wütend genug machte. Und einmal tat sie es auch.

Rory war zwei, Jenna ein Jahr alt, und Millicent und ich verbrachten Tag für Tag damit, zwischen den Kindern und unseren Jobs hin und her zu springen. Eines Tages wachte ich auf, war wieder erschöpft und begriff, dass ich vierundzwanzig Jahre alt war und eine Frau und zwei Kinder und eine Hypothek hatte.

Ich wollte nichts als eine Pause. Eine kurzfristige Befreiung von all der Verantwortung. Ich zog mit den Jungs los und betrank mich so sehr, dass sie mich nach Hause tragen mussten. Als ich am nächsten Tag aufwachte, war Millicent weg.

Sie ging nicht ans Telefon. Sie war nicht im Büro. Ihre Eltern sagten, bei ihnen sei sie nicht. Millicent hatte nur wenige gute Freundinnen, und keine hatte von ihr gehört. Sie war verschwunden, und sie hatte meine Kinder mitgenommen.

Nach drei oder vier Tagen war ich so weit, dass ich stündlich ihre Nummer anrief. Ich schrieb E-Mails, Textnachrichten, ich wurde so wahnsinnig, wie ich es nie zuvor gewesen war. Nicht weil ich mir Sorgen um sie machte. Ich wusste, mit ihr war alles okay. Mit meinen Kindern auch, das wusste ich. Ich wurde verrückt, weil ich dachte, sie wären für immer weg.

Acht Tage vergingen. Dann war sie wieder da.

Ich war spät eingeschlafen, ausgestreckt auf dem ungemachten Bett, das von Pizzaschachteln und diversen Papptellern, Bechern und bunt zusammengewürfelten Lebensmittelverpackungen übersät war. Als ich aufwachte, war mein Bett müllfrei, und es duftete nach Pfannkuchen.

Millicent war in der Küche und machte Frühstück. Rory saß auf seinem Hochstuhl am Tisch, und Jenna lag in ihrem Kinderwagen. Millicent drehte sich zu mir um und lächelte. Es war Wirklichkeit.

»Perfektes Timing«, sagte sie. »Das Frühstück ist gleich fertig.«

Ich lief zu Rory, hob ihn aus dem Stuhl und hielt ihn hoch in die Luft, bis er quietschte. Ich küsste Jenna, die mich mit ihren dunklen Augen anstarrte. Dann setzte ich mich an den Tisch und wagte nicht zu sprechen. Ich hatte Angst, das alles sei ein Traum, und ich wollte nicht aufwachen.

Millicent brachte einen Stapel Pfannkuchen zum Tisch. Als sie den Teller hinstellte, beugte sie sich über mich, sodass ihr Mund an meinem Ohr war, und flüsterte: »Beim nächsten Mal kommen wir nicht zurück.«

Während unserer gesamten Ehe ist mir nichts anderes übrig geblieben, als ihr zu glauben. Trotzdem habe ich mit Petra geschlafen.

Und mit der anderen.

ACHT

Als ich von der Arbeit nach Hause komme, sind Millicent und die Kids da. Rory liegt auf der Couch und spielt ein Videogame. Millicent steht vor ihm, die Hände in die Hüften gestemmt und mit strenger Miene. Hinter ihr bewegt Jenna ihr Telefon hin und her und versucht, ein Selfie vor dem Fenster zu machen. Der Fernseher wirft sein Licht auf sie alle. Eine Sekunde lang sind sie wie erstarrt – ein Porträt des modernen Lebens.

Millicents wütender Blick wechselt von Rory zu mir. Ihre Augen sind von allerdunkelstem Grün.

»Weißt du«, fragt sie, »was unser Sohn heute getan hat?«

Rory hat seine Baseballmütze tief übers Gesicht gezogen, aber sein Grinsen ist trotzdem ansatzweise zu sehen.

»Was hat unser Sohn heute getan?«, frage ich.

»Sag deinem Vater, was du getan hast.«

Jenna antwortet an seiner Stelle. »Er hat bei einem Test mit seinem Handy gemogelt.«

»Geh auf dein Zimmer«, sagt Millicent.

Meine Tochter geht. Sie kichert auf der Treppe, bis sie oben ist, und schlägt ihre Zimmertür zu.

»Rory«, sage ich, »was war los?«

Schweigen.

»Antworte deinem Vater.«

Ich mag es nicht, wenn Millicent unserem Sohn sagt, wie er sich mir gegenüber benehmen soll, aber ich halte den Mund.

Millicent reißt Rory den Game Controller aus der Hand. Er seufzt.

»Ich will doch nicht Botaniker werden. Wenn ich je was über Fotosynthese wissen muss, kann ich es nachschlagen wie heute.« Er schaut mich mit großen Augen an und fragt lautlos: Oder?

Ich möchte zustimmen, weil er irgendwie recht hat. Aber ich bin der Vater.

»Er ist für drei Tage vom Unterricht suspendiert«, sagt Millicent. »Er kann von Glück sagen, dass er nicht von der Schule geflogen ist.«

Rory geht auf eine öffentliche Schule. Wenn er von der einen fliegt, kann er auf eine andere gehen. Aber das sage ich Millicent lieber nicht. Sie überlegt sich gerade eine angemessene Strafe für unseren Sohn.

»... kein Handy, keine Videospiele, kein Internet. Du kommst aus der Schule auf dem kürzesten Weg nach Hause, und keine Sorge, ich achte drauf.«

Sie dreht sich um und klappert durch den Flur zur Garage. Sie trägt ihre fleischfarbenen Pumps.

Als ich ihr Auto wegfahren höre, setze ich mich zu meinem Sohn. Er hat Millicents rotes Haar, aber seine grünen Augen sind heller. Und offen.

»Warum?«

Er zuckt die Achseln. »Es war eben leichter.«

Das verstehe ich. Manchmal ist es einfach leichter, mit dem Strom zu schwimmen. Leichter, als alles kaputtzumachen und von vorn anzufangen.

»Du darfst nicht mogeln«, sage ich.
»Du tust es doch auch.«
»Wovon redest du?«
»Ich höre, wie du dich rausschleichst.«
Da hat er recht. Ich schleiche mich aus dem Haus, weil ich nicht schlafen kann. »Manchmal fahre ich spazieren.«
Rory lacht leise. »Sehe ich aus wie ein Idiot?«
»Nein.«
»Dad, ich hab gesehen, wie du dich im Anzug ins Haus zurückgeschlichen hast. Wer zieht sich einen Anzug an, um spazieren zu fahren?«
Ich habe keinen Anzug mehr getragen, seit ich mit Petra zusammen war.
»Du weißt, ich bin abends oft im Club. Networking gehört zu meinem Job.«
»Networking«, sagt er mit einer gehörigen Prise Ironie.
»Ich betrüge eure Mutter nicht«, sage ich. Und es ist beinahe wahr.
»Du bist ein Lügner.«
Ich will Rory sagen, dass das nicht stimmt, aber mir wird klar, dass es nutzlos ist. Ich will bestreiten, dass ich meine Frau betrüge, aber auch das ist nutzlos. Mein Sohn ist zu clever.
Ich wünschte, ich könnte es ihm erklären, aber ich kann es nicht. Deshalb bin ich zum Heuchler geworden.
»Es geht hier nicht um mich«, sage ich.
Er verdreht die Augen und bleibt stumm.
»Und ich habe in der Schule nie gemogelt. Ich meine, was ist, wenn eines Tages die Zombie-Apokalypse ausbricht und du auf eine Insel entkommst, wo du eine neue Zivilisation gründen kannst, aber du musst Pflanzen züchten? Meinst du

nicht, es könnte da ganz hilfreich sein, wenn du dich mit Fotosynthese auskennst?«

»Ich weiß deine Mühe zu schätzen, Dad. Vor allem das mit der Zombie-Apokalypse und so weiter. Aber ich kann dir ein bisschen Zeit sparen.« Er nimmt etwas aus der Tasche und legt es vor mir auf den Tisch.

Als ich das glänzende blaue Glas sehe, klappt mein Unterkiefer herunter. Es ist einer von Petras Ohrringen.

»Jenna hat keine Ohrlöcher. Und Mom würde niemals so was Kitschiges tragen«, sagt er.

Er hat recht. Millicent trägt Ohrstecker mit Brillanten. Mit echten Brillanten, nicht mit Glassteinen.

»Da gibt's nicht mehr viel zu sagen, schätze ich«, bemerkt er. Er hat wieder recht. Ich habe nichts zu sagen.

»Keine Sorge. Jenna weiß nichts von deiner Nebenbeschäftigung.« Sein Grinsen ist wieder da. »Noch nicht.«

Ich brauche eine Sekunde, um zu begreifen, dass mein Sohn mich erpresst. Mit Beweismaterial.

Ich bin beeindruckt, weil er so clever ist, und entsetzt, weil das Letzte, was ich meinen Kindern, speziell meiner Tochter, wünsche, ist, dass sie mit einem betrügerischen Arschloch von Vater aufwachsen. Alle Fachleute sagen, man soll so etwas vermeiden. Sie sagen, es wird ihre Beziehung zu Männern für alle Zeit beeinträchtigen.

Das weiß ich von Millicent.

Jenna darf es nicht wissen, darf nicht mal ahnen, was Rory da für die Wahrheit hält. Sicher ist alles besser als das.

Ich sehe Rory an. »Was willst du?«

»Das neue *Bloody-Hell*-Spiel.«

»Deine Mutter hat verboten, dass so etwas ins Haus kommt.«

»Ich weiß.«

Wenn ich nicht einverstanden bin, wird er Jenna erzählen, dass ich ihre Mutter betrüge. Er wird genau das tun, was er jetzt androht.

Wenn ich einverstanden bin, wird mein dreizehnjähriger Sohn mich erfolgreich erpresst haben.

Ich habe das Gefühl, ich hätte es kommen sehen müssen. Hätte es sehen müssen am Tag seiner Geburt. Er war anfangs so still, dass alle dachten, er sei tot. Als er schließlich doch schrie, war es so laut, dass es mir in den Ohren klingelte.

Vielleicht hätte ich es auch an dem Tag sehen müssen, als seine Schwester geboren wurde und er genauso viel Lärm machte, nicht um seine Anwesenheit bekannt zu geben, sondern den Mangel an Aufmerksamkeit für ihn.

Dann war da der Halloween-Abend, an dem Jenna und Rory zusammen Süßigkeiten sammeln gingen und er ihr einredete, alle kleinen Schokoriegel seien von dem Irren vergiftet worden, der im Supermarkt in unserer Nachbarschaft arbeitete. Der Irre war ein Kerl wie ein Holzfäller und sanftmütig wie ein Hamster, aber er jagte den Kindern Angst ein, ohne es zu wollen. Jenna glaubte ihrem Bruder und sortierte alle angeblich vergifteten Süßigkeiten aus. Weder Millicent noch ich wussten, was passiert war, aber dann hatte Jenna eine Woche lang Albträume, und wir fanden einen ganzen Berg von Schokopapierchen in Rorys Zimmer.

Während ich also jetzt dabei bin, mich von meinem Sohn erpressen zu lassen, kann ich zurückschauen und sagen: Ich hätte wissen müssen, dass er zu so etwas in der Lage ist. Aber bis zu diesem Augenblick hatte ich keine Ahnung.

»Beantworte mir eine Frage«, sage ich.

»Okay.«

»Wie lange weißt du schon davon?« Ich achte darauf, das Wort »Betrug« nicht zu benutzen. Als ob es darauf ankäme.

»Seit ein paar Monaten. Beim ersten Mal bin ich frühmorgens in die Garage gegangen, um meinen Fußball zu holen, und dein Auto war nicht da. Von da an hab ich einfach aufgepasst.«

Ich nicke. »Ich kaufe dir dein Spiel morgen. Pass auf, dass deine Mutter es nicht sieht.«

»Natürlich. Pass du auf, dass sie dich nicht ins Haus zurückschleichen sieht.«

»Das werde ich nicht mehr tun.«

Er lächelt. Er glaubt mir nicht, aber er ist schlau genug, den Mund zu halten, wenn er in Führung liegt.

Ich sollte Millicent von unserem Sohn erzählen. Beim Abendessen denke ich darüber nach, während Jenna versucht, Rory zu veräppeln, ohne erwischt zu werden. Ich denke nach dem Essen darüber nach, als Millicent Rory sein Handy für die Nacht wegnimmt. Ich denke sogar darüber nach, als meine Frau und ich allein in unserem Schlafzimmer unserer nächtlichen Routine nachgehen. Jetzt sollte ich ihr sagen, was unser Sohn treibt. Aber ich tue es nicht.

Ich tue es nicht, weil es mehr Fragen hervorrufen wird, als ich beantworten kann.

Es ist erst zwei Wochen her, dass ich die Nacht mit Petra verbracht habe. Ich denke nur mitten in der Nacht an sie, wenn ich schon wach bin und nicht mehr einschlafen kann. Dann frage ich mich, womit ich mich verraten habe. Wie kam sie darauf, mich zu fragen, ob ich wirklich taub bin? Habe ich auf ein Geräusch reagiert? Habe ich ihr in die

Augen geschaut statt auf den Mund, während sie sprach, oder habe ich zu sehr auf die Geräusche geachtet, die sie im Bett machte? Ich weiß es nicht. Ich weiß nicht, ob ich mich je wieder taub stellen werde, aber es hält mich immer noch nachts wach. Es ist wie ein loser Faden, den ich nicht zu fassen bekomme.

Mit Rorys Erpressung ist es genauso. Auch ein Fehler. Ich war unachtsam gewesen und hätte meinen Sohn nicht merken lassen dürfen, dass ich mich nachts aus dem Haus schlich. Millicent würde es nicht gefallen.

Also sage ich nichts. Rory und Petra sind Geheimnisse, von denen ich meiner Frau nichts sage. Vielleicht, weil sie auch welche hat, mehr, als ich dachte. Rory und Petra sind auch Risiken, jeder auf seine Weise, und trotzdem halte ich den Mund.

Sie soll nicht wissen, was für einen Mist ich gebaut habe.

NEUN

Am Anfang war es nichts Schlechtes. Davon bin ich immer noch überzeugt.

Vor drei Jahren, am Spätnachmittag eines Samstags im Oktober, war ich mit Rory und Jenna im Vorgarten. Es war einer dieser frischen Herbsttage, an denen es windig ist, aber nicht kalt genug für einen Mantel. Rory und Jenna waren noch so klein, dass es ihnen nicht peinlich war, in meiner Gesellschaft zu sein, und wir drei waren dabei, die Halloween-Dekoration anzubringen. Es war fast ihr liebster Feiertag; nur Weihnachten war besser, und jedes Jahr umgaben wir das Haus mit Spinnweben, Spinnen, Skeletten und Hexen, und wenn wir uns elektronische Special Effects hätten leisten können, hätten wir die auch noch gehabt.

Millicent kam von einer Hausbesichtigung zurück. In ihrer Bürokleidung stand sie auf dem Gehweg und bewunderte lächelnd unser Werk. Die Kinder sagten, sie hätten Hunger. Millicent rollte hochdramatisch die Augen und erklärte, sie werde ein paar Sandwiches machen. Sie lächelte, als sie das sagte. Ich glaube, wir alle lächelten.

Aber nicht alles war perfekt. Das Haus, das wir dekorierten, war neu für uns; wir wohnten erst seit sechs Monaten darin, und die Hypothek war riesig. Millicent stand unter hohem Druck: Sie musste mehr Häuser verkaufen. Der

Druck für mich war nicht geringer. Manchmal dachte ich sogar daran, mir einen Zweitjob zu suchen.

Dazu kam, dass wir ständig Probleme mit Millicents Mutter hatten. Ihr Vater war zwei Jahre zuvor verstorben, und bei ihrer Mutter war Alzheimer diagnostiziert worden; der lange Abstieg, der damit verbunden war, hatte bereits begonnen. Wir hatten lange nach einer Pflegerin gesucht, die bei ihr wohnen könnte. Mit den ersten beiden hatte es nicht geklappt, weil sie nicht Millicents Erwartungen entsprachen. Mit der dritten schien es jetzt besser zu funktionieren.

Unsere Familie hatte ihre Probleme – eine ganze Menge sogar –, aber an dem Tag lächelten wir alle. Bis Millicent schrie.

Ich rannte ins Haus, die Kinder dicht hinter mir. Ich kam gerade noch rechtzeitig in die Küche, um zu sehen, wie Millicent ihr Telefon an die Wand warf. Es zerbrach in tausend Stücke und hinterließ eine Kerbe in der Wand. Millicent vergrub das Gesicht in den Händen und fing an zu weinen.

Jenna heulte.

Rory hob die Einzelteile des kaputten Telefons auf.

Ich schlang die Arme um Millicent. Sie schluchzte so heftig, dass es sie am ganzen Körper schüttelte.

Die beiden schrecklichsten Dinge schossen mir durch den Kopf.

Jemand war gestorben. Vielleicht ihre Mutter. Vielleicht ein Freund.

Oder jemand musste sterben. An einer tödlichen Krankheit. Vielleicht eins der Kinder. Vielleicht meine Frau.

Eine der beiden Möglichkeiten musste es sein. Nichts sonst war Grund genug für eine solche Reaktion. Nicht

Geld oder ein Job oder der Verlust eines Haustiers, das wir nicht mal hatten. Jemand war tot oder würde es bald sein. Ich war geschockt, als ich erfuhr, dass weder das eine noch das andere der Fall war. Niemand war tot, niemand musste sterben. Im Gegenteil.

Ein paar Monate, nachdem wir angefangen hatten, miteinander zu gehen, veranstalteten Millicent und ich das, was wir als »Quizabend« bezeichneten. Wir kauften Pizza und Wein und gingen damit in ihr winziges Apartment. Das Wohnzimmer war so klein, dass nur ein Zweiersofa und ein Couchtisch hineinpassten; also setzten wir uns auf den Boden. Sie zündete ein paar Kerzen an, richtete die Pizzaecken auf richtigen Tellern an und goss den Wein in Sektgläser, denn das war alles, was wir hatten.

Wir verbrachten die gesamte Nacht damit, Fragen zu stellen. Keine Grenzen, nichts war off limits – so hatten wir es geplant. Die ersten Fragen waren ziemlich zahm; wir waren noch zu nüchtern, um über Sex zu reden. Also redeten wir über alles andere. Filme, Musik, Lieblingsessen, Lieblingsfarben. Ich fragte sogar, ob sie Allergien habe. Sie hatte. Augentropfen.

»Augentropfen?«

Sie nickte und nahm einen Schluck Wein. »Die Sorte, die gegen rote Augen hilft. Davon schwellen mir die Augen an, bis ich kaum noch etwas sehen kann.«

»Wie bei Rocky.«

»Genau wie bei Rocky. Ich hab's gemerkt, als ich sechzehn und bekifft war. Ich wollte es vor meinen Eltern verbergen und bin dann im Krankenhaus gelandet.«

»Aha«, sagte ich. »Dann warst du also ein böses Mädchen.«

Sie zuckte die Achseln. »Und du? Allergien?«

»Nur gegen Frauen, die nicht Millicent heißen.«

Ich zwinkerte, um ihr zu zeigen, dass ich einen Scherz gemacht hatte. Sie trat gegen meinen Fuß und verdrehte die Augen. Irgendwann waren wir dann betrunken genug, um die guten Fragen zu stellen. Die meisten drehten sich um Sex und alte Beziehungen.

Als ich keine Lust mehr hatte, von ihrem Ex-Freund zu hören, fragte ich nach ihrer Familie. Ich wusste, woher sie kam und dass ihre Eltern noch verheiratet waren, aber das war auch alles. Von Geschwistern hatte sie nie gesprochen.

»Hast du Brüder oder Schwestern?«

Inzwischen waren wir schon ziemlich betrunken, zumindest ich, und ich spielte dauernd mit dem Wachs, das von der Kerze vor uns heruntertropfte. Es sammelte sich auf dem kleinen Unterteller, und ich quetschte es mit den Fingern, drehte es zu einer kleinen Kugel und drückte es wieder platt. Millicent sah mir zu, statt meine Frage zu beantworten.

»Hallo?«, sagte ich.

Sie nahm einen Schluck Wein. »Eine Schwester. Holly.«

»Älter oder jünger?«

»Sie war älter. Aber sie ist nicht mehr da.«

Ich ließ das Wachs fallen und umfasste ihre Hand, die das Sektglas hielt. »Das tut mir leid.«

»Schon okay.«

Ich wartete, ob sie noch etwas sagen würde. Schließlich fragte ich: »Was ist passiert?«

Sie lehnte sich an die Wand hinter ihr. Alkohol und Kerzenlicht ließen alles flackern, auch ihr rotes Haar. Eine Sekunde lang sah es aus, als ob glühende Asche herausfiele.

Sie wandte sich ab, als sie antwortete. »Sie war fünfzehn,

zwei Jahre älter als ich. Mehr als alles andere auf der Welt wollte sie gern Auto fahren. Konnte es nicht erwarten, endlich einen Führerschein zu haben. Dann waren unsere Eltern eines Tages nicht da. Sie hatten Dads Wagen genommen und Moms zu Hause gelassen. Holly meinte, wir sollten damit fahren. Nur um den Block – und sie würde auch ganz langsam fahren, sagte sie.« Millicent sah mich an und zuckte die Achseln. »Hat sie aber nicht getan. Und dann war sie tot.«

»O mein Gott. Das tut mir so leid.«

»Es ist wirklich okay. Holly war meine Schwester, aber sie war … kein netter Mensch. War sie nie.«

Ich wollte weiterfragen, und ich hätte es auch tun können, schließlich war Quizabend, aber ich tat es nicht. Stattdessen fragte ich sie, wann sie das erste Mal betrunken gewesen war.

Holly kam erst wieder zur Sprache, als wir bei ihren Eltern zu Abend aßen. Ich hatte sie schon einmal gesehen, in einem Restaurant, als wir in der Stadt waren, aber diesmal fuhren wir die drei Stunden bis zu ihnen nach Hause. Millicents Eltern wohnten in einem großen Haus oben im Norden, an der Grenze zu Georgia, mitten im Nirgendwo. Ihr Vater, Stan, hatte einen Fischköder erfunden und patentieren lassen, und dann hatte er ihn an eine Sportartikelfirma verkauft. Sie waren nicht reich, aber sie brauchten nicht mehr zu arbeiten. Stan verbrachte seine Zeit jetzt mit Vogelbeobachtung, Fliegenfischen und dem Schnitzen hölzerner Vogelhäuser. Millicents Mutter, Abby, war früher Lehrerin gewesen, und wenn sie sich nicht um ihren Kräutergarten kümmerte, schrieb sie einen Blog zu Fragen der Erziehung. Sie waren ein bisschen wie Hippies, aber sie zogen Koriander, kein Marihuana.

Millicent sah aus wie ihr Vater, bis hin zu den vielfarbigen Augen, aber ihre Persönlichkeit glich der ihrer Mutter. Abby war noch straffer organisiert als Millicent.

Das Bild sah ich erst nach dem Essen. Ich half mit, den Tisch abzuräumen, und trug mein Geschirr in die Küche. Das Bild stand auf dem Fenstersims über der Spüle, ein winziges Ding, halb versteckt hinter einer Pflanze. Die roten Haare auf dem Foto zogen meine Aufmerksamkeit auf sich. Als ich es in die Hand nahm, sah ich, dass es Millicent und ihre Schwester Holly zeigte. Bis zu diesem Augenblick war mir nicht aufgefallen, dass im ganzen Haus keine Fotos von ihr zu sehen waren. Da waren Fotos von Millicents Eltern und von Millicent, aber dies war das einzige von Holly.

»Lass sie das nicht sehen.«

Ich blickte auf und sah Millicents Mutter vor mir. Ihre warmen braunen Augen blickten beinahe flehentlich.

»Du weißt, was mit Holly passiert ist?«, fragte sie mit leiser Stimme.

»Millicent hat es mir erzählt.«

»Dann weißt du ja, wie sehr es sie aufbringt.« Sie nahm mir das Bild aus der Hand und stellte es wieder hinter den Blumentopf. »Wir hängen die Bilder ab, wenn sie kommt. Millicent wird nicht gern an sie erinnert.«

»Verstehe.« Ich nickte. »Der Unfall nimmt sie immer noch mit. Holly so zu verlieren muss schwer für sie gewesen sein.«

Sie sah mich seltsam an.

Ich verstand ihren Blick erst an dem Tag, als das Telefon klingelte und Millicent anfing zu schreien.

ZEHN

Die Illustrationen auf der Box von *Bloody Hell VII* sind so drastisch, dass alles mit einem gelben Warnsticker zugeklebt ist. Ein roter Sticker auf der Rückseite warnt vor dem Spiel selbst.

Ich bin nicht sicher, dass so etwas in meinem Haus sein sollte.

Ich kaufe es trotzdem.

Rorys dreitägige Sperre ist noch nicht zu Ende. Er ist zu Hause. Seine Mutter hat seinen Computer genommen und das Internet-Passwort geändert. Sie hat außerdem versucht, das Kabelfernsehen zu blockieren, aber das hat sie inzwischen wieder aufgegeben. Rory sitzt auf der Couch im Wohnzimmer und surft durch die Kanäle.

Ich werfe das Spiel neben ihn auf die Couch.

»Danke«, sagt er. »Aber du könntest an deiner Einstellung arbeiten.«

»Hör auf.«

Er grinst spöttisch, schnappt sich das Spiel und schält den gelben Sticker von der Vorderseite. Auf dem Bild sieht man Dutzende von aufeinandergetürmten Leichen. Oben auf dem Haufen steht ein hässliches gehörntes Wesen, vermutlich der Teufel.

Rory schaut zu mir auf, und seine grünen Augen leuchten.

Er will wissen, wo die Spielkonsole ist. Ich zögere und zeige dann auf den Glasschrank im Esszimmer. »Hinter dem Silbertablett. Mach nichts kaputt.«

»Nein.«

»Und leg sie zurück.«

»Ja.«

»Du wirst in der Schule nicht wieder betrügen, oder?«

Er verdreht die Augen. »Der Apfel fällt nicht weit vom Stamm.«

Das Fernsehen unterbricht uns. Eine Eilmeldung.

Das Logo der Lokalnachrichten erscheint, und dann ist der junge ernsthafte Reporter zu sehen, der immer über Lindsays Story berichtet. Er heißt Josh, und seit Lindsays Leiche gefunden wurde, habe ich ihn jeden Tag gesehen. Heute sieht er trotz der Maske ein bisschen erschöpft aus, und er hat einen leicht irren Blick.

Die Polizei hat endlich verlauten lassen, wie Lindsay gestorben ist.

»Wir sind heute Abend hier mit Dr. Johannes Rollins, dem früheren Rechtsmediziner von DeKalb County, Georgia«, sagt Josh. *»Danke, dass Sie bei uns sind, Dr. Rollins.«*

»Aber gern.« Dr. Rollins sieht älter aus, als alle meine Bekannten zusammengenommen, und erinnert mich an den Weihnachtsmann. Nur seine Kleidung passt nicht. Er trägt ein kariertes Hemd und eine blaue Krawatte.

»Dr. Rollins, Sie haben das heutige Statement der Polizei gesehen. Was können Sie uns mit Ihrer Erfahrung dazu sagen?«

»Sie wurde erwürgt.«

»Das steht ja hier. Ersticken durch Einschnürungsstrangulation.«

Dr. Rollins nickt. *»Das sage ich ja. Erwürgt.«*

»Können Sie uns sonst noch etwas sagen?«

»Sie hat innerhalb von Sekunden das Bewusstsein verloren und ist kurz darauf gestorben.«

Josh wartet ab, ob Dr. Rollins noch etwas zu sagen hat. Hat er nicht. »*Na, okay. Ich danke Ihnen sehr, Dr. Rollins. Wir freuen uns, dass Sie Zeit für uns hatten.*« Die Kamera zoomt an Josh heran, und er holt Luft. Auf seinen offiziellen Bericht folgt immer ein inoffizieller Bericht, denn Josh ist ehrgeizig und scheint seine Quellen überall zu haben.

»Das ist nicht alles, was wir wissen. Wie immer hat News 9 *mehr Informationen als irgendjemand sonst, und die finden Sie nicht in der polizeilichen Pressemeldung oder auf irgendeinem Polizeirevier. Wie meine Quellen mir berichtet haben, deuten die Spuren an Lindsays Hals darauf hin, dass sie wahrscheinlich mit einer Kette erdrosselt wurde. Der Mörder stand hinter ihr und zog die Kette um ihre Luftröhre zusammen, bis sie tot war.«*

»Cool«, sagt Rory.

Mir ist so übel, dass ich ihn nicht ermahne. Ich stelle mir seine Mutter, meine Frau, als die Mörderin vor, die Josh da beschreibt.

Im Geiste sehe ich es ganz klar, teilweise weil ich sie beide kenne – oder kannte. Ich sehe den Ausdruck des Entsetzens in Lindsays Gesicht. Ich sehe auch Millicents Gesicht, aber hier ändert sich der Ausdruck ständig. Erschrocken, erleichtert, orgasmisch. Sie lächelt.

Rory richtet sein Videospiel ein.

»Fehlt dir was?«, fragt er.

»Nein.«

Er antwortet nicht. *Bloody Hell VII* startet.

Ich gehe, denn ich habe eine Tennisstunde zu geben. In letzter Zeit habe ich zu viele abgesagt.

Ein Stück weit die Straße hinunter, im Club, wartet eine Frau mittleren Alters auf mich. Sie hat glattes dunkles Haar, sonnengebräunte Haut und einen komischen Akzent. Kekona ist aus Hawaii. Wenn sie frustriert ist, flucht sie auf Pidgin.

Kekona ist Rentnerin und Witwe, und infolgedessen hat sie eine Menge Zeit, sich um das zu kümmern, was andere tun. Und sie tratscht darüber. Durch Kekona weiß ich, wer mit wem schläft, welche Paare sich trennen, wer schwanger ist und wessen Kinder Probleme machen. Manchmal ist es mehr, als ich wissen möchte. Manchmal möchte ich nur Tennisunterricht geben.

Heute erfahre ich, dass eine von Rorys Lehrerinnen vielleicht eine Affäre mit dem Vater eines Schülers hat. Das ist verstörend, aber wenigstens hat sie keine Affäre mit dem Schüler. Kekona hat auch Neuigkeiten über die Scheidung der McAllisters, die sich jetzt seit über einem Jahr hinzieht, aber sie weiß auch ein neues Gerücht über eine mögliche Versöhnung. Sie hat rasch ein Etikett dafür: »Wahrscheinlich noch unsicher, aber man kann nie wissen.«

Die Stunde ist halb um, als sie Lindsay erwähnt.

Das ist ungewöhnlich, denn Lindsay wurde nicht in unserer kleinen Gemeinde Hidden Oaks gefunden, und sie war auch kein Mitglied im Country Club. Lindsay hat zwanzig Meilen weit weg gelebt und gearbeitet, und da wurde sie auch gefunden, nicht in Kekonas Tratschzone. Die meiste Zeit bleibt sie in den Oaks, tief im Innern der Umzäunung, wo sie in einem der größten Häuser wohnt, weniger als einen Block weit entfernt von dort, wo ich aufgewachsen bin, und ich kenne Kekonas Haus gut. Oder kannte es gut. Meine erste Freundin hat da gewohnt.

»Irgendwas an diesem Mädchen im Motel ist merkwürdig«, sagt sie.

»Ist nicht an allen Morden irgendwas merkwürdig?«

»Eigentlich nicht. Mord ist beinahe ein nationaler Zeitvertreib. Andererseits tauchen normale Mädchen nicht einfach tot in verlassenen Motels auf.«

Kekona sagt, was ich die ganze Zeit denke.

Das Motel macht mich immer noch ratlos. Ich verstehe nicht, warum Millicent Lindsay nicht begraben hat. Warum sie ihre Leiche nicht hundert Meilen weit entfernt in einem Wald abgelegt hat, oder irgendwo anders, aber nicht hier, wo wir wohnen, in einem Gebäude, wo sie zwangsläufig irgendwann entdeckt werden musste. Es ergibt keinen Sinn.

Es sei denn, Millicent will gefasst werden.

»Normale Mädchen?«, frage ich Kekona. »Was sind normale Mädchen?«

»Sie wissen schon, keine Drogenabhängigen, keine Prostituierten. Keine, die am Rand der Gesellschaft leben. Lindsay war normal. Sie hatte einen Job und eine Wohnung, und vermutlich hat sie Steuern gezahlt. Normal.«

»Schauen Sie sich viele Krimis im Fernsehen an?«

Kekona zuckt die Achseln. »Klar. Wer nicht?«

Millicent nicht. Aber sie liest Kriminalromane.

Ich schicke ihr eine Textnachricht.

Wir brauchen einen Date-Abend.

Millicent und ich haben seit mehr als zehn Jahren keinen richtigen Date-Abend mehr gehabt. Der Begriff ist ein Code bei uns. Irgendwann haben wir uns zusammengesetzt und uns einen Code ausgedacht. Date-Abend bedeutet, wir müssen über unsere extrakurrikularen Aktivitäten reden. Ein echtes Gespräch führen, kein Geraune im Dunkeln.

Zwischen der SMS und dem Date-Abend liegt Rorys Schulsperre. Er war den ganzen Tag allein zu Hause, und in Millicents Fantasie hat ihr Sohn ein Buch gelesen, um sich geistig weiterzuentwickeln. Stattdessen hat er aber sein neues Videogame gespielt, dank meiner Unterstützung. Als ich zur Tür hereinkomme, ist keine Spur davon zu sehen. Rory deckt schweigend den Tisch.

Er blickt auf und zwinkert mir zu. Zum ersten Mal mag ich die Person nicht, zu der mein Sohn hier wird. Durch meine Schuld.

Ich gehe nach oben, um vor dem Essen kurz zu duschen. Als ich wieder herunterkomme, ist Jenna da. Sie macht sich über Rory lustig.

»Alle haben heute über dich geredet«, sagt sie. Während sie spricht, tippt sie etwas in ihr Handy. Das tut Jenna immer. »Sie haben gesagt, du bist so blöd, dass du nachschlagen musst, wie man deinen eigenen Namen buchstabiert. Deshalb hättest du gemogelt.«

»Haha«, sagt Rory.

»Sie haben gesagt, du bist zu dumm, um älter zu sein als ich.«

Rory verdreht die Augen.

Millicent ist in der Küche. Sie hat ihr Bürokostüm ausgezogen und trägt jetzt eine Yogahose, ein langes Sweatshirt und Ringelsocken. Ihr Haar hat sie hochgebunden und mit einem Riesenclip oben auf dem Kopf festgesteckt. Lächelnd hält sie mir eine Salatschüssel entgegen, damit ich sie auf den Tisch stelle.

Die Kinder zanken sich weiter, während sie und ich das Essen servieren.

»Du bist so dumm«, sagt Jenna, »dass sie sagen, ich hätte allen Verstand geerbt.«

»Von der Schönheit hast du jedenfalls nichts abgekriegt«, sagt Rory.

»Mom!«

»Es reicht«, sagt Millicent und setzt sich an den Tisch.

Roy und Jenna halten den Mund. Sie breiten sich Servietten über den Schoß.

Alles ist so normal.

Als wir fertig gegessen haben, bittet Millicent Jenna und mich, das Geschirr zu spülen. Sie will Rorys Hausarbeiten mit ihm besprechen, um sich zu vergewissern, dass er alles erledigt hat.

Ich sehe Panik in seinem Blick.

Es wird ein langer Abend für Rory, das kann ich in der Küche hören, als Jenna und ich aufräumen. Ich spüle die Teller ab, sie räumt die Maschine ein, und wir unterhalten uns ein bisschen.

Jenna schwatzt über Fußball, und dabei geht sie so sehr ins Detail, dass ich unmöglich noch folgen kann. Nicht zum ersten Mal frage ich mich, ob ich nicht mehr Interesse zeigen und mich vielleicht als Trainerassistent anbieten sollte oder so was. Aber dann fällt mir ein, dass ich einfach nicht die Zeit dazu habe.

Sie redet und redet, und meine Gedanken wandern zu Millicent. Zu unserem Date-Abend.

Als das Geschirr versorgt ist und Rory die Ausreden ausgegangen sind, kommt der Abend zur Ruhe. Rory geht auf sein Zimmer, um die Hausaufgaben zu erledigen, die er noch nicht gemacht hat. Jenna chattet und redet und textet gleichzeitig. Als es Schlafenszeit ist, kassiert Millicent ihre beiden Computer ein. Das tut sie jeden Abend, damit sie nicht aufbleiben und mit Fremden im Internet chatten, wenn wir schlafen. Ich glaube, im Internet sind zu allen Zeiten Fremde unterwegs, aber darüber diskutiere ich nicht mit ihr.

Als die Kinder im Bett sind, gehen Millicent und ich zu unserem Date-Abend in die Garage.

ELF

Wir setzen uns in Millicents Auto. Es ist schöner als meins, ein Luxus-Crossover, mit dem sie Kunden herumfährt, um ihnen Häuser zu zeigen. Die Ledersitze sind bequem, der Wagen ist geräumig, und wenn die Türen zu sind, können die Kindern nicht lauschen.

Meine Hände liegen zwischen uns auf der Mittelkonsole, und sie deckt sie mit ihren zu.

»Du bist nervös«, sagt sie.

»Du nicht?«

»Sie werden nichts finden, was auf uns deutet.«

»Wieso bist du da so sicher? Hast du denn gewusst, dass sie sie finden würden?«

Sie zuckt die Achseln. »Vielleicht war es mir egal?«

Was ich weiß, passt in meine Hand, und was ich nicht weiß, füllt das ganze Haus aus – so kommt es mir jedenfalls vor. Ich habe so viele Fragen, aber ich will die Antworten gar nicht wissen.

»Die anderen sind nie gefunden worden«, sage ich. »Warum Lindsay?«

»Lindsay.« Sie spricht den Namen langsam aus. Es erinnert mich daran, wie wir sie gefunden haben. Das haben wir zusammen getan: Wir haben gesucht, wir haben gewählt, ich war an jeder Entscheidung beteiligt.

Als ich zum zweiten Mal mit Lindsay wandern war, erzählte ich Millicent, sie sei die Richtige. Das war, als wir uns den Code ausdachten, unseren speziellen Date-Abend, nur dass wir uns nicht in der Garage trafen. Wir ließen die Kinder für ein Weilchen bei einer Nachbarin und gingen in die Frozen-Yoghurt-Bar. Millicent nahm Vanille, ich Butter-Pecan, und wir spazierten durch die Mall, in der außer dem Kino alles geschlossen war. Vor einem exklusiven Küchengeschäft blieben wir stehen und schauten uns die Schaufenster an. Es war eins von Millicents Lieblingsgeschäften.

»Also«, sagte sie, »erzähl's mir.«

Ich sah mich um. Die Leute, die uns am nächsten standen, warteten mindestens hundert Meter weit entfernt in der Kassenschlange vor dem Kino. Trotzdem senkte ich die Stimme. »Ich glaube, sie ist perfekt.«

Millicent zog die Brauen hoch. Sie sah überrascht aus. Und glücklich. »Wirklich?«

»Wenn wir es tun wollen, dann ja. Sie ist die Richtige.«

Sie war nicht die einzige Richtige, sie war die dritte. Aber Lindsay war anders, weil sie eine Fremde war, die wir im Internet gefunden hatten. Wir hatten sie unter einer Million Möglichkeiten ausgesucht. Die ersten beiden hatten wir nicht ausgesucht. Sie waren zu uns gekommen.

Millicent aß einen Löffel Vanille-Joghurt und leckte ihn ab. »Dann meinst du, wir sollten es tun? Ja? Sollten wir?«

Etwas in ihrem Blick ließ mich wegschauen. Gelegentlich gibt Millicent mir das Gefühl, ich könne nicht atmen. So war es in diesem Augenblick, als wir in der Mall standen und über Lindsays Schicksal entschieden. Ich wandte mich ab und schaute in das geschlossene Küchengeschäft. All diese neuen, blitzenden Gerätschaften starrten zu mir heraus und schienen mich mit ihrer Unerreichbarkeit zu verhöhnen. Wir konnten uns nicht alles leisten, was wir haben wollten. Niemand kann das, aber es störte mich trotzdem.

»Ja«, sagte ich zu Millicent. »Wir sollten es auf jeden Fall tun.«

Sie lehnte sich zu mir herüber und gab mir einen kalten Vanillekuss.

Es war nie davon die Rede, Lindsay gefangen zu halten.

Jetzt sitzen wir in der Garage und haben wieder einen Date-Abend. Kein Frozen Joghurt, nur eine kleine Tüte Salzbrezel, die ich im Handschuhfach hatte. Ich biete sie Millicent an, und sie rümpft die Nase.

Ich komme zurück zu dem Grund, weshalb wir hier im Wagen sitzen. »Du musst gewusst haben, dass sie gefunden werden würde …«

»Das wusste ich auch.«

»Aber warum? Warum wolltest du, dass sie gefunden wird?«

Sie seufzt und schaut hinaus zu den Stapeln von Plastikwannen mit alten Spielsachen und Weihnachtsschmuck.

Als sie mich wieder ansieht, legt sie den Kopf schräg und lächelt ein bisschen. »Weil unser Jahrestag ist.«

»Unser Hochzeitstag? Der war vor fünf Monaten.«

»Nicht der.«

Ich denke nach. Ich will jetzt nichts vermasseln, denn ich sollte so was wissen. Ich sollte mich an diese Dinge erinnern.

Und plötzlich fällt es mir ein. »Wir haben Lindsay vor einem Jahr ausgesucht. Wir haben uns für sie entschieden.«

Millicent strahlt. »Ja. Auf den Tag genau ein Jahr, bevor sie gefunden wurde.«

Sie sieht mich unverwandt an. »Hast du mal von Owen Riley gehört?«, fragt sie.

»Was?«

»Owen Riley. Weißt du, wer das ist?«

Der Name sagt mir nicht sofort etwas, aber dann fällt es mir ein. »Du meinst Owen Oliver? Den Serienmörder?«

»So habt ihr ihn genannt?«

»Owen Oliver Riley. Wir sagten immer nur Owen Oliver.«

»Und du weißt, was er getan hat?«

»Natürlich. Jeder hier weiß das.«

Sie lächelt, und wieder einmal bin ich ratlos. »Es ist nicht nur unser Jahrestag, es ist Owens«, sagt sie.

Ich denke zurück und durchforsche mein Gedächtnis nach Ereignissen, die stattgefunden haben, als ich kaum erwachsen geworden war. Oliver Owen tauchte in dem Sommer auf, als ich gerade die Highschool abgeschlossen hatte. Niemand wurde aufmerksam, als eine Frau verschwand, und niemand wurde aufmerksam, als noch eine Frau verschwand. Erst als eine der beiden tot aufgefunden wurde, nahm man Notiz.

Ich erinnere mich, dass ich mit einem falschen Ausweis in einer Bar war, umgeben von Freunden. Wir tranken billiges Bier und noch billigeren Schnaps und sahen, wie die erste Leiche entdeckt wurde. In Woodview passierte nie etwas, schon gar nicht ein Mord an einer netten Frau wie Callie, die als Geschäftsführerin in einem Bekleidungsgeschäft arbeitete. Sie wurde in einer verlassenen Raststätte am Interstate Highway gefunden. Ein Trucker entdeckte die Leiche.

Zuerst war es nur ein grausiger Mord an einer Frau. Den

ganzen Sommer über verfolgte ich fasziniert, wie die Nachrichten und die Polizei und die Gemeinde sich bemühten, eine Erklärung für diesen Mord zu finden.

Ein Landstreicher, das war bald die akzeptierte Antwort. Allen war wohler, wenn sie glauben konnten, der Mörder sei kein Nachbar, auch wenn das bedeutete, dieser Außenseiter hatte Callie monatelang am Leben gehalten, bevor er sie umbrachte. Das glaubten wir sowieso. Sogar ich.

Als es zum zweiten Mal passierte, fühlten wir uns alle betrogen. Es musste einer von uns sein.

Niemand wusste, dass es Owen Oliver Riley war. Noch nicht. Wir nannten ihn nur den Woodview Killer.

Neun tote Frauen später wurde er gefasst. Owen Oliver Riley war ein Mann Mitte dreißig mit strohblondem Haar, blauen Augen und einem leichten Bauchansatz. Er fuhr einen silberfarbenen Wagen, verkehrte in einer Sportsbar und arbeitete ehrenamtlich in seiner Kirchengemeinde. Die Leute kannten ihn, hatten mit ihm gesprochen, hatten ihm Waren und Dienstleistungen verkauft und ihm zugewinkt, wenn er vorbeikam. Ich starrte sein Bild im Fernsehen an und dachte, er könne es nicht gewesen sein. Er sah so normal aus. Und das war er ja auch, abgesehen davon, dass er neun Frauen ermordet hatte.

Owen Oliver wurde zunächst nur ein Mord zur Last gelegt; in den übrigen Fällen trug man noch Beweismaterial zusammen. Eine Kaution wurde abgelehnt. Owen Oliver blieb drei Wochen im Gefängnis, bis er wegen eines Formfehlers entlassen wurde. Der richterliche Beschluss für die Entnahme einer DNA-Probe war noch nicht unterschrieben gewesen, als die Polizei den Abstrich von der Innenseite seiner Wange gemacht hatte. Sogar sein Pflichtanwalt konnte mit einem Lastwagen durch diese Lücke fahren. Und er tat es.

Ohne die DNA-Probe hatte die Polizei nichts in der Hand. Sie waren immer noch verzweifelt dabei, Beweismaterial zusammenzukratzen, als Owen Oliver zum Gefängnistor hinausspazierte. Er sah so normal aus, dass er gleich wieder mit der Gesellschaft verschmolz und in ihr verschwand.

Als er freikam, war ich in Übersee, aber ich hörte trotzdem davon. Es war eines der wenigen Male, bei denen ich meine Eltern sprach, bevor sie starben. Ich kehrte zu ihrer Beerdigung zurück, ohne die Absicht hierzubleiben. Doch dann lernte ich Millicent kennen.

Als Millicent damals zum ersten Mal mit mir ausging, dachte ich, sie tue es, weil sie hier neu war und niemanden kannte.

Das denke ich manchmal immer noch.

Inzwischen war Owen Oliver längst verschwunden. Aber alljährlich erschien am Tag seiner Freilassung sein Gesicht wieder in den Nachrichten. Im Laufe der Jahre wurde Owen unser Lokalmonster, unser Buhmann, Serienmörder, und irgendwann war er ein überlebensgroßer Mythos.

»Es muss siebzehn Jahre her sein, dass er jemanden umgebracht hat«, sage ich.

»Achtzehn, genau gesagt. In diesem Monat vor achtzehn Jahre ist sein letztes Opfer verschwunden.«

Ich schüttle den Kopf und versuche, die Puzzlesteine im Kopf zusammenzufügen. Wie immer nimmt Millicent es mir ab.

»Weißt du noch, wie es war, als Lindsay verschwunden ist? Als alle nach ihr suchten?«

»Natürlich.«

»Und was, glaubst du, wird passieren, wenn wieder eine verschwindet? Wie eine der Frauen auf unserer Liste?«

Nach und nach fügt sich alles zusammen. Wenn wieder eine Frau verschwindet, wird die Polizei glauben, dass sie es mit einem Serienkiller zu tun hat. Millicent hat Owen wieder zum Leben erweckt, um ihm unser Werk in die Schuhe zu schieben.

Sie plant unsere Zukunft.

»Darum hast du Lindsay so lange am Leben gelassen«, sage ich. »Du hast ihn nachgeahmt.«

Millicent nickt. »Ja.«

»Und er hat seine Opfer erwürgt, nicht wahr?«

»Ja.«

Ich atme aus. Physisch und psychisch. »Das war alles abgekartet.«

»Natürlich. Wenn die Polizei anfängt zu suchen – und das wird sie tun –, dann wird sie nach Owen suchen.«

»Aber warum hast du es mir nicht erzählt? *Ein Jahr* lang?«

»Ich wollte dich überraschen. Zu unserem Jahrestag.«

Ich starre sie an. Meine wunderbare Frau.

»Das ist wahnsinnig«, sage ich.

Sie zieht eine Braue hoch. Bevor sie etwas sagen kann, lege ich ihr einen Finger auf die Lippen.

»Und es ist brillant«, sage ich.

Millicent beugt sich herüber und drückt mir einen Kuss auf die Nase. Ihr Atem riecht nach dem Dessert, das es heute Abend gab. Diesmal keine Vanille. Schokoladeneis und Kirschen.

Sie rutscht über die Mittelkonsole zum Beifahrersitz und setzt sich rittlings auf mich. Als sie ihr Sweatshirt auszieht, löst sich die Haarklammer, und ihr Haar fällt herunter.

Sie schaut mich an, und ihre Augen sind dunkel wie ein Sumpf.

»Du hast doch nicht gedacht, dass wir aufhören, oder?«

Nein. Wir können jetzt nicht aufhören.

Ich will es nicht mal.

ZWÖLF

Am Anfang war es wegen Holly. Weil wir es einfach tun mussten.

Als an jenem frischen Herbsttag das Telefon läutete, ging unsere Welt in Stücke. Bei dem Anruf ging es um Holly. Sie sollte aus einer psychiatrischen Klinik entlassen werden.

Ich traute meinen Ohren nicht, als Millicent mir erzählte, ihre Schwester sei nicht mit fünfzehn tödlich verunglückt. Sie war in der Psychiatrie gewesen.

Es war am späten Samstagabend, nachdem die Kinder beruhigt worden waren und zu essen bekommen hatten und zu Bett gegangen waren. Millicent und ich saßen in unserem Wohnzimmer auf der neuen Couch, die wir noch abbezahlten, und sie erzählte mir Hollys wahre Geschichte.

Das Erste war die Schnittverletzung mit dem Papier gewesen. Die Geschichte kannte ich schon. Sie hatten Collagen aus ihren Lieblingssachen gemacht.

»Sie hat es absichtlich getan«, sagte Millicent. »Sie hat meine Hand genommen und mich mit der Papierkante geschnitten. Genau hier.« Sie zeigte mir die Stelle zwischen Daumen und Zeigefinger. »Dann hat sie meinen Eltern eingeredet, dass es aus Versehen geschehen ist.«

Ein Monat war vergangen, und die sechsjährige Millicent hatte die Sache fast vergessen. Bis das Gleiche wieder passierte. Sie und Holly waren in Hollys Zimmer. Millicent und ihre Schwester hatten dort mit Puppen, Stofftieren und Plastikpferdchen ihre eigene kleine Welt geschaffen, die sie Lila Loch nannten. Der Name bezog sich auf die Farbe von Hollys Zimmer. Es war lavendelfarben, und Millicents war gelb.

Sie waren dort im Loch, als Holly sie wieder schnitt. Diesmal benutzte sie ein scharfes Stück Plastik, das sie von einem Spielzeug abgebrochen hatte.

Der Schnitt war unten an Millicents Bein, über dem Knöchel. Sie schrie, als das Blut auf den Teppich tröpfelte. Holly starrte es an, bis ihre Mutter ins Zimmer kam. Dann stimmte sie in Millicents Geschrei ein.

Der Zwischenfall wurde als ein weiteres Versehen abgetan.

In den nächsten zwei Jahren erlitt Millicent eine ganze Reihe von weiteren Unglücksfällen. Ihr Vater vermutete, sie sei ungeschickt. Ihre Mutter sagt, sie solle besser aufpassen.

Holly lachte sie aus.

Je mehr Millicent mir erzählte, desto größer wurde mein Entsetzen. Ein wenig von dem, was ich gesehen hatte, ergab jetzt einen Sinn.

Die Bisswunde an ihrem Arm, die dem Hund zugeschrieben worden war. Zwei kleine verfärbte Narben, die nie weggegangen waren.

Ein gebrochener Finger, der in der Tür eingeklemmt worden war. Er war immer noch ein bisschen krumm.

Die kleine abgesplitterte Stelle an einem unteren Schneidezahn, wo sie gestolpert und gegen den Türrahmen gefallen war.

Der lange, tiefe Schnitt an ihrer Wade von einer Glasscherbe auf der Straße. Die Narbe ist noch deutlich zu sehen, ein brauner Streifen, fast fünfzehn Zentimeter lang.

Die Aufzählung schien Stunden zu dauern. Und je älter die Schwestern wurden, desto schlimmer wurde es.

Als Millicent zehn war, stieß Holly sie die Treppe herunter. Millicent brach sich den Arm. Sechs Monate später fuhr Holly sie mit dem Fahrrad an, und danach fiel sie im Garten vom Baum.

Ihre Eltern hielten das alles für Unfälle. Oder sie sahen nur, was sie sehen wollten. Niemand möchte glauben, dass sein Kind ein Monster ist.

Zum Teil konnte ich das verstehen. Nichts könnte mir einreden, dass Rory und Jenna sich so benehmen würden. Es ist einfach unmöglich, es kann nicht sein. Und sicher haben Millicents Eltern es genauso empfunden.

Aber deshalb war ich nicht weniger wütend. Ich saß da und hörte mir an, was Millicent in ihrer Jugend hatte ertragen müssen, und ich konnte meine Wut nicht wegargumentieren.

Diese Behandlung – nein, diese Folter – setzte sich bis ins frühe Teenageralter fort. Inzwischen hatte Millicent längst jeden Versuch aufgegeben, nett zu ihrer Schwester zu sein, damit diese endlich aufhörte. Stattdessen versuchte sie, Holly ihrerseits zu verletzen.

Bei dem ersten – und einzigen – Versuch waren sie beide in der Mittelschule. Als der Unterrichtstag zu Ende war, gingen sie mit den anderen Kindern zum Vordereingang hinaus zu der Reihe der Eltern, die ihre Kinder abholen wollten. Sie gingen nebeneinanderher, und Millicent streckte den Fuß zur Seite.

Holly fiel der Länge nach hin.

Das Ganze dauerte nur eine Sekunde, aber die halbe Schule hatte es gesehen. Die Kids lachten, Lehrer eilten zu Hilfe, und Millicent lächelte innerlich.

»Es klingt krank«, sagte Millicent, »aber ich dachte wirklich, damit wäre es vorbei. Ich dachte, wenn ich sie verletze, hört sie auf, mich zu verletzen.«

Das war ein Irrtum.

In der Nacht wachte Millicent auf. Ihre Handgelenke waren ans Bett gefesselt, und Holly war dabei, ihr einen Knebel in den Mund zu stopfen.

Holly sagte kein Wort zu ihr. Sie saß in der Ecke und starrte Millicent an, bis die Sonne aufging. Kurz bevor ihre Eltern aufwachten, band Holly sie los und nahm ihr den Knebel aus dem Mund.

»Versuch nie wieder, mich zu verletzen«, sagte sie. »Beim nächsten Mal bringe ich dich um.«

Millicent versuchte es nicht wieder. Sie nahm die Misshandlungen hin, während sie zugleich nach einer Möglichkeit suchte zu beweisen, dass sie nicht ungeschickt war und dass es kein Missgeschick war, wenn sie sich verletzte. Aber Holly war zu clever, sich filmen zu lassen, zu clever, um von irgendwem erwischt zu werden.

Bis zum heutigen Tag ist Millicent überzeugt, dass es immer so weitergegangen wäre, wenn das Auto nicht gewesen wäre.

Der Autounfall, von dem sie mir erzählt hat, ist wirklich passiert. Holly war fünfzehn, Millicent dreizehn, und Holly beschloss, mit dem Auto ihrer Mutter eine Spazierfahrt zu machen. Sie befahl Millicent mitzukommen, und dann fuhr sie absichtlich gegen einen Zaun, und zwar mit der Beifahrerseite voran.

Man hätte es als Unfall abgeschrieben, wenn das Video nicht gewesen wäre.

Zwei separate Überwachungskameras zeichneten den Unfall auf. Die erste verfolgte, wie der Wagen geradeaus die Straße hinunterfuhr und plötzlich nach rechts schwenkte und den Zaun rammte. Das zweite Video zeigte die Fahrerseite. Holly saß am Steuer, und es sah aus, als habe sie es absichtlich herumgerissen.

Die Polizei vernahm sie und kam zu dem Schluss, dass es kein Unfall gewesen war.

Nach zahlreichen Gesprächen mit Millicent, Holly und ihren Eltern begriff die Polizei, dass mit Holly etwas ganz und gar nicht in Ordnung war. Außerdem glaubte sie, dass Holly versuchte, ihre kleine Schwester umzubringen.

Statt zuzulassen, dass ihre Tochter wegen versuchten Mordes vor Gericht gestellt wurde, hatten Millicents Eltern eingewilligt, sie langfristig in die geschlossene Psychiatrie einzuweisen. Die Ärzte hatten sie dortbehalten.

Dreiundzwanzig Jahre später wurde sie aus der Klinik entlassen.

Holly war die Erste.

Nach unserem Date-Abend stelle ich ein paar Recherchen zu Owen Oliver Riley an. Wenn wir planen, unseren lokalen Butzemann wiederauferstehen zu lassen, dann muss ich die aktuellen Fakten kennen, speziell, was den Typ Frau betrifft, den er aufs Korn genommen hat. Viel habe ich davon nicht in Erinnerung. Ich weiß aber noch, dass er allen Frauen in der Gegend eine Heidenangst eingejagt hat, was es damals entweder sehr leicht oder sehr schwer machte, eine Frau kennenzulernen. Sie schauten mich entweder an, als wäre ich der Woodview Killer, oder sie versuchten, sich auszurechnen, wie groß meine Chancen waren, ihn in die Flucht zu schlagen.

Das waren Mädchen in meinem Alter, zwischen achtzehn und zwanzig, aber wie es aussieht, hätte Owen Oliver keinen zweiten Blick an sie verschwendet. Er hatte sie gern ein bisschen älter, so zwischen fünfundzwanzig und fünfunddreißig.

Blond oder brünett, das war egal. Da hatte Owen Oliver keine Vorlieben.

Aber andere hatte er schon. Die Frauen waren eher klein; keine war viel größer als eins sechzig. So waren sie leichter zu transportieren. Viel leichter auch für Millicent.

Sie lebten alle allein.

Viele arbeiteten nachts, und eine war sogar eine Prostituierte.

Owens letzte Anforderung war die, die ihn verriet. Zu dem einen oder anderen Zeitpunkt waren alle seine Opfer Patientinnen im St. Mary's Memorial Hospital gewesen. Manchmal lag es schon Jahre zurück. Eine hatte in St. Mary's die Mandeln herausgenommen bekommen, eine andere hatte zwei Tage mit Lungenentzündung am Tropf gehangen. Owen hatte in der Rechnungsabteilung gearbeitet. Er wusste alles über ihre Behandlungen, und er kannte ihr Alter, ihren Familienstand und ihre Adresse.

St. Mary's war die einzige Verbindung zwischen allen seinen Opfern. Lange Zeit hatte man das übersehen, denn jeder hier geht ins St. Mary's Hospital. Es ist das einzige große Krankenhaus in unserer Gegend. Das zweitnächste ist eine Stunde weit entfernt.

Ich überspringe die meisten Details über das, was er mit

seinen Opfern tat, während er sie gefangen hielt. Zu viele Informationen, die ich nicht brauche, zu viele Bilder, die ich vor meinem geistigen Auge nicht sehen will.

Das Einzige, was mir ins Auge fällt, sind die Fingerkuppen. Owen hatte sie bei allen seinen Opfern abgeschliffen. Millicent hatte bei Lindsay das Gleiche getan.

Als Nächstes schaue ich mir die Bilder der Frauen an, die er ermordet hat. Sie waren jung, strahlend und glücklich. So sehen Opfer auf Bildern immer aus. Niemand will das Bild einer ernsten jungen Frau sehen, selbst wenn sie tot ist.

Mir fällt noch einiges mehr auf. Alle Frauen waren ziemlich reizlos. Sie waren kaum geschminkt und trugen keine elegante Kleidung. Die meisten sahen unauffällig aus – schlichtes Haar, Jeans, T-Shirts, kein dunkler Lippenstift, keine lackierten Fingernägel. Lindsay passte in sein Profil, und auch ihre Größe entsprach Owens Anforderungen.

Naomi war eher schlicht als glamourös, aber sie war zu groß.

Bis jetzt habe ich noch nie eine Frau aufgrund eines solchen Profils ausgesucht. Meine Kriterien drehten sich eher um die Frage, wie viele Leute nach ihr suchen würden, wie schnell die Polizei alarmiert werden und wie viel Zeit sie darauf verwenden würde, nach einer erwachsenen Frau zu suchen.

Alles andere war beliebig. Ich habe Lindsay ausgesucht, weil sie alle wichtigen Kriterien erfüllte und weil Millicent mir ständig in den Ohren lag, ich solle die Nächste finden.

Mit Petra war es anders. Weil ich mit ihr geschlafen habe und weil sie den Verdacht hatte, ich sei nicht taub. Vielleicht beides. Sie ist immer noch da draußen, immer noch ein Risiko, aber sie passt überhaupt nicht in unser neues Profil.

Petra ist zu groß und viel zu glamourös, sie trägt Röcke und hohe Absätze und lackiert sich sogar die Zehennägel rot.

Ich muss eine andere finden. Unsere vierte.

So hat Owen Oliver gearbeitet. Er hat sich sein nächstes Opfer immer dann geholt, wenn das vorige gefunden worden war.

Während ich die sozialen Medien durchsuche, spüre ich das Adrenalin. Es ist noch kein Rausch, aber es wird einer werden. Millicent und ich werden Owen zurückbringen.

Und darauf freue ich mich.

DREIZEHN

Wir haben die ersten beiden Frauen nicht bewusst ausgewählt. Lindsay war die Erste, die wir aussuchten. Wir fanden sie via Internet. Aber da hatten wir noch kein Profil und keine Größenanforderung, an die wir uns halten mussten. Die meisten Leute veröffentlichen ihre körperlichen Daten nicht in den sozialen Medien, und so gibt es dort keine Kategorien, was Größe, Körpergewicht oder Augenfarbe angeht. Das macht die ersten Schritte meiner Suche nach Nummer vier ziemlich schwierig.

Eine Sorte Websites, auf denen die Körpergröße aufgeführt wird, habe ich gefunden: Dating-Portale. Ich durchsuche ein paar, aber es ist wenig inspirierend. Am nächsten Tag verabrede ich mich in der Mittagspause mit Millicent. Mit einem Becher Kaffee setzen wir uns in den Park auf der anderen Straßenseite. Es ist ein schöner Tag; der Himmel ist strahlend blau, die Luft ist nicht allzu feucht, und der Park ist nah genug beim Coffeeshop, sodass wir das WLAN dort benutzen können.

Ich erkläre ihr unsere neuen Profilanforderungen und zeige ihr, was ich online gefunden habe. Sie geht die Frauen auf der Dating-Website durch, dann schaut sie mich an.

»Die sehen alle so …« Sie schüttelt den Kopf und bricht ab.

»… gefaket aus?«

»Ja. Als wollten sie eine Frau sein, wie Männer sie wollen, und nicht die, die sie sind.«

Ich zeige auf eine, die behauptet, ihre Hobbys seien Windsurfing und Beachpartys. »Und vielleicht haben sie zu viele Freunde.«

»Manche bestimmt.«

Sie schaut sich weiter die Profile an und runzelt die Stirn. »Bei einem Dating-Portal können wir nichts finden.«

Ich sage nichts, und sie schaut zu mir auf. Ich lächle.

»Was ist?«, fragt sie.

»Ich habe eine andere Idee.«

Sie entspannt sich und ist nicht mehr besorgt. Sie zieht eine Braue hoch. »Ach ja?«

»Ja.«

»Erzähl.«

Ich schaue durch den Park, und mein Blick landet schließlich auf einer Frau, die auf einer anderen Bank sitzt und ein Buch liest. Ich zeige in ihre Richtung. »Wie wär's mit ihr?«

Millicent schaut hin, betrachtet die Frau und lächelt. »Du willst jemanden in der wirklichen Welt suchen.«

»Zunächst, ja. Damit wir eine finden, die dem physischen Profil entspricht. Dann recherchieren wir online weiter, um sicher zu sein, dass es mit ihr gehen wird.«

Millicent sieht mich an, und ihre Augen strahlen. Sie legt ihre Hände auf meine, und ihre Berührung durchströmt meinen ganzen Körper. Es fühlt sich an, als würde ich neu aufgeladen. Sogar in meinem Gehirn summt es.

Sie nickt, und ihre Mundwinkel biegen sich hoch, als sie anfängt zu lächeln. Ich kann nur noch daran denken, sie zu küssen. Sie mitten im Park auf den Rasen zu werfen und ihr die Kleider vom Leib zu reißen.

»Ich wusste, es gibt einen Grund, weshalb ich dich geheiratet habe«, sagt Millicent schließlich.

»Weil ich unglaublich brillant bin?«

»Und bescheiden.«

»Und auch nicht allzu hässlich«, sage ich.

»Wenn wir es richtig machen, wird die Polizei gar nicht auf den Gedanken kommen, nach einem Paar zu suchen. Wir werden tun können, was wir wollen.«

Etwas daran verstärkt meine Begeisterung. Die Welt ist voll von Dingen, die ich nicht tun darf oder mir nicht leisten kann – Häuser, Autos, Küchengeräte –, aber hier, *hier* sind wir frei. Dies gehört uns, und wir haben die Kontrolle. Dank Millicent.

»Ja«, sage ich.

»Ja was?«

»Ja zu allem.«

Ich fahre zur SunRail-Station und nehme den Zug nach Altamonte Springs, einer benachbarten Stadt in entgegengesetzter Richtung von da, wo Petra wohnt. Formal gesehen liegt die Stadt außerhalb von Woodview, aber sie gehört noch zu Owens ursprünglichen Jagdgründen.

Frauen sind überall. Junge, alte, große, kleine, dünne, dicke. In jeder Straße, in jedem Laden, hinter jeder Ecke. Die Männer sehe ich nicht, nur die Frauen, und so war es schon immer. Als ich jung war, konnte ich mir nicht vorstellen, wie ich eine auswählen sollte. Nicht unter so vielen.

Natürlich war das vor Millicent.

Ich bin derjenige, der jetzt anders ist. Ich taxiere immer noch alle Frauen, nur nicht mehr auf die gleiche Weise. Ich sehe sie nicht mehr als mögliche Partnerinnen, Geliebte,

Eroberungen. Ich beurteile sie danach, ob sie in Owens Profil passen, zuerst hinsichtlich ihrer Größe, dann nach Make-up und Kleidung.

Ich beobachte, wie eine junge Frau aus einem Waschsalon kommt und die Treppe hinauf zu dem Apartment darüber geht. Von da, wo ich stehe, bin ich nicht sicher, ob sie nicht zu groß ist.

Eine zweite Frau kommt aus einem Bürogebäude. Sie ist ziemlich klein, aber aufreizend munter, und ich sehe zu, wie sie in ein Auto steigt, das schöner ist als meins. Ich bin nicht sicher, dass ich in ihre Nähe kommen könnte.

Ich sehe eine Frau in einem Coffeeshop und setze mich an den Tisch hinter ihr. Sie hat einen Laptop vor sich und scrollt durch Websites, die in zwei Kategorien fallen: Politik und Essen. Ich verstehe ein bisschen von beidem und frage mich, was für ein Gespräch wir miteinander führen würden. Das macht mich neugierig genug, um aufzupassen, wann sie geht, und ihr dann zu folgen, um mir ihre Autonummer zu notieren.

Ich gehe weiter den Gehweg entlang, bis ich eine kleine Frau sehe, die außerdem Politesse ist. Sie schreibt gerade einen Strafzettel. Ihre Fingernägel sind kurz geschnitten, ihr Haar ebenso. Ihre Augen kann ich wegen der Sonnenbrille nicht sehen, aber Lippenstift trägt sie keinen.

Ich gehe so nah an ihr vorbei, dass ich ihr Namensschild lesen kann.

A. Parson.

Vielleicht sie, vielleicht nicht. Ich habe mich noch nicht entschieden. Als sie nicht herschaut, mache ich zwei Fotos.

An diesem Abend liegt Millicent im Bett und studiert ein

Spreadsheet auf ihrem Computer. Die Kinder schlafen, oder sie sollten es zumindest tun. Auf jeden Fall hört man nichts von ihnen. Auf mehr können wir heutzutage nicht mehr hoffen.

Ich rutsche neben Millicent ins Bett. »Hey, du«, sage ich.

»Hey.« Sie rutscht ein Stück zur Seite, um Platz zu machen, obwohl unser Bett mehr als groß genug ist.

»Ich war heute shoppen.«

»O Gott, ich hoffe, du hast kein Geld ausgegeben. Ich sehe mir gerade unseren Etat an, und wir haben nichts übrig. Nicht nachdem die Spülmaschine ersetzt werden musste.«

Ich lächle. »Nicht diese Art von Shoppen.« Ich rufe das Foto von A. Parson auf dem Handy auf und lege es vor sie hin.

»Oh«, sagt Millicent. Sie zoomt das Foto heran und betrachtet es blinzelnd. »Was ist das für eine Uniform?«

»Politesse.«

»Ich hätte nichts dagegen, mich an einer von denen ein bisschen zu rächen.«

»Ich auch nicht.« Wir lachen beide. »Und sie passt in Owens Profil.«

»Ja, das tut sie.« Millicent klappt den Computer zu und dreht sich ganz zu mir um. »Gute Arbeit.«

»Danke.«

Wir küssen uns, und alle unsere Etatprobleme schmelzen dahin.

VIERZEHN

Beim ersten Mal war nichts davon sexy. Es war furchterregend.

Holly sollte das Ende sein. Nicht der Anfang.

Am Tag nach ihrer Entlassung aus der Klinik öffnete Millicent die Haustür und sah Holly auf der Veranda. Sie schlug ihrer Schwester die Tür vor der Nase zu.

Holly schrieb einen Brief und warf ihn in unseren Briefkasten. Millicent beantwortete ihn nicht.

Holly rief an. Millicent ging nicht mehr ans Telefon.

Als ich in der psychiatrischen Klinik anrief, wollten sie mir nichts erzählen.

Holly fing an, in der Öffentlichkeit aufzukreuzen. Sie hielt mindestens dreißig Meter Abstand, und sie war überall. In jedem Supermarkt, in dem Millicent einkaufte. Auf dem Parkplatz vor der Shopping Mall. Auf der anderen Straßenseite, wenn wir in ein Restaurant gingen.

Nirgends blieb sie so lange, dass wir die Polizei rufen konnten. Wenn wir sie zum Beweis fotografieren wollten, wandte sie sich ab und ging weg, oder sie bewegte sich so, dass sie auf dem Foto nur verschwommen zu sehen war.

Ihrer Mutter erzählte Millicent nichts davon. Wegen ihrer Alzheimer-Erkrankung vergaß sie allmählich, wer Holly war, und Millicent wollte, dass es so blieb.

Im Internet recherchierte ich die Gesetze über Stalking und stellte eine Liste mit Hollys bisherigen Auftritten auf. Als ich sie Millicent zeigte, meinte sie, das sei nutzlos.

»Es hilft nicht«, sagte sie.

»Aber wenn wir …«

»Ich kenne die Gesetze gegen Stalking. Sie hat nicht dagegen verstoßen, und sie wird es auch nicht tun. Dazu ist Holly viel zu clever.«

»Aber wir müssen etwas tun.«

Millicent schaute mein Notizbuch an und schüttelte den Kopf. »Ich glaube, du verstehst nicht. Sie hat mir die Kindheit zur Hölle gemacht.«

»Das weiß ich.«

»Dann solltest du auch wissen, dass eine Liste nicht hilft.«

Ich wollte zur Polizei gehen und dort erzählen, was uns passierte, aber der einzige handfeste Beweis, den wir hatten, war der Brief, den Holly in den Briefkasten geworfen hatte. Darin stand nichts Bedrohliches. Wie Millicent sagte, dazu war Holly viel zu clever.

M.
Meinst du nicht, wir sollten reden? Ich schon.
H.

Statt zur Polizei zu gehen, ging ich zu Holly. Ich sagte, sie solle Millicent und meine Familie in Ruhe lassen.

Sie tat es nicht. Als ich sie das nächste Mal sah, war sie in meinem Haus.

Es war um die Mittagszeit an einem Dienstag. Ich war im Club, brachte eine Tennisstunde zu Ende und überlegte mir, was ich essen sollte. Mein Telefon signalisierte drei eingegangene Textnachrichten hintereinander. Alle waren von Millicent.

911
Komm SOFORT nach Hause
Holly

Es war weniger als eine Woche her, dass ich Holly besucht hatte.

Ich nahm mir nicht die Zeit, Millicent zu antworten. Als ich zu Hause ankam, öffnete Millicent mir die Tür und führte mich ins Wohnzimmer. Holly saß am hinteren Ende auf der Couch. Als sie mich sah, stand sie auf.

»Holly war hier, als ich nach Hause kam«, sagte Millicent. Ihre Stimme zitterte.

»Was?«, sagte Holly.

»Genau da, wo sie jetzt ist, in unserem Wohnzimmer.«

»Nein, so war es nicht …«

»Ich hatte meine Kamera vergessen«, sagte Millicent. »Ich sollte heute das Sullivan-Objekt fotografieren, und deshalb bin ich noch mal nach Hause gekommen. Sie war einfach hier.«

»Warte …«

»Sie saß auf unserer *Couch*!« Endlich flossen die Tränen, und Millicent bedeckte ihr Gesicht mit beiden Händen. Ich legte einen Arm um ihre Schultern.

Holly sah aus wie eine normale Frau in den Dreißigern. Jeans, T-Shirt, Sandalen. Ihr kurzes rotes Haar war glatt zurückgekämmt, und sie trug einen knallroten Lippenstift. Holly holte tief Luft und hob beide Hände, als wollte sie mir zeigen, dass sie leer waren. »Moment. Das ist nicht …«

»Hör auf zu lügen«, schrie Millicent. »Ständig lügst du!«

»Ich lüge nicht!«

»Halt«, sagte ich und trat vor. »Wir wollen uns alle beruhigen.«

»Ja«, sagte Holly, »das wollen wir.«

»Nein, ich will mich nicht beruhigen.« Millicent deutete auf das Fenster in der Ecke an der Seite des Hauses. Der Vorhang war geschlossen, aber auf dem Boden lagen Glasscherben. »So ist sie reingekommen. Sie hat ein Fenster eingeschlagen, um in unser Haus einzubrechen.«

»Hab ich nicht!«

»Wie bist du dann reingekommen?«

»Ich bin nicht …«

»Holly, hör auf. Hör einfach auf. Du wirst meinem Mann nichts vormachen, so wie du Mom und Dad was vorgemacht hast.«

In dem Punkt hatte Millicent recht.

»O mein Gott«, sagte Holly. Sie verschränkte die Hände auf dem Kopf und schloss die Augen, als wollte sie die Welt aussperren. »OmeinGottomeinGottomeinGott.«

Millicent wich einen Schritt zurück.

Ich trat einen Schritt vor. »Holly«, sagte ich, »ist alles okay?«

Sie hörte nicht auf. Es war, als hörte sie mich gar nicht. Als sie sich mit der flachen Hand an den Kopf schlug, warf ich einen Blick zurück zu Millicent. Sie stand da wie gelähmt und starrte Holly an.

Ich hob die Stimme. »Holly.«

Sie riss den Kopf hoch.

Ließ die Hände sinken.

Ihr Gesicht verzerrte sich; sie sah wütend aus, beinahe

wild. Ich hatte das Gefühl zu sehen, wovor Millicent solche Angst hatte.

»Du hättest bei diesem Unfall sterben sollen«, sagte sie zu Millicent, und es klang wie ein Knurren.

Millicent kam hinter mir heran und packte mich beim Arm. Ich drehte mich halb um und wollte ihr sagen, sie solle die Polizei rufen, aber sie kam mir zuvor. Ihre Stimme zitterte. »Gott sei Dank, dass die Kinder nicht hier sind und das alles mitansehen.«

Die Kinder. Ein Bild durchzuckte mich: Ich sah Rory und Jenna an unserer Stelle hier im Zimmer, und ich fühlte ihre Angst, als sie dieser Wahnsinnigen gegenüberstanden.

»Holly«, sagte ich.

Sie hörte mich nicht. Sie hörte niemanden. Ihr Blick war starr auf Millicent gerichtet, die versuchte, sich hinter mir zu verstecken.

»Du Miststück«, sagte Holly.

Sie stürzte sich auf mich.

Auf Millicent.

In diesem Augenblick traf ich keine Entscheidung. Ich ließ mir keine Optionen durch den Kopf gehen, wog meine Pros und Kontras nicht gegeneinander ab und fand nicht durch logisches Denken zum besten Ausweg aus dieser Lage. Hätte ich das alles getan, würde Holly noch leben.

Aber ich dachte nicht und entschied nicht. Was ich als Nächstes tat, kam aus weit größerer Tiefe. Es war Biologie. Selbsterhaltung. Instinkt.

Holly bedrohte meine Familie, also bedrohte sie mich. Ich griff nach dem nächstbesten Gegenstand. Er lehnte neben mir an der Wand.

Ein Tennisschläger.

FÜNFZEHN

Noch ein paar Tage vergehen, bevor jemand im Fernsehen nach Owen Oliver Riley fragt.

Josh, mein ernster junger Josh, hat in einer Pressekonferenz den Namen des Serienkillers erwähnt. Seit Lindsay gefunden wurde, veranstaltet die Polizei mindestens jeden zweiten Tag eine Pressekonferenz. Sie finden immer spätnachmittags statt, sodass die Highlights in den Abendnachrichten wiederholt werden können.

Joshs Frage wird das Highlight von heute werden.

»Haben Sie sich schon gefragt, ob Owen Oliver Riley wieder da ist?«

Der leitende Detective, ein Mann Mitte fünfzig mit schütterem Haar, sah bei dieser Frage nicht überrascht aus.

Josh ist viel zu jung, um sich im Einzelnen an Owen Oliver zu erinnern, aber er ist ein intelligenter, ehrgeiziger Reporter, der mit Lichtgeschwindigkeit durch das Netz surfen kann. Er hat nur jemanden gebraucht, der ihm einen Ausgangspunkt zeigte.

Dazu habe ich mich einigen der berühmtesten Serienkiller zugewandt. Mehrere haben mit der Presse, manchmal sogar mit der Polizei kommuniziert, und zwar lange vor der Erfindung der E-Mail. Aber angesichts dessen, wie einfach es ist, alles Elektronische zurückzuverfolgen, entschied ich mich dagegen, E-Mails zu benutzen. Meine Methode war oldschool.

Owen schrieb niemandem jemals Briefe, und so brauchte ich nur etwas zu produzieren, das plausibel genug war, um echt zu sein. Nach mehreren Versuchen, langen und kurzen, lyrischen und weitschweifigen, landete ich bei einem Einzeiler:

Es ist gut, wieder zu Hause zu sein.
– Owen

Ich trug OP-Handschuhe beim Hantieren mit Papier, Umschlag und Briefmarke. Als der Brief zugeklebt und absendefertig war, besprühte ich den Umschlag mit einem billigen Eau de Cologne. Jetzt roch er wie ein Moschus-Cowboy.

Nur um Josh in Verwirrung zu stürzen.

Ich fuhr quer durch die Stadt und warf den Brief in einen Briefkasten. Drei Tage später brachte Josh Owens Namen auf der Pressekonferenz zur Sprache, aber nicht den Brief. Vielleicht will Josh ihn für sich behalten, vielleicht hat die Polizei ihn auch gebeten, ihn nicht zu erwähnen.

Einstweilen begnüge ich mich damit abzuwarten, denn ich habe noch etwas anderes zu tun. Letzte Nacht war ich draußen und habe Annabelle Parsons Apartment beobachtet. Sie ist die Politesse, die mir aufgefallen ist, und ich habe eben angefangen, ihr Leben unter die Lupe zu nehmen. Ich habe vor ihrem Apartment gewartet, um zu sehen, ob sie allein nach Hause kommt oder mit jemandem zusammen. Gegen Mitternacht kam eine Textnachricht von meinem Sohn.

Wieder unterwegs? Das kostet dich was.

Was willst du?

Du meinst, wie viel will ich?

Er will nicht noch ein Videospiel. Er will Bares.

Am nächsten Tag treffe ich ihn nach der Arbeit zu Hause. Er sitzt auf der Couch, zappt durch die Kanäle, schreibt Textnachrichten und spielt ein Spiel. Millicent ist noch nicht zu Hause, Jenna ist oben.

Ich setze mich neben ihn.

Er blickt auf und zieht die Brauen hoch.

Das Ganze ist ein Fehler. Ich hätte Millicent alles erzählen sollen. Wir hätten uns mit Rory und Jenna zusammensetzen und ihnen erklären können, dass überhaupt nichts im Gange ist.

Dad macht manchmal einfach gern lange Autofahrten um Mitternacht. Manchmal trägt er dabei einen Anzug.

Ich gebe Rory das Geld.

Er ist so damit beschäftigt, es zu zählen, dass er nicht auf den Fernseher achtet, wo sie die Highlights der Pressekonferenz in den Nachrichten wiederholen. Rory hat keine Ahnung, warum sein Vater in Wirklichkeit nachts unterwegs ist. Er bräuchte nur aufzublicken.

Zum Abendessen gibt es Tacos mit den Resten vom Huhn, und sie sind köstlich. Meine Frau ist eine gute Köchin, und sie lässt es sich nicht nehmen, praktisch jeden Abend das Essen zu machen, aber je schneller sie irgendwas zusammenrührt, desto besser scheint es zu werden.

Das sage ich ihr nicht.

Zum Nachtisch gibt es Pfirsichscheiben mit braunem Zucker, und jeder bekommt ein Zimtplätzchen. Rory verdreht als Erster die Augen, aber Jenna tut es auch. Mit dem Nachtisch war Millicent immer schon geizig.

Jeder isst auf seine Weise. Jenna leckt den braunen Zucker von den Pfirsichen, isst dann den Keks und schließlich die Pfirsiche. Rory isst den Keks als Erstes und dann die Pfirsiche, aber es ist alles irgendwie verschwommen, weil er es praktisch einatmet. Millicent wechselt zwischen Obst und Keks und nimmt hier einen Bissen und da einen Bissen. Ich knete Pfirsiche und Keks zusammen und esse den Brei mit einem Löffel.

Morgen ist unser Filmabend, und wir diskutieren darüber, was wir uns ansehen werden. Letzte Woche war es ein Film mit sprechenden Tieren. Rory stöhnt erst, aber er liebt diese Filme genauso sehr wie alle anderen. Beide Kinder sehen gern Sportfilme, und so entscheiden wir uns für einen Film über eine Baseball-Jugendmannschaft, die sich bemüht, bis zur Weltmeisterschaft zu kommen. Wir stimmen darüber ab, als wäre es eine wichtige Wahl, und *Batter Up* trägt einen Erdrutschsieg davon.

»Ich bin um halb sechs zu Hause«, sage ich.

»Um sechs gibt's Essen«, sagt Millicent.

»Sind wir hier fertig?«, fragt Rory.

»Wer ist Owen Oliver Riley?«, fragt Jenna.

Alles kommt zum Stehen.

Millicent und ich schauen Jenna an.

»Wo hast du davon gehört?«, fragt Millicent.

»Im Fernsehen.«

»Owen ist ein schrecklicher Mann, der Menschen wehgetan hat«, sage ich. »Aber dir kann er niemals ein Haar krümmen.«

»Oh.«

»Mach dir keine Sorgen wegen Owen.«

»Aber warum reden sie von ihm?«, will Jenna wissen.

»Wegen diesem toten Mädchen«, sagt Rory.

»Frau«, sage ich. »Eine tote Frau.«

»Ach. Die.« Jenna zuckt die Achseln und schaut hinüber zu ihrem Telefon. »Dann sind wir fertig?«

Millicent nickt, und sie greifen nach ihren Handys und schreiben Textnachrichten, während sie den Tisch abräumen. Ich spüle die Teller ab, Jenna stellt sie in die Spülmaschine, und Millicent entsorgt die Reste der Tacos.

Als wir zu Bett gehen wollen, schaltet Millicent noch einmal die Lokalnachrichten ein. Sie verfolgt die Highlights der Pressekonferenz und sieht mich dann an. Ohne etwas zu sagen, fragt sie, ob ich etwas damit zu tun hatte.

Ich zucke die Achseln.

Sie zieht eine Braue hoch und schweigt weiter.

Ich zwinkere ihr zu.

Sie lächelt.

Manchmal müssen wir gar nichts sagen.

Das war nicht immer so. Am Anfang haben wir nächtelang miteinander geredet, wie es alle jungen Paare tun, wenn sie sich verlieben. Ich habe ihr alle meine Geschichten erzählt. Konnte sie gar nicht schnell genug loswerden, weil ich endlich jemanden gefunden hatte, der sie faszinierend fand. Der mich faszinierend fand.

Irgendwann kannte sie alle meine alten Geschichten. Also erzählten wir uns neue. Ich schickte ihr mitten am Tag

Textnachrichten, um ihr winzige Kleinigkeiten zu erzählen. Sie schickte mir dann ein lustiges Bild, das mir zeigte, wie der Tag bei ihr verlief. Nie zuvor hatte ich jemanden so gut gekannt oder mein Leben so vollständig mit jemandem geteilt. So ging es weiter, bis wir heirateten, und noch weiter, als Millicent mit Rory schwanger wurde.

Ich erinnere mich immer noch an das Erste, was ich ihr nicht erzählte. Etwas, das wichtig war, meine ich. Es war das Auto. Wir hatten zwei; ihres war neuer, meins war ein klappriger alter Truck, in dem alle meine Tennissachen lagen. Als Millicent im achten Monat war, ging mein Truck kaputt. Ich brauchte tausend Dollar für die Reparatur, und wir hatten das Geld nicht. Alles Geld, das wir hatten, war nach und nach auf die Seite geschafft worden, damit wir uns Bettchen und Kinderwagen und die Berge von Windeln leisten konnten, die wir brauchen würden.

Ich wollte sie nicht aufregen und ihr keine Sorgen machen. Also traf ich eine Entscheidung. Ich erzählte ihr, dass der Truck kaputt war, aber nicht, was die Reparatur kosten würde. Um sie zu bezahlen, schaffte ich eine Kreditkarte an, die nur auf meinen Namen lief.

Ich brauchte mehr als ein Jahr, um die Rechnung abzubezahlen, und ich habe Millicent nie davon erzählt. Von den übrigen Lastschriften erzählte ich ihr auch nichts.

Das war die erste große Sache, aber wir hörten auch beide auf, über die Kleinigkeiten zu reden. Wir bekamen ein Baby und dann noch eins, und ihre Tage waren eher anstrengend als komisch. Sie erzählte mir nicht mehr jede Lappalie, und ich schilderte ihr nicht mehr sämtliche Einzelheiten über meine Schüler.

Wir hörten beide auf, zu fragen und sämtliche Details

miteinander zu teilen, und stattdessen beschränkten wir uns auf die Highlights. Das tun wir heute noch.

Manchmal brauchen wir nichts als ein Lächeln und ein Augenzwinkern.

SECHZEHN

Innerhalb von vierundzwanzig Stunden ist Owen Oliver Riley überall. Sein Gesicht ist in den Lokalnachrichten und auf den regionalen Websites. Meine Kunden wollen über ihn reden. Diejenigen, die nicht von hier sind, wollen mehr Einzelheiten wissen. Diejenigen, die von hier sind, haben noch nicht entschieden, dass er wirklich wieder da ist. Kekona, die städtische Klatschtante, steht dazwischen.

Sie ist zwar auf Hawaii geboren, aber sie wohnt hier lange genug, um alle unsere Legenden, Mythen und berüchtigten Mitbürger zu kennen. Sie glaubt nicht, dass Owen Oliver wieder da ist. Nicht eine Sekunde lang.

Wir sind auf dem Platz, und Kekona arbeitet an ihrem Aufschlag. Schon wieder. Sie glaubt, wenn sie ein Ass nach dem anderen liefert, kann sie sich den Rest des Spiels sparen. Theoretisch hat sie recht. In der Realität kann das niemand. Es sei denn, sie spielt gegen einen Fünfjährigen.

»Owen könnte überall Frauen umbringen, aber die glauben, er ist wieder hier?«, fragt sie.

»Wenn Sie mit ›die‹ die Polizei meinen, dann – nein, sie haben kein Wort von Owen Oliver gesagt. Das war nur die Frage eines Reporters.«

»Pffft.«

»Ich weiß nicht genau, was das heißen soll.«

»Es soll heißen, das ist lächerlich. Owen ist einmal entwischt, und er hat keinen Grund, wieder herzukommen.«

Ich zucke die Achseln. »Weil es sein Zuhause ist?«

Kekona verdreht die dunklen Augen. »Das Leben ist kein Horrorfilm.«

Sie ist nicht die Einzige, die es so sieht. Jeder, der das erste Mal nicht erlebt hat, hält es für lächerlich, dass er zurückgekommen sein könnte. Sie sehen es wie Kekona: Es wäre eine Entscheidung ohne rationalen Sinn.

Aber wer damals schon hier gewohnt hat und alt genug ist, um sich zu erinnern, glaubt, dass Owen nach Hause gekommen ist. Vor allem die Frauen.

Sie wissen noch, wie es war, Angst zu haben, wenn sie allein waren, im Haus oder draußen, denn Owen hat sich seine Opfer fast überall geholt. Zwei sind aus ihrem eigenen Haus verschwunden, eine in der Bibliothek, eine andere im Park, und mindestens drei auf Parkplätzen. Zwei waren von Überwachungskameras aufgenommen worden. Die Aufnahmen waren alt und körnig, und Owen sah aus wie ein großer Klecks in dunkler Kleidung mit einer Baseballmütze. Die Videos laufen den ganzen Tag, wie schon einmal.

Heute habe ich eine Tennisstunde mit Trista, Andys Frau, aber als ich durch das Clubhaus gehe, sehe ich sie an einem Tisch in der Sportsbar. Sie sieht sich auf einem der Großbildfernseher die Nachrichten an. Wie ihr Mann ist sie Mitte vierzig, und man würde sie auch nicht für jünger halten. Ihre Haarspitzen sind zu blond, ihre Augen sind schwarz umrandet, und ihre Haut hat eine tiefe, verstörend natürliche Sonnenbräune. Sie ist allein und trinkt Rotwein um ein Uhr mittags. Die Flasche steht auf dem Tisch.

Anscheinend gibt es heute keine Tennisstunde.

Ich beobachte sie aus einiger Entfernung und weiß nicht, ob ich sie ansprechen soll. Manchmal erzählen meine Schüler mir mehr, als ich wissen will. Ich bin sozusagen der Friseur des Sports.

Aber ich muss zugeben, es kann auch ganz interessant sein.

Ich gehe zu ihr. »Hey.«

Sie winkt und zeigt auf einen freien Stuhl, ohne den Blick vom Fernseher zu wenden. Ich habe sie schon oft trinken sehen, auf Partys und beim Abendessen, aber noch nicht so.

In der Werbepause sieht sie mich an. »Ich sage die Stunde für heute ab.«

»Danke, dass du mir Bescheid sagst.«

Sie lächelt, aber sie sieht nicht glücklich dabei aus. Ich überlege, ob sie vielleicht Ärger mit Andy hat. Vielleicht hat er etwas falsch gemacht, und da möchte ich nicht gern zwischen die Fronten geraten. Ich will aufstehen, doch da sagt sie:

»Weißt du noch, wie es war, damals?« Sie zeigt auf den Bildschirm. »Als er gemordet hat?«

»Owen?«

»Wer sonst?«

»Natürlich. Alle, die von hier sind, erinnern sich.« Achselzuckend setze ich mich wieder. »Warst du je im The Hatch? Da haben ein paar von uns samstags abends immer getrunken, und auf allen Fernsehern liefen die Nachrichten. Ich glaube, da habe ich …«

Sie holt tief Luft. »Ich kannte ihn.«

»Wen?«

»Owen Oliver. Ich kannte ihn.« Trista nimmt die Flasche und schenkt sich nach.

»Das hast du mir nie erzählt.«

Sie verdreht die Augen. »Ist auch nicht unbedingt was, worauf man stolz sein kann. Zumal wir ein Paar waren.«

»Nein!«

»Im Ernst.«

Mein Unterkiefer klappt buchstäblich herunter. »Weiß Andy das?«

»Nein. Und lass dir ja nicht einfallen, es ihm zu erzählen.«

Ich schüttle den Kopf. Nie im Leben würde ich es ihm erzählen. Ich bin nicht der Überbringer dieser Nachricht. »Aber wie hast du ...«

»Erst trinkst du mal einen Schluck.« Trista schiebt die Weinflasche zu mir herüber. »Du wirst es brauchen.«

Trista hat recht. Der Wein dämpft das Grauenhafte der Geschichte, die sie mir erzählt.

Als sie Owen Oliver kennenlernte, war er Anfang dreißig. Sie war zehn Jahre jünger, hatte ein Diplom in Kunstgeschichte und einen Job bei einer Inkassofirma. So begegneten sie sich. Owen arbeitete in der Rechnungsabteilung des St. Mary's Memorial. Rechnungen, die nicht bezahlt wurden, gingen an die Inkassofirma.

»Es war ein Drecksjob«, sagt sie. Ihre Zunge ist schwer vom Wein. »Ich musste kranke Menschen anrufen und Geld von ihnen verlangen. Das war ich. Dreck. Den ganzen Tag fühlte ich mich wie ein dreckiger Mensch, der dreckige Sachen tat.«

Owen sagte ihr, das sei nicht wahr. Als sie das erste Mal darüber sprachen, ging es um eine Frau namens Leann, die dem Krankenhaus mehr als zehntausend Dollar schuldete. Nachdem Trista siebzehnmal bei Leann angerufen hatte, war sie sicher, die falsche Nummer zu haben. Ans Telefon kam immer nur ein Mann, der sich anhörte, als sei er ungefähr neunzig und offenkundig dement. Leann war eine Frau von achtundzwanzig Jahren, die allein lebte. Trista rief in der Rechnungsabteilung von St. Mary's an, um sich nach der Telefonnummer zu erkundigen. Sie sollte keinen direkten Kontakt mit dem Krankenhaus aufnehmen, aber sie tat es einfach. Und Owen war am Telefon.

»Und natürlich hatte ich die richtige Nummer. Owen sagte mir, Leann sei Schauspielerin.« Trista seufzt tief. »Ich war so verlegen, dass ich nicht mal fragte, woher er das wusste.«

Sie unterhielten sich. Seine Stimme gefiel ihr, ihr Lachen gefiel ihm, und sie verabredeten sich. Tristas Beziehung zu Owen dauerte sechs Monate.

»Wir aßen und tranken beide gern, und Sport war uns im Fernsehen lieber als im wirklichen Leben. Von Sex abgesehen. Wir hatten eine Menge Sex. Gut, aber nicht großartig. Nicht umwerfend. Aber …« Trista hielt einen Finger hoch und schwenkte ihn umher. »Er machte umwerfendes Zimtgebäck. Und zwar komplett selbst. Er rollte den Teig aus, bestrich ihn mit flüssiger Butter und streute diese Mischung aus Zimt und Zucker darüber …« Trista ließ den Satz in der Schwebe, und eine Sekunde lang starrte sie ins Leere. Nur langsam kam sie zurück. »Jedenfalls. Das Zimtgebäck war gut. Daran gab es nichts auszusetzen. Eigentlich gab es auch an Owen nichts auszusetzen. Nur dass er ein medizinischer Rechnungsbuchhalter war.«

Trista schaut auf den Tisch und lächelt. Aber es ist kein echtes Lächeln, sondern eins voller Abscheu gegen sich selbst. Sie hebt den Kopf und schaut mir in die Augen.

»Schluss gemacht habe ich mit ihm, weil ich unter keinen Umständen vorhatte, einen Rechnungsbuchhalter von Anfang dreißig zu heiraten. Nie im Leben. Und wenn mich das zum Snob macht – von mir aus.« Sie hebt die Hände und ergibt sich den Schmähungen, mit denen ich sie womöglich überhäufen könnte.

Ich sage nichts. Ich hebe mein Glas, wir stoßen an, und wir trinken.

Trista redet fast zwei Stunden lang über Owen Oliver Riley.

Er sah sich Sportsendungen an. Hockey war eine seiner Lieblingssportarten, obwohl die nächstgelegene Profimannschaft ein paar Hundert Meilen weit weg ansässig ist. Owen trug immer Jeans. Immer – nur nicht unter der Dusche, im Bett oder am Pool. Aber er konnte nicht schwimmen. Trista hatte den Verdacht, dass er wasserscheu war.

Er wohnte in einem Haus am Nordrand der Stadt, wo auch Millicent und ich wohnten, als wir heirateten. Das Nordende ist keine schlechte Gegend, aber es ist älter und heruntergekommener als der Südosten, wo Hidden Oaks liegt. Owen hatte das Haus geerbt, als seine Mutter starb, und Trista beschreibt es als »ganz niedlich, aber praktisch ein Schuppen«. Was die Niedlichkeit angeht, hat sie recht. Viele Häuser im nördlichen Teil sind kleine Cottages mit Veranden, Holzschnitzereien und kleinen Mansardenfenstern. Das Innere ist meistens veraltet und heruntergekommen. Owens Haus war keine Ausnahme.

Die Heizung funktionierte nicht, das Schlafzimmerfenster klemmte, und der Teppichboden hatte eine scheußliche blaugrüne Farbe. Die Wanne im Bad hatte Klauenfüße, was Trista gefiel, aber der Hahn tropfte, was sie wahnsinnig machte. Wenn sie dort übernachtete, musste sie die Badezimmertür schließen, weil sie das Tropfen sonst überall hörte. Wenn sie bei Owen aßen, benutzten sie das Geschirr seiner Mutter mit dem gelben Blumenmuster an den Rändern.

Nach einer Weile ist Trista zu betrunken und zu müde, um weiterzureden, deshalb bitte ich einen Fahrer des Clubs, sie nach Hause zu bringen. Wenn sie noch mehr von Owen erzählen möchte, sage ich, werde ich ihr mit Vergnügen zuhören. Das ist die Wahrheit.

Sie hat mir nützliche Informationen für meinen zweiten Brief an Josh gegeben.

SIEBZEHN

Pläne waren nie mein Ding. Nicht mal meine Überseereise war geplant. Ich bekam einen Anruf von einem Freund, und eine Woche später trafen wir uns am Flughafen. Als mir klar wurde, dass ich nie gut genug sein würde, um Tennisprofi zu werden, hatte ich keinen Plan. Als Millicent mir sagte, sie sei schwanger mit Rory, hatte ich keinen Plan für die Erziehung eines Kindes. Als sie mit Jenna schwanger war, hatte ich immer noch keinen. Erst mein Geheimnis mit Millicent bringt mich dazu, einen Plan zu machen.

Mein Spiel ist Tennis, nicht Schach. Ich spiele – und unterrichte – Einzeltennis, und meistens sehe ich nichts weiter als die zwei Seiten des Netzes. Zwei Gegner, ein Ziel. Das ist nicht kompliziert. Aber jetzt bin ich dabei, einen Plan zu entwickeln, der mehrere Leute einbezieht, als müsste ich etwas beweisen.

Die aktuelle Version meines Plans betrifft drei Personen: Owen, Josh und Annabelle. Mit Millicent sind es vier, und ich könnte sogar Trista einbeziehen. Zumindest die Informationen, die Trista mir gegeben hat.

Als Erstes werde ich Josh noch einen Brief schicken. Er wird nicht nur Einzelheiten über Owens wirkliches Leben und speziell über das Haus seiner Mutter enthalten, sondern auch den Tag, an dem wieder eine Frau verschwinden wird.

Das ist riskant, ich weiß. Vielleicht auch unnötig. Aber so erreichen wir unser Ziel mit einem Streich. Ja, Owen ist wieder da. Ja, er ist verantwortlich für Lindsay und für die Nächste. Keine Ratespielchen, kein Hin und Her zwischen der Polizei und den Medien, bei denen man sich fragt, ob er wirklich wieder da ist oder ob es sich um einen Nachahmungstäter handelt. Die Informationen, die Trista mir gegeben hat, werden ihnen beweisen, dass es Owen ist. Daran wird niemand zweifeln, wenn die Nächste verschwindet.

Es wird Annabelle Parson sein, aber ich schreibe ihren Namen nicht in den Brief.

Der Nachteil ist, dass das gesamte Police Department nach ihr suchen wird, sobald jemand sie als vermisst meldet.

Vorteilhaft ist, dass Annabelle sehr wenige Freunde hat. Eine Vermisstenanzeige wird man erst erstatten, wenn sie nicht zur Arbeit erscheint. Es dürfte ziemlich einfach sein, uns zwei Tage Vorsprung zu verschaffen.

Wir werden uns überlegen müssen, wie wir Annabelle schnappen, ohne gesehen zu werden, auch nicht von einer Kamera – an einem Abend, an dem alle Welt damit rechnet, dass eine Frau verschwindet. Und während die Polizei nach Owen sucht, wird sie Millicent komplett übersehen.

Der Plan ist so simpel, dass man ihn brillant nennen könnte.

Ich gehe ihn noch einmal durch, von meinem Brief an Josh bis zu Annabelles Verschwinden. Dazwischen entdecke ich einhundert Löcher, lose Enden und potenzielle Probleme.

Darum mache ich normalerweise keine Pläne. Es ist anstrengend. Aber darum tue ich es diesmal auch; ich versuche, einen Plan auf die Beine zu stellen, bevor ich Millicent davon erzähle. Noch nach all den Jahren möchte ich sie beeindrucken.

Und es waren einige. Millicent zu beeindrucken war nicht leicht, als sie jung war. Jetzt ist es beinahe unmöglich.

Unsere Beziehung ist jedoch nicht einseitig. Schon oft hat sie versucht, mich zu beeindrucken. Sie hat es versucht, als sie unseren Weihnachtsbaum mit Sauerstoffmasken schmückte. An unserem fünften Hochzeitstag trug sie die gleichen Dessous wie bei unserer Hochzeit. Und zu unserem zehnten Hochzeitstag plante sie einen kleinen Urlaub.

Mit zwei Kindern und einem größeren Haus auf unserem Wunschzettel hatten wir nicht das Geld für einen Urlaub oder auch nur für ein schickes Abendessen. Aber Millicent fand einen Weg.

Als Erstes tauchte sie am Tennisplatz auf. Millicent kommt sonst nie zum Tennisplatz. Wenn sie überhaupt in den Club geht, will sie schwimmen oder mit jemandem zu Mittag essen. Als sie diesmal auf dem Court auftauchte, dachte ich also, dass etwas nicht stimmte. Meine Frau wollte mich einfach entführen.

Millicent fuhr uns hinaus, mitten ins Nirgendwo, hielt an und zeigte auf den Wald.

»Geh los«, sagte sie.

Ich gehorchte.

Zweihundert Meter weit abseits der Straße kamen wir zu einer Lichtung. Neben einer Feuerstelle aus Steinen stand bereits ein Zelt. Ein kleiner Picknicktisch war mit Plastiktellern, Gläsern und dicken Kerzen gedeckt.

Millicent machte einen Campingurlaub mit mir. Sie ist nicht der Freilufttyp, aber für eine Nacht tat sie so.

Die Insekten waren ein Problem, denn sie hatte Insektenspray vergessen. Die Kerzen wurden immer wieder ausgeweht, und sie hatte nicht daran gedacht, Extrawasser zum Geschirrabwaschen und Zähneputzen mitzunehmen. Aber das war alles nicht wichtig. Wir saßen an unserer Feuerstelle, aßen aufgewärmte Suppe, tranken billiges Bier und hatten noch billigeren Sex. Wir sprachen über die Zukunft, die wegen der Kinder jetzt ganz anders aussah als vorher. Nicht schlechter, aber die Prioritäten waren anders.

Wir vermieden es, über die Dinge zu sprechen, die wir uns immer gewünscht hatten, aber jetzt nicht mehr haben konnten.

Irgendwann nach Mitternacht schliefen wir ein. So lange war ich seit Weihnachten nicht mehr auf gewesen, als es nötig gewesen war, damit wir die Geschenke aufstellen konnten.

Als ich am nächsten Morgen aus dem Zelt kam, stand Millicent da und presste die Hände an den Mund. Unser Camp war geplündert worden.

Alles war umgestoßen, herumgeworfen, ausgeleert worden. Der Proviant war geklaut oder aufgerissen, und unsere Kleidungsstücke lagen verstreut auf dem Boden.

»Irgendwelche Tiere«, sagte ich. »Wahrscheinlich Waschbären.«

Sie antwortete nicht. Sie konnte vor Wut nicht sprechen.

Sie fing an aufzusammeln, was von unseren Sachen noch da war.

»Wir haben immer noch Kaffee«, sagte ich und hob ein kleines Glas Instantkaffee hoch. »Wir könnten uns …«

»Ich glaube nicht, dass es Waschbären waren.«

Ich starrte sie an, während sie zusammensuchte, was von einem Rucksack übrig war. »Was denn dann …?«

»Das waren Menschen, die unser Camp zerstört haben, nicht Waschbären.«

»Wie kommst du darauf?«

Sie deutete dahin, wo wir geschlafen hatten. »Sie haben das Zelt nicht angerührt.«

»Vielleicht wollten sie nur die Lebensmittel. Vielleicht interessierten sie sich nicht ...«

»Oder vielleicht waren es Menschen.«

Ich hörte auf zu diskutieren. Wir stapften aus dem Wald hinaus und zum Auto. Bis heute glaubt sie, dass es Menschen waren, die unser Camp geplündert haben. Ich glaube es nicht und habe es nie geglaubt.

Aber der springende Punkt ist: Sie hat den ganzen Campingausflug geplant, um mich zu beeindrucken. Nicht immer bin ich es, der *sie* beeindrucken will.

Annabelle Parson hat sich noch nie krankgemeldet oder verspätet, sie hat nie mehr als zwei Tage nacheinander freigenommmen, und sie springt immer ein, wenn jemand krank ist. Das bedeutet, sie hat keinen Freund. Jeder, der einen Partner hat, kommt gelegentlich zu spät. Paare machen manchmal auch richtigen Urlaub, erst recht Paare, die keine Kinder haben, und Annabelle macht keinen. Als Sahnehäubchen, als die perfekte Kirsche auf einem Eisbecher, ist Annabelle schon fünf Mal zur Politesse des Monats ernannt und auf der Website der County-Verwaltung präsentiert worden.

Das alles zeige ich Millicent, und sie schaut es sich an und sagt: »Sie ist perfekt.«

»Ich arbeite außerdem an meinem nächsten Brief an Josh, aber den zeige ich dir nicht.«

»Nicht?«

»Es soll eine Überraschung sein.«

Sie lächelt leicht. »Ich vertraue dir.«

Das ist die beste Nachricht, die ich seit einer Woche gehört habe.

Ich fange an, Annabelle zu beobachten, wie ich die anderen beobachtet habe. Mit gebührender Sorgfalt und so weiter.

Heute nehme ich zur Abwechslung den Zug für den Fall, dass sie mein Auto wiedererkennt. Es ist unmöglich, ihr bei der Arbeit zu folgen. Annabelle fährt mit einem allradgetriebenen Dienstwagen des County herum und hält Ausschau nach abgelaufenen Parkuhren und Schwarzparkern. Dabei stoppt und fährt sie ganz nach Belieben.

Eine Zeitlang sitze ich in einem Coffeeshop an der Hauptstraße. Alle zwanzig bis dreißig Minuten kommt sie vorbei und kontrolliert die Parkuhren. Während ich warte, entwerfe ich meinen nächsten Owen-Oliver-Brief. Bei der Arbeit daran gehe ich davon aus, dass er so überzeugend sein wird, dass man ihn öffentlich machen wird. Josh und der Sender, bei dem er arbeitet, werden nicht widerstehen können.

Die bloße Erwähnung von Owens Rückkehr bringt alle aus dem Häuschen. Die Lokalsender wiederholen alte Nachrichtenfilme, sie bringen Rückblicke und Kurzporträts. Owen ist seit ein paar Tagen auf der Titelseite der Zeitung. Rory und seine Freunde haben bereits ein Verb aus seinem Namen gemacht (»Ich werde dir den Arsch ver-owen«), und die örtliche Frauengruppe tritt dafür ein, dass der Mord an Lindsay als »Hassverbrechen« behandelt wird.

Ich versuche mir vorzustellen, wie alles eskalieren würde, wenn das Gerücht sich bestätigen sollte. Oder wenn die

Leute auch nur glauben, es habe sich bestätigt. Das ist eigentlich alles, was wir brauchen, und alles, was wir je bekommen werden. Glauben. Wenn ich die Polizei dazu bringen kann, es zu glauben, wird sie niemanden außer Owen suchen.

Millicent mag das alles angefangen haben, aber ich kann es zu Ende bringen. Und Millicent wird so beeindruckt sein.

ACHTZEHN

Wenn Robin nicht gewesen wäre, wäre das alles nicht passiert. Wir haben sie nicht gesucht und auch nicht ausgewählt wie Lindsay. Nein, Robin veränderte alles, indem sie an unsere Tür klopfte.

Es geschah an einem Dienstag. Ich war eben nach Hause gekommen. Es war Mittagszeit, niemand war zu Hause, und ich hatte zwei Stunden Zeit bis zu meinem nächsten Unterricht. Das war fast ein Jahr nach Holly, und das Leben war wieder in den Normalzustand zurückgekehrt. Ihre Leiche war längst weg, vergraben auf einem leeren Stück Ödland, eine Stunde weit entfernt. Millicent und ich sprachen nicht über sie. Ich wartete nicht mehr auf die Polizeisirenen. Ich bekam nicht mehr jedes Mal Herzklopfen, wenn das Telefon oder die Türglocke läutete. Ich war nicht mehr auf der Hut, wenn ich die Tür öffnete.

Die Frau auf der Veranda war jung, Anfang zwanzig, und trug enge Jeans und ein Shirt mit ausgerissenem Halsausschnitt. Ihre Fingernägel waren rot, ihr Lippenstift war rosa, und ihr langes Haar hatte die Farbe von gerösteten Kastanien.

Hinter ihr parkte ein kleines rotes Auto am Straßenrand. Es war alt, fast schon ein Oldtimer, aber noch nicht ganz. Vor ein paar Minuten hatte ich es an einem Stoppschild nicht weit vom Haus gesehen. Sie hatte gehupt, aber ich hatte keine Ahnung gehabt, dass sie meinetwegen hupte.

»Kann ich Ihnen helfen?«, fragte ich.

Sie legte den Kopf schräg, sah mich aus den Augenwinkeln an und lächelte. »Ich dachte mir doch, dass Sie es sind.«

»Wie bitte?«

»Sie sind Hollys Freund.«

Bei dem Namen durchzuckte mich ein elektrischer Schlag, als hätte ich den Finger in eine Steckdose geschoben. »Holly?«

»Ich habe Sie mit ihr gesehen.«

»Ich glaube, Sie verwechseln mich.«

Das tat sie natürlich nicht. Jetzt erkannte ich sie.

Als Holly aus der Klinik entlassen worden war, hatte einer der Ärzte ihr einen Job in einem Supermarkt verschafft. Holly arbeitete dort stundenweise als Regalbestückerin. Dort war ich gewesen, um ihr zu sagen, sie solle sich von uns fernhalten, weil sie die Familie ängstige.

Ich hatte nicht beabsichtigt, dass die Sache außer Kontrolle geriet.

Ich war an einem Montagmorgen da gewesen, als im Geschäft nicht viel Betrieb war und die Lücken gefüllt wurden. Holly war in einem der Gänge dabei, ein Regal mit Granola-Kartons aufzufüllen, und sie war allein. Als ich durch den Gang auf sie zukam, drehte sie sich um. Der Blick ihrer grünen Augen war verblüffend klar.

Sie stemmte die Hände in die Hüften und starrte mich an, bis ich vor ihr stehen blieb.

»Ja?«, sagte sie.

»Ich glaube, formell sind wir uns noch nicht begegnet.« Ich streckte die Hand aus und wartete, dass sie sie schüttelte. Schließlich tat sie es.

Ich sagte, es sei bedauerlich, dass wir uns auf diese Weise kennenlernen müssten. An einem anderen Ort, zu einer anderen Zeit, hätten wir vielleicht eine Familie sein können. Aber jetzt sei das unmöglich, weil ihr Benehmen meiner Frau und den Kindern Angst mache. Und meine Kinder hätten ihr nie etwas getan. Sie hätten so etwas nicht verdient. »Ich bitte dich«, sagte ich. »Kannst du meine Familie bitte in Ruhe lassen?«

Sie lachte mich aus.

Sie lachte, bis ihr die Tränen aus den Augen rollten, und dann lachte sie noch ein bisschen mehr. Je länger es dauerte, desto größer wurde die Demütigung für mich. Vielleicht lachte sie deshalb immer lauter. Allmählich konnte ich nachvollziehen, was Millicent ihr gegenüber empfand, und es machte mich wütend.

»Du Schlampe«, sagte ich.

Sie hörte auf zu lachen. Ihre Augen glühten beinahe vor Wut. »Verschwinde.«

»Und wenn nicht? Wenn ich hierbleibe und dir das Leben zu Hölle mache?« Meine Stimme war viel lauter, als sie hätte sein sollen.

»Verschwinde.«

»Bleib weg von meiner Familie.«

Holly starrte mich an, reglos wie eine Statue. Sie wich keinen Millimeter zurück, weder in diesem Augenblick noch irgendwann später.

Ich wandte mich ab und wollte gehen. Ich fühlte mich ein wenig hilflos, aber ich konnte mit Holly nicht argumentieren, konnte ihr nichts klarmachen.

Robin stand am Ende des Ganges und beobachtete alles.

Sie arbeitete ebenfalls in dem Supermarkt und trug das

gleiche gelbe Shirt unter der grünen Schürze. Ich sah sie und ging an ihr vorbei, und es kann sein, dass ich ihr zugenickt habe. Vielleicht aber auch nicht. Aber sie war da gewesen, sie hatte mich gesehen, und jetzt stand sie vor meiner Tür.

»Ich irre mich nicht«, sagte sie. »Sie sind der, den ich an dem Tag gesehen hab.«

Ich zögerte keinen Augenblick. »Tut mir leid, Sie haben den Falschen.« Ich schloss die Tür.

Sie klopfte wieder.

Ich beachtete es nicht.

Robins Stimme drang durch die Tür. »Sie wissen, dass sie weg ist, oder? Nicht mal ihren letzten Scheck hat sie abgeholt.«

Ich öffnete die Tür. »Hören Sie, es tut mir wirklich leid wegen Ihrer Freundin, aber ich habe keine Ahnung …«

»Verstehe, verstehe. Sie sind der Falsche. Sie waren das nicht. Nachdem ich jetzt begriffen habe, wer Sie sind, überlasse ich die ganze Sache der Polizei. Soll die das klären.«

Sie wandte sich ab und wollte gehen.

Ich ließ sie nicht.

Niemand wusste, dass Holly vermisst wurde, niemand suchte sie, und ich wollte nicht, dass jemand damit anfing. Millicent und ich waren keine Forensikexperten, wir verstanden nichts von DNA oder dergleichen. Jeder, der tief genug grub, würde unsere Fehler entdecken.

Ich fragte, ob Robin hereinkommen und über alles reden wolle. Zuerst zögerte sie. Sie holte ihr Telefon heraus und hielt es in der Hand, als sie ins Haus kam. Wir gingen in die Küche. Ich bot ihr etwas zu trinken an, aber sie lehnte ab, nahm sich eine Orange vom Tisch und fing an, sie zu schälen. Ohne irgendetwas zuzugeben, ja, ohne mich auch nur vorzustellen, fragte ich sie, was passiert sei. Sie fing an, über den Supermarkt zu reden, über Holly, über sich selbst.

Sie gab mir einen historischen Überblick: wie es kam, dass sie im Supermarkt arbeitete, wie sie Holly kennengelernt hatte, und wie sie Freundinnen geworden waren. Ich stand vom Tisch auf und ging zum Kühlschrank, um mir ein Soda zu holen. Als ich vor der offenen Tür stand, schickte ich Millicent eine kurze SMS, die gleiche, die sie mir geschickt hatte, als Holly im Haus gewesen war.

911 Komm nach Hause SOFORT

Es schien Stunden zu dauern, bis ihr Auto vor dem Haus hielt. Inzwischen fragte Robin, was wir tun sollten, um unsere gegenwärtige Situation zu klären. Sie wollte keine Gerechtigkeit für ihre liebe alte Freundin Holly. Sie wollte Geld, und zwar eine Menge Geld.

»Ich denke mir, es könnte eine Win-win-Situation für uns beide werden«, sagte sie. Die Haustür ging auf, und Robin fuhr herum. »Wer ist das?«

»Meine Frau«, sagte ich.

Millicent erschien im Eingang, atemlos, als sei sie gerannt. Sie trug ihre Bürokleidung, Bluse, Rock und hohe Absätze. Ihre Jacke war offen; sie hatte sich nicht die Mühe gemacht, sie zuzuknöpfen.

Ihr Blick ging zwischen mir und Robin hin und her.

»Das ist Robin«, sagte ich. »Sie hatte eine Kollegin namens Holly.«

Millicent sah Robin an und zog eine Braue hoch. Robin nickte.

»Das stimmt. Und ich habe gesehen, wie Ihr Mann mit ihr sprach. ›Schlampe‹ hat er sie genannt.«

Die Augenbraue wandte sich mir zu.

Ich sagte nichts.

Millicent zog die Jacke aus und warf sie über einen Stuhl. »Robin«, sagte sie und kam näher, »warum erzählen Sie mir nicht alles, was passiert ist?«

Robin zwinkerte mir spöttisch zu und fing an zu reden. Sie fing damit an, wie ich in den Supermarkt gekommen war.

Hinter mir kramte Millicent in der Küche herum. Ich konnte nicht sehen, was sie tat, aber ich hörte das Klappern ihrer Absätze auf dem Boden, als sie zu uns zurückkam. Robin warf ihr einen merkwürdigen Blick zu, redete aber weiter.

Das Waffeleisen in Millicents Hand sah ich erst, als ich das Krachen von Robins Schädel hörte. Mit dumpfem Schlag landete sie auf dem Boden.

Millicent tötete Robin, wie ich Holly getötet hatte. Ganz ohne Zögern. Rein instinktiv.

Und es war sexy.

NEUNZEHN

Der Anruf kommt, als ich den Club verlasse, um nach Annabelle zu sehen. Es ist Millicent, die mir sagt, unsere Tochter sei krank.

»Ich habe sie aus der Schule geholt.«

»Fieber?«, frage ich.

»Nein. Wie sind deine Pläne?«

»Ich kann sofort nach Hause kommen.«

Jeder Gedanke an Annabelle verschwindet. Ich wende und fahre zurück.

Zu Hause geht Millicent im Flur auf und ab und telefoniert. Im Wohnzimmer läuft der Fernseher, und Jenna liegt in Decken gehüllt auf dem Schlafsofa. Ihr Kopf ruht auf einem Berg Kissen. Auf dem Beistelltisch: ein Glas Ginger Ale, ein Berg Cracker und für alle Fälle eine große Schüssel.

Ich setze mich zu ihr auf die Couch. »Mom sagt, du bist krank.«

Sie nickt. Zieht einen Schmollmund. »Ja.«

»Du schummelst nicht?«

»Nein.« Jenna lächelt ein bisschen.

Ich weiß, dass sie nicht schummelt. Jenna kann es nicht ausstehen, wenn sie krank ist.

Im Kindergarten hatte sie Lungenentzündung und musste einen Monat zu Hause bleiben. Sie war nicht krank genug, um ins Krankenhaus zu kommen, aber so krank, dass sie sich an alles erinnert. Genau wie Millicent. Manchmal benimmt sie sich, als wäre Jenna immer noch fünf. Das ist ein bisschen übertrieben, denn Jenna ist jetzt dreizehn, aber ich widerspreche nicht. Ich mache mir auch Sorgen um Jenna.

»Sieh mit mir fern.« Jenna deutet auf den Bildschirm.

Ich ziehe die Schuhe aus und lege die Füße hoch. Wir schauen uns eine Quizshow an und rufen die Antworten, bevor sie gezeigt werden.

Millicents Absätze klappern über den Boden. Sie stellt sich vor den Fernseher.

Jenna drückt auf die STUMM-Taste.

»Wie geht's uns? Alles gut?«, fragt Millicent.

Jenna nickt. »Alles gut.«

Millicent sieht mich an. »Wie lange kannst du bleiben?«

»Den ganzen Nachmittag.«

»Ich rufe dich später an.«

Millicent kommt zu Jenna und befühlt ihre Stirn, erst mit der Hand und dann mit den Lippen. »Immer noch kein Fieber. Melde dich, wenn du etwas brauchst.«

Ihre Absätze klappern durch den Flur. Jenna lässt den Fernsehton abgeschaltet, bis die Haustür ins Schloss gefallen ist. Dann schauen wir uns die Quizshow weiter an. In der Werbepause drückt sie wieder auf die STUMM-Taste.

»Geht's dir gut?«, fragt sie.

»Mir? Ich bin doch nicht krank.«

»Das meine ich nicht.«

Ich weiß. »Mir fehlt nichts. Bin nur sehr beschäftigt.«

»Zu sehr.«

»Ja. Zu sehr beschäftigt.«

Sie fragt nicht weiter.

Millicent ruft zweimal an. Zuerst unterbricht sie eine Talkshow und dann eine Teenager-Soap. Rory kommt gegen drei; er mault ein bisschen und beteiligt sich dann an unserem TV-Marathon.

Um fünf werde ich wieder zum Vater.

»Hausaufgaben«, sage ich.

»Ich bin krank«, sagt Jenna.

»Rory, Hausaufgaben.«

»Fällt dir etwa gerade ein, dass ich zur Schule gehe?«

»Hausaufgaben«, sage ich noch einmal. »Du kennst die Regeln.«

Er verdreht die Augen und geht nach oben.

Ich hätte früher etwas sagen sollen. Nicht dass ich es vergessen habe, aber ich konnte mich nicht erinnern, wann ich das letzte Mal Zeit allein mit meinen Kindern verbracht habe.

Millicent kommt eine Dreiviertelstunde später nach Hause. Ihr Hallo klingt frisch, und dann wirbelt sie in der Küche herum und schiebt das Essen in den Ofen, bevor sie sich umzieht. Die Energie im Haus ist anders, wenn sie da ist. Alles schaltet einen Gang höher, weil die Erwartungen höher sind.

Heute Abend essen wir alle Hühner-Nudel-Suppe, und niemand beschwert sich. Das essen wir immer, wenn jemand krank ist.

Andere Regeln sind ebenso entspannt. Weil Jenna auf der Couch untergebracht ist, beschließt Millicent, dass alle dort essen werden. Also sitzen wir vor dem Fernseher, und unsere Teller stehen auf Klapptabletts. Inzwischen hat Millicent einen Jogginganzug an, und Rory behauptet, mit den Hausaufgaben fertig zu sein. Wir sehen uns eine neue Sitcom an, die grässlich ist. Dann kommt eine mittelmäßige Krimiserie, und für die nächsten zwei Stunden fühlt sich alles normal an.

Als die Kinder im Bett sind, räumen Millicent und ich das Wohnzimmer auf. Obwohl ich den ganzen Tag auf der Couch herumgelegen habe, bin ich erschöpft. Ich setze mich an den Küchentisch und reibe mir die Augen.

»Hast du heute viel versäumt?«, fragt Millicent.

Sie meint meinen richtigen Job, den ich heute sowieso versäumt hätte, weil ich vorhatte, Annabelle zu beobachten.

Ich zucke die Achseln.

Sie stellt sich hinter mich und fängt an, mir die Schultern zu kneten. Das fühlt sich gut an.

»Ich sollte dir die Schultern massieren«, sage ich. »Du bist diejenige, die den ganzen Tag gearbeitet hat.«

»Ein krankes Kind zu versorgen ist eine größere Belastung.«

Millicent hat recht, aber Jenna war eher unpässlich als krank. »Ihr geht es bald besser«, sage ich.

»Natürlich.«

Sie massiert weiter. Nach einer Weile fragt sie: »Wie ist es mit allem anderen?«

»Deine Überraschung ist fast fertig.«

»Gut.«

»Ganz sicher.«

Millicent hört auf, meine Schultern zu kneten. »Das klingt wie ein Versprechen.«

»Vielleicht ist es eins.«

Sie nimmt mich bei der Hand und führt mich hinauf in unser Schlafzimmer.

Nach Robin hatten wir nicht mehr über sie gesprochen.

Auch nicht über Holly. Millicent und ich hatten uns wieder unserem Leben zugewandt, unserer Arbeit, unseren Kindern. Der Gedanke an Lindsay – an eine Dritte – kam erst vor anderthalb Jahren auf. Damals wusste ich es noch nicht, ich konnte mir nicht vorstellen, eine Frau auszusuchen, zu stalken und umzubringen. Es war nur ein kleines Erlebnis in der Mall.

Ich war mit Millicent da, nur wir beide. Wir wollten Weihnachtsgeschenke für die Kids kaufen. Geld war ein Problem, mehr als sonst. Millicent hatte darauf gewartet, Verträge über zwei Häuser abschließen zu können, aber wegen finanzieller Schwierigkeiten waren beide auf Eis gelegt worden. Noch eine Woche bis Weihnachten, und wir hatten keine Geschenke, kein Geld und kaum noch Spielraum auf unseren Kreditkarten. Dreimal senkten wir unseren Feiertagsetat. Ich war nicht glücklich darüber. Wir mussten ja nicht nur Geschenke für die Kids kaufen, sondern auch für Freunde, Kollegen und Kunden.

In der Mall sagte Millicent immer wieder Nein. Alles, was ich aussuchte, war zu teuer.

»Wir werden geizig aussehen«, sagte ich.

»Du übertreibst.«

»Ich bin mit diesen Leuten aufgewachsen.«

Millicent verdrehte die Augen. »Geht das wieder los?«

»Was soll das heißen?«

»Nichts. Schon gut.«

Ich legte ihr eine Hand auf den Arm. Sie trug ein langärmeliges Shirt, aber keine Jacke, denn selbst im Dezember lag die Temperatur bei fünfzehn Grad. »Nein, wie hast du das gemeint?«

»Ich meine, dass du immer von ›diesen Leuten‹ redest.

Von den Hidden-Oaks-Leuten. Du beleidigst sie, aber dann gibst du damit an, dass du zu ihnen gehörst.«

»Stimmt gar nicht.«

Millicent antwortete nicht. Sie betrachtete ein Regal mit Kerzenleuchtern.

»Das tu ich nicht.«

»Wie findest du die?« Sie hielt ein Paar Leuchter aus Silber hoch. Zumindest sahen sie aus, als wären sie aus Silber.

Ich rümpfte die Nase.

Sie knallte die Leuchter wieder ins Regal.

Gereizt war ich da bereits. Als Nächstes kam die Erschöpfung. In letzter Zeit redeten wir nur noch über Geld. Ich hatte es satt zu hören, wir hätten das Geld nicht, wir könnten es nicht kaufen, ich müsste etwas Billigeres aussuchen. Nicht mal meinen Kindern konnte ich zu Weihnachten schenken, was sie sich wünschten.

Millicent redete immer und immer weiter über unseren Etat und unsere Bankkonten. Ich konnte es nicht mehr hören, konnte nicht mehr darüber nachdenken. Ich brauchte eine Ablenkung.

Zufällig kam eine vorbei. Ihr Haar hatte die Farbe von gerösteten Kastanien.

Millicent schnippte mit den Fingern vor meinem Gesicht herum. »Hallo?«

»Ich bin hier.«

»Bist du sicher? Weil ...«

»Sie sah irgendwie aus wie Robin«, sagte ich. »Hollys Freundin.«

Millicent drehte sich um und sah der Frau nach, die in der Menge verschwand. Als sie mich wieder anschaute, hatte sie eine Augenbraue hochgezogen. »Findest du?«

»Ja.«

»Wie merkwürdig.«

Es war merkwürdig. Genau wie das Gefühl, das ich hatte, wenn ich mir den Mord an Robin durch den Kopf gehen ließ. Jedes Mal, wenn ich daran dachte, dachte ich daran, wie fantastisch der Tag gewesen war, wie wir zusammen taten, was getan werden musste, um uns zu schützen. Um unsere Familie zu schützen. Es war unglaublich.

Und sehr sexy.

Ich fing an, meiner Frau genau das zu sagen.

ZWANZIG

Annabelles Dienstplan ändert sich niemals. Montags bis freitags von neun bis fünf verteilt sie Strafzettel, ruft den Abschleppwagen und lässt sich dafür anschreien, dass sie ihren Job macht. Die Leute fluchen, machen unflätige Gesten und beschimpfen sie. Annabelle bleibt gelassen, aber ich frage mich, wie sie das macht. Stört es sie wirklich nicht, oder gibt es die eine oder andere Substanz, die ihr hilft? Ich frage mich, wie hoch die Suchtquote bei Politessen ist.

Ihre Abende sind nicht so entspannt. Sie ist eine ledige Frau, die gern ausgeht, aber nicht zu oft, und als Politesse verdient sie nicht viel Geld. Mittwochs geht sie mit ihren Eltern essen, aber davon abgesehen gibt es für ihre Abende keinen festen Plan. Wenn ich einen Abend nennen sollte, an dem sie öfter ausgeht als an den anderen, würde ich sagen, es ist der Freitag.

In zwei Wochen haben wir Freitag, den 13. Lächerlich, aber noch perfekter kann es nicht werden. Am Freitag, dem 13., wird Annabelle verschwinden.

Endlich kann ich Owens zweiten Brief an Josh aufsetzen. Er kommt aus dem Drucker wie der erste, aber er ist viel länger.

Lieber Josh,
ich weiß nicht, ob Du glaubst, dass ich es bin. Vielleicht glaubst Du es, aber die Polizei nicht. Ich bin kein Trittbrettfahrer und kein Hochstapler. Ich bin's, derselbe Owen Oliver Riley, der in 4233 Cedar Crest Drive gewohnt hat, in dem kleinen alten Haus mit dem scheußlichen Teppichboden. Den habe übrigens nicht ich verlegt. Das war der schlechte Geschmack meiner Mutter.
Ich habe das Gefühl, was uns hier fehlt, ist Vertrauen. Absolut verständlich, wenn man bedenkt, dass niemand mich gesehen oder mit mir gesprochen hat. Gut, außer Lindsay. Sie hat mich oft gesehen. Und wir haben viele, viele Male miteinander gesprochen in dem Jahr, in dem sie mir gehört hat.
Aber jetzt bin ich allein, und Du glaubst mir nicht. Also will ich Dir etwas versprechen. In zwei Wochen von heute an wird wieder ein Mädchen verschwinden. Ich sage Dir sogar das genaue Datum: Freitag, der 13. Kitschig, was? O ja, das ist es. Man kann es sich auch leicht merken.
Und, Josh, vielleicht vertraust Du mir jetzt noch nicht, aber Du wirst sehen, dass ich mein Wort immer halte.
– Owen

Josh wird diesen Brief am Dienstag erhalten. Wieder habe ich ihn mit dem Moschus-Cowboy-Duft besprüht, bevor ich ihn einwerfe. Zuerst wird die Polizei ihn untersuchen, und wer weiß, wie viele Diskussionen stattfinden müssen, bevor sie beschließen, ihn zu veröffentlichen. Zumindest den Teil mit Freitag, dem 13.

Einstweilen geht es zurück in mein wirkliches Leben. Ich habe in den letzten Wochen zu viele Tennisstunden abgesagt. Mein Stundenplan ist jetzt randvoll, den ganzen Tag, jeden

Tag, und dazu kommen all die Kleinigkeiten, die nebenbei noch getan werden müssen: die Kinder abholen, sie wegbringen, rasch in den Supermarkt laufen und einkaufen, was wir brauchen. Wenn ich mich in diesen Details vergrabe, fühlt mein Leben sich normal an. Fast lässt es den nervösen Tic verschwinden, den ich immer spüre. Und wenn Millicent mich nicht dauernd anschauen und mit ihren Blicken so viele Fragen stellen würde, würde er vielleicht wirklich verschwinden.

Die Antworten bekommt sie am Donnerstagabend.

Millicent und ich sind im Country Club auf der Abschiedsparty für jemanden aus dem Vorstand. Soirees im Club sind protzig bis an die Grenze zur Vulgarität. Das Essen ist mächtig, der Wein schwer, und jeder gratuliert jedem zu seinem Erfolg.

Wir gehen hin, weil wir es sollten, denn Networking ist Teil unserer Jobs. Wir haben sogar ein System. Wenn wir hereingekommen sind, trennen wir uns; ich gehe nach links, sie nach rechts, wir spazieren um den Raum herum und treffen uns in der Mitte wieder. Wir wechseln die Seiten, trennen uns wieder und finden am Eingang zusammen.

Millicent trägt ein knallgelbes Abendkleid, und mit ihren roten Haaren sieht sie aus wie eine Flamme. Von meiner Seite des Saals aus sehe ich sie immer wieder, während sie sich durch das Gedränge bewegt. Das gelbe Kleid ist nie weit entfernt. Ich sehe, wie sie lacht, lächelt, Sorge oder Freude zeigt. Wenn sie die Lippen bewegt, versuche ich zu erkennen, was sie sagt. Sie hält ein Glas Champagner in der Hand, aber sie trinkt nie daraus. Das hat noch niemand je bemerkt.

Heute Abend leuchten ihre Augen so stark, wie ich es schon lange nicht mehr gesehen habe – wie ein taufrisches

Blatt in der Sonne. Sie richten sich auf mich, und Millicent sieht, dass ich sie anstarre.

Sie zwinkert.

Ich atme aus und setze mein eigenes Networking fort.

Die Prestons sind hier, beide mit einem vollen Weinglas in der Hand. Andy klopft sich mit der flachen Hand auf den Bauch und sagt, er müsse mich wirklich mal anrufen. Trista sagt nicht viel, aber sie schaut mich ein bisschen zu lange an. Vermutlich erinnert sie sich an unser Gespräch über Owen, zumindest teilweise.

Kekona ist ebenfalls auf der Party. Sie hat einen jungen Mann bei sich, ihren neuesten Begleiter, und sie spart sich die Mühe, ihn vorzustellen. Stattdessen redet sie über alle anderen – wer gut aussieht und wer nicht, wer etwas hat machen lassen und wer es nötig hätte. Kekona ist eins der reichsten Mitglieder im Club. Sie darf sagen, was sie will, und die Leute akzeptieren sie trotzdem.

Beth, eine Kellnerin im Club, kommt mit einem Tablett und bietet mir einen Drink an. Sie ist aus Alabama, und ihr auffälliger Akzent lässt sie kess erscheinen.

Ich schüttle den Kopf. »Heute Abend nicht.«

»'kay«, sagt sie.

Ich gehe weiter zu einem neueren Paar, den Rhineharts. Lizzie und Max sind erst vor Kurzem nach Hidden Oaks gezogen, meine Frau hat ihnen ihr Haus verkauft. Max ist Golfer, aber Lizzie sagt, sie hat früher Tennis gespielt. Sie findet, sie sollte wieder damit anfangen. Ihr Mann hat genug von dem Thema und fängt an, über Marketing zu reden, was sein Job ist. Max ist überzeugt, dass er für den Hidden Oaks Country Club Großes leisten kann, obwohl ihn offiziell noch niemand dazu engagiert hat.

Bevor ich weitergehe, sage ich Lizzie, sie soll mich anrufen, wenn sie wieder Tennis spielen will. Sie verspricht es.

Millicent und ich treffen uns auf halber Strecke. Ihr Champagnerglas ist immer noch voll. Sie gießt die Hälfte in einen Blumenkübel.

»Alles okay?«, fragt sie.

»Bestens.«

»Also noch eine Runde?«

»Los.«

Wir trennen uns zum zweiten Mal, und ich wandere auf die andere Seite des Saals und begrüße jeden, den ich noch nicht gesehen habe. Ich habe das Gefühl, ich bewege mich im Kreis, aber das tue ich ja auch.

Die Neuigkeit erreicht uns noch vor den Elf-Uhr-Nachrichten. Ich weiß nicht, wer es zuerst mitbekommen oder wer es erwähnt hat, aber ich sehe, wie die Leute ihre Telefone herausholen. Zu viele, und alle gleichzeitig.

Eine Frau neben mir flüstert: »Er ist es.«

Und dann weiß ich es.

Jemand schaltet die Fernseher in der Bar ein. Wir sind umzingelt von Josh, der gerade seinen strahlenden Augenblick erlebt. Er sieht heute Abend nicht ganz so jung aus. Vielleicht liegt es an der Brille. Sie ist neu.

»Ich habe diese Woche einen Brief bekommen. Nach Gesprächen mit der Polizei und dem Eigentümer des Senders sind wir zu dem Schluss gekommen, dass uns im Interesse der öffentlichen Sicherheit nichts anderes übrig bleibt, als ihn in unserem Programm zu veröffentlichen.«

Ein Foto des Briefes erscheint auf den Bildschirmen. Wir alle lesen die gedruckten Worte, während Josh sie laut vorliest. An der Stelle mit dem Mädchen, das am Freitag, dem

13., verschwinden wird, schnappen die Partygäste nach Luft.

Ich schaue mich nach dem gelben Kleid um.

Millicent sieht mich mit einem halben Lächeln und einer hochgezogenen Braue an, als stellte sie mir eine Frage.

Ich zwinkere.

»Brillant«, sagt sie. »Du bist brillant.«

Millicent liegt nackt auf dem Bett. Das gelbe Abendkleid hängt über der Stuhllehne.

»Meinst du, das glaubt jetzt jeder?« Ich weiß, dass sie es glauben. Aber ich will es von ihr hören.

»Natürlich. Sie glauben es alle.«

Ich stehe, ebenfalls nackt, am Fußende und lächle. Ich fühle mich, als hätte ich die Fahne erobert.

Millicent streckt die Arme hoch und umklammert das Kopfbrett.

Ich lasse mich neben ihr auf das Bett zurückfallen. »Sie werden jetzt alle nach Owen suchen.«

»Ja.«

»Und sie werden nichts anderes mehr sehen.«

Millicent berührt meine Nase. »Deinetwegen.«

»Hör auf.«

»Ist doch wahr.«

Ich schüttle den Kopf. »Wir müssen aufhören, uns darin zu sonnen.«

»Morgen.«

Die nächsten Tage sind so gut wie nur irgendwann. Die Art, wie Millicent mich anlächelt, beflügelt mein Herz. Ich stehe sogar aufrechter als sonst.

Sie spürt es auch. Am Tag nach der Party schickt sie mir eine SMS mit der Unterschrift »Penny«. Das ist der einzige Spitzname, den ich je für sie hatte, und ich habe ihn seit Jahren nicht mehr benutzt.

Ich kam darauf bei einem Date – bevor wir offiziell ein Paar waren, aber nachdem wir miteinander geschlafen hatten. Wir hatten beide nicht viel Geld, und so waren unsere Dates oft sehr einfach. Wir machten lange Spaziergänge, gingen in verbilligte Nachmittagsvorstellungen und nutzten Büfetts zur Happy Hour. Aber manchmal wurden wir auch kreativer. An diesem speziellen Abend fuhren wir zwanzig Meilen weit, um billig Pizza zu essen und in einer altmodischen Spielhalle Videogames zu spielen. Ich besiegte sie in den Sportspielen, aber bei allem, was mit Schusswaffen zu tun hatte, riss sie mir den Arsch auf.

Auf der anderen Straßenseite, gegenüber der Spielhalle, war ein kleiner Park mit einem Springbrunnen. Sie wühlte einen Penny hervor, wünschte sich etwas und warf ihn ins Wasser. Wir sahen zu, wie die Münze auf den Grund sank und auf vielen anderen zur Ruhe kam. Das Wasser war so klar, dass wir die Worte auf der Oberseite noch lesen konnten.

Ein Cent.

»So sollte ich dich nennen«, sagte ich. »Penny.«

»Penny?«

»Milli*cent*.«

»O Gott.«

»Außerdem hast du rotes Haar.«

»Penny? Ist das dein Ernst?«

Ich lächelte. »Penny.«

Sie sah mich kopfschüttelnd an.

Ich war verliebt, ganz und gar und ohne Zweifel, aber ich hatte es noch nicht laut ausgesprochen. Stattdessen nannte ich sie Penny. Irgendwann kamen dann die eigentlichen Worte, und ich nannte sie nicht mehr Penny. Jetzt hat sie es zurückgebracht, und ich will es nicht mehr loslassen.

EINUNDZWANZIG

Am Montag, dem 9., arbeitet Annabelle. Der Tag ist schön; die Sonne scheint, aber es ist nicht zu heiß, sondern eher frisch. Annabelle hat ihren Wagen an der Ecke abgestellt und kommt zu Fuß die Straße herunter; sie überprüft Kennzeichen und kontrolliert Parkuhren. Ihr kurzes Haar ragt unter der Kappe hervor, die sie trägt, um ihre Augen zu überschatten. In ihrem rechten Ohr steckt ein Ohrhörer. Das weiße Kabel schlängelt sich an ihrer Brust herunter, unter ihr Hemd und in die rechte Hosentasche. Ihre blaue Uniform ist eindeutig ein Unisex-Modell.

Ich warte weiter unten am Häuserblock. Als sie bei dem grünen Auto angekommen ist, fängt sie an, auf die Tasten an ihrem Hand-Scanner zu drücken.

Ich sprinte los, bleibe ein paar Schritte weit vor ihr stehen und hebe die Hände, um ihr Einhalt zu gebieten.

Annabelle sieht mich an, als wäre ich verrückt.

Ich ziehe mein Telefon aus der Tasche, tippe etwas und zeige es ihr.

Verzeihung, ich wollte Sie nicht erschrecken. Ich heiße Tobias. Ich bin taub.

Sie liest es. Ihre Schultern entspannen sich, und sie nickt.

Ich deute auf das Auto und dann auf mich. Das Auto gehört mir.

Sie deutet auf die abgelaufene Parkuhr.

Ich halte die gefalteten Hände unters Kinn. Bittend. Oder betend.

Sie lacht. Annabelle hat ein nettes Lachen.

Ich lächle und zeige ihr meine Grübchen.

Annabelle wackelt drohend mit dem Finger.

Ich reiche ihr mein Telefon.

Ich verspreche, ich werde es nie wieder tun.

Sie seufzt.

Ich habe gewonnen. Das grüne Auto bekommt keinen Strafzettel.

Es ist gar nicht mein Auto.

Ich weiß nicht mal, warum ich mit Annabelle gesprochen habe. Diesmal war es gar nicht nötig. Ich musste nichts mehr über ihr Leben herausfinden, wo sie wohnt oder wer vielleicht auf sie wartet. Das weiß ich alles schon, aber ich habe es trotzdem getan. Es gehört zum Prozess des Auswählens.

Mittwoch werde ich sie wiedersehen. Das weiß sie nicht.

Owens Bild ist überall. Die Computerexperten haben ihn altern lassen und Theorien darüber entwickelt, wie er heute aussieht. Sie überlegen sogar, wie er sich verkleiden könnte. Die Bilder bombardieren mich, sie sind im Fernsehen, in der Zeitung, im Internet. Handzettel sind mit Klebstreifen an Telefonmasten befestigt. Owen mit Bart, mit dunklem Haar, mit Glatze, dick oder dünn. Owen mit langen und mit kurzen Haaren, mit Sonnenbrille und Kontaktlinsen, mit Koteletten und mit Goatee. Owen sieht aus wie jedermann und niemand.

Das habe ich getan.

Na ja, Millicent hat es getan. Oder angefangen. Aber ich habe es auch getan.

Ich habe nicht viel erreicht – sicher nichts Außergewöhnliches –, aber meinetwegen suchen jetzt alle nach Owen Oliver Riley.

Ich wollte schon immer mehr sein als nur normal.

Zuerst war es Tennis. Mein Vater hat gespielt, meine Mutter hat so getan, und ich habe mit sieben meinen ersten Ball geschlagen. Beide Eltern haben mich dazu ermuntert. Tennis war der erste Sport, für den ich mich interessierte; also engagierten sie einen Trainer, kauften mir meinen ersten Schläger und schickten mich los. Nach ein paar Jahren war ich der beste Spieler in der Jugendabteilung des Clubs. Ich hatte keine Ahnung, wie viel Wut in mir steckte, bis ich diesen kleinen grünen Ball schlug.

Damals war ich kein normaler Durchschnitt, war für niemanden eine Enttäuschung, außer für meine Eltern. Ich war besser als alle anderen, bis ich es nicht mehr war. Aber da wusste ich nicht mehr, wie man normal ist, und so reiste ich nach Übersee, weg von meinen Eltern, auf der Suche nach einem Ort, wo ich besser sein könnte als der Durchschnitt, mehr als eine Enttäuschung. Bei Millicent bin ich es.

Es ist schrecklich zu sagen, aber mein Leben ist so viel besser, seit meine Eltern tot sind.

Und seit Millicent in meinem Leben ist. Bei ihr fühle ich mich besser als bei irgendjemandem sonst

Sie ist so beeindruckt von meinem Brief. Im Bett spricht sie davon.

»Ich wünschte, ich könnte ihn ausschneiden und an den Kühlschrank kleben.«

Ich lache und reibe ihr Bein. Sie hat es träge über meins gelegt. »Die Kinder würden es vielleicht schräg finden.«

»Sie würden es gar nicht bemerken.«

Sie hat recht. Unser Kühlschrank ist ein Sammelsurium von Bildern, befestigt mit Klebstreifen und Magneten und zu einer Art Familienalbum zusammenmontiert. Die Einzelheiten verschwimmen so sehr ineinander, dass nichts besonders auffällt. »Du hast recht«, sage ich. »Sie würden's nicht merken.«

Millicent rollt sich herum und schiebt ihr Gesicht an meins. »Ich habe ein Geheimnis«, flüstert sie.

Mein Herz macht einen kleinen Satz, und es fühlt sich nicht gut an. »Was?«, frage ich, und ich flüstere nicht.

»Ich habe sie beobachtet.«

»Sie?«

»Annabelle.«

Sie formt den Namen mit den Lippen, ohne einen Laut. Mein Herz entspannt sich ein wenig. Das haben wir auch beim letzten Mal getan; wir haben Lindsay beobachtet und uns gegenseitig Bericht erstattet.

»Und?«, frage ich.

»Sie wird im Fernsehen perfekt aussehen.«

Die Lampen in unserem Zimmer sind aus, aber es ist nicht stockfinster. Unser Schlafzimmer liegt im ersten Stock an der Vorderseite. Das Licht einer Straßenlaterne schimmert an den Rändern der Vorhänge. Ich habe es schon oft angestarrt, seit wir in dieses Haus gezogen sind. Dieses Viereck aus goldenem Licht erscheint mir unnatürlich.

»Penny«, sage ich.

Sie lacht. »Was?«

»Ich liebe dich.«

»Und ich liebe dich.«

Ich schließe die Augen.

Manchmal sage ich es zuerst, manchmal sie. Das gefällt mir, weil es ausgewogen ist. Aber sie hat es als Erste gesagt. Ich meine, ursprünglich. Sie hat zuerst gesagt, sie liebt mich.

Es hat drei Monate gedauert. Drei Monate von unserer Begegnung im Flugzeug bis zu dem Augenblick, als sie gesagt hat, dass sie mich liebt. Ich hatte sie mindestens zweieinhalb der drei Monate geliebt, seit ich sie kannte, aber ich hatte es nicht gesagt. Nicht bevor sie es tat. Als es passierte, saßen wir buchstäblich auf einem Baum. Wir waren jung und pleite, und wir wollten etwas tun. Also kletterten wir auf einen Baum.

Erwartungsgemäß gibt es in Woodview Bäume. Wir haben einen Park mit riesigen Eichen, die sich perfekt zum Klettern eignen, aber an dem Tag saßen Millicent und ich auf einem Ahorn. Ich hätte wissen können, dass Millicent, wenn sie auf einen Baum steigen wollte, einen aussuchen würde, der das widerrechtliche Betreten eines Grundstücks erforderte.

Der Baum stand auf einem Privatgelände vor einem Haus, das ein paar Hundert Meter weit zurück lag. Zwischen Straße und Haustür gab es nichts als einen flachen grünen Rasen und diesen gigantischen Ahorn.

Es war Mitte August, auf dem Höhepunkt der Sommerhitze, und wir saßen in meinem klimatisierten Auto und starrten den Baum an. Wir hatten weiter unten am Häuserblock geparkt, an einer Stelle, wo wir alles gut sehen konnten, und wir warteten darauf, dass alle Lichter im Haus erloschen. Nur eins brannte noch, rechts oben. Millicent umklammerte meine Hand, als wäre sie nervös.

»Du willst wirklich auf diesen Baum klettern?«, fragte ich.

Sie sah mich mit leuchtenden Augen an. »Du nicht?«

»Ich habe noch nie daran gedacht.«

»Und jetzt?«

»Jetzt möchte ich wirklich auf diesen Baum klettern.«

Sie lächelte. Ich lächelte. Das Licht ging endlich aus.

Ich drehte den Zündschlüssel um und stellte die Klimaanlage ab. Sofort fühlte es sich im Wagen heißer an. Millicent stieg zuerst aus. Sie hielt den Türgriff fest und drückte die Wagentür zu, um so wenig Lärm wie möglich zu machen. Ich stieg aus und tat es ihr nach.

Ich schaute den Ahorn an, der mir plötzlich zu offen, zu ungeschützt dastand, und ich fragte mich, ob unbefugtes Betreten womöglich auch mit Gefängnis bestraft wurde.

Millicent rannte los. Sie flitzte über die Straße, über den Rasen und verschwand hinter dem Baumstamm. Wenn sie dabei ein Geräusch machte, hörte ich es nicht.

Ich nahm denselben Weg. Meine Schritte kamen mir schwer vor, trampelnd, als dröhnten sie durch die ganze Nachbarschaft. Ich rannte, bis ich bei Millicent war. Als ich den Baum erreicht hatte, zog sie mich an sich und küsste mich. Wild. Ich rang nach Luft, als sie aufhörte.

»Bist du so weit?«, fragte sie.

Bevor ich antworten konnte, hatte sie einen dicken Astknoten gepackt und sich hochgezogen. Sie griff nach oben, packte den untersten Ast und kletterte weiter. Ich hielt die Augen offen und wartete darauf, dass ein Licht im Haus anging oder dass sie herunterfiel, sodass ich sie auffangen konnte. Beides passierte nicht.

»Komm schon«, flüsterte sie.

Sie saß oben auf einem Ast und schaute auf mich herunter. Im Mondlicht war sie eine Silhouette. Ich sah ihr langes Haar, das im Wind wehte, und ihre Beine, die zu beiden Seiten des Astes baumelten, aber alles andere sah aus wie ein Schatten.

Ich kletterte am Baum hinauf. Es war viel schwieriger, als ich erwartet hatte, und mein Grunzen und Keuchen klang laut genug, um jeden im Umkreis von zehn Meilen aufzuwecken. Aber die Familie im Haus vor uns schlief weiter. In den Zimmern blieb es dunkel.

Als ich bei Millicent ankam, schwitzte ich, so heiß war es. Die Luft zwischen den Ästen war dicker, und es roch nach Schweiß und Moos und Rinde.

Millicent packte mich bei meinem T-Shirt, zog mich an sich und presste ihren Mund auf meinen. Ich schwöre, sie schmeckte nach Ahornsirup. Sie drückte ihr Gesicht an meinen Hals, als wollte sie sich da hineingraben, und ihr Atem war heiß an meiner Haut.

»Hey«, sagte ich.

Sie hob den Kopf und sah mich an. Eine feuchte Haarsträhne klebte seitlich an ihrem Gesicht.

»Ich liebe dich«, sagte sie.

»Ich liebe dich.«

»Ja? Wirklich?«

»Natürlich.«

Sie legte eine Hand an mein Gesicht. »Schwör's.«

»Ich schwöre.«

ZWEIUNDZWANZIG

Kaffeeautomaten gehören zu den praktischsten Erfindungen aller Zeiten. Kein Barista, keine Vollmilch statt 2 %, kein fehlender Schuss Extra-Aroma. Ich brauche nur meine Auswahl zu treffen – Kaffeesorte, Milch, Aroma, ja sogar die Temperatur – und dann auf die grüne GO-Taste zu drücken. Schon kommt mein Kaffee. Und er ist billig.

Der Nachteil ist, dass diese ausgefuchsten, aber einfachen Automaten nur in Tankstellen-Supermärkten zu finden sind. In richtigen Coffeeshops gibt es keine Selbstbedienungsautomaten.

Mein Lieblingsautomat steht im EZ-Go Store an der Tankstelle, die zwei Meilen weit von den Oaks entfernt ist. Selbst wenn ich keine Zeit habe, fahre ich dort hin. Die Kassiererin ist eine nette junge Frau namens Jessica. Sie lächelt immer und hat für jeden ein freundliches Wort. Vielleicht ist sie einer der Gründe, weshalb ich die zwei Meilen bis zum EZ-Go fahre. Der springende Punkt ist: EZ-Go gehört zu meiner tagtäglichen Routine. Und einer Routine folgt jeder.

Annabelle auf jeden Fall.

Annabelle und ihre Eltern essen mittwochsabends immer in demselben italienischen Lokal. Ich vermute, dass sie auch immer das gleiche Essen bestellen, die gleichen Getränke, vielleicht sogar den gleichen Nachtisch. Das Abendessen beginnt um sechs Uhr dreißig und ist um acht zu Ende. Annabelle geht zu Fuß, und sie braucht elf Minuten vom Restaurant zu ihrem Apartment – es sei denn, sie geht noch in einen Laden, bekommt einen Anruf oder trifft jemanden, den sie kennt. Wie mich.

Annabelle schaut auf ihr Telefon, als ich mit ihr zusammenstoße.

Sie schaut mich überrascht an. Dann erkennt sie mich.

»Hallo«, sagt sie.

Sie ist stärker geschminkt als tagsüber. Der Lippenstift ist dunkler, und sie trägt Eyeliner. Das kurz geschnittene Haar lässt ihr Gesicht noch attraktiver erscheinen.

Ich nehme mein Telefon in die Hand.

Na, wenn das nicht die netteste Politesse der Stadt ist ☺

Sie verdreht die Augen. »Wie geht's Ihnen?«

Ich nicke und zeige auf sie.

Sie streckt den Daumen hoch.

Was machen Sie allein hier draußen? Wissen Sie nicht, dass ein Serienkiller unterwegs ist?

Sie lächelt, als sie es liest. »Ich bin auf dem Heimweg.«

Vorher noch was trinken?

Sie zögert.

Ich zeige zu einer Bar weiter unten an der Straße. Annabelle schaut auf die Uhr. Ich bin überrascht, als sie Ja sagt.

Sie sollte Nein sagen, erst recht angesichts der ganzen Geschichte mit Owen Oliver. Aber Annabelle ist noch einsamer, als ich dachte.

Der Barkeeper, Eric, winkt mir grüßend zu. Ich war ein paarmal hier, immer allein, und habe darauf gewartet, dass Annabelle auf dem Heimweg vom Essen mit ihren Eltern vorbeikam. Eric kennt mich als Tobias. Ich habe ihm so viel Gebärdensprache beigebracht, wie ich kann. Jetzt versteht er meinen Namen und das, was ich trinken will: Gin Tonic.

Annabelle bestellt das Gleiche. »Mit viel Tonic«, sagt sie.

Sie traut mir nicht, und ich kann es ihr nicht verdenken. Ich bin nur ein Mann, der sie angefleht hat, ihm keinen Strafzettel zu verpassen. Ein wahrscheinlich sehr netter, nicht bedrohlicher, tauber Mann.

»Sie kennen ihn also?« Annabelle spricht mit Eric und zeigt dabei auf mich.

»Ja, ich kenne ihn. Trinkt wenig, gibt viel Trinkgeld. Aber er redet kaum.« Er zwinkert ihr zu, damit sie weiß, er macht einen Witz.

Sie lacht, und es hört sich nett an.

»Sie sind wirklich ein Gespann«, sagt sie, und sie achtet darauf, mir beim Sprechen das Gesicht zuzuwenden. Sie vergisst nicht, dass ich taub bin.

Als wir einen oder zwei Schlucke getrunken haben, verzieht Eric sich ans andere Ende der Bar. Annabelle und ich sind allein, und sie erzählt mir vieles, das ich schon weiß, und manches, das ich noch nicht weiß. Ich wusste zum Beispiel nicht, dass sie heute Abend Linguine mit Champignons gegessen hat. Aber jetzt weiß ich, dass sie es mittwochsabends immer isst.

Ich erzähle ihr meine Tobias-Geschichte. Ich bin Buchhalter, geschieden, kinderlos. Ich habe meine Frau sehr geliebt, aber wir haben uns auf der Highschool kennengelernt und zu früh geheiratet. Das kommt vor.

Annabelle ist eine gute Zuhörerin und nickt an allen richtigen Stellen.

Und Sie? Boyfriend?

Sie schüttelt den Kopf. »Schon seit einer Weile nicht mehr.«

Warum nicht?

Die Frage ist nicht nur Small Talk. Ich bin wirklich neugierig.

Annabelle zuckt die Achseln. »Weil ich niemanden kennengelernt habe?«

Ich schüttle den Kopf.

Zu allgemein.

Sie schweigt eine Weile. Ich nehme an, gleich wird sie mir erzählen, dass ihr letzter Boyfriend ein Arschloch war. Er hat sie betrogen. War dauernd mit seinen Kumpels unterwegs. Ein selbstsüchtiger Mistkerl.

»Mein letzter Freund wurde getötet«, sagt sie.

Vor Schreck hätte ich beinahe laut gesprochen.

Das ist schrecklich. Wodurch?

»Ein betrunkener Autofahrer.«

Ich erinnere mich verschwommen, dass Annabelle im Netz einmal etwas über eine Spendensammlung für eine Aktion gegen Alkohol am Steuer gepostet hat. Es gab aber keinen Hinweis darauf, dass es etwas Persönliches war.

Ich frage weiter nach ihm. Er hieß Ben, und Annabelle hatte ihn durch die Arbeit kennengelernt. Ben war Polizist. Er besuchte Abendkurse in Strafrecht und wollte sich zur Kriminalpolizei hocharbeiten und dann Sergeant werden.

Sie hat sein Bild nicht mehr in ihrem Handy; sie fand, es sei nicht gesund, es dauernd anzustarren.

Diese Feststellung klingt so traurig, dass ich wegschauen muss.

»Hey«, sagt Annabelle. Sie klopft mir auf den Arm, damit ich sie ansehe. »Es tut mir leid. Das ist alles viel zu ernst.«

Nein, es ist okay. Ich habe ja gefragt.

»Und ich hab jetzt genug über mich geredet. Was ist mit Ihnen? Freundin?«

Ich schüttle den Kopf.

»Sie sind dran. Warum nicht?«

Es ist mir schwergefallen, wieder mit Dates anzufangen. Ich war zehn Jahre verheiratet. Und wenn man taub ist... das macht die Sache nur noch schwerer, nehme ich an.

»Na, aber eine Frau, die sich nicht mit Ihnen trifft, weil Sie taub sind, ist es aber auch nicht wert.«

Ich lächle. Was sie sagt, ist ein Gemeinplatz, aber aus ihrem Mund klingt es aufrichtig. Wie würde sie wohl reagieren, wenn ich ihr die Wahrheit sagte?

Das Gespräch geht weiter, und wir reden nicht mehr über uns selbst, sondern über Musik, Filme und aktuelle Ereignisse. Nichts Privates, nur planloses Geplauder, das niemandem wehtut.

Eric kehrt zu unserem Ende der Bar zurück und fragt, ob wir noch etwas trinken wollen. Wir bestellen beide nichts mehr.

Sie will nicht, dass ich sie nach Hause bringe. Verständlich, aber ich bestehe darauf, dass Eric ihr ein Taxi ruft. Sie akzeptiert es, und ich bin sicher, sie tut es wegen Owen Oliver. Bevor sie geht, bitte ich sie um ihre Nummer. Sie gibt sie mir, und ich gebe ihr die Nummer des Wegwerfhandys.

Annabelle bedankt sich für den Drink mit einem Händedruck. Das ist ebenso förmlich wie liebenswert. Ich sehe ihr nach, als sie die Bar verlässt.

Ich werde sie nicht anrufen. Da bin ich ganz sicher.

Ich bin außerdem sicher, dass Annabelle nicht die Richtige ist. Sie wird am Freitagabend nicht verschwinden.

Der Grund ist ihr Freund. Als ich die Geschichte hörte, wusste ich sofort, sie würde es nicht sein.

Vielleicht weil es zu viel Tragik für ein junges Leben sein würde. Einen Geliebten bei einem schrecklichen Unfall zu verlieren, nur um dann ermordet zu werden.

Nichts davon ist fair. Das System, nach dem wir sie ausgewählt haben, war zum Teil von Owen entwickelt worden, aber wie wir es angestellt haben, war beliebig. Ich habe Annabelle an dem Tag zufällig gesehen. Es hätte auch eine andere sein können.

Jetzt bin ich wieder am Lancaster Hotel und beobachte

Naomi. Sie ist immer noch ein bisschen zu groß für Owens Profil. Ich kenne sie nur durch den Computer und die Glastüren des Lancaster. Ich habe nie mit ihr gesprochen, habe nie gehört, wie ihre Stimme klingt.

Aber ich möchte es gern. Ich möchte sie lachen hören, möchte sehen, wie sie sich nach ein, zwei Glas benimmt. Ich möchte wissen, ob sie wirklich ein Faible für ältere Männer hat oder ob sie nur das Geld braucht. Ich möchte wissen, ob sie mir sympathisch oder unsympathisch ist oder ob ich gar nichts für sie empfinde. Aber ich werde es nicht herausfinden. Ich kann nicht riskieren, dass irgendetwas mich dazu bringt, sie am Leben zu lassen.

Also gehe ich nicht ins Hotel. Ich nähere mich ihr nicht. Als ihre Schicht zu Ende ist, sehe ich zu, wie sie geht. Sie hat ihre Uniform gegen Jeans und T-Shirt ausgewechselt. Sie telefoniert auf dem Weg zu ihrem kleinen Wagen, der limettengrün ist. An einem Mittwochabend um viertel nach elf hält sie nur noch an einem Fastfood-Drive-through. Ein paar Minuten später ist sie zu Hause und geht zu ihrem Apartment, die Fastfood-Tüte in der einen Hand, die Hoteluniform in der anderen. Naomi wohnt im Erdgeschoss eines ruhigen Gebäudes für Leute, die es nicht zu Reichtum gebracht haben. Der Garten ist zugewuchert, und dichte Büsche stehen neben der Haustür.

Perfekt. Wir haben jede Menge Auswahl für Freitag, den 13., vom Hotelparkplatz bis zu Naomis Apartmentgebäude.

Jetzt muss ich nur noch Millicent sagen, dass ich es mir anders überlegt habe.

DREIUNDZWANZIG

Um sechs Uhr früh dröhnt die Stimme des Radioansagers in mein Ohr, so laut, dass ich hochfahre. Millicent liebt ihren Radiowecker. Er ist alt, einer von der Sorte mit Klappziffern und einem Gehäuse aus Holzimitat, und er geht mir maßlos auf die Nerven. Der Radiowecker ist ihre Art, die Klobrille oben zu lassen.

»*Guten Morgen, heute ist Donnerstag, der 12. Oktober, und Sie müssen sich noch einen Tag länger einschließen, Ladys. Owen Oliver kommt und will sich eine von euch Hübschen holen …*«

Das Radio verstummt. Ich öffne die Augen und sehe Millicent über mir.

»Sorry«, sagt sie. »Hab vergessen, ihn abzustellen.«

Sie dreht sich um und geht ins Bad. Rotes Haar, Baumwollshorts und Tanktop verschwimmen zu einem dunklen Pferdeschwanz und einer blau-goldenen Uniform.

Ich hatte von Naomi geträumt, als der Radiowecker losging. Sie stand hinter der Theke im Lancaster und plauderte mit einem Mann, der so alt war, dass er beim Sprechen pfeifend keuchte. Naomi warf den Kopf zurück und lachte. Es klang wie das Gackern der Hexe in einem Märchen. Dann drehte sie sich zu mir um und zwinkerte. Die Sommersprossen an ihrer Nase fingen an zu bluten. Ich glaube, ich hatte etwas sagen wollen, als der Wecker losplärrte.

Millicent hat nicht vergessen, ihn abzustellen. Sie ist immer noch ein bisschen wütend auf mich. Nicht weil wir in letzter Minute zu Naomi zurückkehren mussten, sondern weil ich die Entscheidung ohne sie getroffen habe.

Gestern Abend hatten wir wieder einen Date-Abend in der Garage. Sie dachte, es wäre die letzte Planungssession vor dem großen Tag, bei der wir alles noch einmal durchgehen würden. Ursprünglich war es auch so gedacht gewesen – zumindest bis ich ihr sagte, es könne nicht Annabelle sein.

»Ich verstehe nicht«, sagte sie.

»Ich habe gesagt, wir müssen zu Naomi zurückkehren.«

»Naomi ist zu groß. Sie passt nicht ins Profil.«

»Ich weiß, aber Annabelle ist …«

»Sie ist was?«

In einem Sekundenbruchteil entschloss ich mich zu einer Lüge. »Sie hat angefangen, sich mit jemandem zu treffen.«

»Sie hat einen *Freund*?«

»Wenn er es noch nicht ist, wird er es bald sein. Und er wird die Polizei rufen.«

Millicent schüttelte den Kopf. Kann sein, dass sie sogar tonlos fluchte. »Ich kann nicht glauben, dass wir das jetzt erst erfahren.«

»Wir haben sie immer nur bei der Arbeit beobachtet.«

»Nicht immer.«

Ich ließ es hingehen. Dies war nicht der Augenblick, um Millicent zu fragen, was sie mir verschwiegen hatte. Nicht wenn ich log.

»Also«, sagte ich. »Naomi.«

Millicent seufzte. »Naomi.«

Annabelle haben wir nicht mehr erwähnt.

Ich möchte nicht arbeiten, aber mir bleibt nichts anderes übrig. In meinem Kalender reiht sich eine Unterrichtsstunde an die nächste, und als ich schließlich fertig bin, hole ich die Kinder von der Schule ab und bringe sie zum Zahnarzt. Per Zufall sind ihre Termine auf Freitag, den 13., gelandet. Millicent vereinbart ihre Zahnreinigungstermine immer im Voraus, pünktlich alle sechs Monate.

Als wir in die Praxis kommen, spielen Jenna und Rory Schere-Stein-Papier, um zu sehen, wer als Erster an der Reihe ist. Es ist eine der wenigen Gelegenheiten, bei denen sie einstimmig sprechen.

»Schnick, schnack, schnuck!«

Rory verliert, Jenna feixt, und das große Ganze entgeht ihnen: Sie müssen immer noch beide auf den Behandlungsstuhl.

Im Wartezimmer sehe ich mir auf meinem Telefon die Nachrichten an und werde bombardiert mit Bildern der früheren Opfer Owens. Unsere Lokalzeitung hat sie alle auf Seite eins, und auf allen Bildern sind sie am Leben und lächeln. Die Botschaft ist unmissverständlich. Wenn du aussiehst wie diese Frauen, bist du morgen in Gefahr. Owen könnte kommen und dich holen. Nichts deutet darauf hin, dass man sich wehren oder entkommen könnte. Überleben kann nur, wer nicht ausgewählt wird. Ich finde es ein bisschen anstößig, dass Frauen behandelt werden, als wären sie dermaßen hilflos. Der Verfasser des Artikels kennt meine Frau nicht.

Nach dem Zahnarzt gibt es ein Eis. Bei dieser bizarren Familientradition kommt Millicent dazu. Angefangen habe ich damit, als die Kinder viel kleiner waren und ich wollte, dass sie aufhörten, beim Zahnarzt zu weinen. Das Eiscreme-

Versprechen wirkte, und jetzt lassen sie nicht mehr davon ab.

Jeder von uns hat seine Lieblingssorte. Millicent bestellt Vanille, ich Schokolade, und Rory will eine Kombination aus Schoko, Marshmallows und Nüssen. Jenna ist experimentierfreudig. Sie bestellt immer das Eis des Tages. Heute ist es Blaubeere-Schokochip, und sie ist begeistert. Ich finde es ekelhaft.

Als allen die Zähne kribbeln und unsere Gehirne gefroren sind, trennen wir uns. Millicent bringt die Kinder nach Hause, und ich gehe wieder arbeiten. Im Club begegne ich Trista. Ich habe sie nicht mehr gesehen, seit sie mir betrunken von ihrer Beziehung zu Owen Oliver erzählt hat. Ich bin ihr sehr dankbar dafür, aber das weiß sie nicht. Sie weiß in diesem Moment überhaupt nicht viel, sondern starrt mich an mit dem toten Blick einer Betrunkenen, aber das liegt nicht am Alkohol. Sie hat Tabletten genommen, höchstwahrscheinlich Schmerzmittel, und zwar eine ganze Menge. Im Country Club sehe ich das oft.

Aber nicht bei ihr.

»Hey.« Ich berühre ihren Arm. »Alles okay?«

»Perfekt.« Das Wort kommt hart aus ihrem Mund, als sei das Gegenteil der Fall.

»Du siehst nicht gut aus. Soll ich Andy anrufen?«

»Nein, du sollst Andy nicht anrufen.«

Ich denke, ich sollte es doch tun. *Ich* würde es jedenfalls wissen wollen, wenn meine Frau zugedröhnt bis in die Haarspitzen wäre. Ich greife nach meinem Handy.

Trista sieht mich an. »Morgen wird eine Frau verschwinden. Und dann wird sie sterben.«

Ich möchte ihr sagen, dass es vielleicht nicht dazu kommen wird und dass sie ihn vielleicht schnappen werden. Aber das wäre gelogen. Die Polizei wird Millicent und mich nicht schnappen. Sie weiß gar nicht, dass es uns gibt.

»Ja«, sage ich. »Wahrscheinlich wird jemand verschwinden.«

»Owen ist ein Mistkerl.« Tristas Blick sieht leer aus, ist es aber nicht. Tief unter den Pillen ist etwas, das sich nicht betäuben lassen will. Wut.

»Hey, hör auf damit. Du bist nicht schuld an dem, was dieses Arschloch tut.«

Sie schnaubt.

»Du bist morgen nicht allein, oder?« Ich frage sie das, weil ich mir ernsthaft Sorgen mache. Mit allem, was Trista tut, verletzt sie sich nur selbst.

»Andy ist zu Hause. Was immer das helfen wird.« Sie schaut zum Fernseher hinauf. Dort läuft ein Film von Owens Verhaftung vor fünfzehn Jahren. Trista fröstelt. »Ich muss gehen.«

»Warte, ich fahre dich nach Hause.«

»Ich gehe nicht nach Hause.«

»Trista.«

»Wir sehen uns später. Sag Millicent, ich rufe sie an.« Sie geht auf die Damenumkleide zu, dreht sich dann aber noch mal um. »Erzähl Andy nichts, okay?«

Ich habe ihm nicht erzählt, dass sie betrunken war, und ich habe ihm nichts von der Vergangenheit seiner Frau mit Owen Oliver erzählt. Eine weitere Auslassung wird den Verrat nicht größer machen, als er eh schon ist.

»Ich sage ihm nichts«, verspreche ich.

»Danke.«

Sie verschwindet in der Damenumkleide, und ich starre

ihr nach und frage mich, was wir getan haben. Owens Rückkehr hat nicht nur Auswirkungen auf die polizeilichen Ermittlungen.

Auch mein letzter Schüler des Tages spricht darüber. Er ist ein netter Mann mit drei Töchtern. Zwei sind im Alter von Owens Zielgruppe. Alle drei wohnen noch in der Gegend. Zwei sind ledig und leben allein, und er macht sich solche Sorgen, dass er ihnen angeboten hat, sie über das Wochenende verreisen zu lassen. Er hat nicht hier gewohnt, als Owen das erste Mal aktiv war, aber gehört hat er mehr als genug.

Obwohl wir am Nachmittag im Eiscafé waren, gibt es um sechs Uhr Abendessen. Jenna erzählt, dass sie in der Schule seit einer Woche alle nur noch von Owen reden. Eine ihrer Freundinnen hat eine ältere Schwester, die überzeugt ist, dass Owen sie holen kommen wird. Rory kichert und sagt, dazu wird's nicht kommen, sie sind beide zu hässlich, selbst für einen Serienkiller. Jenna wirft mit dem Brot nach ihrem Bruder, und Millicent befiehlt ihnen aufzuhören. Sie verlegen sich darauf, einander über den Tisch hinweg mit tonlosen Mundbewegungen zu beschimpfen.

»Ich habe gesagt, ihr sollt aufhören.«

Millicent wiederholt sich nicht gern. Sie hören auf. Für eine Minute. Dann zuckt Jenna zusammen, weil Rory sie unter dem Tisch tritt. Ich bin sicher, dass Millicent es sieht, aber sie sagt nichts, und nach dem Essen verkündet sie, dass es jetzt einen spontanen Filmabend gibt. Manchmal, wenn sie allzu viel zanken, zwingt sie die beiden, mehr Zeit miteinander zu verbringen. Auf diese Weise sorgt sie dafür, dass sie sich einigen, statt getrennte Wege zu gehen.

Sie streiten zwanzig Minuten lang darüber, welchen Film

sie sehen wollen. Millicent und ich mischen uns nicht ein, im Gegenteil, wir beachten sie überhaupt nicht. Wir sind in der Küche und kümmern uns um das Geschirr, und sie fragt, ob ich heute Abend noch mal weggehe.

»Ja.«

»Findest du, das ist eine gute Idee?«

»Es ist okay.«

Mein Ton ist schärfer als beabsichtigt. Den ganzen Tag alles Mögliche über Owen zu hören hat das Stresslevel nicht gerade verringert.

Alles, was morgen passiert, passiert meinetwegen. Ich habe den Brief an Josh geschrieben, ich habe das Datum ausgewählt, ich habe versprochen, dass wieder ein Mädchen verschwinden wird. Und ich bin derjenige, der noch gestern Abend von Annabelle zu Naomi gewechselt hat. Ich bin derjenige, der sichergehen muss, dass sie die Richtige ist.

Eine Münze entscheidet, welchen Film wir heute Abend sehen, und er handelt von einem Delfin. Rory und Jenna sitzen zusammen auf dem Boden mit einer Schale Popcorn, und sie bewerfen sich nicht damit. Millicent und ich sitzen auf der Couch und haben unser eigenes Popcorn. Sie schaut mehr auf die Kinder als auf den Fernseher, und ihre Augen leuchten um zehn Nuancen heller. Das tun sie immer beim Anblick der Kinder.

So bleibt sie, bis der Film aus ist und die Kinder sich nach oben trollen, um ins Bett zu gehen. Ihr Geflachse ist entspannt und dreht sich um Delfine. Ich will aufstehen, als sie mir die Hand aufs Knie legt.

»Du solltest dich fertig machen«, sagt sie.

Wie sie es sagt, klingt es, als wäre es ihre Idee, und das ärgert mich. »Du hast recht«, sage ich. »Ich muss hier raus.«

»Alles okay?«

Ich schaue auf sie hinunter, auf meine Frau, deren Augen ganz anders sind als Tristas Augen. In jeder Hinsicht ist Millicent das Gegenteil von Andys Frau.

Ich lächle und bin dankbar, dass ich nicht mit Trista verheiratet bin.

VIERUNDZWANZIG

Ich hatte nicht vorgehabt, meinen Anzug anzuziehen, denn es war nicht Teil des Plans gewesen, mit Naomi zu sprechen. Er ist dunkelblau, hat einen handgenähten Kragen und war viel zu teuer. Aber da ich ihn nun mal habe, kann ich ihn auch tragen.

Als ich vor dem Spiegel stehe und mir die Krawatte binde, erscheint Millicent hinter mir. Sie lehnt sich mit verschränkten Armen an die Wand und beobachtet mich. Ich weiß, sie will danach fragen, denn ich trage diesen Anzug immer nur, wenn ich mit ihr zusammen bin. Sie hat ihn gekauft.

Ich binde die Krawatte fertig, ziehe die Schuhe an, sammle Brieftasche, Telefon und Schlüssel ein. Mein Wegwerfhandy ist nicht im Haus.

»Ich bin dann mal weg«, sage ich.

Sie nickt.

Ich warte darauf, dass sie noch etwas sagt, aber sie schweigt. Ich gehe an ihr vorbei und die Treppe hinunter. Als ich bei der Garagentür bin, höre ich ihn.

»Dad.«

Rory steht an der Tür zur Küche und hat ein Glas Wasser in der Hand. Er hebt die andere Hand und reibt Daumen und Zeigefinger aneinander. Mehr Geld.

Er ist nicht zufällig in der Küche. Er hat auf mich gewartet.

Ich nicke und gehe hinaus.

Naomi arbeitet an der Rezeption; sie checkt Leute ein, nimmt Anrufe entgegen und löst Probleme, wenn jemand welche hat. Heute sitze ich nicht draußen. Ich bin in der Lobby.

Sie ist groß und luxuriös, mit Sesseln in dunklen Farben und mit schweren Bezugsstoffen. Samtvorhänge bedecken die Wände, mit goldenen Tressen besetzt wie die Uniformen des Lancaster. Und überall Fransen und Troddeln.

Ich kann mich in dieser Lobby verstecken, verschwinden in all dem verschnörkelten Dekor, ein unbekannter Gast, der an seinem Computer arbeitet und ein Glas neben sich stehen hat, weil er es in seinem Zimmer nicht eine Minute länger aushält. Fast ist das die Wahrheit. Ich kann nicht eine Minute länger draußen in meinem Wagen sitzen. Wenn es Naomi sein soll, bin ich gezwungen, ihr ein bisschen näher zu kommen.

Aber nicht, um mit ihr zu sprechen. Ich habe beschlossen, das nicht zu tun. Dazu ist keine Zeit, nicht nach dem Wechsel in letzter Minute. Ich bin zu gestresst, zu besorgt. Owen Oliver wiederauferstehen zu lassen ist komplizierter geworden, als ich dachte. Vielleicht wegen der Medien, vielleicht wegen Trista, aber vielleicht auch, weil meine Kinder in einer Tour von ihm reden.

Es ist ganz anders als mit Lindsay. Da gab es nur Millicent und mich, niemanden sonst, nicht einmal am Rande.

An Silvester gingen Millicent und ich auf eine Party im Country Club. Jenna war zwölf, Rory ein Jahr älter, und am 31. Dezember hatten wir sie zum ersten Mal allein gelassen. Sie waren begeistert gewesen und wir auch. Dass wir mit Erwachsenen ins neue Jahr hineinfeierten, war nicht mehr vorgekommen, seit die Kinder auf der Welt waren.

Weniger als einen Monat zuvor hatte ich die Frau in der Mall gesehen, die aussah wie Robin. An diesem Abend schliefen Millicent und ich miteinander. Es war nicht der verheiratete Sex, den man so hinter sich bringt, sondern Sex von der Art, den wir bei unseren ersten Dates hatten, als wir nicht genug voneinander bekommen konnten. Großartiger Sex.

Am nächsten Tag war das alles vorbei. Der Sex, die Stimmung, das Gefühl. Wir stritten wieder über Geld. Was wir uns leisten konnten und was nicht. Das betraf auch die Silvestergala.

Es war eine Kostümparty. Millicent und ich verkleideten uns, als kämen wir aus den 1920er-Jahren, ein Gangster und seine Flapper-Freundin. Ich trug einen Nadelstreifenanzug, blanke Wingtips und einen breitrandigen Filzhut, Millicent ein schimmerndes violettes Kleid, ein Stirnband mit Federn und einen dunkelroten Lippenstift.

Normalerweise fand ich Kostümpartys deprimierend. Ich fühlte mich dabei immer umgeben von Leuten, die davon träumten, alles zu sein, nur nicht das, was sie waren.

An diesem Abend war alles anders. Wir sprachen darüber, es noch einmal zu tun. Eine Frau zu töten. Wir sprachen darüber, was wir mit ihr anstellen würden. Wenn wir es täten. Und warum wir es tun würden.

»Was ist mit ihr?« Millicent zeigte auf eine Frau, deren Brüste so groß waren, dass es ans Groteske grenzte. Sie waren nicht echt, und wir wussten das alle, weil sie jeder und jedem erzählt hatte, was sie gekostet hatten.

Ich zuckte die Achseln. »Wir könnten sie nicht ertränken.«

»Da hast du recht.«

»Und sie?« Ich deutete mit dem Kopf auf eine Beach-Blondine in Begleitung eines Mannes, der ihr Großvater sein konnte.

Millicent lächelte, und ihre weißen Zähne waren ein harter Kontrast zu ihren Lippen. »Das wäre der Gnadentod. Braun, wie sie ist, kriegt sie sowieso Hautkrebs.«

Ich unterdrückte ein Lachen. Millicent kicherte. Wir waren schrecklich, was für perverse Sachen wir sagten. Aber es war nur Tratsch, mehr nicht. Die ganze Nacht hindurch unterhielten wir uns fast ausschließlich miteinander.

Da wir an diesem Abend das erste Mal seit langer Zeit groß zusammen ausgingen, hatte ich mich darauf eingestellt, lange aufzubleiben, und sogar einen Energy Drink zu mir genommen, bevor wir das Haus verließen. Aber wir blieben nicht lange. Fünf Minuten nach Mitternacht waren wir auf dem Heimweg.

Um Viertel nach lagen unsere 20er-Jahre-Kostüme verstreut auf dem Schlafzimmerfußboden.

Damals wusste ich nicht, ob wir da etwas anfingen oder fortsetzten. Ich wollte nur, dass es nicht aufhörte.

In der Lobby des Lancaster schaue ich auf die Uhr, werfe einen Blick auf mein Handy und surfe im Internet. Das alles nur, um so zu tun, als ob ich Naomi nicht beobachtete. Sie bemerkt mich gar nicht. Heute Abend ist viel mehr Betrieb als sonst, zum Teil, weil morgen Freitag, der 13., ist. Die Leute sind in die Stadt gekommen, um zu sehen, was Owen tun und wen er sich holen und umbringen wird. Manche von ihnen arbeiten für angesehene Medien, andere gehören zu denen, die zu allen möglichen Spektakeln oder Events kommen, die man filmen und ins Netz hochladen kann.

Eine Gruppe von denen sitzt neben mir in der Lobby. Es sind Kids im College-Alter, die Geld machen wollen, und sie spekulieren darüber, wie viel sie wohl verdienen werden. Das hängt davon ab, wie drastisch ihr Video ist. Eine Aufnahme von der eigentlichen Entführung wäre allerdings der Jackpot. Vorausgesetzt, sie halten die Kamera still.

Als sie endlich losziehen und sich auf die Suche nach wahrscheinlichen Aufenthaltsorten für Serienkiller machen, kann ich mich wieder auf Naomi konzentrieren. Ich halte Ausschau nach etwas, das ich Millicent erzählen, das wir teilen können. Ich will, dass es sich anfühlt wie schon einmal.

Naomi lächelt. Das tut sie schon den ganzen Abend. Es ist erstaunlich, ja, bewundernswert. Leute, die zur Rezeption kommen, sind oft verärgert, oder sie brauchen etwas, aber sie ist unfehlbar freundlich. Sie lächelt sogar, wenn jemand sie als Idiotin bezeichnet.

Allmählich vermute ich, dass sie eine naive Optimistin ist, immer nett und fröhlich. Das gefällt mir nicht. Millicent und ich können im Dunkeln nicht darüber flüstern.

Und dann sehe ich ihn, den Riss in Naomis zuckersüßer Persönlichkeit. Als ein besonders grober Gast ihr den Rücken zuwendet, hebt Naomi hinter ihm den Mittelfinger.

Ich lächle.

Zeit, nach Hause zu fahren und Millicent davon zu erzählen.

FÜNFUNDZWANZIG

Ich wache auf, und es ist still. Bis zum Morgengrauen ist es noch eine Stunde, und die Welt ist aus dunklem Samt.

Es ist Samstag, der 14.

Millicent ist noch nicht zu Hause.

Die Entscheidung, uns zu trennen, fiel spät am Donnerstagabend, nachdem ich vom Lancaster nach Hause gekommen war. Wir beschlossen, Naomi eine Weile am Leben zu halten, genau wie Lindsay. Das muss sein, denn so hat Owen es immer getan.

Es gefiel mir nur nicht. Ich wollte es nicht mal sehen.

Halb wusste ich aber, dass ich dabei sein sollte, denn es war nicht fair, alles Millicent zu überlassen. Ich versuchte mir vorzustellen, wie es sein würde, Naomi einzusperren und am Leben zu halten, ihr zu essen und zu trinken zu geben und sie zu foltern. Mir drehte sich der Magen um.

»Ich kann das übernehmen«, sagte Millicent.

Wir waren allein zu Hause. Es war Freitagmorgen, die Kindern waren schon in der Schule, und wir saßen in der Küche, tranken noch eine Tasse Kaffee und besprachen unseren Plan.

»Du sollst nicht alles allein tun müssen«, sagte ich.

»Ich tu's nicht zum ersten Mal.« Millicent stand auf und stellte ihren Kaffeebecher in die Spüle.

»Trotzdem.« Mein Protest war lahm, und das wusste ich. Mir war trotzdem wohler damit.

»Nichts trotzdem«, sagte Millicent. »Ich kümmere mich darum. Du kannst dich um diesen Reporter kümmern.«

»Stimmt. Irgendwann muss ich wieder Kontakt mit ihm aufnehmen.«

»Genau.«

Sie drehte sich lächelnd zu mir um, und die Morgensonne, die durch das Fenster schien, beleuchtete sie.

Unser Plan stand fest. Es war der gleiche Plan wie bei Lindsay.

Wir hatten jedes Detail geplant, wie Millicent es immer tat. Als Erstes die Droge. Lindsay – und jetzt Naomi – musste bewusstlos sein, damit wir sie an einen einsamen Ort bringen konnten. Wie sich herausgestellt hat, ist Chloroform nicht die fabelhafte K.o.-Droge, die man aus dem Kino kennt. Unsere Recherchen führten uns zu ein paar dunklen und furchterregenden Orten im Internet, wo man für Geld alles bekommen kann. Kryptowährung, eine anonyme E-Mail und eine private Mailbox – damit kann man alles kriegen, auch ein Beruhigungsmittel, das schnell und stark genug wirkt, um einen Dinosaurier umzuhauen.

Da wir nur eine hundertdreißig Pfund schwere Frau umhauen mussten, brauchten wir nicht viel.

Millicent kaufte einen Laptop, von dem nur wir beide wussten, und den benutzten wir für unsere Drogenrecherche. Und um Lindsay zu finden.

Und Petra.

Und Naomi.

Wir holten Naomi zusammen am Freitagabend. Genau wie wir es mit Lindsay getan hatten.

Millicent winkte Naomi auf dem Parkplatz hinter dem Hotel zu sich heran, als diese gerade davonfahren wollte. Sie waren knapp außerhalb des Bereichs der Kameraüberwachung. Ich sah zu, wie Millicent sich zum Fahrerfenster herunterbeugte und schnell redete, als brauchte sie Hilfe wegen einer Autopanne. Dann sah ich das verräterische Zucken ihres Arms, als sie Naomi die Droge injizierte. Sie stieß Naomi zur Seite, rutschte auf den Fahrersitz und fuhr los.

Ich folgte ihr lächelnd. Nach dieser langen Zeit des Suchens und Planens und Diskutierens war es schön zu sehen, wie gut alles lief.

Wir trennten uns im Wald. Ich nahm Naomis Auto und brachte es weg, und Millicent fuhr unser immer noch bewusstloses Opfer in meinem Wagen davon. Als ich bei Millicents Auto war, das einen Häuserblock weit vom Lancaster parkte, und dann zu Hause ankam, war es schon nach Mitternacht. Überall in Hidden Oaks brannten die Verandalampen, auch bei uns.

Die Kinder schliefen nicht. Sie taten genau das, was ich in ihrem Alter auch getan hätte: Sie schauten sich Gruselfilme an. Sie campierten mit ihren Handys und Tablets und einem Berg Junkfood im Wohnzimmer. Ich setzte mich dazu.

Sie glaubten, ich sei in der Nachbarschaft Streife gelaufen, um Hidden Oaks vor Owen Oliver zu beschützen. Wir haben hier eine eigene private Securityfirma, aber gestern Abend hat eine Gruppe von Anwohnern beschlossen, bei den Streifengängen zu helfen. Ich war nur nicht dabei.

Die beiden wissen schon, dass Millicent erst morgen früh nach Hause kommt. Wir haben ihnen erzählt, sie sei mit ein paar Freundinnen zusammen, die nicht allein sein wollten.

Ihnen ist es egal. Ich bin nicht sicher, dass Owen Oliver für sie real ist. Er ist der Schwarze Mann im Fernsehen, der Psychopath im Film. Sie kommen gar nicht auf den Gedanken, dass ihre Mutter in Gefahr sein könnte. Ich sehe es mit widerstreitenden Gefühlen. Ich will, dass meine Kinder sich sicher fühlen. Ich will aber auch, dass sie wissen, wie gefährlich die Welt ist.

Noch im Bett fange ich an, mich zu fragen, wohin Millicent mit Naomi gefahren sein mag und was Naomi passieren wird. Was vielleicht jetzt schon passiert. Um damit aufzuhören, stehe ich auf und schalte den Fernseher ein. Den Sportsender. Ich höre mir die Baseballergebnisse von gestern an und mache mir Kaffee. Die Zeitung prallt gegen die Haustür. Ich lasse sie draußen liegen. Ich trinke Kaffee und sehe mir Cartoons an, bis die Kids sich rühren. Rory ist als Erster in der Küche. Er schnappt sich die Fernbedienung und schaltet die Nachrichten ein.

»Also – wer ist abgemurkst worden?« Er nimmt eine Schale aus dem Schrank und schüttet Frühstücksflocken hinein.

»Sag nicht ›abgemurkst‹.«

Er verdreht die Augen. »Okay, wer wurde ermordet?«

Jenna erscheint in der Tür. Sie blickt zwischen Rory und mir hin und her. »Ist es passiert? Ist Owen wieder da?«

Rory stellt den Fernseher lauter. Der Reporter, den sie zeigen, ist nicht Josh. Ich sehe eine junge blonde Frau, die aussieht, als sei sie Owens Typ.

»Die Polizei teilt uns mit, dass sie vorläufig noch nichts sagen kann. Angesichts der Besorgnis wegen des gestrigen Abends hat sie zahlreiche Anrufe erhalten, weil Frauen nicht ans Telefon gegangen sind oder sich bei ihren Familien nicht gemeldet haben. Wir wissen nicht, ob eine dieser Frauen tatsächlich verschwunden ist, und wahr-

scheinlich wird es eine Weile dauern, bis die Polizei das alles geklärt hat …«

»Die Polizei ist ein Haufen Idioten«, sagt Rory. Er dreht sich zu Jenna um und boxt sie auf den Arm. »Genau wie du.«

Sie verdreht die Augen. »Wenn du meinst.«

Sie reden nicht weiter über Owen. Ich höre seinen Namen erst wieder, als wir im Auto sind, um Jenna zum Fußball zu fahren. Die Musik wird unterbrochen, und der Ansager gibt bekannt, die Polizei habe über tausend Anrufe von Leuten bekommen, die behaupteten, sie hätten Owen Oliver am Freitagabend gesehen.

Noch kein Wort von Millicent. Ich lüge die Kinder an und sage, sie sei mit ihren Freundinnen noch zum Brunch gegangen. Den beiden ist es anscheinend egal.

Während des Fußballspiels fange ich an, öfter auf mein Handy zu schauen.

Ein paar der Eltern reden über die Nachrichten; sie spekulieren über Owen und den Brief zum Freitag, dem 13., und sie fragen sich, ob das alles ein Jux gewesen sei. Einer der Väter meinte, es müsse einer gewesen sein, aber die Frauen sind nicht so sicher. Als er lacht, fragt eine der Frauen, was daran so lustig sei zu verkünden, am Freitag, dem 13., werde jemand ermordet.

Ich schaue auf mein Handy. Immer noch nichts.

Jennys Mannschaft liegt ein Tor in Führung. Ich zeige ihr meinen hochgestreckten Daumen. Sie lacht und verdreht gleichzeitig die Augen. Mir kommt der Verdacht, dass der hochgestreckte Daumen wahrscheinlich irgendwie uncool ist.

Dann sehe ich sie. Hinter Jenna, am Parkplatz. Sie geht um das Spielfeld herum. Ihr rotes Haar fällt offen über ihre

Schultern und wippt bei jedem Schritt. Sie trägt Jeans, Sneaker und ein T-Shirt mit einem Löwen, dem Schulmaskottchen. Sie versucht immer, wie all die anderen Fußballmoms auszusehen, aber es gelingt ihr nie. Millicent fällt immer auf.

Als sie näher kommt, lächelt sie. Es ist ein strahlendes, breites Lächeln, das bis tief in ihre Augen reicht. Erleichterung durchströmt meine Adern, und erst jetzt merke ich, wie nervös ich war. Albern. Ich sollte klug genug sein, an Millicent nicht zu zweifeln.

Ich strecke ihr die Arme entgegen. Sie umschließt meine Taille und lehnt sich an mich, um mich zu küssen. Ihre Lippen sind warm, und ihr Atem riecht nach Zimt und Kaffee.

»Wie macht Jenna sich?« Millicent wendet sich dem Spielfeld zu. Ich kann den Blick nicht von ihr wenden.

»Sie liegt ein Tor in Führung.«

»Perfekt.«

Sie löst sich von mir und sagt ein paar anderen Eltern Hallo. Sie plaudern über das Spiel, über das wunderbare Wetter und schließlich über Owen.

Als das Spiel vorbei ist, muss ich zur Arbeit. An diesem Samstag ist Millicent an der Reihe, mit den Kindern zu Mittag zu essen, und wir haben nur einen kurzen Augenblick für uns auf dem Parkplatz. Die Kinder sitzen schon angeschnallt im Wagen und zanken sich. Wir stehen zwischen unseren Autos.

»Alles okay?«

»Perfekt«, sagt sie. »Kein einziges Problem.«

Wir gehen auseinander, und als ich zum Club fahre, bin ich mehr als glücklich. Selig, könnte man sagen. Ich schwebe fast.

Im Club habe ich, was selten vorkommt, eine Samstagsstunde mit Kekona, unserer Klatschtante in Hidden Oaks. Ich glaube, sie hat sie gebucht, weil sie über Owen reden will und über das, was gestern Abend vielleicht passiert ist. Die Übungsstunde bestätigt es. Sie redet nur ober Owen.

»Dreiundfünfzig Frauen. In den Nachrichten heißt es, dreiundfünfzig Frauen sind zwischen gestern Abend und heute Morgen als vermisst gemeldet worden.« Sie schüttelt den Kopf. Kekonas langes dunkles Haar ist im Nacken zu einem Knoten hochgebunden.

»Owen hat aber letzte Nacht nicht dreiundfünfzig Frauen entführt«, sage ich.

»Nein, hat er nicht. Vielleicht hat er überhaupt niemanden entführt. Aber dreiundfünfzig Familien glauben, er hat.«

Ich nicke, nehme ihre Worte in mich auf und versuche, so viel Schmerz zu begreifen. Ich fühle mich distanziert, als hätte es nichts mit mir zu tun.

SECHSUNDZWANZIG

Wir warten darauf, dass alle anderen draufkommen, was passiert ist. Als die Nachrichten anfangen, zwinkert Millicent mir zu. Als jemand Owen erwähnt, werfe ich ihr einen Blick zu, den nur sie versteht. Es ist unser Ding, es ist das, was uns von allen anderen trennt.

Zuerst habe ich es nach Holly gespürt, dann wieder nach Robin und schließlich nach Lindsay. Nach jeder Frau gab es für Millicent und mich einen Augenblick, in dem wir allein auf der Welt waren. So wie damals, als wir auf diesen großen Baum geklettert sind. Jetzt fühlt es sich genauso an, nach Naomi.

Millicent und ich sind hellwach, während alle anderen schlafen.

Am Montag sucht die Polizei nur noch zwei Frauen. Alle anderen sind gefunden oder nach Hause zurückgekommen. Das höre ich auf der Fahrt zur Arbeit im Radio, und es überrascht mich. Ich habe nicht geahnt, dass es so lange dauert, bis allen klar ist, wer verschwunden ist. Fast möchte ich Josh noch einen Brief schreiben und ihm sagen, es ist Naomi.

Fast. Aber je mehr Zeit sie darauf verwenden herauszufinden, wer nun verschwunden ist, desto weniger Zeit verbringen sie mit der Suche nach ihr. Die Polizei weiß noch nicht einmal, wen sie suchen soll.

Als der Tag halb vorbei ist, bekomme ich einen Anruf von der Schulleiterin. Das ist merkwürdig, denn die Schule ruft sonst immer zuerst Millicent an. Aber die Schulleiterin sagt, Millicent gehe nicht an ihr Telefon. Dann sagt sie, es habe einen Zwischenfall in der Schule gegeben, und ich müsse unverzüglich kommen. Ich frage, ob es um Rory geht.

»Um Ihre Tochter«, sagt sie. »Wir haben ein Problem mit Jenna.«

Als ich in der Schule ankomme, sitzt Jenna in der Ecke des Schulleiterbüros. Die Leiterin, Nell Granger, ist schon seit Ewigkeiten an der Schule und hat sich seit unserem letzten Treffen kein bisschen verändert. Sie sieht aus wie eine liebe alte Großmutter, die dir in die Wangen kneift, bis du blaue Flecken hast.

Jenna blickt starr zu Boden und schaut nicht auf.

Mit einer Handbewegung fordert Nell mich auf, Platz zu nehmen, und ich gehorche. Dann sehe ich das Messer.

Eine achtzehn Zentimeter lange Klinge aus Edelstahl mit einem Holzgriff. Es stammt aus unserer Küche und liegt jetzt auf Nells Schreibtisch.

Nell klopft mit einem rosa Fingernagel auf das Messer. »Das hat Ihre Tochter heute mit in die Schule gebracht.«

»Ich verstehe nicht«, sage ich, und ich weiß nicht, ob ich es verstehen will.

»Ein Lehrer hat es in ihrem Rucksack gesehen, als sie ein Schreibheft herausnahm.«

Jenna sitzt in der Ecke, uns zugewandt, aber immer noch mit gesenktem Kopf. Sie schweigt.

»Warum bringst du das mit in die Schule?«, frage ich.

Sie schüttelt den Kopf und sagt nichts.

Nell steht auf und winkt mir, ihr zu folgen. Wir verlassen das Büro, und sie schließt die Tür hinter uns.

»Jenna hat noch kein Wort gesagt«, erzählt sie mir. »Ich hatte gehofft, Sie oder Ihre Frau könnten sie dazu bringen, uns zu sagen, warum sie das Messer dabeihat.«

»Das wüsste ich selbst gern.«

»Sie haben so etwas also noch nicht ...«

»Jenna war noch nie gewalttätig«, sage ich. »Sie spielt nicht mit Messern.«

»Und trotzdem ...« Nell bringt ihren Satz nicht zu Ende, aber das muss sie auch nicht.

Ich gehe allein in ihr Büro zurück. Es sieht aus, als habe Jenna sich nicht einen Zollbreit bewegt. Ich schiebe einen Stuhl näher an ihren heran und setze mich.

»Jenna«, sage ich.

Keine Antwort.

»Erzählst du mir von dem Messer?«

Sie zuckt die Achseln. Das ist ein Anfang.

»Wolltest du jemanden damit verletzen?«

»Nein.«

Ihre Stimme klingt kräftig und zittert nicht. Das verblüfft mich. »Okay«, sage ich. »Wenn du niemanden verletzen willst, warum bringst du dann ein Messer mit in die Schule?«

Sie hebt den Kopf. Ihr Blick ist nicht so kraftvoll wie ihre Stimme. »Um mich zu schützen.«

»Schikaniert dich jemand?«

»Nein.«

Ich habe Mühe, sie nicht bei den Schultern zu packen und die Antworten aus ihr herauszuschütteln. »Jenna, bitte erzähl mir, was passiert ist. Hat dich jemand bedroht? Dir etwas getan?«

»Nein. Ich wollte nur …«

»Was?«

»Ich wollte, dass er mir nichts tut.«

»Wer?«

Sie flüstert seinen Namen. »Owen.«

Der Schock schmerzt wie ein Schlag in die Magengrube. Ich bin nie auf den Gedanken gekommen, Jenna könnte Angst vor Owen haben.

Ich nehme sie in die Arme. »Owen wird dir niemals etwas tun. Nicht in einer Million Jahren. In einer Million Trillion.«

Sie kichert leise. »Du bist blöd.«

»Ich weiß. Aber nicht in diesem Punkt. Nicht darin, dass Owen dir etwas antun könnte.«

Jenna weicht zurück und schaut mich an. Ihre Augen sind jetzt nicht mehr ganz so weit aufgerissen. »Darum habe ich das Messer mitgenommen. Ich wollte niemandem etwas tun.«

»Ich weiß.«

Sie wartet draußen, und ich spreche mit Nell, die nickend und mit halbem Lächeln zuhört, als ich ihr erkläre, warum Jenna Angst vor Owen Oliver hat. Er ist seit ein paar Wochen ständig in den Nachrichten, sage ich, sein Gesicht ist überall im Internet, und sogar vor dem Supermarkt hängen Handzettel. »So etwas musste vermutlich geschehen«, sage ich und zeige auf das Messer. »Wenn ich jetzt darüber nachdenke, überrascht es mich kein bisschen. Die Presse hat nicht aufgehört, über ihn zu reden, seit er wieder da ist.«

Nell zieht eine Braue hoch. »Sie glauben, er ist wieder da?«

Ich komme mir vor wie dreizehn, voller Dreck und blauer Flecken und mit blutigem Mundwinkel. Meine Prügelei mit Danny Turnbull war gut gelaufen, zumindest aus meiner Perspektive, aber ich wurde zum Büro der Schulleiterin gerufen. Als ich ihr sagte, Danny habe die Prügelei angefangen, sah sie mich an, wie Nell Granger mich jetzt ansieht.

»Ich weiß nicht, ob er wieder da ist«, sage ich. »Aber meine Tochter scheint es zu glauben.«

»Sagt sie wenigstens.«

»Sie haben einen Grund, an ihr zu zweifeln? Denn ich habe keinen.«

Nell schüttelt den Kopf. »Nein, ich habe keinen Grund. Jenna war immer ein gutes Mädchen.« Sie sagt nicht »bisher«, aber das muss sie auch nicht.

»Kann ich sie jetzt mit nach Hause nehmen?«

»Ja. Aber das Messer muss ich behalten.«

Ich erhebe keinen Widerspruch.

Jenna ist für den Rest des Tages entschuldigt; also gehen wir zu Mittag essen. Wir fahren zu einem Restaurant mit einer zehnseitigen Speisekarte, die alles enthält – von fettigen Frühstücksgerichten bis hin zu Grillrippchen und alles, was dazwischenpasst. Wir waren hier schon hundertmal, und Jenna bestellt jedes Mal ein gegrilltes Käse-Tomaten-Sandwich oder ein Club. Heute will sie einen Salat, das Dressing extra und keinen Softdrink, nur Wasser.

Als ich sie frage, ob alles okay ist, bejaht sie.

Ich will mit Millicent sprechen, ich will ihr von unserer Tochter berichten, aber meine Frau geht immer noch nicht ans Telefon.

Sie muss bei Naomi sein. Wahrscheinlich sind sie in irgendeinem Bunker oder einem Betonkeller, wie man es im Kino sieht, und darum geht sie nicht ans Telefon. Unter der Erde klingelt es nicht.

Vielleicht ist sie auch nur beschäftigt.

Ich schicke ihr eine SMS und schreibe, dass alles in Ordnung ist, obwohl ich mir da nicht ganz sicher bin. Als ich sie abgeschickt habe, höre ich die vertraute Fanfare einer Eilmeldung in den Fernsehnachrichten.

Unserer Sitznische gegenüber ist eine Bar, über der mehrere Fernseher hängen, und auf allen starrt Naomi mir entgegen. Auf den riesigen Bildschirmen sieht sie überlebensgroß aus. Die Schriftzeile am unteren Rand lautet:

FRAU NOCH IMMER VERMISST.

»Das ist sie, oder?« Jenna starrt ebenfalls die Bildschirme an. »Sie ist die, die Owen geholt hat.«

»Das weiß man noch nicht mit Sicherheit.«

»Sie wird sterben, nicht wahr?«

Ich antworte nicht. Tief in mir drinnen lächle ich. Zum Teil jedenfalls.

Der andere Teil macht sich Sorgen um Jenna.

SIEBENUNDZWANZIG

Naomi. Naomi mit offenem Haar, mit hochgestecktem Haar, ungeschminkt, mit einem Lippenstift in Bubblegumpink. Naomi in ihrer Hoteluniform, in Jeans, im grünen Satinkleid einer Brautjungfer. Naomi überall, im Fernsehen, im Internet und in aller Munde. Innerhalb von Stunden haben ihre drei Freunde sich vervielfacht; plötzlich kennt jeder sie und ist mit Freuden bereit, den Reportern alles über seine liebe Freundin Naomi zu erzählen.

Am Montagabend sind wir zu Hause, und der Fernseher läuft. Millicent ist hier, aber für ihre Abwesenheit am Nachmittag hat sie nur eine vage Erklärung. Im Gegenzug gebe ich ihr eine vage Erklärung für das, was in Jennas Schule vorgefallen ist, und lasse es sehr viel weniger beunruhigend klingen, als es war.

»Im Grunde war es nur ein großes Missverständnis«, sage ich.

Millicent zuckt die Achseln. »Bist du sicher?«

»Ich bin sicher.«

Die Nachrichten laufen. Jenna schaut wie besessen zu, aber Rory ist gelangweilt, solange es keine neuen Informationen gibt. Er befiehlt ihr, den Kanal zu wechseln. Sie weigert sich.

Mir war nicht klar, wie Owen Oliver sich auf unsere

Kinder auswirken würde. Holly und Robin hatten diese Publicity nicht. Ich weiß nicht mal, ob die Kinder überhaupt von ihnen gehört haben. Jetzt reden sie über Owen. Jenna wird vielleicht noch ewig von Naomi reden.

Das lässt die guten Gefühle, die ich hatte, allmählich verschwinden.

Ich gehe hinaus in den Garten. In einer Ecke haben wir eine große Eiche. Das alte Spielgerüst der Kinder steht in der anderen Ecke; es verrottet dort seit Jahren. Ich hatte vergessen, dass es noch da ist, und jetzt sehe ich nur, wie verblichen es ist. Das Plastik ist rissig, und es ist bestimmt gefährlich. Ich gehe zurück durch das Haus und in die Garage und hole meinen Werkzeugkasten. Es ist wichtig, ja, unerlässlich, dass ich das Spielgerüst auseinandernehme und wegschaffe, bevor jemand sich daran verletzt.

Die Schrauben sitzen fest, obwohl es nur dicke Teile aus kindersicherem Plastik sind. Ich zerbreche eine mit dem Hammer.

»Was machst du da?«

Millicents Stimme erschreckt mich nicht. Im Gegenteil, ich habe sie erwartet. »Wonach sieht es aus?«

»Es sieht danach aus, als hätte es auch Zeit bis morgen.«

»Aber ich möchte es jetzt tun.« Ich höre sie nicht seufzen, aber ich weiß, sie seufzt. Sie steht hinter mir und sieht zu, wie ich noch eine Plastikschraube zerbreche. »Willst du mir den ganzen Abend zuschauen?«, frage ich.

Sie geht zurück ins Haus. Die Schiebetür schließt sich krachend.

Eine knappe Stunde später bin ich in Schweiß geraten und habe einen Berg Plastikmüll produziert. Als ich den Garten verlasse, sieht er schlimmer aus als vorher.

Niemand ist im Wohnzimmer. Ich höre sie oben; jemand ist im Bad, jemand anders geht durch den Korridor. Ich setze mich vor den Fernseher. Eine Sitcom läuft, und die Familie ist wie meine, zwei Eltern und zwei Kids, aber sie sind viel komischer als wir. Ihre Probleme haben nichts mit dreizehnjährigen Mädchen zu tun, die mit Messern in die Schule gehen, oder mit Söhnen, die ihre Väter erpressen.

In der Werbepause kommt eine kurze Vorschau auf die Nachrichten, und ich schalte auf eine andere Sendung um, dann auf noch eine, und damit mache ich weiter, bis Millicent ins Zimmer kommt und mir die Fernbedienung wegnimmt. Sie beugt sich über mich und zischt mir ins Ohr: »Reiß dich zusammen. Sofort.« Sie wirft die Fernbedienung ans andere Ende der Couch und geht aus dem Zimmer.

Kann sein, dass es so aussieht, als ob ich Millicent niemals die Stirn biete, aber das stimmt nicht. Vielleicht kommt es nicht oft vor, aber es kommt vor. Zumindest einmal ist es passiert, und ich erinnere mich gut. Die Sache war wichtig genug, um mich durchzusetzen.

Rory war sechs, Jenna war fünf, und Millicent und ich fanden kaum noch Zeit zum Atmen. Ich hatte zwei Jobs; neben meinen privaten Tennisstunden arbeitete ich in einem Fitnesscenter. Millicent versuchte, Immobilien zu verkaufen. Jenna war noch im Kindergarten, Rory in der ersten Klasse, und einer von beiden musste immer hingebracht oder abgeholt werden. Wir hatten zwei Autos, aber anscheinend war eins immer kaputt. Immerhin, wir hatten zu essen und ein Dach über dem Kopf und alles, was der Mensch braucht. Aber der Rest war nervtötend.

Und eines Tages dann ein warmer Regen. Eine verrückte

Sache, die ich nicht kommen sah. Es hatte eine Sammelklage gegen einen früheren Arbeitgeber von mir gegeben – ein Job, den ich auf der Highschool gehabt hatte –, und der Fall war endlich entschieden worden. Vielleicht war die Zahl der Kläger gering gewesen, vielleicht der Anwalt besser als die meisten, jedenfalls belief sich mein Anteil auf zehntausend Dollar. Das war mehr, als ich jemals auf einmal besessen hatte.

Millicent und ich saßen am Küchentisch und starrten den Scheck an. Die Kinder waren im Bett, im Haus war es still, und eine Zeitlang träumten wir von all dem, was wir uns damit leisten könnten. Eine Woche Hawaii, einen Monat in den Bergen. Eine Reise nach Europa. Den Verlobungsring, den Millicent verdiente. Nach einem Glas Wein wurden unsere Träume alberner. Eine maßgeschneiderte Garderobe. Ein Heimkino. Schicke Chromfelgen für unsere beiden Autos. Zehntausend Dollar waren kein Riesenvermögen, aber wir taten, als wäre es eins.

»Mal im Ernst«, sagte sie und trank ihren Wein aus. »Die Kinder, College.«

»Sehr umsichtig.«

»Müssen wir sein.«

Sie hatte recht. Das College war teuer, und es schadete nicht, Geld dafür zurückzulegen. Aber es schadete doch, es schadete uns und unserer Zukunft, die für uns alle besser aussehen konnte. »Ich weiß was Besseres«, sagte ich.

»Besser als die Ausbildung unserer Kinder?«

»Hör mir zu.«

Ich schlug vor, das Geld in uns selbst zu investieren. In den ersten Jahren, seit wir geheiratet und die Kinder bekommen hatten, war unsere wirtschaftliche Lage nicht viel besser geworden. Keiner von uns beiden hatte Karriere gemacht. Millicent verkaufte Eigentumswohnungen und Häuser der unteren Preiskategorie, während erfahrenere Agenten all die hochpreisigen Angebote und Verkäufe einsackten. Meine Privatstunden gab ich auf den öffentlichen Tenniscourts im Park, und meine Schüler waren bunt zusammengewürfelt. Ich schlug vor, das zu ändern.

Anfangs hörte es sich an wie einer unserer albernen Träume. Die Weihnachtsgala im Hidden Oaks Country Club kostete uns zweieinhalbtausend Dollar pro Karte. Aber die Gala war nicht irgendeine Party. Sie öffnete uns die Tür zu Leuten, denen wir sonst nirgendwo begegnen würden. Dort waren die Leute, die sich private Tennisstunden und teure Häuser leisten konnten. *Sie* würden die Ausbildung unserer Kinder bezahlen.

»Blödsinn«, sagte Millicent.

»Du hörst mir nicht zu.«

»Nein!« Sie wischte meine Idee mit einer Handbewegung vom Tisch.

Das machte mich störrisch.

Wir stritten uns eine Woche lang. Sie nannte mich kindisch, ich sie kurzsichtig. Sie nannte mich einen Emporkömmling, ich warf ihr vor, sie habe keine Fantasie. Sie sprach nicht mehr mit mir, ich schlief auf der Couch. Aber ich gab nicht auf. Sie gab auf.

Millicent behauptete, sie habe genug. Ich glaube, sie wurde neugierig. Ich glaube, sie wollte sehen, ob ich recht hatte.

Wir gaben die Hälfte des Geldes für die Karten aus, kauften ein Kleid und Schuhe für sie und einen Smoking und Schuhe für mich und mieteten einen Luxuswagen für den

Abend. Millicent ließ sich Haare, Make-up und Fingernägel machen. Als wir den Babysitter bezahlt hatten, war von dem Geld nicht mehr viel übrig.

Es war jeden Penny wert. Sechs Monate nach der Gala bot man mir einen Job als Tennislehrer im Club an. Millicent lernte bei dieser Gala ihre ersten reichen Kunden kennen und begann ihren Aufstieg in der Immobilienwelt. Binnen einem Abend hatten wir gut fünf Jahre mühselige Kletterei auf der gesellschaftlichen Statusleiter übersprungen. Es war wie ein automatisches Level-up in einem Videospiel.

Wir waren nicht reich, nicht wie unsere Kunden, aber dieser Abend war ein Schritt auf dem Weg dorthin.

Und bis heute weiß Millicent, dass wir es mir verdanken. Weil *ich* entschieden habe, was wir mit dem Geld anfangen. Jedes Jahr, wenn wir zu der alljährlichen Gala gehen, wird sie daran erinnert. Aber um ehrlich zu sein, ich bin nicht sicher, ob es sie überhaupt interessiert.

ACHTUNDZWANZIG

Ich gebe zu, im ersten Moment fand ich es beeindruckend, dass Rory einen Weg gefunden hatte, mich zu erpressen. Erwischt zu werden ärgerte mich mehr, als dass *er* mich erwischt hatte.

Aber allmählich macht er mich sauer.

Ich bin in seinem Zimmer. Er sitzt am Schreibtisch vor seinem Computer, und auf dem Bildschirm starrt Naomi mich an. Achtundvierzig Stunden sind vergangen, seit man sie zur einzigen Frau erklärt hat, die noch vermisst wird. Ihr Gesicht ist überall.

»Warum siehst du dir das an?«, frage ich und deute mit dem Kopf auf seinen Computer.

»Du wechselst das Thema.«

Er hat recht. Ich weiche dem Umstand aus, dass er soeben ein paar Hundert Dollar verlangt hat, damit er über meine nicht-existente Affäre den Mund hält.

»Wie lange willst du das noch durchziehen?«, frage ich.

»Und du? Ich hab dich noch letzte Woche rausschleichen sehen.«

Es ist unmöglich, Rory als Kind zu sehen, wenn er so redet. Trotz seiner lang herabhängenden roten Haare und seiner ausgebeulten Klamotten sieht er nicht aus wie ein Vierzehnjähriger. Er sieht aus wie meinesgleichen.

»Ich mache dir ein Angebot«, sage ich. »Ich gebe dir das Geld, und wir hören beide auf. Du wirst mich nie wieder rausschleichen sehen.«

»Und wenn doch?«

»Wenn ich noch mal rausschleiche, kriegst du das Doppelte.«

Rorys Pokerface fällt auseinander, als seine Augenbrauen sich heben. Um seine Überraschung zu tarnen, reibt er sich das Kinn und tut, als müsse er über mein Angebot nachdenken. »Ich passe auf«, sagt er.

»Das weiß ich.«

Er nickt, denkt nach und sagt dann Nein. »Ich hab eine andere Idee.«

Ich will schon den Kopf schütteln. Ich bin wirklich sauer. Vorhin war ich kurz davor, aber jetzt bin ich es wirklich. »Ich gebe dir kein …«

»Ich will kein Geld.«

»Was dann?«

»Wenn du dich das nächste Mal aus dem Haus schleichst, will ich kein Geld. Ich will überhaupt nichts«, sagt er. »Aber ich werde es Jenna erzählen.«

»Jenna?«

»Hör auf damit, Dad. Hör einfach auf.«

Jetzt bin ich überrascht. Die volle Bedeutung dessen, was er da sagt, kriecht zentimeterweise über mich hinweg, bis ich alles begriffen habe.

Er ist ein Kind. Bis er erwachsen ist, werden noch Jahre vergehen. Er ist nicht einmal nah daran. Er sieht jünger aus als beim ersten Mal, als ich ihn belogen habe, jünger als beim zweiten und beim dritten Mal. Er sieht jünger aus als an dem Tag, als ich ihm beigebracht habe, wie man einen Tennisschläger hält, und jünger als später, als er lieber Golf spielen wollte. Rory sieht jünger aus als gestern. Er ist immer noch ein kleiner Junge.

Es ging nie um Geld oder um Videospiele. Nicht mal um die Erpressung an sich.

Es ging immer nur um das, was er glaubt. Er glaubt, ich schleiche mich aus dem Haus, um seine Mutter zu betrügen. Und er will, dass ich damit aufhöre.

Als mir das klar wird, ist es, als hätte ich eine Schrotladung in den Bauch bekommen. Zumindest stelle ich mir vor, dass es sich so anfühlt. Es ist viel schlimmer als ein Faustschlag. Ich weiß nicht, was ich sagen oder wie ich es sagen soll.

Ich nicke und reiche ihm die Hand.

Wir wechseln einen Händedruck.

Das alles verheimliche ich Millicent, wie ich es schon die ganze Zeit getan habe. Ich erzähle ihr nicht mal, dass Rory im Internet Sachen über Naomi gelesen hat. Die Kinder sehen das alles sowieso. Es ist überall.

Josh berichtet nach wie vor über die Story und ist den ganzen Tag im Fernsehen, mit Eilmeldungen und in den Abendnachrichten. Er ist immer noch sehr jung und ernsthaft, aber inzwischen sieht er müde aus und müsste zum Friseur.

In den letzten zwei Tagen war er mit der Polizei unterwegs, die alle Raststätten überprüft. Dort hat Owen bisher immer seine Opfer eingesperrt, in einer verlassenen Raststätte, die er zum Teil ausgehöhlt und in einen Bunker verwandelt hat. Die Polizei hat sie alle durchsucht, genau wie jedes bunkerähnliche Gebäude auf der Landkarte. Gefunden hat sie nichts.

Heute Abend steht Josh an einer leeren Straße vor einem Geschwader von Polizeiwagen. Er ist in eine Jacke eingemummelt und trägt eine Baseballmütze, und damit sieht er noch jünger aus. Sie überprüfen einen weiteren potenziellen Tatort, sagt er. Sie suchen immer weiter draußen, sogar weit im Osten in der Nähe von Goethe State Park.

Weil Naomi noch lebt.

Das sagt Josh nicht. Die Polizei sagt es auch nicht. Aber alle wissen, wenn Owen noch lebt, lebt auch Naomi. Er hält sie immer am Leben und macht schreckliche Dinge mit ihnen. Dinge, über die sie im Fernsehen nicht reden. Dinge, an die ich jetzt nicht denken will, weil Millicent sie gerade tut.

Das nehme ich wenigstens an. Ich nehme an, dass Naomi noch lebt, auch wenn ich nicht danach gefragt habe und nicht weiß, wo Millicent sie festhält. Angesichts der polizeilichen Suchaktion frage ich mich, wo das sein könnte.

Als ich am nächsten Morgen rückwärts aus der Einfahrt fahre, kommt Millicent aus dem Haus. Sie hebt die Hand: Ich soll warten. Ich sehe ihr entgegen, als sie vom Haus zu meinem Wagen geht. Sie trägt eine schmal geschnittene Hose und eine weiße Bluse mit kleinen Punkten.

Sie beugt sich zu meinem Fenster herunter. Ihr Gesicht ist so dicht vor meinem, dass ich die feinen Fältchen an ihren Augenwinkeln sehen kann – keine tiefen Falten, aber doch die ersten Anfänge. Als sie die Hand auf die Tür legt, sehe ich Kratzer an ihrem Unterarm. Als hätte sie mit einer Katze gespielt.

Sie sieht, dass ich ihren Arm anschaue, und zieht den Ärmel herunter. Ich schaue zu ihr hoch. In der Morgensonne sehen ihre Augen beinahe so aus wie immer.

»Was ist?«, frage ich.

Sie zieht einen weißen Umschlag aus der Tasche. »Ich dachte, das könnte nützlich sein.«

Der Umschlag ist verschlossen. »Was ist …?«

»Für deinen nächsten Brief.«

Ich bin verwirrt, denn ich schreibe keine Briefe. Dann fällt mir ein, dass Owen es tut.

»Das wird sie überzeugen«, sagt Millicent.

Sie legt mir eine Hand auf die Wange und streichelt sie mit dem Daumen. Ich habe das Gefühl, sie will mich küssen, aber das tut sie nicht, nicht hier draußen in der Einfahrt, wo jeder Nachbar uns sehen kann. Stattdessen geht sie zurück zum Haus, genauso entspannt, wie sie herausgekommen ist, als hätte sie mich gerade nur daran erinnert, auf dem Heimweg Mandelmilch mitzubringen.

Ich schiebe einen Finger unter die Lasche des Umschlags und reiße ihn an der Ecke auf.

Er enthält eine Locke von Naomis Haar.

NEUNUNDZWANZIG

Ich frage mich, ob das Haar die Lage besser oder schlechter macht. Zwar trägt Jenna, soweit ich weiß, kein Messer mehr bei sich, aber sie isst zu wenig. Sie stochert in ihrem Essen herum und schiebt es auf dem Teller hin und her. Sie spricht bei Tisch nicht viel. Wir erhalten keine detaillierten Beschreibungen ihres Fußballtrainings oder des Schultags mehr.

Das gefällt mir nicht. Ich will meine Jenna wiederhaben, die mich anlächelt und die mich um etwas bittet, damit ich Ja sagen kann. Jetzt bittet sie nur noch darum, vom Tisch aufstehen zu dürfen.

Wenn ich Josh einen Brief schreibe und bestätige, dass Naomi Owens Opfer ist, wird die Fahndung nur noch intensiver werden. Die Polizei wird jedes Gebäude im Umkreis von fünfzig Meilen durchsuchen, um sie zu finden, und die Medien werden über jeden Augenblick dieser Suche berichten.

Aber vielleicht ist es schlechter, den Brief nicht abzuschicken. Vielleicht ist es schlechter, wenn alle sich fragen, ob Owen Naomi hat – vielleicht für immer. Aber daraus wird Jenna lernen, dass Menschen einfach verschwinden können, ohne dass jemand sie wiederfindet. Das ist die Wahrheit, aber die sollte sie vielleicht nicht kennen. Noch nicht, jedenfalls.

Wieder einmal hat Millicent recht. Die Locke ist nützlich.

Ich schreibe mehrere Entwürfe des Briefes. Der erste ist zu umständlich, der zweite immer noch zu lang, und der dritte umfasst nur noch einen Absatz. Dann begreife ich, dass Owen gar nichts sagen muss. Die Haare werden genug sagen. Man wird eine DNA-Untersuchung machen und wissen, dass sie von Naomi stammen. Dann muss man sie nur noch in eine Tüte packen und unterschreiben.

– Owen

Das billige Eau de Cologne vollendet das Werk.

Ich lasse die Locke aus Millicents Umschlag auf meinen Brief fallen. Es sind fünfzig Haare, hundert, ich weiß nicht, wie viele, aber sie sind wenige Zentimeter lang. Am einen Ende sind sie gesplisst und unterschiedlich lang. Das andere Ende ist so gerade abgeschnitten, dass ich beinahe das Schnippen der Schere höre.

Ich gestatte mir nicht, weiter darüber nachzudenken. Ich will mir Naomis Gesichtsausdruck nicht vorstellen, als sie die Schere sieht, will mir ihre Erleichterung nicht ausmalen, als sie erkennt, dass nur eine Locke abgeschnitten wird.

Stattdessen falte ich das Papier um die Haare zusammen, schiebe es in einen neuen Umschlag und befeuchte die Lasche mit einem Schwamm, um sie zuzukleben. Die Handschuhe ziehe ich erst aus, als der Brief im Kasten ist.

Als ich ihn hineinfallen lasse, durchfährt mich ein Adrenalinstoß.

Die Arbeit sollte eine Ablenkung sein, aber sie ist es nicht. Alle reden über Naomi, über Owen, und sie fragen sich, wo er sie gefangen hält und ob man sie je finden wird. Kekona ist im Clubhaus; sie hat keinen Unterricht, aber sie ist trotzdem da und tratscht mit einer Gruppe Frauen, die alle alt genug sind, um Naomis Mutter zu sein. Die Männer sitzen an der Bar und starren hinauf zu dem Bildschirm und dem hübschen verschwundenen Mädchen, das sie alle gern kennengelernt hätten. Niemand erwähnt Naomis Arbeit im Lancaster. Sie ist jedermanns Tochter oder Schwester, das Mädchen von nebenan.

Beängstigend, wie schnell das passiert ist.

Bei den anderen war es nicht so. Am wenigsten bei Holly. Niemand hat je nach ihr gesucht, weil sie nie als vermisst gemeldet wurde.

Millicent und ich trafen die Entscheidung zusammen. Wir haben nie darüber gesprochen, bevor Holly weg war. Ich bin nie auf den Gedanken gekommen. Ich war mit den Gedanken an das, was wir taten, viel zu beschäftigt, um mich zu fragen, was als Nächstes kommen würde. Ein paar Tage später rief Millicents Mutter an. Ihr Alzheimer war nicht so weit fortgeschritten, dass sie nicht wusste, wie viele Töchter sie hatte. Wir hatten ihr nie erzählt, dass Holly entlassen worden war, aber sie wusste es trotzdem. Sie hatte in der Klinik angerufen.

An dem Tag hatten wir unseren ersten Date-Abend. Das hatte es noch nie gegeben. Anfangs machten wir uns über den Ausdruck lustig, doch dann wurde die Sache nützlich.

Als ich Millicent sagte, ihre Mutter habe angerufen, verzog sie keine Miene. Das Abendessen war eben vorbei, die Kinder sahen fern, und wir saßen noch am Tisch. Wir hatten Veggieburger-Patties, belegt mit Tomaten und Biokäse, Süßkartoffel-Fritten und Salat. Ich stocherte noch in den Fritten herum und tauchte sie in die würzige Pseudo-Mayonnaise.

»Ich dachte mir, dass das passieren würde«, sagte sie.

Ich sah mich um und vergewisserte mich, dass die Kinder nicht da waren. In jenen Tagen erschrak ich vor meinem eigenen Schatten. Ich war es nicht gewohnt, Gesetze zu brechen oder gar jemanden umzubringen, und deshalb ließ mich jedes kleine Geräusch befürchten, dass wir erwischt werden würden. Jeden Tag kam es mir vor, als wäre ich ein Jahr gealtert.

»Wir sollten nicht hier darüber reden«, sagte ich.

»Natürlich nicht. Nachher, wenn die Kinder schlafen.«

Selbst das machte mich nervös. »Wir sollten hinausgehen. Oder in die Garage. Wir können uns ins Auto setzen oder so was.«

»Perfekt. Wir haben ein Date.«

Unser erstes Date fand statt, nachdem der achtjährige Rory und die siebenjährige Jenna eingeschlafen waren. Millicent ließ die Tür zum Haus einen Spaltbreit offen, falls die beiden uns brauchen sollten.

Ich nahm an, wir würden ihrer Mutter erzählen, wir hätten Holly nicht gesehen. Aber ich irrte mich.

»Wir dürfen ihr nicht erzählen, dass sie verschwunden ist«, sagte Millicent. »Dann würde man sie suchen.«

»Aber sie wird sie nicht finden …«

»Nein, wird sie nicht. Aber sie wird erst aufhören zu suchen, wenn sie es vergisst.«

»Also lügen wir deine Mutter an? Wir sagen, Holly ist hier, und es geht ihr gut?«

Millicent schüttelte den Kopf und starrte gedankenverloren auf das Armaturenbrett. Schließlich sagte sie: »Es führt kein Weg daran vorbei.«

Ich wartete stumm, um nicht wieder dumm zu klingen.

Ich weiß noch, als Millicent sagte, sie wolle so tun, als wäre Holly noch am Leben, dachte ich, das würde nicht funktionieren. Nach allem, was wir getan hatten und womit wir anscheinend davongekommen waren, würde dies uns das Genick brechen. Wir hatten es nicht richtig durchdacht. Wir hatten es nicht einmal besprochen.

»Das wird nicht klappen«, sagte ich. »Irgendwann wird sie mit ihr reden und sie sehen wollen. Sie werden herkommen oder versuchen, sie zu erreichen ...« Ich redete immer weiter und führte sämtliche Gründe auf, weshalb es nicht klappen würde. Wir konnten nicht behaupten, die einzigen Menschen zu sein, die Holly gesehen oder mit ihr gesprochen hatten.

»Ich glaube, Holly möchte weg«, sagte Millicent. »Wahrscheinlich meinetwegen. Weil ich sie daran erinnere, was sie getan hat und warum sie in die geschlossene Anstalt gekommen ist.«

Allmählich kapierte ich. »Ich an ihrer Stelle, wenn ich einen neuen Anfang machen wollte, ich würde vielleicht sogar das Land verlassen.«

»Ich würde auf jeden Fall das Land verlassen«, sagte Millicent.

»Würdest du deiner Mutter eine E-Mail schicken?«

»Einen Brief. Ich würde meiner Mutter sagen, es gehe mir gut. Ich bräuchte nur Zeit, um mir über alles klar zu werden.«

Sie schickte den Brief fast eine Woche nach Hollys Tod ab. Holly schrieb, sie wolle nach Europa, um zu heilen, sich zu finden, ihren Weg in der Welt zu machen, aber sie werde sich regelmäßig melden. Millicent legte sogar ein Foto bei. Es stammte aus meinem Handy, mit dem ich Holly vor der Schule der Kinder fotografiert hatte. Und schließlich kehrte der Brief an seinen Ausgangsort zurück, als meine Schwiegermutter zu Besuch kam und ihn Millicent zeigte.

Als sie schließlich verstarb, erinnerte sie sich nicht mehr an ihre Töchter.

DREISSIG

Ich sehe die Meldung zuerst auf meinem Telefon, im Auto vor einem Coffeeshop zwischen Arbeit und zu Hause. Ich bin auf dem Weg zurück zum Club, nachdem ich die Kinder aus der Schule abgeholt habe, und habe hier haltgemacht, um einen Becher Kaffee zu trinken. Der Signalton für Eilmeldungen auf dem Telefon ertönt.

Owen nimmt wieder Kontakt auf.

Im Fernsehen berichtet Josh über die neueste Nachricht von Owen. Zum ersten Mal seit Tagen sieht er nicht müde aus. Er steht mit rosaroten Wangen vor dem Polizeirevier, und seine Augen sind weit aufgerissen – vor Aufregung, nicht vom Koffein. Nachdem er jetzt eine Woche lang zugesehen hat, wie die Polizei verlassene Raststätten und leere Schuppen durchsucht, sieht er aus wie ein neuer Mensch.

Eine Abbildung des Briefes erscheint auf dem Display. Owens Name ist deutlich zu sehen.

»Dieser Brief ist nicht das Einzige, was ich von dem Mann erhalten habe, der behauptet, Owen Oliver Riley zu sein. Eingeschlagen in dieses Blatt Papier war eine Haarlocke. Wir wissen nicht, wem sie gehört. Wir wissen nicht einmal, ob das Haar einem Mann oder einer Frau gehört. Die DNA-Untersuchung ist bereits im Gange, und sobald es ein Ergebnis gibt, erfahren Sie es hier zuerst.«

Josh bringt eine junge Frau ins Bild, die sagt, sie sei eine

Freundin Naomis, aber noch einmal weist er darauf hin, dass wir nicht wissen, was mit Naomi passiert ist. Die Freundin kommt mir nicht bekannt vor; ich kann mich nicht erinnern, sie im wirklichen Leben oder im Internet mit Naomi gesehen zu haben. Diese Frau hat eine näselnde Stimme, die mir auf die Nerven geht, und ich habe das Gefühl, ich bin mit ihr im Auto eingesperrt. Sie behauptet, Naomi sei »lieb, aber nicht niedlich. Eine großartige Freundin, aber zugleich unabhängig. Clever, aber nicht neunmalklug«, und ich habe keine Ahnung, was das alles bedeuten soll.

Sie geht aus dem Bild, und die Kamera schwenkt auf Josh und fährt zurück, sodass man den Mann sieht, der neben ihm steht. Er ist ein stattlicher Mann mit einem Walrossschnurrbart. Josh sagt, er ist der stellvertretende Geschäftsführer des Lancaster Hotels, und er hat mit Naomi gearbeitet. Josh bittet ihn nicht, Naomi mit einem Wort zu beschreiben, aber der Mann tut es trotzdem.

»Wenn ich Naomi mit einem Wort beschreiben soll, dann wäre es ›freundlich‹. Sie war freundlich zu allen, zu den Gästen und zu all ihren Kollegen. Und immer hilfsbereit. Wenn ein Gast etwas auf seinem Zimmer brauchte und der Zimmerservice beschäftigt war, dann hat sie das übernommen. Wenn jemand krank war, ist sie für ihn eingesprungen. Nie hat sie um etwas gebeten. Mich jedenfalls nicht. Ich kann natürlich nicht für alle sprechen.«

Ein Klopfen an der Scheibe lässt mich hochschrecken.

Trista Preston. Ich sehe sie und ihr Spiegelbild. Als ich ihr das letzte Mal begegnet bin, war sie praktisch im Wachkoma von Unmengen Tabletten. Jetzt zwingt sie mich lächelnd, das Fenster herunterzulassen. Als ich es tue, beugt sie sich herein und küsst mich auf die Wange. Ihr apricotfarbener Lippenstift fühlt sich klebrig an.

»Na, hallo«, sage ich.

Sie lacht. Es lässt sie jünger aussehen. Der mit Gänseblümchen bedruckte Mützenschirm über ihrer Stirn tut es auch. »Entschuldigung. Ich habe gute Laune.«

»Das sehe ich.« Ich steige aus dem Wagen. Ihre Augen sind klar, die Pupillen weder zu groß noch zu klein. In der Sonne sieht sie noch besser aus. Ihre Haut ist blassrosa, als habe sie den gestrigen Tag am Strand verbracht. »Du siehst gut aus.«

»Mir geht's auch gut.«

Erleichterung durchströmt mich, und ich merke, wie angespannt ich ihretwegen war. »Ich bin so froh, das zu hören. Ich habe mir wirklich Sorgen gemacht.«

»Ich habe Andy sitzen lassen«, sagt sie.

»Wo hast du ihn sitzen lassen?« Ich spähe an ihr vorbei, weil ich glaube, er sitzt irgendwo im Coffeeshop.

»Nein, ich meine, ich habe ihn verlassen. Wir sind nicht mehr zusammen.«

Ich kann den Schock nicht verbergen. Andy und Trista haben kurz nach Millicent und mir geheiratet. Wir waren bei ihrer Hochzeit. Keiner von beiden hat jemals erwähnt, dass es Probleme gab, weder mir noch Millicent gegenüber. Sie hätte es mir gesagt.

»Er hat nichts erzählt?«, fragt Trista.

»Nein.«

»Tja, es ist aber so. Ich habe ihn verlassen.«

Ich will ihr sagen, wie leid es mir tut, dass ihre Ehe in die Brüche gegangen ist. Schließlich sind sie meine Freunde. Aber sie sieht so glücklich aus, dass ich gar nichts sage.

Trista verdreht die Augen. »Schon okay, du brauchst nichts zu sagen. Aber weißt du was? Ich habe ihn nie geliebt. Nicht wie du Millicent liebst.« Sie lächelt und ist kein bisschen verlegen. »Es ist wahr. Ich habe Andy geheiratet, weil ich in jedem Kästchen ein Häkchen machen konnte. Klingt schrecklich, was? Na los, du kannst es schon sagen. Ich bin schrecklich.«

»Das habe ich nie gesagt.«

»Aber du denkst es. Das musst du. Du bist Andys Freund.«

»Ich bin auch dein Freund.«

Sie zuckt die Achseln. »Der Unterricht muss aufhören. Es tut mir wirklich leid, aber ich kann nicht in den Club kommen, wenn Andy hier ist.«

»Das verstehe ich.«

»Du hast mir wirklich geholfen, weißt du? Unser Gespräch neulich hat mir einen klaren Kopf verschafft.«

Dieses Gespräch hat mir auch geholfen. Durch Trista weiß ich Dinge über Owen, die ich sonst nie erfahren hätte, und deshalb konnte ich Josh einen überzeugenden Brief schreiben. Aber das meint sie nicht.

»Ich hab nichts getan«, sage ich. Vielleicht um mir einzureden, dass ich die Ehe meines Freundes nicht zerstört habe.

»Doch, natürlich. Wenn du mir nicht zugehört hättest, hätte ich mich niemals endlos über Owen verbreitet. Das alles will doch kein Mensch hören. Sie wollen nur, dass er ein Monster ist.«

»Ist er das nicht?«

Sie denkt darüber nach und nuckelt dabei an ihrem Strohhalm. »Ja. Und nein. Erinnerst du dich, dass ich gesagt habe, der Sex mit Owen war gut? Nicht großartig, aber gut?«

Ich nicke.

»Das war gelogen. Es war großartig. Fantastisch sogar. Owen war ... er war ...« Ihre Stimme verklingt. Sie starrt über den Parkplatz beim Coffeeshop hinweg, verloren in einer Erinnerung, die ich nicht sehen kann. Es macht mich verlegen, sie so anzustarren, aber es wäre noch merkwürdiger, sie in diesem Moment anzusprechen. Also lasse ich es bleiben.

»Ich habe ihn geliebt«, sagt sie schließlich.

»Owen?«

Sie nickt und schüttelt dann den Kopf. »Das klingt schrecklich. Ich meine nicht, dass ich weglaufen und mit ihm zusammen sein will oder so was. Ich weiß ja auch gar nicht, wo ich ihn finde. O Gott, das klingt jetzt auch nicht richtig.« Sie hebt die Hände und gibt ihre Erklärungsversuche auf. »Tut mir leid. Es ist verrückt.«

»Nein, es ist ...« Aber mir fällt kein besseres Wort ein.

»Verrückt.«

Ich zucke die Achseln. »Okay, es ist verrückt.« Und schrecklich.

»Ein Monster zu lieben ist nicht schlimm?«

»Das wusstest du doch nicht, als du dich in ihn verliebt hast, oder?«

»Nein.«

»Und du hast dich nicht in ihn verliebt, *weil* er ein Monster ist, oder?«

Jetzt zuckt sie die Achseln. Sie lächelt. »Woher soll ich das wissen?«

Darauf habe ich keine Antwort.

EINUNDDREISSIG

Eine Kirche namens »Gemeinschaft der Hoffnung« ist zum Versammlungsort für alle geworden, die über Naomi sprechen, für sie beten oder ihr eine Kerze anzünden wollen. Angefangen hat es mit ihren Freunden und Kollegen, vielleicht angeregt durch den Walrosstypen oder die näselnde Frau, und inzwischen hat es sich in der Gemeinde weiter ausgebreitet.

Ich war noch nicht in der Kirche, aber ich habe auf dem Heimweg von der Arbeit davor angehalten und zugesehen, wie die Leute ein und aus gingen. Manche bleiben eine ganze Weile, andere nur ein paar Minuten. Einige kenne ich aus dem Club, und ich wette, keiner von denen ist Naomi je begegnet. Es sind nicht die Leute, die sich mit Rezeptionsangestellten gemeinmachen.

Dann erfährt Millicent davon, vielleicht durch einen ihrer Kunden, und sie bestimmt, dass unsere Familie am Freitag in die Kirche gehen sollte.

An dem Abend haben wir es alle eilig. Ich komme spät von einer Unterrichtsstunde nach Hause und springe unter die Dusche. Rory ist nach der Schule zu einem Freund gegangen und hat die Zeit vergessen, und Millicent fährt hin, um ihn zu holen. Jenna ist in ihrem Zimmer und macht sich fertig. Wir haben keine Zeit, zu Hause zu essen; also werden wir nach dem Besuch in der Kirche ins Restaurant gehen. Millicent fragt über unsere Familien-WhatsApp-Gruppe, wohin wir gehen wollen. Rory will zum Italiener, Jenna will Mexikanisch essen, und mir ist es egal.

Als das Auto in die Garage fährt, rufe ich zu Jenna hinauf.

»Wird's bald«, rufe ich. Jenna sagt immer, es klingt extrem daddymäßig, wenn ich das sage.

Jetzt sagt sie nichts.

»Jenna?«

Als sie auch beim zweiten Mal nicht antwortet, gehe ich hinauf und klopfe an ihre Tür. Außen hat sie ein kleines Whiteboard angebracht und mit regenbogenbunten Schleifen verziert. In ihrer blumigen Handschrift steht dort: »Nein, Rory.«

Unten öffnet sich die Tür zur Garage, und Millicent ruft: »Fertig?«

»Fast«, antworte ich und klopfe wieder an die Tür.

Jenna antwortet nicht.

»Was ist los?«, fragt Millicent.

Die Tür ist nicht abgeschlossen. Ich öffne sie einen Spaltbreit. »Jenna? Alles okay?«

»Ja.« Die Stimme klingt dünn, und sie kommt aus dem Bad.

In unserem modernen Heim hat niemand nur ein Schlafzimmer. Alle haben eigene Badezimmer. Vier Schlafzimmer, viereinhalb Bäder, so werden neue Häuser in Hidden Oaks gebaut.

»Jetzt komm!«, schreit Rory.

Millicent geht die Treppe hinauf.

Ich durchquere Jennas Schlafzimmer mit dem Spielzeug der Kindheit und den Kleidern, Schuhen und Schminksachen des aufblühenden Teenagers. Die Tür zum Bad ist offen. Als ich hineinspähe, erscheint Millicent in der Zimmertür.

»Was ist los?«, fragt sie.

Jenna steht auf dem weißen Fliesenboden ihres Badezimmers, und ihre Füße sind umgeben von schwarzen Locken. Sie schaut mich an, und ihre Augen sind größer denn je. Jenna hat sich die Haare fast bis auf die Kopfhaut abgeschnitten. Die Stoppeln sind höchstens noch zwei Zentimeter lang.

Hinter mir schnappt Millicent nach Luft. Sie stürzt an mir vorbei zu Jenna und greift mit beiden Händen nach ihrem Kopf. »Was hast du getan?«, fragt sie.

Ich sage nichts, aber ich kenne die Antwort. Ich weiß, was Jenna getan hat. Die Erkenntnis lässt mich erstarren, und ich stehe wie angewurzelt auf dem kakigelben Teppich.

»Was zum …« Rory ist jetzt auch da. Er starrt seine Schwester an und dann die Haare auf dem Badezimmerboden.

Jenna sieht mich an und sagt: »Jetzt holt er mich nicht mehr, oder?«

»O Gott«, sagt Rory.

Nicht Gott.

Owen.

Wir gehen nicht in die Kirche.

Wir gehen überhaupt nicht aus dem Haus.

Einen Arzt. Millicent sagt, unsere Tochter braucht einen Arzt.

»Ich kenne einen Arzt«, sage ich. »Er ist Schüler bei mir.«

»Ruf ihn an. Nein, warte. Vielleicht sollten wir keinen

unserer Kunden nehmen? Vielleicht müssen die nichts davon wissen?«

»Was wissen?«

»Dass unsere Tochter Hilfe braucht.«

Wir starren einander an und haben keine Ahnung, was wir tun sollen. »Surreal« beschreibt die Situation nicht annähernd.

Dieses Problem ist neu für uns. Auf alles findet sich eine Antwort in den Büchern über Kindererziehung. Millicent hat sie alle. Körperlich krank: ab zum Arzt. Unwohl: ab ins Bett. Simuliert: ab in die Schule. Probleme mit einem anderen Kind: Eltern anrufen. Tobsuchtsanfall: Auszeit geben.

Aber über dieses Problem steht da nichts. Die Bücher sagen nicht, was man tun soll, wenn das Kind Angst vor einem Serienkiller hat. Speziell vor einem wie diesem.

Wir sind im Schlafzimmer und sprechen mit gedämpfter Stimme. Jenna ist unten auf der Couch und sieht fern. Sie hat eine Baseballmütze auf dem Kopf. Rory ist bei ihr. Wir haben ihm befohlen, seine Schwester nicht aus den Augen zu lassen. Wir haben ihm außerdem verboten, sich lustig zu machen. Ausnahmsweise tut er, was wir sagen.

Millicent beschließt, unseren Hausarzt anzurufen.

Dr. Barrow ist kein Kunde. Er ist ein Allgemeinmediziner, zu dem wir schon seit Jahren gehen. Er behandelt unsere wunden Kehlen und Bauchschmerzen, kümmert sich um Knochenbrüche und Gehirnerschütterungen, aber ich glaube nicht, dass er in dieser Situation helfen kann. Er ist ein sehr viel älterer Mann, und dass es eigentlich um geistige Gesundheit geht, mag er glauben oder nicht.

»Es ist schon spät«, sage ich zu Millicent. »Wir werden ihn nicht mehr erreichen.«

»Man wird ihn anrufen. Einen Arzt kann man immer irgendwie erreichen.«

»Vielleicht, wenn wir …«

»Ich rufe ihn an«, sagt sie. »Wir müssen etwas tun.«

»Ja. Das stimmt wohl.«

Millicent wirft mir einen Blick zu, als sie zum Telefon greift. Es kommt selten vor, dass ich nicht weiß, was ihre Blicke bedeuten, aber dies ist so ein Fall. Wenn ich raten sollte, würde ich sagen, es sieht ein bisschen aus wie Panik.

Ich gehe nach unten, um nach Jenna zu sehen. Sie und Rory sitzen auf der Couch. Sie sehen fern und essen Sandwiches mit Kartoffelchips zwischen den Brotscheiben. Jenna schaut zu mir auf. Ich lächle sie an und versuche, ihr zu vermitteln, dass alles in Ordnung ist mit ihr und der Welt und dass niemand ihr etwas antun wird. Sie schaut weg und beißt in ihr Sandwich.

Es ist mir nicht gelungen, irgendetwas zu vermitteln.

Als ich wieder nach oben komme, telefoniert Millicent. Ihre Stimme klingt zu ruhig, zu gleichmütig, als sie einem Auftragsdienst erklärt, ja, es handele sich um einen Notfall, und ja, sie müsse noch heute Abend mit Dr. Barrow sprechen. Sie legt auf, wartet fünf Minuten und versucht es noch einmal.

Endlich ruft Dr. Barrow zurück. Es klingt gehetzt, als Millicent ihm erklärt, was passiert ist und was unsere Tochter getan hat. Sie bringt die Worte nicht schnell genug über die Lippen.

Es ist eine Krise für sie, für uns, für unsere Familie. Und meine Rolle ist die in der Mitte.

Jenna ist die mit der Krise.

Millicent die, die etwas unternimmt.

Rory der, der sich abseitshält. Außerhalb der Schusslinie.

Ich renne die Treppe hinauf und hinunter, kümmere mich um alle und entscheide nichts. Ich bin wieder der Mann in der Mitte.

ZWEIUNDDREISSIG

Dr. Barrow empfiehlt einen Kinderpsychologen, der bereit ist, uns für das doppelte Honorar am Samstag zu empfangen. Alles in seiner Praxis ist beige, vom Teppichboden bis zur Decke, und es kommt mir vor, als säßen wir in einer Schüssel Hafergrütze.

Der Psychologe ist auf so etwas spezialisiert, und er sagt, Jenna fühle sich nicht sicher. Er vermutet, sie habe eine Art von medieninduzierter Angststörung, obgleich die Bezeichnung irrelevant sei, genau wie die Gründe für ihr Agieren, auf die es nicht ankomme, weil sie keinen Sinn ergäben. Vernunft spiele hier keine Rolle.

»Sie können Jenna erklären, dass sie in Sicherheit ist, bis sie es im Schlaf wiederholt, aber es wird nichts ändern.«

Millicent sitzt so dicht wie möglich vor dem Psychologen. Sie hat die Nacht in Jennas Zimmer verbracht und kaum geschlafen, und sie sieht schrecklich aus. Ich aber auch. Jenna hat gut geschlafen. Sich die Haare abzuschneiden hat ihr anscheinend Frieden gebracht. Als ich versuche, dem Psychologen das zu erzählen, hebt er die Hand.

»Falsch.«

»Falsch«, sage ich. Ich versuche, seinen Ton nachzuahmen, aber die Arroganz ist selbst für mich zu gottgleich.

»Der Friede ist wahrscheinlich vorübergehend, bis irgendeine andere Nachricht sie wieder in Gang setzt«, sagt er. Er hat die letzte Stunde mit Jenna verbracht, als Teil der Notfallsession, die uns Dr. Barrow arrangiert hat. Wir sind der zweite Teil.

»Was sollen wir tun?«, fragt Millicent.

Er hat ein paar Ideen, wie wir Jenna das Gefühl geben können, in Sicherheit zu sein. Als Erstes zwei wöchentliche Termine in seiner Praxis. Sie kosten jeweils zweihundert Dollar; Krankenversicherung akzeptiert er nicht, nur cash oder Kreditkarten. Zweitens, tun Sie alles, was Sie sagen. Lassen Sie Jenna nie im Stich. Lassen Sie sie nie glauben, Sie wären nicht für sie da.

»Aber das tun wir doch nicht«, sage ich. »Wir sind immer ...«

»Immer?«

»Wenigstens neunzig Prozent der Zeit«, sagt Millicent. »Vielleicht fünfundneunzig.«

»Machen Sie hundert draus.«

Millicent nickt, als könnte sie einen Zauberstab schwenken, und schon wäre es erledigt.

»Das Letzte, aber ganz sicher nicht Unwichtigste ist: Halten Sie sie von den Medien fern, von diesem Serienmörder und von allen Geschichten über sein Opfer. Mir ist klar, dass ich etwas Unmögliches verlange, erst recht in der heutigen Zeit, aber tun Sie Ihr Möglichstes. Schalten Sie zu Hause die Nachrichten nicht ein. Sprechen Sie nicht über Owen oder über irgendetwas, das ihn betrifft. Versuchen Sie, so zu tun, als hätte er nichts mit Ihrer Familie zu tun.«

»Hat er doch auch nicht«, sage ich.

»Natürlich nicht.«

Wir schreiben dem Psychologen einen fetten Scheck und

gehen. Jenna sitzt im Wartezimmer, und im Fernseher an der Wand läuft ein Zeichentrickfilm. Sie starrt auf ihr Smartphone.

Millicent runzelt die Stirn.

Ich lächle und gebe mein Bestes. »Wer möchte frühstücken?«

Das Wochenende vergeht in einem Wirbel von Konferenzen. Die ganze Familie. Jenna. Rory. Beide Kinder. Und Millicent. So viele Konferenzen mit Millicent. Am Sonntagabend haben wir einen neuen Satz Regeln, und sie drehen sich darum, die Nachrichten aus unserem Leben zu eliminieren. Alle Nachrichtensendungen sind verboten, Zeitungen ebenfalls. Fernsehsendungen werden wir streamen, um Nachrichtenvorschauen und Eilmeldungen zu vermeiden. Kein Liveradio. Das alles ist einfach, verglichen mit dem Internet. Die Kinder benutzen es für die Schule, zum Spaß, zur Kommunikation.

Millicent versucht es trotzdem, und sie fängt mit dem Passwort an. Niemand kann mehr ins Netz, wenn sie den Zugang nicht selbst öffnet.

Meuterei.

»Dann kann ich hier nicht mehr wohnen.« Rory setzt mit seiner Eröffnung alles auf eine Karte.

Jenna nickt und stimmt ihrem Bruder zu. Ein seltener Augenblick der Solidarität.

Ich sehe es genauso wie die Kinder. Was Millicent da vorschlägt, ist nicht praktikabel. Undurchführbar. Absurd.

Aber ich sage nichts.

Rorys Blick geht von mir zu seiner Mutter, und er spürt Schwäche. Er zählt sämtliche Gründe auf, weshalb die Idee mit dem Passwort nicht funktionieren wird, angefangen mit den vielen Überstunden, die Millicent macht.

Schließlich meldet Jenna sich. »Ich falle in Englisch durch.«

Das reicht. Englisch war dieses Jahr schwierig für sie. Sie hat doppelt so hart gearbeitet, um auf der Liste der besten Schüler zu bleiben, und der Gedanke, Jenna könnte dort herunterfallen, veranlasst Millicent zu einem Downgrade ihrer Regeln.

Elterliche Aufsicht, Laptops nur noch im Wohnzimmer, alle Nachrichten-Apps verschwinden von den Telefonen. Alles eher psychologisch als praktisch, aber wir haben verstanden. Ich habe keine Ahnung, ob Jenna sich daran halten wird.

Eine Friseurin versucht, das, was von Jennas Haaren noch übrig ist, in Form zu bringen. Als es gleichmäßig ist, sieht es nicht mal schlecht aus, nur anders. Millicent kauft alle möglichen Kappen und Mützen für den Fall, dass sie es bedecken möchte. Sie legt sie in einer Reihe auf den Esstisch, und Jenna geht daran entlang und setzt sie nacheinander auf. Schließlich zuckt sie die Achseln.

»Nett«, sagt sie.

»Welche findest du am schönsten?«, fragt Millicent.

Wieder zuckt Jenna die Achseln. »Ich weiß nicht, ob ich eine Mütze brauche.«

Millicent lässt die Schultern hängen. Sie macht sich offenbar mehr Sorgen um Jennas Haar als Jenna selbst. »Okay«, sagt sie und sammelt die Mützen wieder ein. »Ich leg sie einfach in dein Zimmer.«

Bevor es Schlafenszeit ist, gehe ich zu Rory. Er liegt auf seinem Bett und liest ein Comicheft. Er schiebt es unter das Kopfkissen, und ich tue, als hätte ich es nicht gesehen.

»Was?«, fragt er. Alle sind gereizt.

Ich setze mich an seinen Schreibtisch. Bücher, Hefte, Ladegeräte. Eine volle Chipstüte, eine Zeichnung von etwas, das halb wie ein Monster und halb wie ein Superheld aussieht. »Es ist nicht fair«, sage ich. »Nichts davon ist deine Schuld, aber du musst trotzdem damit leben.«

»Opfer bringen für das Team. Kapiert.«

»Was denkst du?«

»Worüber?«

»Über deine Schwester.«

Er will etwas sagen. Ich sehe seinen grünen Augen an, dass es eine superschlaue Bemerkung werden soll.

Aber er lässt es. Zögert. »Ich weiß nicht«, sagt er schließlich. »Sie ist ein bisschen besessen von dieser Geschichte.«

»Von Owen.«

»Ja. Irgendwie mehr als sonst. Du weißt ja, wie sie manchmal sein kann.«

Er meint Jennas Fähigkeit, sich wie ein Laser auf ein Thema zu konzentrieren, ob es Fußball ist oder Haarbänder oder Ponys. Rory nennt es Besessenheit, weil er es nicht hat.

»Wie geht's ihr in der Schule?«, frage ich.

»Gut, soweit ich sehe. Sie ist immer noch beliebt.«

»Sagst du es mir, wenn sich etwas ändert?«

Er überlegt. Vielleicht will er fragen, was er dafür bekommt, aber er tut es nicht. »Ja«, sagt er.

»Und sei ihr gegenüber kein allzu großes Arschloch.«

»Aber das ist mein Job. Ich bin ihr Bruder.« Rory grinst.

»Ich weiß. Mach deinen Job nur nicht ganz so gut.«

Millicent und ich sind endlich allein. Ich bin erschöpft. Besorgt. Mir graut vor der nächsten Story über Owen oder Naomi oder Lindsay.

Naomi. Zum ersten Mal seit zwei Tagen wird mir bewusst, dass Millicent nicht von unserer Seite gewichen ist. Seit Freitagabend war sie bei Jenna, mir, uns. Ich frage mich, wo Naomi ist und ob sie noch lebt. Sie braucht Wasser. Sonst kann sie nicht überleben.

Ich habe nie darüber nachdenken wollen, wo Naomi ist, wie sie festgehalten wird, wie ihre Umgebung aussieht. Ich zwinge mich, darüber nicht nachzudenken. Aber die Bilder kommen trotzdem. Bilder, von denen ich gehört habe – ein unterirdischer Bunker oder ein Keller, ein schallsicherer Raum in einem ansonsten völlig normalen Haus. Fesseln – daran denke ich auch. Ketten und Handschellen aus Stahl, die man nicht zerreißen kann.

Aber vielleicht ist es gar nicht so. Vielleicht ist sie nur in einem Zimmer eingesperrt, in dem sie sich frei bewegen kann. Es könnte ein ganz gewöhnliches Zimmer sein, mit einem Bett, einer Kommode, einem Bad, vielleicht mit einem Kühlschrank. Behaglich und sauber. Keine Schreckens- oder Folterkammer oder so etwas. Vielleicht hat sie sogar einen Fernseher.

Vielleicht auch nicht.

Ich drehe mich zu Millicent um, die mit ihrem Tablet im Bett sitzt und über Kinder recherchiert, die Angst haben vor dem, was sie im Fernsehen erfahren.

Wieder denke ich daran, sie nach Naomi zu fragen. Ich will wissen, wo und wie Millicent sie gefangen hält, aber ich habe Angst vor dem, was ich mit dieser Information anfangen könnte.

Ich glaube, ich könnte mich nicht beherrschen.

Wenn ich weiß, wo sie ist, werde ich zu ihr gehen wollen. Müssen. Und was ist, wenn es das Worst-Case-Szenario ist?

Was ist, wenn sie irgendwo in einem Keller an eine Heizung gekettet ist, voller Dreck und Blut von der Folter? Wenn es das ist, was ich zu sehen bekomme, weiß ich nicht, was ich tun werde.

Werde ich sie umbringen? Oder freilassen?

Also frage ich nicht.

DREIUNDDREISSIG

Owens Wiederkehr hat ihren Zweck erfüllt. Niemand zweifelt daran, dass er es ist, der Lindsay entführt und ermordet und der jetzt Naomi in seiner Gewalt hat. Jetzt wird es Zeit, dass er verschwindet. Dazu müssen die Nachrichten aufhören. Keine Briefe mehr, keine Haarlocken. Keine vermissten Frauen mehr. Keine Leichen.

Wir brauchen eine Exit-Strategie. Jenna braucht sie.

Im Club reden sie immer noch über Owen. Ich verweigere mich. Ich verlasse das Clubhaus, gehe auf Distanz zum Tratsch, sogar zu Kekona. Wir haben nur noch zwei Stunden pro Woche, aber sie ist jeden Tag im Club. Ich verbringe den ganzen Tag auf dem Platz, entweder mit einem Schüler oder mit dem Warten auf den nächsten. Nach den letzten paar Wochen und dem vergangenen Wochenende ist dieser Tag beinahe zu normal. Er braucht eine Auflockerung.

Ich habe eine Unterrichtsstunde mit einem Ehepaar, das in Hidden Oaks lebt, seit es existiert. Die beiden bewegen sich langsam, aber die Tatsache, dass sie sich überhaupt bewegen, will etwas heißen.

Als wir fertig sind, gehen wir zu dritt zurück zum Clubhaus. Ich will einen Kaffee trinken und im Büro vorbeischauen, um einen Blick auf meinen Stundenplan für nächste

Woche zu werfen. Der kürzeste Weg zum Büro führt durch das Clubhaus, und dort sehe ich Andy Preston.

Seit der Abschiedsparty vor fast einem Monat habe ich ihn nicht mehr gesehen. Das war, bevor Trista ihn verlassen hat. Da war er ganz normal: Bauch, schütteres Haar, ein rotes Gesicht von zu viel Wein.

Aber jetzt sieht er gar nicht gut aus. Er lehnt an der Bar und trägt eine Jogginghose, die aussieht, als wäre sie hundert Jahre alt. Sein baumwollenes Hidden-Oaks-Shirt ist nagelneu; es hat noch die Regalfalten, als habe er es eben gekauft und gleich angezogen. Er ist glatt rasiert, aber ungekämmt. Der Drink in seinem Glas ist braun und pur, kein Wasser, kein Eis.

Ich gehe zu ihm, weil er mein Freund ist. Oder war, bis ich anfing, ihm Dinge zu verheimlichen.

»Hey«, sage ich.

Er dreht sich zu mir um, aber er scheint sich nicht zu freuen. »Na, wenn das nicht der Lehrer ist. Der Tennislehrer, meine ich. Oder unterrichtest du auch noch andere Fächer?«

»Was ist los?«

»Oh, ich glaube, du weißt, was los ist.«

Ich schüttle den Kopf. Zucke die Achseln. Tue, als hätte ich keine Ahnung. »Alles okay?«

»Nein, eigentlich nicht. Aber vielleicht solltest du meine Frau fragen. Du kennst sie ja ziemlich gut, oder?«

Bevor er noch etwas sagen kann, nehme ich ihn beim Arm. »Lass uns an die frische Luft gehen«, sage ich. Gottlob protestiert er nicht. Er sagt nichts, was mir in meinem Job Probleme bereiten könnte.

Wir gehen durch das Clubhaus und zur Tür hinaus. Wir sind in einem Bogengang; Efeu kriecht auf der einen Seite hoch und auf der anderen wieder herunter. In einer Richtung liegt das Büro, in der anderen der Parkplatz.

Ich bleibe stehen und drehe mich zu Andy um. »Hör zu, ich weiß nicht …«

»Schläfst du mit meiner Frau?«

»Mein Gott, Andy, nein.«

Unsicher starrt er mich an.

»Andy, ich würde niemals mit deiner Frau schlafen. Niemals.«

Er lässt die Schultern hängen, als der Zorn verweht. Er glaubt mir. »Aber sie liebt einen anderen.«

»Nicht mich.« Ich habe nicht vor, ihm zu erzählen, wer es ist.

»Aber du siehst sie dauernd. Zweimal die Woche, richtig? Sie nimmt doch Tennisunterricht bei dir?«

»Seit ein paar Jahren. Das weißt du doch. Aber sie hat nie von einer Affäre gesprochen.«

Andy sieht mich mit schmalen Augen an. »Ist das wahr?«

»Wie lange kennen wir uns?«

»Seit unserer Kindheit.«

»Und du glaubst, ich wäre Trista gegenüber loyaler als dir?«

Andy hebt die Hände. »Ich weiß es nicht. Sie war wirklich aufgebracht wegen der verschwundenen Mädchen. Sie will keine Nachrichten mehr sehen.« Er schaut zu Boden und scharrt mit dem Fuß über das nachgemachte Kopfsteinpflaster. »Schwörst du, dass du nichts weißt?«

»Ich schwöre.«

»Okay. Entschuldige.«

»Schon gut. Willst du was essen?« Vom Trinken sage ich nichts.

»Im Moment nicht. Ich fahre nach Hause.«

»Sicher?«

Er nickt und geht weg, nicht zurück ins Clubhaus, sondern zum Parkplatz. Ich will ihm sagen, dass er nicht mehr fahren kann, aber dann lasse ich es. Die Parkplatzwächter werden ihn stoppen. Sie haben eine Aufsichtspflicht.

Mein Unterricht geht weiter. Es gibt keine Neuigkeiten. Keine Anrufe von zu Hause, keine weiteren Störungen. Bis ich den Club verlasse und auf der Heimfahrt bei der Autowaschanlage vorbeifahre.

Normalerweise werfe ich mindestens an jedem zweiten Tag einen Blick auf mein Telefon – das Wegwerfhandy –, aber jetzt verstoße ich gegen meine eigene Regel. Zu viel ist los, zu viel anderes, um das ich mich kümmern muss.

Das Telefon ist im Reserverad im Kofferraum versteckt. In der Waschanlage nehme ich hinten alles heraus, damit dort staubgesaugt werden kann, und während der Wagen durch die Waschstraße fährt, schalte ich das Handy ein. Der Signalton für neue Nachrichten erschreckt mich. Der Ton und das Telefon sind altmodisch. Es ist nicht mal ein Smartphone, nur ein Handy mit Prepaidkarte, das schwerer ist, als es aussieht.

Ich habe es vor Jahren in einem Discountladen gekauft. Es hat eine Weile gedauert, bis ich mich entschieden hatte. Nicht was das Modell anging; damals sahen alle Prepaidhandys gleich aus. Nein, es dauerte eine Weile, bis ich mich entschieden hatte, überhaupt so ein Ding anzuschaffen. Eine nette Verkäuferin kam und fragte, ob sie mir helfen könne. Sie sah zu alt aus, um viel von Elektronik zu verstehen, aber wie sich zeigte, wusste sie alles darüber. Sie war sehr geduldig, sehr freundlich, und ich stellte ihr eine Frage nach der anderen. Auf die Antworten kam es mir nicht an. Die technischen Details interessierten mich nicht. Ich versuchte zu entscheiden, ob ich ein zweites Telefon haben wollte, ein Wegwerfgerät, und ich glaube, am Ende nahm ich eins, weil es irgendwann unhöflich gewesen wäre, nichts zu kaufen, nachdem ich so viel von ihrer Zeit in Anspruch genommen hatte.

Seitdem habe ich das Ding. Annabelle ist nur der letzte Eintrag.

Ich habe nicht mehr an sie gedacht, nachdem ich entschieden hatte, dass sie nicht die Richtige sein würde. Es gab keinen Grund, an Annabelle zu denken, bis sie anrief. Bis sie eine Textnachricht schickte, meine ich. Einen gehörlosen Mann anzurufen hat wenig Sinn.

Hallo, Fremder, lassen Sie uns bald wieder was trinken. Ach ja, hier ist Annabelle ☺

Ich habe keine Ahnung, wann sie die Nachricht geschickt hat. Auf meinem Handy landet sie erst, nachdem ich es eingeschaltet habe, aber sie kann sie schon vor einer Woche geschickt haben. Mindestens eine Woche ist vergangen, seit ich das letzte Mal nachgesehen habe.

Ich überlege, ob ich antworten und ihr wenigstens sagen soll, dass ich sie nicht absichtlich ignoriert habe.

Mein Auto wird noch gewaschen. Also scrolle ich im Telefon zurück. Vor der Nachricht von Annabelle kommt eine von Lindsay. Sie ist jetzt fünfzehn Monate alt.

Es war toll, dich letzte Woche kennenzulernen, Tobias. Hoffe, wir können gelegentlich wieder zusammen wandern.

Tobias. Er sollte nie ein Alter Ego werden oder eine eigene Persönlichkeit entwickeln. Und er sollte mit niemandem schlafen.

Millicent und ich haben ihn uns zusammen ausgedacht. Es war an einem der seltenen kalten Abende in Florida, an denen die Temperatur unter fünf Grad sinkt. Bei heißem Kakao und einem halben Liter Eiscreme wurde Tobias geboren.

»Dein Aussehen kannst du eigentlich nicht verändern«, sagte sie zu mir. »Ich meine, nicht ohne eine Perücke oder einen angeklebten Bart.«

»Ich setze keine Perücke auf.«

»Dann brauchst du was anderes.«

Ich war es, der vorschlug, so zu tun, als wäre ich taub. Nur ein paar Tage zuvor hatte ich einem gehörlosen Teenager Tennisunterricht gegeben, und wir hatten über Handy miteinander kommuniziert. Das war mir im Gedächtnis geblieben, und so schlug ich es vor.

»Brillant«, sagte Millicent und küsste mich so, wie ich es gern mag.

Als Nächstes sprachen wir über meinen Namen. Er musste einprägsam, aber nicht verrückt sein, traditionell, aber nicht gewöhnlich. Zwei blieben am Ende übrig: Tobias und Quentin. Ich wollte Letzteren wegen des Spitznamens: Quint ist besser als Toby.

Wir diskutierten über die Vor- und Nachteile beider Namen, und Millicent schlug sogar ihre Herkunft nach.

»Tobias kommt vom hebräischen Tobiah«, las sie mir aus dem Internet vor. »Und Quentin geht auf den römischen Namen Quintus zurück.«

Ich zuckte die Achseln. Beides sagte mir nichts.

Millicent las weiter. »Quentin kommt von dem lateinischen Wort für ›der Fünfte‹. Tobias ist ein biblischer Name.«

»Was hat Tobias in der Bibel getan?«

»Moment.« Millicent klickte und scrollte und sagte: »Er hat einen Dämonen erschlagen, um Sarah zu retten, und dann hat er sie geheiratet.«

»Dann möchte ich Tobias heißen.«

»Bist du sicher?«

»Wer will nicht der Held sein?«

An diesem Abend wurde Tobias geboren.

Nicht viele Leute sind ihm begegnet, nur ein paar Barkeeper und ein paar Frauen. Nicht einmal Millicent kennt ihn. Tobias ist beinahe so etwas wie mein Alter Ego. Er hat sogar seine eigenen Geheimnisse.

Ich antworte nicht auf Annabelles Nachricht, in der sie mich auf einen Drink einlädt. Ich schalte das Handy ab und lege es wieder in den Kofferraum.

VIERUNDDREISSIG

Weihnachten vor sechs Jahren. Rory war sieben, Jenna sechs, und beide hatten angefangen zu fragen, warum sie nur ein Paar Großeltern hatten. Ich hatte über meine Eltern nie geredet, hatte nie gesagt, wer sie waren oder wie sie gestorben waren. Ihre Fragen zwangen mich, darüber nachzudenken, was ich sagen konnte. Was ich sagen sollte.

Eines Nachts ging ich hinunter in die Küche. Ich hoffte, wenn ich mir den Magen vollschlüge, würde ich vielleicht müde genug werden, um die Schlaflosigkeit zu überwinden. Ich aß den Rest eines Schwarze-Bohnen-Auflaufs direkt aus dem Topf. Kalt, aber gar nicht so schlecht. Ich war noch dabei, als Millicent in die Küche kam. Sie holte sich eine Gabel und setzte sich zu mir.

»Was ist los?« Sie nahm eine große Gabel voll Auflauf, starrte mich an und wartete. Ich stand sonst nie mitten in der Nacht auf, um zu essen. Das wusste sie.

»Die Kinder fragen nach meinen Eltern.«

Millicent zog die Brauen hoch und schwieg.

»Wenn ich lüge und ihnen sage, ihre Großeltern waren wunderbar, werden sie mich hassen, wenn sie es herausfinden, oder?«

»Wahrscheinlich.«

»Aber vielleicht hassen sie mich sowieso.«

»Für ein Weilchen«, sagte sie. »Ich glaube, alle Kinder durchlaufen eine Phase, in der alles unsere Schuld ist.«

»Und wie lange dauert die?«

Sie zuckt die Achseln. »Zwanzig Jahre?«

»Ich hoffe, in der Zeit bleibt alles ziemlich ruhig.«

Sie lächelte. Ich lächelte.

Ich könnte sagen, meine Eltern hätten mich misshandelt. Seelisch. Körperlich. Sogar sexuell. Ich könnte sagen, sie haben mich geschlagen, gefesselt, mit Zigaretten verbrannt und mich gezwungen, zu Fuß zur Schule und zurück zu gehen, bergauf in beide Richtungen. Aber das stimmt nicht. Ich bin in einem schönen Haus in einer guten Gegend aufgewachsen, und niemand hat mir je ein Haar gekrümmt. Meine Eltern waren kultivierte, höfliche Leute, die ihre Manieren im Schlaf aufsagen konnten.

Sie waren aber auch grässliche, kaltherzige Menschen, die niemals hätten Eltern werden dürfen. Sie hätten klug genug sein müssen, um zu wissen, dass ein Baby nichts in Ordnung bringen kann.

Das Fass lief über, als ich nach Übersee reiste. Als ich ihnen sagte, ich wollte eine Pause vom College machen und reisen, gaben sie mir Geld. Ich kaufte mir ein unbefristetes Ticket, einen großen Rucksack und trank ein paar Dutzend Schnäpse. Zwei Freunde beschlossen, mich zu begleiten. Wir machten einen windigen Plan und setzten ein Datum fest. Ich erzählte weder ihnen noch sonst jemandem, dass ich Angst hatte.

Ein paar Stunden vor Abflug war ich immer noch beim Packen. Ich wusste nicht, welche T-Shirts ich mitnehmen sollte oder ob ich eine dicke Jacke brauchen würde. Aufgeregt, ja. Ich konnte es nicht erwarten, Hidden Oaks hinter mir zu lassen. Mein Kinderzimmer, dessen Wände so bemalt waren, dass es aussah, als wäre ich im Himmel, von Sternen umgeben. Ich hatte es satt, davon zu träumen, was da draußen noch sein mochte. Ich wollte es selbst sehen.

Außerdem hatte ich keine Ahnung, was als Nächstes passieren würde. Im Tennis war ich bereits gescheitert und dann auch als Student. Ein mittelmäßiger Tennisspieler mit mittelmäßigen Noten. Würde Mittelmaß genügen, wenn ich mitten in der weiten Welt wäre? Keine Ahnung. Aber es musste besser sein als das Gefühl, ich wäre besser nie geboren worden.

Ich hoffte nur, ich würde nie mehr zurückkommen und die Himmelsgemälde an meinen Wänden sehen müssen.

Meine Eltern fuhren mich nicht zum Flughafen. Ein Taxi holte mich ab, weil es mir peinlich gewesen wäre, meine Freunde und ihre Eltern zu bitten, mich mitzunehmen. Es war früh am Mittwochmorgen. Meine Mutter mit ihrer Kaffeetasse, mein Vater, schon angezogen, wir alle standen im Hausflur auf den glänzenden Fliesen, umgeben von Spiegeln. Die Vase auf dem Tisch in der Mitte war gefüllt mit orangegelben Chrysanthemen. Die Strahlen der aufgehenden Sonne trafen auf den Kristallkronleuchter über uns und malten einen Regenbogen über die Treppe.

Das Taxi hupte. Meine Mutter gab mir einen Kuss auf die Wange. Mein Vater schüttelte mir die Hand.

»Dad, ich möchte …«

»Viel Glück«, sagte er.

Ich wusste nicht mehr, was ich hatte sagen wollen. Also ging ich. Auf der Fahrt zum Flughafen fragte ich mich, ob es daran lag, dass ich so mittelmäßig war. Vielleicht konnten sie es deshalb nicht erwarten, mich gehen zu sehen.

Am Ende habe ich die Kinder dann nicht belogen. Ich habe ihnen erzählt, ihre Großeltern seien bei einem tragischen Unfall ums Leben gekommen.

Ich habe ihnen nicht alles erzählt, aber nahezu. Das war wegen Millicent. Wir haben das Script zusammen geschrieben. Um es so offiziell wie möglich zu machen, beriefen wir eine Familienkonferenz ein. Rory und Jenna waren noch so klein. Vielleicht war es nicht fair, aber wir taten es trotzdem.

Wir saßen im Wohnzimmer. Jenna hatte schon ihren gelben Schlafanzug mit den Luftballons an. Sie liebte Luftballons, und Rory liebte es, sie knallen zu lassen. Ihr dunkles Haar war kinnlang geschnitten, und ein waagerechter Vorhang von Ponyfransen hing ihr über die Stirn. Dunkle Augen blickten darunter hervor.

Rory trug ein blaues T-Shirt und eine Jogginghose. Mit sieben hatte er erklärt, er sei zu alt für Pyjamas. Millicent und ich hatten entschieden, damit könnten wir leben, und Millicent kaufte ihm keine mehr.

Es war schwer, in ihre kleinen vertrauensvollen Gesichter zu schauen und ihnen zu sagen, dass es für manche Menschen besser war, keine Kinder zu haben.

»Nicht jeder ist zum Elternsein geboren«, sagte ich. »So wie nicht jeder nett ist.«

Jenna antwortete als Erste. »Ich weiß schon, was Fremde sind.«

»Nicht jeder in unserer Familie ist nett. Oder war nett.«

Krause Stirnen. Ratlosigkeit.

Ich redete zehn Minuten lang. So lange brauchte ich, um meinen Kindern zu erzählen, dass ihre Großeltern keine guten Menschen waren.

Die Ironie des Ganzen wurde mir erst Jahre später klar, nach Holly und den anderen. Eines Tages würden Rory und Jenna vielleicht ein Gespräch mit ihren Kindern führen und das Gleiche über Millicent und mich sagen.

FÜNFUNDDREISSIG

Ich bin davon ausgegangen, dass die DNA-Untersuchung der Locke von Naomi länger als eine Woche dauern würde. Vielleicht weil es im Fernsehen immer so schnell geht, vermutete ich, dieses Timing sei ein Fake, und echte DNA-Analysen müssten Monate dauern. Das tun sie anscheinend auch, aber nicht die Voruntersuchungen. Und nicht, wenn die Polizei eine Frau sucht, die vielleicht noch lebt.

Nach den Tests ergibt sich eine neunundneunzigprozentige Wahrscheinlichkeit, dass die Haare von Naomi stammen.

Es ist Kekona, die mir das alles erzählt. Unsere regelmäßige Tennisstunde verwandelt sich in ein rechtsmedizinisches Seminar, denn ihr anderes Hobby ist es, sich Krimiserien und TV-Dokus anzusehen. Vermisste und/oder tote Frauen sind sehr verbreitet in diesen Sendungen.

»Immer jung, schön und im Wesentlichen unschuldig.« Sie zählt die Eigenschaften an den Fingern ab. Sie hat einen Becher Kaffee bei sich, und ich glaube nicht, dass es ihr erster ist. »Allerdings haben sie gelegentlich auch einen Fall mit einer Prostituierten dabei, als warnendes Beispiel.«

»Und was dann?«, frage ich.

»Wie meinen Sie das?«

»Ich meine, wenn dieses junge, schöne und im Wesentlichen unschuldige Mädchen verschwindet, was passiert dann?«

Kekona hebt beide Hände, als müsse sie ein lautes Publikum zur Ruhe bringen. »Option eins: der Boyfriend, weil er eifersüchtig und besitzergreifend ist. Oder der Ex-Boyfriend, weil er eifersüchtig und besitzergreifend ist.«

»Das ist alles eine Option?«

»Ja. Passen Sie doch auf. Option zwei ist der Fremde oder höchstwahrscheinlich ein Fremder. Das ist die Option mit dem Psychopathen/Stalker/Soziopathen/Serienkiller.«

Kekona erzählt mir nichts Neues. Ich sehe auch fern, nur nicht in den letzten Tagen, weil die Nachrichten bei uns zu Hause immer noch verboten sind. Ich bedaure, dass ich Joshs Bericht über das Ergebnis der DNA-Analyse verpasst habe, und nehme mir vor, ihn mir noch im Internet anzuschauen.

»Mögliches Ende?« Kekona sagt es, als hätte ich danach gefragt. Habe ich aber nicht. »Tod. Vergewaltigung und Tod. Folter und Vergewaltigung und Tod.«

Dazu gibt es nicht viel zu sagen.

»Gelegentlich überlebt eine«, sagt sie.

»Aber nicht oft.«

Kekona schüttelt den Kopf. »Nicht mal im Roman.«

Wir spielen weiter Tennis. Irgendwann habe ich noch eine Frage. »Warum, glauben Sie, ist das so populär? Die Story von der verschwundenen Frau?«

»Wer kann schon einer Jungfer in Not widerstehen?«

Das Nachrichtenverbot in unserem Haus war immer ein bisschen scheinheilig, weil wir alle mit unseren Handys ins Internet gehen können. Jeder kennt das Ergebnis der DNA-

Analyse. Nach dem Abendessen zieht Millicent mich in die Garage. Ein spontaner Date-Abend.

Sie will mit Jenna über die Resultate sprechen. Der Zwischenfall mit den Haaren liegt erst eine Woche zurück, aber seitdem scheint es Jenna gut zu gehen. Sie wirkt sogar glücklich. Millicent macht sich Sorgen wegen eines Rückfalls. Rückfall wohin? Ich weiß es nicht genau. Allmählich glaube ich, Jenna ist proaktiv, nicht paranoid. Wer will schon von einem Psychopathen/Stalker/Soziopathen/Serienkiller entführt werden? Meine Tochter nicht.

Wir sitzen im Wagen, und Millicent erklärt mir ihren Plan, wie wir uns dem Thema nähern sollen. Wir wollen sie nicht verstören, aber wir wollen auch die Nachrichten nicht ignorieren. Wir wollen nicht von oben herab mit Jenna reden, aber wir können nicht ihre Freunde sein. Wir wollen diskutieren, aber nicht dozieren, sie trösten, aber ohne sie wie ein Baby zu behandeln. Millicent sagt immer »wir«, als wäre dies unser Plan, nicht ihrer.

»Wie geht's ihr?«, frage ich.

»Im Moment anscheinend gut. Aber letzte Woche ging es ihr anscheinend auch gut, und dann ...«

»Ich meine nicht Jenna.«

Sie legt den Kopf schräg. Verwirrt. Verärgert. Dann versteht sie.

»Es geht um Naomi«, sagt sie.

»Ist sie noch am Leben?«

»Ja.«

Ich möchte die Frage zurücknehmen. Ich möchte etwas sagen, das sie zum Lachen bringt, das mein Adrenalin freisetzt und das uns beiden ein gutes Gefühl gibt.

Mein Kopf ist leer.

Wir starren einander an, und ihre Augen sind so dunkel, dass sie wie Löcher aussehen. Ich starre sie an, bis ich entweder aufhören oder fragen muss, wo Naomi ist.

Ich schaue weg.

Millicent atmet aus.

Ich folge ihr zurück ins Haus. Im Wohnzimmer setzen wir uns auf die Couch, wo Jenna und Rory fernsehen. Rory merkt als Erster, dass wir sie anschauen, nicht den Bildschirm. Er verschwindet, bevor das Gespräch anfangen kann.

Es geht gut, finde ich. Jenna hört zu und nickt und lächelt. Als Millicent wissen will, ob sie noch Fragen hat, schüttelt sie den Kopf. Als ich wissen will, wie es ihr geht, sagt sie, gut.

»Hast du Angst?«, fragt Millicent.

Jenna hebt die Hand und berührt ihr kurzes Haar. »Nein.«

»Owen wird dir nichts tun.«

»Ich *weiß*.«

Der genervte Tonfall ist beruhigend. Sie klingt normal und sieht normal aus. Bis auf die Haare.

Später sind Millicent und ich in unserem Zimmer. Sie ist mit Organisieren beschäftigt, geht hin und her zwischen Schlafzimmer und Wandschrank, räumt Sachen weg, holt andere heraus. Sie regelt alles, bevor sie ins Bett geht, damit es morgens entspannter zugeht. Hektik ist nicht ihr Ding. Unpünktlichkeit auch nicht.

Ich sehe ihr zu. Ihr Haar ist offen und durcheinander, und sie streicht es ständig mit einer Hand zurück. Sie trägt Thermounterwäsche, die altmodische, genoppte, und Ringelsocken. Ihr Nachtzeug zeigt weniger Stilbewusstsein als alles andere an ihr, und ich habe ihr schon gesagt, wie bekloppt sie damit aussieht. Aber das sage ich heute Abend nicht. Stattdessen gehe ich durch den Korridor zu Jenna und sehe nach ihr.

Sie schläft, eingekuschelt zwischen orangefarbenen Laken und dem weißen Oberbett. Ihr Gesicht ist entspannt und friedlich. Frei von Angst.

Als ich wieder in unser Zimmer komme, ist Millicent eben ins Bett gegangen. Ich lege mich zu ihr. Sie sieht mich an, und ich vermute, sie will unser Gespräch in der Garage noch einmal erwähnen. Aber sie knipst das Licht aus, als sei das ohne Bedeutung.

Ich warte, bis sie gleichmäßig atmet, und dann stehe ich wieder auf und sehe nach Jenna.

Als ich zum zweiten Mal aufstehe, mache ich mir nicht mehr die Mühe, ins Bett zurückzukehren. Im Laufe der Nacht schaue ich noch dreimal nach ihr, und in den Stunden dazwischen sehe ich fern. Gegen zwei Uhr morgens döse ich bei einem alten Film ein. Als ich aufwache, sehe ich Owens Gesicht. Im Fernsehen läuft ein Dokumentarfilm über ihn.

Mehrere solche Filme sind inzwischen entstanden, und sie bieten ein unterschiedliches Maß an Details über Owens Verbrechen. Ich habe es vermeiden können, sie anzusehen, wie ich es auch vermieden habe zu lesen, was Owen seinen Opfern angetan hat. Diesmal kann ich es nicht vermeiden, denn ich wache exakt im falschen Augenblick auf. Gerade als ich Owens Gesicht auf dem Bildschirm sehe, kommt ein Schnitt auf das Zimmer, in dem er seine Opfer festgehalten hat.

Das Video war für Owens Verhandlung gedreht worden, zu der es nie kam. Es ist fünfzehn Jahre alt und mit einer Handkamera aufgenommen, die zu sehr wackelt. Owen hatte eine verlassene Raststätte entkernt und die Wand zwischen Herren- und Damentoiletten eingerissen. Die Fliesenböden mögen einmal weiß gewesen sein, aber jetzt waren sie graubraun. Eine Toilettenschüssel war noch da, ein Waschbecken, eine Matratze und ein Tisch. Wo die herausgeschlagenen Wände gewesen waren, führten Rohrleitungen auf und ab; sie kamen tief aus dem Boden, zogen sich unter der Decke entlang und an der anderen Seite herunter, wo sie wieder im Zementboden verschwanden. Sie hatten den perfekten Durchmesser für Handschellen. Ein Paar davon hängt immer noch an einem Rohr.

Das Video zoomt ruckelnd auf den Boden zu. In der Totalen war das Blut nicht zu sehen, aber jetzt sehe ich ein paar Spritzer hier, ein paar Tropfen da. Die roten Tropfen sind überall, als habe jemand einen Pinsel mit roter Farbe über dem Boden geschwungen. Die Kamera fährt in eine Ecke. Die Wand dort ist mit einer größeren Menge Blut beschmiert, weit unten, nur eine Handbreit über dem Boden, als habe die blutende Person dort gekauert.

Die Kamera schwenkt zu der Matratze. Ich stelle mir Naomi darauf vor.

Ich schalte auf einen anderen Kanal.

SECHSUNDDREISSIG

Zwei Tage vergehen, bevor ich von Trista höre. Millicent erzählt es mir. Es ist Samstagabend, Rory ist oben, und Jenna übernachtet bei einer Freundin. Als sie außer Sicht sind, lasse ich mich auf das Sofa fallen und lege die Füße auf den Tisch. Das ist nicht erlaubt, weder mir noch den Kindern, aber als Millicent sich neben mich setzt, erwähnt sie es nicht.

Ich nehme die Füße unaufgefordert herunter, so unheimlich ist das. »Was ist los?«, frage ich.

Sie legt eine Hand auf meine, und jetzt bin ich beunruhigt. Panisch sogar. »Millicent, was …«

»Es geht um Trista«, sagt sie.

»Trista?«

»Ihre Schwester hat mich vorhin angerufen. Andy ist zu aufgewühlt, um mit jemandem zu reden.«

»Ihre Schwester? Warum sollte sie …«

»Sie hat sich umgebracht.«

Ich schüttle den Kopf, als ob meine Ohren nicht funktionierten. Als hätte sie nicht gerade gesagt, Trista habe sich umgebracht.

»Es tut mir so leid«, sagt Millicent.

Ich begreife, dass es Wirklichkeit ist, und es verschlägt mir den Atem. »Das verstehe ich nicht.«

»Nach dem, was ihre Schwester sagt, versteht es niemand. Vor allem Andy nicht.«

»Und wie?«

»Sie hat sich an der Vorhangstange in der Dusche erhängt.«

»O mein Gott.«

»Ich wusste, sie hatten Probleme, aber ich hatte keine Ahnung, dass es ihr so schlecht ging.«

Millicent hat keine Ahnung, was der wahre Grund ist, denn ich habe ihr nie von Trista erzählt und nie erwähnt, dass sie ein Verhältnis mit Owen hatte. Und ihn immer noch geliebt hat.

Es kommt mir vor, als würde das Abendessen mir ein Loch in den Magen brennen. Ich laufe ins Bad und übergebe mich. Millicent steht in der Tür und fragt, ob alles okay ist. Ich sage Ja und würge.

»Zu viel gegessen«, sage ich.

Sie beugt sich herunter und befühlt meine Stirn; sie ist nicht warm. Ich sitze auf dem Boden, lehne an der Wand und winke Millicent zu, um ihr zu sagen, dass alles okay ist.

Sie geht davon. Ich schließe die Augen und lausche ihr, wie sie in der Küche den Kühlschrank durchwühlt und sucht, wovon mir schlecht geworden sein könnte.

Von uns, will ich ihr sagen. Wir haben eine Tochter, die ein Messer mit in die Schule genommen und sich die Haare abgeschnitten hat. Und jetzt ist eine Frau tot. Nicht Naomi. Eine andere Frau.

Wegen Owen. Meinetwegen. *Ich* habe Josh diese Briefe geschrieben.

Millicent kommt ins Bad zurück und hat ein Fläschchen mit rosa Tabletten.

Ich schlucke sie hinunter, und gleich wird mir wieder schlecht.

Die Trauerfeier findet in Alton's Funeral Parlor statt, im selben Bestattungsinstitut, in dem auch Lindsay verabschiedet worden ist. Da war ich nicht dabei, aber ich habe davon gelesen. Lindsays Sarg war geschlossen, um zu verbergen, was Millicent mit ihr gemacht hatte. Tristas Sarg ist offen.

Andy ist immer noch ihr Ehemann, und er hat alles arrangiert. Der Raum ist groß, und jeder Stuhl ist besetzt. Ich glaube, Trista würde sich freuen, wenn sie wüsste, dass es auf ihrer Beerdigung nur noch Stehplätze gibt. Alle sind hier, in ihren erlesensten schwarzen Kleidern, entweder um ihr die letzte Ehre zu erweisen oder um zu gaffen. Ich bin hier, weil ich verantwortlich bin.

Millicent ist bei mir, aber sie hat immer noch keine Ahnung, warum Trista sich umgebracht hat. Auch sonst weiß es niemand. Seit Tagen reden die Leute im Club über ihre zerbrochene Ehe, über Depressionen und finanzielle Probleme. Mal war sie drogensüchtig, mal Alkoholikerin oder Nymphomanin. Sie war schwanger, oder sie ist es gewesen und hat das Baby verloren. Vielleicht wäre sie sowieso gestorben, an einer tödlichen Erkrankung oder an einem Gehirntumor.

Niemand schien sich zu erinnern oder überhaupt zu wissen, dass sie vor ungefähr zwanzig Jahren mit Owen Oliver Riley ein Verhältnis hatte.

Ihre Schwester ist bei der Feier, eine schwerere brünette Version Tristas. Sie erzählt, Trista habe auf sie aufgepasst, wenn ihre Eltern auf der Arbeit waren, sie habe Essen gekocht und die Wäsche gewaschen.

»Wir sind auf der anderen Seite der Stadt aufgewachsen. Sie hat nicht immer in Hidden Oaks gewohnt.«

Das klingt wie eine Beleidigung. Tristas jüngere Schwester wohnt immer noch auf der anderen Seite der Stadt.

Andy erwähnt sie nicht.

Die Nächste ist eine von Tristas neueren Freundinnen. Sie ist so dünn und blond, wie Trista es war, und erzählt eine lange Geschichte über Tristas Bereitschaft, zuzuhören und zu helfen, wann immer es nötig war.

Der Letzte, der redet, ist Andy. Er hat sich die Haare schneiden lassen, seit ich ihn zuletzt gesehen habe, und er trägt einen dunklen Anzug statt seiner Jogginghose. Statt über ihre zerbrochene Ehe zu reden, erzählt er, wie er Trista kennengelernt hat. Sie war eine unbezahlte Praktikantin in einem Museum auf der Suche nach einem Job, der ihrem Diplom in Kunstgeschichte entsprach. Er nahm an einer Wohltätigkeitsveranstaltung teil, und sie begegneten einander vor einer Skulptur, die sie ihm erklärte.

»Ich war bezaubert. Von ihr, von der Art, wie sie redete, von dem, was sie sagte, ja, sogar vom Klang ihrer Stimme. Ich weiß kein besseres Wort. Trista war einfach bezaubernd.«

Andy verliert die Fassung. Er weint. Schluchzt.

Niemand rührt sich.

Endlich geht ein Mann zu Andy und flüstert ihm etwas ins Ohr. Andy atmet tief durch und sammelt sich. Er redet weiter. Ich höre nicht zu. Ich denke nur an dieses Wort.

Bezaubernd.

Als er fertig ist, haben wir Gelegenheit, am Sarg vorbeizugehen und uns von Trista zu verabschieden. Fast alle tun es; nur ein paar bleiben zurück. Millicent und ich nicht.

Der Sarg ist aus einem so dunklen Holz, dass er beinahe schwarz aussieht, und das Innere ist in einem hellen Pfirsichton gehalten. Das ist nicht so übel, wie es klingt. Die Farbe passt zu Tristas blondem Haar und ihrem apricotfarbenen Lippenstift. Sie stand ihr gut, und ich bin froh, dass jemand sie für sie ausgewählt hat.

Aber für ihr Outfit gilt das Gegenteil. Es ist solide, dunkelblau und langärmelig. Sie trägt eine einzelne Perlenkette um den Hals und Perlenstecker an den Ohrläppchen. Nichts davon steht Trista. Es sieht aus, als habe jemand die Sachen gestern gekauft, weil er fand, sie sollte in würdevoller Kleidung ins Grab gelegt werden, nicht in Sachen, die ihr gefallen hätten.

Es regt mich auf, in einem unnatürlichen Maß. Ich möchte mir nicht vorstellen, dass Trista die Ewigkeit in einem Outfit verbringt, das sie nicht leiden kann. Hoffentlich schaut sie nicht auf diese Beisetzung herunter.

»Sie sieht schön aus«, sagt Millicent.

Wenn ich etwas zu Trista sagen könnte, dann würde ich sagen, dass es mir leidtut. Leid wegen der Kleider, dass ich sie nach Owen gefragt und dass ich Owen zurückgebracht habe.

Ich würde ihr auch sagen, dass Andy recht hat. Sie war bezaubernd. Das weiß ich, weil ich genau verstehe, was Andy gemeint hat.

Millicent ist bezaubernd. Genau so würde ich sie beschreiben. Sie war bezaubernd, als ich sie kennenlernte, und sie ist heute noch bezaubernd. Und wenn sie sterben sollte und ich bei ihrer Trauerfeier sprechen müsste, würde es mir gehen wie Andy. Wenn ich beschreiben müsste, wie bezaubernd sie war, und gleichzeitig wüsste, dass ich sie nie mehr erleben würde, würde ich die Faust gegen den Himmel schütteln. Oder wer immer sonst alles ruiniert hatte.

In Andys Fall war ich es. Sein Freund.

SIEBENUNDDREISSIG

Der Mann im Fernsehen ist übergewichtig und sieht nicht gesund aus – Mitte fünfzig und halb tot. Er hat einen weichen, runden Bauch, beginnende Hängebacken und einen Kranz von grauen Haarbüscheln. Ich kenne den Typ. Meine Kunden sind wie er. Oder sie waren es.

Josh interviewt ihn vor dem Lancaster Hotel. Dieser Mann ist der Erste, der sagt – oder wenigstens andeutet –, dass Naomi etwas anderes war als das Mädchen von nebenan, das alle beschrieben haben.

»Ich behaupte nicht, dass sie was Unrechtes getan hat«, sagt er. »Ich meine nur, wenn wir sie finden wollen, müssen wir ehrlich sagen, wer sie war.«

Er war ein häufiger Gast im Lancaster und kam zweimal im Monat beruflich in die Stadt. Er hatte ein paarmal mit Naomi gesprochen, genau wie einige andere Stammgäste. »Sagen wir einfach, sie blieb bei manchen Gästen nicht unbedingt nur auf der geschäftlichen Ebene.«

»Können Sie das ein bisschen weiter ausführen?«, fragte Josh.

»Ich glaube, das ist gar nicht nötig. Die Leute sind gescheit genug, das selbst rauszukriegen.«

Es ist das erste Mal, dass jemand Naomis außerdienstliche Unternehmungen erwähnt. Nicht das letzte.

Kollegen melden sich zu Wort und behaupten, die Wahrheit über Naomi zu kennen. Sie habe mit Männern geschlafen. Einige davon waren Hotelgäste. Niemand sprach von Geld; es ging nur um Sex. Sie sei keine Prostituierte gewesen, sondern eine siebenundzwanzigjährige Frau, die mit mehr als einem Hotelgast geschlafen habe.

Der erste ihrer Liebhaber, der sich zu Wort meldet, gibt sich nicht zu erkennen. Im Fernsehen erscheint er als Silhouette und mit verzerrter Stimme.

»Waren Sie jemals Gast im Lancaster Hotel?«

»Ja.«

»Und kannten Sie eine Rezeptionistin namens Naomi?«

»Ja.«

»Und haben Sie mit ihr geschlafen?«

»Zu meiner Schande muss ich sagen, Ja.«

Er fügt hinzu, Naomi habe die aggressive Rolle gespielt. Sie habe ihn aufs Korn genommen.

Ein weiterer Mann meldet sich. Dann noch einer. Weitere Schattenrisse und verzerrte Stimmen. Alle bleiben anonym. Keiner von ihnen möchte sich offenbaren. Nicht, weil sie verheiratet sind, denn mindestens zwei von ihnen werden als geschieden oder single vorgestellt. Sie wollen nur nicht zugeben, dass sie zu Naomis Männern gehört haben.

Oder zu ihren Eroberungen. So nennt es jemand im Fernsehen.

Die Gespräche im Club beginnen sich zu verändern. Die Leute sagen nicht mehr, es sei ein Hohn, eine Schande. Manche hören sogar auf, Owen als Monster zu bezeichnen. Stattdessen fangen sie an zu fragen, wie Naomi es hätte verhindern können. Wie sie hätte vermeiden können, zum Opfer zu werden.

Kekona ist eine von ihnen. Die Geschichten über Naomi bestätigen sie in ihrer Überzeugung, dass das Unheil zu denen kommt, die danach suchen. Und ihrer Auffassung nach ist Sex ein Unheil.

Im Fernsehen hören sie nicht auf, von Naomis Privatleben zu reden. Josh ist Dreh- und Angelpunkt der Story; jeder, der etwas sagen will, kommt zuerst zu ihm. Je länger ich zusehe, desto mehr fasziniert es mich. Naomi hat sich binnen einem Lidschlag von einer Person in eine andere verwandelt.

Die erste Gelegenheit, darüber mit Millicent zu reden, habe ich nach Jennas jüngstem Besuch bei ihrem Psychologen. Wir bringen sie wieder in die Schule, wo sie sich ihren Freundinnen anschließt, um die Turnhalle für eine geplante Spendengala zu schmücken. Millicent fährt mich zurück zum Club, wo mein Wagen steht. Sie schaltet das Radio ein, und die Nachrichten dröhnen ins Auto. Der Sprecher sagt, noch ein Mann, der anonym bleibt wie die Übrigen, behaupte jetzt, er habe als Gast im Lancaster mit Naomi geschlafen. Damit sind es sieben.

»Fantastisch«, sagt Millicent.

»Fantastisch?«

»Solange sie über sie reden oder über Owen, müssen wir uns keine Sorgen machen.«

Ich möchte über Jenna sprechen, über die Frage, wie das alles auf sie wirkt. Zwar wäre mir nichts lieber, als dass meine Tochter für den Rest ihres Lebens Jungfrau bliebe, aber sogar ich kann zugeben, dass so etwas nicht gesund wäre.

Millicent drückt meine Hand. »Du hattest recht zu wechseln. Mit Annabelle wäre es nicht so gelaufen.«

Das ist wahr. Und es veranlasst mich, ihre Hand ebenfalls zu drücken.

Ich gehe hinauf zu Jenna, um ihr Gute Nacht zu sagen. Sie liegt auf dem Bett und liest ein richtiges Buch, denn ihr Laptop ist unten. Ihr Haar ist ein winziges bisschen gewachsen und sieht allmählich ziemlich stylish aus, finde ich. Sie schaut mich über das Buch hinweg an, als würde sie fragen, was ich will.

Ich setze mich auf ihre Bettkante.

»Du willst reden, nicht wahr?«, sagt sie.

»Du wirst allmählich zu clever für mich.«

Jenna macht schmale Augen. »Warum schmeichelst du mir?«

»Siehst du? Zu clever.«

Seufzend legt sie das Buch weg. Jetzt komme ich mir dumm vor, was in Gegenwart meiner Kinder ziemlich normal ist.

»Wie geht's dir?«, frage ich.

»Gut.«

»Im Ernst. Sprich mit mir.«

Sie zuckt die Achseln. »Ganz okay.«

»Gefällt dir der Psychologe?«

»Glaub schon.«

»Du hast nicht immer noch Angst vor Owen, oder?«

Wieder zuckt sie die Achseln.

Seit ein paar Wochen verlaufen unsere Gespräche so. Früher waren sie anders. Jenna erzählte mir von ihren Freundinnen und Lehrern, was dieser getan und was jene gesagt hatte. Sie hätte ewig weitergeplappert, wenn ich sie gelassen hätte.

Ich wusste sogar von ihrer ersten Liebe. Er saß vor ihr in Englisch, und das war unter anderem der Grund dafür, dass sie in Englisch schlechter als in allen anderen Fächern war.

Jetzt will sie gar nichts sagen, und ich glaube, das liegt an dem Psychologen. Sie hat keine Lust mehr zu reden.

Ich beuge mich über sie und drücke ihr einen Kuss auf die Stirn. Dabei sehe ich aus den Augenwinkeln etwas Blinkendes. Zwischen Bett und Nachttisch ragt etwas unter der Matratze hervor. Ich kenne es aus unserer Küche.

Meine Tochter hat ein Messer aus der Küche genommen und unter ihrer Matratze versteckt.

Ich kommentiere es nicht.

Stattdessen sage ich Gute Nacht und gehe hinaus. Lautlos schließe ich die Tür. Als ich durch den Korridor gehe, komme ich an Rorys Zimmer vorbei und höre, wie er telefoniert. Er spricht über die Nachrichten und erzählt, es habe sich wieder ein Mann gemeldet.

Und er nennt Naomi eine Schlampe.

ACHTUNDDREISSIG

Ein paar Dinge habe ich Millicent verschwiegen. Zum Beispiel die Sache mit dem kaputten Truck vor so vielen Jahren. Oder Trista. Ich habe ihr nicht erzählt, dass Trista mit Owen Oliver Riley zusammen war, habe nie erwähnt, dass sie sich deswegen von ihrem Mann getrennt hat. Und dass das der Grund für ihren Selbstmord war.

Petra. Es wäre albern, jetzt von Petra zu sprechen, von der Frau, die den Verdacht hatte, ich sei nicht taub. Es gibt keinen Grund, davon anzufangen.

Und Rory. Ich habe Rorys Erpressung nicht erwähnt, weil das zu Petra führen würde.

Und dann ist da noch Crystal. Die andere.

Millicent wollte niemals Hilfe im Haus haben; sie vertraute nicht darauf, dass jemand so putzt, wie sie es wollte, und sie wollte auch niemanden für die Erziehung der Kinder. Nur einmal haben wir eine Frau engagiert, die die Kinder mit anderen zusammen in die Schule, nach Hause und zu ihren diversen Unternehmungen fahren sollte. Das war vor ein paar Jahren, als Millicent und ich so viel arbeiten mussten, dass wir es ohne Hilfe nicht geschafft hätten.

Es war außerdem kurz nachdem Holly getötet wurde. Vor Robin, vor Lindsay.

Wir engagierten Crystal, damit sie die Kinder herumfuhr.

Sie war eine nette junge Frau, die immer pünktlich war und sich gut mit den Kindern verstand. Sie arbeitete bei uns, bis Millicent entschied, dass wir sie nicht mehr brauchten.

Aber vorher hat Crystal mich geküsst.

Millicent war mit einem Kollegen namens Cooper auf einer Tagung in Miami. Ich konnte den Mann nie leiden.

Millicent war drei Tage weg, und Crystal war in dieser Zeit öfter da als sonst. Sie holte die Kinder in der Schule ab und machte ihnen zu Hause etwas zu essen. Eines Nachmittags waren wir plötzlich allein, und da ist es passiert.

Ich kam mittags zum Essen nach Hause, und da war sie allein, weil die Kids in der Schule waren. Sie machte uns Sandwiches, und die aßen wir und plauderten über ihre Familie. Nichts Aufregendes, nichts Außergewöhnliches. Nichts, was mich auf den Gedanken brachte, sie könnte mit mir flirten. Nach dem Essen prallten wir zusammen, als ich zum Kühlschrank ging und sie zur Spüle wollte.

Sie wich nicht aus.

Ich aber auch nicht, um ehrlich zu sein. Vielleicht wollte ich sehen, was sie tun würde.

Sie küsste mich.

Ich wich zurück. Bis zu diesem Augenblick hatte ich Millicent noch nie betrogen. Jetzt dachte ich an Millicent mit ihrem Kollegen in Miami

Bevor ich die Chance hatte, etwas zu Crystal zu sagen, entschuldigte sie sich und ging. Ich glaube, wir waren nie wieder allein.

Bis zu dem Augenblick, als ich Millicent am Flughafen in Orlando abholte, überlegte ich, es ihr zu erzählen. Aber ich beschloss, dieses Risiko nicht einzugehen.

Ich denke jetzt daran, weil ich nicht glaube, dass ich der

Einzige bin, der nicht immer die ganze Wahrheit sagt. Ich glaube, Millicent hat mich auch belogen. Der Gedanke kam mir, als Jenna krank wurde. Ich war eben von der Arbeit nach Hause gekommen, und die Zeit drängte; wir waren zu einer Party bei einem Verband von Hypothekenmaklern eingeladen. Millicent rannte hin und her, um sich fertig zu machen, Rory spielte Videogames, und Jenna übergab sich im Badezimmer.

Millicent ging an diesem Abend allein zu der Party. Ich blieb zu Hause bei Jenna.

Wir waren schon einmal wegen ihres Magens mit Jenna beim Arzt. Unser Kinderarzt meinte, ich mache mir zu viele Sorgen. Kinder hätten ständig Magenprobleme. Aber jetzt hat sie sie öfter, sie wurden schlimmer, als Owen wieder zum Leben erweckt wurde. Allmählich habe ich den Eindruck, dass ihre Angst vor ihm nicht besser wird. Sie macht sie körperlich krank. Ich rief den Kalender auf meinem Telefon auf und versuchte herauszufinden, wie oft sie krank war. Einer der ersten Fälle ereignete sich an dem Abend, als wir bei Lindsay waren und als ich Millicent allein ließ, um nach Hause zu Jenna zu fahren.

Seit Lindsays Leiche gefunden wurde, denke ich über diesen Abend nach. Was wäre passiert, wenn Jenna nicht krank geworden wäre? Hätten wir Lindsay dann in dieser Nacht umgebracht? Oder hätte Millicent mir gesagt, sie wolle Lindsay am Leben halten?

Und wann hat sie sich um sie gekümmert? Wenn sie angeblich auf der Arbeit war? Wie hat sie all diese Häuser verkauft und dabei Lindsay ein Jahr lang am Leben erhalten?

Zu viele Frage, die ich nicht beantworten kann. Ich habe Geheimnisse. Warum nicht auch sie?

Meine erste Idee war dumm. Ich dachte, ich könnte Millicent folgen, um herauszufinden, was sie tut, und vielleicht sogar, wo sie Naomi gefangen hält. Aber kaum bin ich auf den Gedanken gekommen, Millicent zu folgen, wird mir klar, warum es unmöglich ist. Sie kennt mein Auto zu gut, sie kennt mein Nummernschild, sie würde mich sofort entdecken.

Außerdem, ich muss arbeiten. Mein Job ist flexibel, aber nicht in mein Belieben gestellt.

Und ich brauche ihr auch gar nicht zu folgen, denn das kann eine Technologie für mich übernehmen. Nach fünf Minuten Internetrecherche weiß ich, es geht genauso wie im Kino. Ich kaufe einen GPS-Tracker mit einem magnetischen Gehäuse, schalte ihn ein und befestige ihn unter ihrem Auto. Jetzt brauche ich nur noch die App auf meinem Telefon aufzurufen, um zu sehen, wo ihr Wagen ist. Die App verzeichnet die Adressen, an denen sie haltmacht, und so brauche ich ihr nicht in Echtzeit zu folgen. Die ganze Vorrichtung ist unglaublich billig, die Kosten für Echtzeitinformationen eingerechnet. Jemandem nachzuspionieren war niemals leichter.

Es klingt einfach, wie ich das sage, und technisch ist es das auch, aber die eigentlichen Kosten gehen auf Rechnung meiner Psyche. Und meiner Ehe.

Nachdem ich das Gerät gekauft habe, bringe ich es nicht gleich an. Es bleibt im Kofferraum meines Wagens und brennt mir ein Loch in den Hinterkopf. Ich will nicht, dass meine Ehe und meine Familie in die Luft fliegen, aber genau das würde passieren, sollte Millicent jemals herausfinden, dass ich sie bespitzele.

Ich will es nicht tun, aber ich will wissen, was sie treibt.

Als ich von der Arbeit nach Hause komme, ist Millicent schon da, und ihr Auto steht in der Garage. Es dauert nur eine Sekunde, das Ding darunter anzubringen.

Im Laufe des Abends fällt mir irgendwann ein, dass es vielleicht eine Möglichkeit für sie gibt zu merken, dass ein Tracker unter ihrem Wagen hängt. Für jede Technologie gibt es eine Gegentechnologie; das nehme ich wenigstens an. Also verbringe ich eine Stunde mit meinem Smartphone, um herauszufinden, was Millicent tun kann, um mir auf die Spur zu kommen. Und ich habe recht, sie kann es herausfinden. Aber nur, wenn sie den Verdacht hat, verfolgt zu werden.

Ich schaue zu ihr hinüber. Sie sitzt mit Rory am Esstisch, und sie machen Lernkarten für seinen Geschichtsunterricht. Er war nie ein guter Schüler, weil er sich, wie seine Lehrer sagen, nicht einbringt. Millicent stimmt ihnen zu, und ein paarmal in der Woche hilft sie ihm, genau das zu tun. Keine Telefone, keine Ablenkungen, nur seine Schulaufgaben und seine Mutter. Nicht einmal ich störe, wenn Millicent mit Rory arbeitet.

Nach einer Weile merkt sie, dass ich sie anstarre. Sie blickt auf und zwinkert mir zu. Ich zwinkere zurück.

Am selben Abend nehme ich den Tracker unter ihrem Wagen ab.

Am nächsten Morgen bringe ich ihn wieder an.

NEUNUNDDREISSIG

Jemanden zu beobachten, wie ich Naomi und Annabelle beobachtet habe, ist ein intimes Gefühl. Sie haben keine Ahnung, dass sie beobachtet werden, und deshalb sind sie nicht wachsam oder befangen. Ich lerne ihre Art, zu gehen und sich zu bewegen, kennen, und auch ihre kleinen Tics und Gesten. Manchmal weiß ich sogar, was sie als Nächstes tun werden.

Einen Tracker zu benutzen ist etwas ganz anderes, denn ich beobachte Millicent nicht. Ich beobachte einen blauen Punkt, der sich auf der Landkarte bewegt.

Die App sagt mir, wohin sie fährt, sie zeigt mir Adresse, Längen- und Breitengrad. Ich weiß, wie lange sie irgendwo bleibt, wie schnell sie fährt, wie sie parkt. Die App spuckt Diagramme und Grafiken aus, denen ich entnehmen kann, wie viel Zeit sie mit Fahren verbringt, was ihre Durchschnittsgeschwindigkeit ist und wie lange sie an jedem Ort bleibt. Ich versuche mir Millicent hinter dem Steuer vorzustellen. Sie trägt ihre Bürokleidung, und vielleicht telefoniert sie, oder sie hört Musik. Oder tut sie etwas, wovon ich nichts weiß? Vielleicht singt sie, wenn sie allein ist. Oder sie führt Selbstgespräche. Ich habe beides noch nie gesehen, aber sie muss ja etwas tun. Jeder tut etwas, wenn er allein ist.

Am ersten Tag setzt sie die Kinder vor der Schule ab und

fährt ins Büro. Sie arbeitet in einer Immobilienfirma, aber sie verbringt nicht viel Zeit am Schreibtisch. Wenig später fährt sie nach Lark Circle, einem Wohnviertel in Hidden Oaks. In den nächsten acht oder neun Stunden sucht sie elf Häuser auf, die allesamt zu verkaufen sind. Ich überprüfe sie alle. Dann holt sie die Kinder ab, fährt am Supermarkt vorbei und kommt nach Hause.

Überraschend ist, wo sie zum Lunch hinfährt. Statt einen Salat oder ein Sandwich oder wenigstens Fastfood zu essen, war sie in einem Eiscafé.

Den ganzen Nachmittag frage ich mich, ob sie eine Waffel oder einen Becher genommen hat.

Zum Abendessen gibt es Truthahnbraten mit Chorizo und Süßkartoffeln. Rory lenkt von seiner Note in der Geschichtsprüfung ab, indem er eine aufregende Geschichte von einem Jungen erzählt, der beim Rauchen ertappt wurde und weggerannt ist, bevor man ihn identifizieren konnte. Jenna hat die gleiche Geschichte gehört, aber die Freundin einer Freundin sagt, der Junge war der Sohn des stellvertretenden Schulleiters, und deshalb ist er weggerannt.

»Falsch«, sagt Rory. »Ich hab gehört, es war Chet.«

Jenna rümpft die Nase. »Der ist ein Idiot.«

»Chet Allison?«, fragt Millicent. »Denen hab ich ihr Haus verkauft.«

»Nein. Chet Madigan.«

»Ihr habt zwei Chets in der Schule?«, fragt sie.

»Drei«, sagt Jenna.

Die Unterhaltung gerät ins Stocken, und ich sinniere über die Fülle von Chets in der Schule und werfe einen verstohlenen Blick auf Millicents Teller. Sie hat eine dicke Scheibe Truthahnbrust, ein Stück Chorizo und eine winzige Süßkartoffel. Für sie ist das eine normale Portion. Zum Nachtisch gibt es Obst und Ingwerkekse. Kein Eis.

Unversehens bin ich fasziniert von den Essgewohnheiten meiner Frau. Ich frage mich, ob es immer von ihrem Lunch abhängt, was wir zum Abendessen bekommen.

Am nächsten Tag verfolge ich den blauen Punkt wieder.

Millicent bringt die Kinder zur Schule, aber ich hole sie ab, und in der Zwischenzeit ist sie in einem Haus in der Gated Community in Willow Park. Heute macht sie keine Lunchpause, sondern fährt zurück ins Büro. Wiederum bewegt sie sich in einem kleinen Radius und bleibt in den Stadtteilen und Wohnvierteln, in denen sie die meisten Häuser verkauft.

Im Gegensatz dazu hat die Polizei ihr Suchgebiet ausgeweitet. In der Nacht, als Millicent schläft, sehe ich mir im Bad auf meinem Smartphone die Nachrichten an. Wenn ich in die Garage gehe, wird mein Sohn glauben, ich betrüge immer noch seine Mutter.

Josh fängt seine Berichte jetzt mit der Zahl der Tage an, seit Naomi verschwunden ist. Er nennt es die Zählung, und er ist bei zweiundzwanzig. Zweiundzwanzig Tage sind seit dem 13. Februar vergangen, und Josh folgt der Polizei immer noch auf ihrem Weg zu verlassenen Gebäuden, Schuppen und Bunkern. Ein Fachmann erklärt, das sei vermutlich vergebens, weil Owen die Nachrichten sehe und Naomi deshalb nicht in einem verlassenen Gebäude, Schuppen oder Bunker gefangen halte. Eine Frau könne man überall festhalten. In einem Zimmer, einem Lagercontainer. Einem Wandschrank.

Der Bericht dauert nur ein paar Minuten. Noch vor Kurzem hat er die Hälfte der Abendnachrichten in Anspruch genommen. Die Story fängt an zu verblassen, weil nichts

Neues passiert ist und weil Naomi nicht mehr das Mädchen von nebenan ist. Sie ist befleckt. Die Zuschauer werden unruhig.

Und ich bin gefesselt von dem blauen Punkt. In all meinen Ehejahren habe ich mich noch nie gefragt, wie lange Millicent braucht, um ein Haus zu zeigen oder wie lange ihre Mittagspause dauert oder wie viele Häuser sie am Tag besichtigt. Jetzt, da ich sie verfolge, wird all das faszinierend.

Bei jeder Gelegenheit rufe ich die App auf. Vor und nach den Tennisstunden, im Auto, im Clubhaus, in der Umkleide. Nirgends eine Spur von Naomi. Millicent sucht keine ungewöhnlichen Gebäude auf, keine verlassenen Geschäfte, und die Häuser sind alle auf dem Markt. Sie geht einkaufen, sie fährt zur Schule und zur Bank für einen Abschluss. Nach vier Tagen frage ich mich allmählich, ob Naomi vielleicht schon tot ist.

So beunruhigend es ist, glaube ich doch, es wäre vielleicht das Beste.

Wenn sie verschwunden ist und man nie wieder etwas von ihr sieht oder hört, wird Owen sich vielleicht mit ihr in Luft auflösen. Wenn er aus den Nachrichten verschwindet, wird es sein, als wäre er nie zurückgekehrt.

Trista wird immer noch fort sein. Das lässt sich nicht ändern. Aber Jenna wird keine Angst mehr haben. Sie wird nicht mehr an Owen Oliver denken.

Und dann, in einem Jahr, wird Owen wieder in den Nachrichten auftauchen. Der Jahrestag wird mit Dokumentationen, Sondersendungen und dramatischen Inszenierungen begangen werden, aber es wird nichts Neues zu berichten geben. Wir werden von Naomi hören, von Schattenmännern mit verzerrten Stimmen.

Und wieder wird Owen verblassen. Naomi wird mit ihm gehen.

Jenna wird ein Jahr älter sein und von Jungen reden. Ihr Haar wird wieder lang sein, und sie wird kein Messer mehr unter der Matratze haben.

Die Tage vergehen, und ich denke allmählich, dass das alles passiert. Naomi lebt nicht mehr, und Millicent foltert sie nicht mehr und besucht sie nicht mehr. Die Polizei hat immer noch nichts. Alles, was wir getan haben, wird einfach verblassen, bis niemand mehr daran denkt.

Lächelnd verfolge ich den blauen Punkt. Millicent fährt am Nachmittag nach Hause, setzt die Kinder ab und fährt wieder los. Sie macht an einem Coffeeshop halt, und ich weiß, sie trinkt einen Vanilla Latte. Vielleicht mit einem Schuss extra, aber das ist an einem Punkt auf der Karte schwer zu erkennen.

Ich bin so beschäftigt damit, Millicent zu beobachten, dass ich die Eilmeldung verpasse. Eine Frau behauptet, Owen Oliver Riley habe sie angegriffen.

VIERZIG

Zum ersten Mal höre ich von dieser Frau im Supermarkt. Über dem Getränkeautomaten hängt ein Fernsehbildschirm, sichtbar für jedermann im Geschäft, auch in den Überwachungsspiegeln. Das Laufband der Eilmeldung ist überall zu sehen, aber ich achte nicht darauf, bis Josh im Bild erscheint. Er sagt, eine Frau habe sich gemeldet und angegeben, sie sei von Owen Oliver Riley überfallen worden.

Sie tritt nicht vor die Kamera, nicht mal als Schattenriss. Vorläufig erscheint sie nur in einem Bericht, den die Polizei zu Protokoll genommen hat. Der Text läuft über den Fernseher, und eine weibliche Stimme verliest ihn:

Am Dienstagabend wurde ich Owen Olivers letztes Opfer, aber durch die Gnade Gottes konnte ich ihm entkommen. Ich bin Friseurin, und nach der Arbeit gingen wir alle über die Straße, um etwas zu trinken, und gegen sieben noch woandershin, um etwas zu essen. Später war ich noch in einer Bar draußen an der Mercer Road, aber dann beschloss ich zu gehen, weil ich am nächsten Tag arbeiten musste. Das war gegen elf, und ich erinnere mich noch, weil jemand es sagte, und ich dachte, ich sollte jetzt nach Hause gehen. Also ging ich. Mein Auto stand hinten auf dem Parkplatz, und da ist es noch nicht mal dunkel, weil alles beleuchtet ist, und der Mond war richtig hell. Vielleicht war Vollmond, aber ich habe nicht darauf geachtet.

Es war hell genug, um allein zu gehen, und das hab ich getan. Ehrlich, ich dachte gar nicht an Owen. Er kam mir nicht in den Sinn.

Ich war noch ein paar Schritte weit von meinem Wagen entfernt, als etwas an mir zog. Es fühlte sich an, als ob meine Tasche irgendwo hängen geblieben wäre mit dem Riemen. Nicht sehr fest, es machte mir keine Angst, aber ich blieb stehen und zog, und ich hing offenbar wirklich irgendwo fest. Ich drehte mich um.

Er stand einfach da und hielt den Riemen meiner Handtasche fest. Deshalb hing sie fest. An Owens Hand.

Ich wusste, er war es, obwohl er eine Mütze so tief heruntergezogen hatte, dass sie sein halbes Gesicht bedeckte. Aber seinen Mund konnte ich noch sehen. Sein Lächeln. Jeder kennt dieses Lächeln, es war ja überall in den Nachrichten, weil er auf dem alten Polizeifoto lächelt, und deshalb wusste ich genau, dass er es war. Da ließ ich die Handtasche los und rannte weg.

Ich kam nicht weit, bevor er mich zu Boden stieß. Daher habe ich die ganzen Schürfwunden – ich hab versucht, unter ihm wegzukriechen. Aber das konnte ich nicht, weil er so stark war, und immer wenn ich versuchte, mich zu bewegen, hielt er mich noch fester.

Ich lebe nur wegen meines Telefons noch. Mein Bruder rief an, und ich erkannte am Klingelton, dass er es war. Ich gebe allen Leuten einen eigenen Klingelton, damit ich immer weiß, wer da anruft, okay? Der Klingelton meines Bruders hört sich an wie eine Explosion, denn so ist er irgendwie, wie eine große Explosion. Ständig ist es, als ob sein Leben explodiert, und wenn das passiert, ruft er mich an. Aber ich werde mich nie wieder darüber beschweren, denn sein Leben und dieser Klingelton sind der Grund, weshalb ich noch hier bin. Die Explosion war so laut, dass Owen hochfuhr. Er riss den Kopf herum, und ich glaube, er dachte, da wäre wirklich was in die Luft geflogen. Ich rappelte mich auf und rannte zurück in die Bar, und er folgte mir nicht.

Ich glaube, er hat nicht begriffen, dass da gar nichts explodiert war. Vielleicht denkt er immer noch, da wäre etwas in die Luft geflogen.

Das ist das Ende der Aussage; zumindest ist es der Teil, den sie in den Nachrichten vorgelesen haben. Der Text verschwindet, und Josh wird wieder eingeblendet. Er steht auf dem Parkplatz hinter der Bar an der Mercer. In dieser Bar war ich zuletzt mit ungefähr zwanzig. Damals waren sie dort bekannt dafür, dass sie nicht nach dem Ausweis fragten.

Josh wirkt ernst. Traurig. Er wird besser, denn er sieht nicht mehr so aufgeregt aus, wenn etwas Schreckliches passiert. Er nennt die Frau, die überfallen wurde, Jane Doe.

»Verzeihung.«

Eine ältere Frau drängt sich an mir vorbei. Ich stehe immer noch im Tankstellenladen vor dem Getränkeautomaten und starrte zu dem Fernseher hinauf. Der einzige andere Zuschauer ist der junge Mann an der Kasse. Sein kahler Schädel glänzt unter der Halogenbeleuchtung.

Er sieht mich an und schüttelt den Kopf, als wollte er sagen: Ist das nicht schrecklich? Was für eine Schande.

Ich nicke und bezahle eine Tüte Chips, Mineralwasser und Benzin.

So war das Leben mit Millicent schon immer. Alles geht, wie es soll, manchmal kommt eine holprige Wegstrecke, aber ansonsten läuft es glatt. Und dann plötzlich tut sich ein Abgrund auf, der groß genug ist, um alles zu verschlingen. Manchmal ist das, was darin zum Vorschein kommt, gut, sogar großartig; manchmal auch nicht.

So war es, als sie mir sagte, Holly sei am Leben. So war es, als sie Holly umbrachte und als sie Robin mit dem Waffeleisen den Schädel einschlug. Und noch einmal, als sie Owen wiedererweckte.

Es sind gewaltige Ereignisse, bei denen der Abgrund breiter wird als die Erde selbst. Nicht immer ist er ganz so groß. Manchmal genügt er, um mich zu verschlingen, wie damals, als sie die Kinder mitnahm und für eine Woche verschwand, nachdem ich betrunken nach Hause gekommen war.

Und dann gibt es da die Risse. Wenn der Boden sich auftut, gibt es Risse. Manche sind größer als andere, zum Beispiel, dass Jenna ein Messer unter der Matratze versteckt. Oder Trista sich umgebracht hat. Sie sind alle unterschiedlich groß – lang, kurz, mehr oder weniger breit –, aber sie gehen vom selben Abgrund aus.

Der erste tat sich an unserem Hochzeitstag auf.

Millicent und ich wurden im Haus ihrer Eltern getraut, draußen mitten im Nirgendwo. Wir standen auf einer Wiese, umgeben von Koriander, Rosmarin, Basilikum und Oregano. Sie trug ein schleierzartes Kleid, das bis zu ihren Knöcheln hinunterreichte, und auf dem Kopf einen selbst geflochtenen Brautkranz aus Narzissen und Lavendel. Ich hatte meine Kakihose über die Knöchel aufgerollt und trug mein weißes zugeknöpftes Hemd über der Hose, und wir waren beide barfuß. Es war perfekt – und dann nicht mehr.

Acht Gäste waren bei unserer Hochzeit. Die drei Typen, mit denen ich in Übersee war, und auch Andy. Aber nicht Trista. Die beiden gingen zwar schon miteinander, aber sie waren noch nicht verheiratet, und Andy wollte ihr keine Flausen in den Kopf setzen. Abby und Stan, Millicents Eltern, waren da, und auch eine Freundin von Millicent von der Highschool. Und die anderen beiden waren Nachbarn.

Die Zeremonie war nicht mehr als das: ein Akt, ein

Ritual. Weder Millicent noch ich waren religiös, und die staatliche Trauung sollte am folgenden Montag in der Woodview City Hall stattfinden. Bis dahin spielten wir Hochzeit, und Millicents Vater stellte den Priester dar. Stan sah höchst offiziell aus in seinem karierten, bis zum Hals zugeknöpften Hemd und mit dem schütteren grauen, mit Gel glatt gekämmten Haar. Er stand vor ihren Kräuterbeeten mit einem Buch in den Händen. Keine Bibel, nur ein Buch, und er sprach beinahe die richtigen Worte.

»Ladys und Gentlemen, dieser junge Mann will heute meine Tochter heiraten, und ich finde, er muss sich beweisen.« Stan tat, als werfe er mir den Bösen Blick zu. »Also mach es richtig.«

Ich hatte meine Gelübde ein Dutzend Mal geschrieben und umgeschrieben, weil ich wusste, ich würde sie laut vortragen müssen. Die anderen Leute störten mich nicht. Ich war nervös, weil ich sie an Millicent richten sollte. Ich holte tief Luft.

»Millicent, ich kann dir nicht die Welt versprechen. Ich kann dir nicht versprechen, dir ein großes Haus zu kaufen oder ein schickes Auto oder einen dicken Diamantring. Ich kann dir nicht mal versprechen, dass wir immer etwas zu essen auf dem Tisch haben werden.«

Sie starrte mich an, ohne mit der Wimper zu zucken. In der hellen Sonne funkelten ihre Augen wie Kristalle.

»Ich hoffe, ich kann dir all das geben, aber ich habe keine Ahnung, ob es möglich sein wird. Ich weiß nicht, wie unsere Zukunft aussieht, aber ich weiß, wir werden zusammen sein. Das kann ich dir versprechen, ohne zu zögern, ohne Angst zu haben, ich könnte lügen. Ich werde immer da sein, für dich, bei dir, neben dir.« Ich lächelte ein bisschen, denn ich sah eine kleine Träne in ihrem Auge. »Und ich hoffe, wir werden etwas zu essen haben.«

Acht Leute lachten. Millicent nickte.

»Na dann«, sagte Stan und wandte sich seiner Tochter zu. »Ich schätze, jetzt bist du an der Reihe. Überzeuge uns, dass dies der Mann für dich ist.«

Millicent hob die Hand und drückte sie an meine Wange. Sie beugte sich vor, schob die Lippen dicht an mein Ohr und flüsterte:

»Los geht's.«

EINUNDVIERZIG

Beim Essen erwähnt niemand die Nachrichten oder Jane Doe. Sie ist bei uns, aber wir nehmen sie nicht zur Kenntnis. Stattdessen unterhalten wir uns über eine Prominente, die in eine Entzugsklinik gegangen ist. Wieder einmal.

Wir beraten, was wir uns heute am Filmabend ansehen sollen. Rory will eine College-Komödie sehen, Jenna bevorzugt eine romantische Komödie.

Das einzige aktuelle Ereignis, über das wir reden, ist ein Amoklauf in einer Mall im Nachbarstaat.

»Kranker Typ«, sagt Rory.

Jenna deutet mit ihrer Gabel auf ihn. »Du bist doch derjenige, der dauernd Ballerspiele spielt.«

»Das entscheidende Wort ist ›Spiele‹.«

»Aber es macht dir Spaß.«

»Halt die Klappe.«

»Sag du mir nicht, wann ich die Klappe halten soll.«

»Das reicht«, sagt Millicent.

Schweigen.

Nach dem Essen gehen sie beide nach oben in ihre Zimmer.

Millicent und ich starren einander an. Sie zeigt auf mich, und ihr Mund formt die Worte: »Warst du das?«

Sie will wissen, ob ich es bin, der Jane Doe überfallen hat. Ich schüttle den Kopf und deute zur Garage.

Als das Geschirr erledigt ist und die Kinder schlafen, gehen wir hinaus und setzen uns ins Auto. Millicent bringt die übrig gebliebenen Süßigkeiten von Halloween mit, und wir teilen uns eine Flasche Mineralwasser. Sie trägt ein hellblaues Shirt mit kurzen Ärmeln. Ich glaube, es ist neu, denn im Laufe des Tages habe ich gesehen, wie ihr Wagen an der Mall haltmachte.

»Du hattest nichts mit dieser Frau zu tun?«, fragt sie.

»Absolut nicht. Ich würde so etwas nicht tun, ohne es dir zu sagen.« Zumindest glaube ich das.

»Ich hoffe nicht.«

»Und ich würde nichts tun, was Jenna noch mehr Angst macht.«

Millicent nickt. »Das hätte ich wissen können.«

»Vielleicht lügt Jane Doe ja.«

»Möglich. Oder vielleicht hat irgendein x-beliebiger Kerl sie überfallen, und sie glaubt nur, es war Owen. Wir wissen nicht, was sie gesehen hat.«

»Es gibt noch eine dritte Möglichkeit«, sage ich.

»Ja?«

Ich wickle ein Stück Schokolade aus, breche es durch und gebe ihr die Hälfte. »Was ist, wenn er wirklich wieder da ist?«

»Owen?«

»Ja. Was ist, wenn er es war?«

»Er war es nicht.«

»Warum bist du so sicher?«

»Weil es dumm wäre. Warum sollte er zurückkommen, wenn er weiß, dass alle nach ihm suchen?«

»Da ist was dran.«

Ich sitze wieder in der beigefarbenen Praxis und warte darauf, dass Jenna beim Psychologen fertig ist. Der Therapeut hat angerufen, als er von Jane Doe gehört hatte, und wollte eine Extra-Session vereinbaren. Er hat Angst, dieser neue Angriff könnte bei Jenna zu einem Rückfall führen. Ich bin nicht sicher, ob sie weit genug fortgeschritten ist, um einen Rückfall zu haben, aber ich bringe sie trotzdem hin. Millicent sagt, sie schafft es nicht, und jetzt sitze ich im Wartezimmer und verfolge ihren blauen Punkt. Meine Frau ist in einem Haus am Danner Drive, das für eine knappe halbe Million angeboten wird.

Dann fährt sie zum Deli.

Manchmal geht sie mit Kunden zum Lunch, aber ich habe noch nie gehört, dass sie mit ihnen in einem Deli war.

Sie ist nur ein paar Minuten von der Praxis entfernt, aber sie kommt nicht her. Sie geht in einen Deli, und da ist sie noch, als die Tür aufgeht und Jenna herauskommt. Meine Tochter sieht weder glücklich noch traurig aus, also nicht anders als beim Hineingehen.

Jetzt muss sie warten, während ich mit dem Psychologen spreche. Für mich ist er immer Dr. Beige. Der Name ist weder fair noch zutreffend, denn nur seine Praxis ist beige, seine Persönlichkeit nicht. Der Doktor ist ein farbenfrohes, arrogantes Arschloch. Ich kenne keinen Doktor, der das nicht ist.

»Ich bin froh, dass ich Jenna hergebeten habe«, sagt er. »Diese neue Attacke war eine ziemliche Überraschung.«

Dr. Beige sagt nicht, dass Jenna überrascht war, aber das meint er. So umgeht er das Arztgeheimnis. »Es war allerdings eine Überraschung«, sage ich.

»Wichtig ist, dass sie weiß, es hat sich nichts geändert. Sie ist in Sicherheit.«

»Das *ist* sie.«

»Selbstverständlich.«

Wir starren einander an.

»Haben Sie irgendwelche Veränderungen in ihrem Verhalten bemerkt?«, fragt er. »Egal welche?«

»Tatsächlich wollte ich Sie etwas fragen. Jenna hat ein paar körperliche Probleme mit dem Magen. Übelkeit.«

»Und das hat wann angefangen?«

»Na ja, sie hatte nie einen kräftigen Magen, aber in letzter Zeit ist es ein bisschen schlimmer geworden. Ist es möglich, dass es einen Zusammenhang gibt?«

»Oh, absolut. Seelischer Stress kann sich körperlich manifestieren. Gibt es da noch etwas anderes?«

Ich tue so, als müsste ich nachdenken, und schüttle den Kopf. »Nein, ich glaube nicht.«

Ob er erkennen kann, dass ich lüge? Niemand weiß von dem Messer unter der Matratze.

Unser Gespräch ist zu Ende, als mein Telefon vibriert. Millicent.

Tut mir leid, ich hab's nicht geschafft. Wie ist es gegangen?

Ihr blauer Punkt verlässt soeben den Deli.

Jenna sitzt im Wartezimmer und malt in einem Notizbuch herum, während sie sich eine Talkshow ansieht. Ihr kurzes Haar lässt ihre Augen riesengroß erscheinen, und sie trägt ein langes T-Shirt zu Jeans und Sneakers. Ich sage ihr, wir gehen etwas essen, bevor wir ihren Bruder abholen. Sie lächelt.

Nach meiner Uhr dauert die Fahrt zu Joe's Deli sieben Minuten. Als ich auf den Parkplatz biege, ist Millicent längst weg. Der Deli hat bessere Zeiten gesehen, aber das liegt vielleicht an der Lage. Joe's ist im älteren Teil der Stadt, und der hat den Kampf gegen den neueren, glänzenderen Teil verloren.

Drinnen ist es so hell, dass man die Schrammen auf der Theke und an den Vitrinen sehen kann. Aufschnitt, Käse und Fertigsalate sehen hinter den Glasscheiben ein bisschen verzerrt aus. Außer uns ist niemand da, und es ist still, bis Jenna das Karussell mit Kartoffelchips dreht und es quietscht, vielleicht vom Rost. Eine Frau taucht auf, als habe sie irgendwo gesessen und sei plötzlich aufgestanden. Sie ist rundlich und blond und sieht müde aus, aber als sie lächelt, erstrahlt ihr ganzes Gesicht.

»Willkommen bei Joe's«, sagt sie. »Ich bin Denise.«

»Freut mich, Denise«, sage ich. »Wir waren noch nie hier. Was ist Ihre Spezialität?«

Sie hebt einen Finger, sagt, ich soll warten, und verschwindet hinter der Theke. Ihre Hand schiebt sich in eine der Vitrinen und nimmt eine Platte mit Bratenaufschnitt heraus, die sie vor uns hinstellt. »Sugar Spice Turkey. Truthahn, ein bisschen süß, ein bisschen scharf, nicht zu viel von beidem.«

Ich sehe Jenna an.

»Klingt gut«, sagt sie.

»Was macht dein Magen?«

»Alles okay.«

Wir bekommen zwei Sandwiches, sie mit Siebenkornbrot, ich mit Kaiserbrötchen, und beide ohne Dressing außer Salat und Tomate. »Man muss den Truthahn schmecken«, sagt die Frau.

Joe's Deli hat eine Terrasse an der Seite, die vom Parkplatz vorn nicht zu sehen ist. Ein paar Tische stehen verstreut auf der ummauerten Fläche, und alles ist sauber und adrett, aber ohne Charakter. Eine Minute später kommt es darauf nicht mehr an, weil der Truthahn so gut ist. Sogar Jenna isst.

»Hast du den Laden im Internet gefunden?«, fragt sie.

»Nein. Warum?«

»So was würdest du tun. Nach abgefahrenen Sandwichläden suchen.«

»Der ist nicht abgefahren. Der ist gut.«

»Mom wäre entsetzt«, sagt sie. »Das ist alles nicht bio.«

»Sag ihr nicht, dass wir hier waren.«

»Ich soll lügen?«

Darauf gehe ich nicht ein. »Wie findest du deinen Therapeuten? Hilft er dir?«

Sie zuckt die Achseln. »Ich nehm's an.«

»Hast du denn noch Angst?«

Jenna streckt den Finger aus. Durch den Seiteneingang des Deli kann sie den Fernseher über der Glastheke sehen. Die blonde Frau sitzt auf einem Stuhl neben der Kasse und verfolgt die Nachrichten. Die Laufschrift sagt, Jane Doe wird morgen Abend eine Pressekonferenz geben.

ZWEIUNDVIERZIG

Millicent und ich stehen auf dem leeren Parkplatz der Ferndale Mall. Es ist still bis auf die Geräusche vom Highway hinter uns. Wir haben Freitagabend; Jenna ist auf einer Pyjamaparty, und Rory ist über Nacht bei einem Freund und spielt Videogames.

Jane Does Pressekonferenz war vor einer Stunde zu Ende. Millicent und ich haben sie uns in einem beliebten Restaurant mit Sportsbar in der Mall angesehen. Die Pressekonferenz war auf sämtlichen Bildschirmen zu sehen. Die neueste Wendung in unserem Serienkiller-Drama ist zu einem gesellschaftlichen Freitagabendereignis mit Chicken Wings und Bier geworden. Wir haben es uns zusammen mit einem anderem Ehepaar angesehen, mit den Rhineharts, die jedes Wort glaubten, das Jane Doe sagte.

Millicent lehnt mit verschränkten Armen am Wagen. Eine lose Haarsträhne weht im Wind. Sie kleidet sich immer dem Anlass entsprechend, selbst bei diesem ernsten Auftritt in einer Sportsbar. Über der schwarzen Jeans trägt sie ein WOODVIEW UNITY-Shirt. Der Slogan ist nach Naomis Verschwinden aufgekommen. Ihr Haar hängt in einem Zopf auf dem Rücken, mit Ausnahme dieser einen Strähne.

Sie schüttelt den Kopf. »Sie gefällt mir nicht«, sagt sie. »Ihre Geschichte gefällt mir nicht.«

Ich denke an Lindsay in der Gefangenschaft. Vielleicht hat sie Millicent auch nicht gefallen.

»Das ist doch egal.«

»Das wissen wir nicht.«

»Und was …«

»Wir müssen einfach mehr wissen«, sagt sie.

»Du meinst doch nicht …«

»Ich meine gar nichts.«

Wir stehen einen Moment lang schweigend da. Dann dreht Millicent sich um und öffnet die Wagentür. Ich sehe zu, wie sie sich auf den Beifahrersitz meines Wagens setzt. Sie schließt die Tür und schaut zu mir herüber. Ich habe mich nicht von der Stelle gerührt. Fast kann ich sie seufzen hören, als sie die Tür öffnet und wieder aussteigt. Ihre Stiefel haben Gummiabsätze, und sie kommt lautlos auf mich zu.

Legt mir die flachen Hände an die Brust und schaut zu mir auf.

»Hey.«

»Hey.«

»Alles okay?«

Ich zucke die Achseln.

»Das heißt Nein«, sagt sie.

Jetzt bin ich es, der seufzt. Oder schnaubt. Schwer atmet. Irgendetwas. »Wir haben Mist gebaut, weißt du.«

»Wirklich?«

»Ich glaube schon.«

»Erzähl's mir.«

Ich weiß nicht, wo ich anfangen soll. Alles ist so wirr, und ich will nichts Falsches erwähnen. Petra zum Beispiel, die ich noch nie erwähnt habe. Oder Rorys Erpressung. Sie weiß über Jenna Bescheid, aber nicht vollständig. Tristas Selbstmord. Der Tracker unter ihrem Auto. Joe's Deli.

Es gibt so viel, das Millicent nicht weiß. Und trotzdem habe ich das Gefühl, es gibt noch so viel mehr zu entdecken.

»Diese Geschichte mit Owen«, sage ich schließlich. »Sie ist außer Kontrolle.«

»Das glaube ich nicht.«

»Was ist mit Jenna?«

»Das hätte ich kommen sehen müssen.«

Ihre Antwort überrascht mich. Es kommt nicht oft vor, dass sie einen Fehler macht geschweige denn zugibt. Deshalb beschließe ich, ihr nicht zu sagen, was Dr. Beige gesagt hat. Es ist kein guter Augenblick, ihr zu sagen, dass diese ganze Sache Jenna körperlich krank macht.

Scheinwerferlicht erfasst uns, als ein Auto um die Ecke der Mall biegt. Als es näher kommt, sehe ich, dass es gar kein Auto ist. Die Sicherheitsfahrzeuge der Mall sind Golfwagen, und dieser hier wird von einer Frau mittleren Alters gefahren. Sie hält an und fragt uns, ob alles in Ordnung ist.

Millicent winkt ihr zu. »Alles bestens. Mein Mann und ich sprechen nur gerade über die Schulnoten unseres Sohnes.«

»Oh, das kenne ich. Habe selbst drei.«

»Dann wissen Sie Bescheid.«

Die Nachtwächterin nickt. Sie und meine Frau lächeln einander an, als herrsche so eine Art mütterliches Einverständnis zwischen ihnen.

»Sie fahren aber jetzt besser los. Die Mall ist geschlossen.«

»Danke. Wir sind gleich weg«, sagt Millicent.

Die Nachtwächterin wartet, bis wir eingestiegen sind und wegfahren. An einer roten Ampel legt Millicent mir die Hand auf den Arm. »Ich dachte mir, wir sollten Jenna vielleicht in einen Selbstverteidigungskurs schicken. Ich könnte mir denken, das gibt ihr mehr Sicherheit.«

»Das ist eine gute Idee.« Ist es wirklich.

»Ich sehe mich morgen mal um.«

Millicents Pause bei Joe's Deli ist kein einmaliges Ereignis. Am nächsten Tag in der Mittagspause fährt sie wieder hin und bleibt vierzig Minuten, bevor sie zu einer weiteren Hausbesichtigung fährt. Keine ihrer anderen Stationen fällt aus dem Rahmen des Üblichen. Sie sucht sogar zwei Kampfsportschulen für Jenna auf und erzählt mir nach dem Abendessen davon, als wir allein im Schlafzimmer sind.

»Die eine Schule unterrichtet wettkampfmäßiges Taekwondo. Sie haben Turniere und Mannschaften und vergeben Siegesabzeichen. Aber in der Stadt gibt es noch eine Schule für Krav Maga. Sie ist ein bisschen teurer, aber eher auf Selbstverteidigung ausgerichtet.«

»Sie könnte beide ausprobieren und sich dann die aussuchen, die ihr besser gefällt.«

Millicent küsst mich auf die Nase. »Du bist so clever.«

Ich verdrehe die Augen. Sie kichert.

Den Sandwich Shop oder die rundliche blonde Frau mit dem breiten Lächeln erwähnt sie nicht. Ich überlege, wie ich das Gespräch auf ihren Lunch bringen kann, ohne aus heiterem Himmel zu fragen: »Was hast du heute zu Mittag gegessen?« Aber ich bin nicht so clever, wie Millicent behauptet, denn als ich anfange, von meinem eigenen Mittagessen zu faseln, das so gut war, geht sie darauf nicht ein. Sie nickt nur, während sie sich bettfertig macht, als wäre sie interessiert an meinem langen Monolog über einen erfundenen Lunch. Wir gehen ins Bett, ohne über Joe's Deli zu sprechen.

Mitten in der Nacht stehe ich auf und gehe hinunter in die Bibliothek. Wir nennen das Zimmer »Bibliothek«, weil wir es mit Regalen und Büchern und einem großen Mahagonischreibtisch eingerichtet haben, aber wir benutzen es nur, um ungestört zu telefonieren. Außerdem komme ich seit einiger Zeit hierher, wenn ich unbeobachtet im Internet surfen will.

Joe's Deli wurde vor zweiundzwanzig Jahren eröffnet. Das Geschäft hat nacheinander zwei Eigentümer gehabt, die nicht miteinander verwandt waren, und es hat sich immer im selben Gebäude befunden. Die Räumlichkeiten sind gemietet, kein Eigentum. Bis auf die Klage eines Mannes, der ausgerutscht und gefallen war, weil angeblich der Boden nass war, hat es nie Ärger gegeben, und hier kam es zu einer außergerichtlichen Einigung. Keine weiteren Straftaten, Gerichtsverfahren oder ernsthafte Verstöße gegen die Gesundheitsvorschriften. Joe's Deli ist genau das, wonach es aussieht: ein Wald-und-Wiesen-Deli. Die Tatsache, dass es so normal ist, macht die Sache besonders verdächtig. Millicent hatte keinen Grund, dorthin zu fahren, schon gar nicht zweimal.

Die Satellitenbilder der Gegend zeigen ein frei stehendes Gebäude an einer Straße, auf der früher viel mehr Verkehr gewesen sein muss. Auf der anderen Straßenseite ist ein kleiner Gebrauchtwagenhandel, daneben ein Geschäft für Klempnereibedarf, und dann kommt ein Uhrmacher.

Wäre sie ein einziges Mal da gewesen, könnte das Zufall sein. Jemand hatte ihr von dem abgelegenen Lokal erzählt, und sie hatte entschieden, es auszuprobieren. Aber sie hat sofort erkannt, dass es nicht ihrem Geschmack entsprach. Ich wäre sogar bereit zu glauben, dass sie dort haltgemacht hat, weil sie Durst hatte und es außer Joe's weit und breit nichts gab, obwohl es meilenweit von ihrem gewohnten Gebiet entfernt lag. Ich würde so gut wie jeden Grund für einen einmaligen Besuch in Joe's Deli akzeptieren. Aber zwei Tage später war sie wieder da.

Sie hat noch einen Grund, zu Joe's zu fahren. Zuerst nehme ich an, es ist Naomi – vielleicht wird sie dort irgendwo festgehalten –, aber Millicent hat nirgendwo anders gehalten. Es gibt in der Gegend keine leeren Gebäude, keine verrammelten Geschäfte, nichts, wohin sie von Joe's Parkplatz aus zu Fuß gehen könnte.

Es ergibt keinen Sinn. Außer sie hätte eine Vorliebe für ungesunde Sandwiches aus konventioneller Herstellung entwickelt.

Und ich weiß, das hat sie nicht.

DREIUNDVIERZIG

Nach Holly hätte ich niemals gedacht, dass es noch eine geben würde. Nicht bis Robin vor unserer Tür stand und alles zu ruinieren drohte, wenn ich sie nicht bezahlte.

Nach Robin hätte ich niemals gedacht, dass es noch eine geben würde. Nicht, bis ich Lust bekam, es wieder zu tun.

Die Idee ging uns eine Zeitlang durch den Kopf, zuerst bei der Silvesterparty und dann in den kommenden Monaten, als wir begannen, uns im Internet Frauen anzuschauen. Es wurde zu unserem Aphrodisiakum.

Wir sprachen darüber, wie wir sie töten würden und wie wir es vermeiden würden, gefasst zu werden, und solche Abende endeten immer mit unglaublichem Sex. Wildem Sex. Überall, wo es ging, vorausgesetzt, die Kinder waren nicht da. Und wenn sie da waren, hatten wir Mühe, dabei leise zu sein.

Es war fast, als stiegen wir eine Leiter hinauf. Wir scherzten darüber, redeten darüber, suchten Frauen aus und planten es. Jedes Mal eskalierten wir um eine weitere Sprosse der Leiter. Dann schlug ich vor, es wirklich zu tun.

Ich sagte es, als wir in der Küche waren. Es war spät am Abend, und wir saßen nackt auf den kalten Fliesen. Wir hatten soeben Lindsay im Netz gefunden, und wir fanden sie beide perfekt.

»Wir sollten es einfach tun«, sagte ich.

Millicent kicherte. »Ich dachte, wir hätten es gerade getan.«

»Nicht das. Na ja, das auch, aber das habe ich nicht gemeint.«

»Du meinst, wir sollten Lindsay töten.«

Nach einer kurzen Pause sagte ich: »Ja. Ja, das meinte ich.«

Millicent sah mich an, und in ihrem Blick lag eine Mischung aus Überraschung und etwas anderem. In jenem Augenblick war ich nicht sicher, aber jetzt glaube ich, es war Interesse. Oder Faszination. Aber kein Abscheu. »Habe ich einen Psychopathen geheiratet?«

Ich lachte. Sie auch.

Die Entscheidung war gefallen.

Millicent hat mich nie an diesen Abend erinnert und nie gesagt, es sei meine Idee gewesen, meine Schuld. Aber ich weiß, das ist es. Wenn ich nicht gewesen wäre, gäbe es keine Lindsay, keine Naomi, und Owen wäre nicht zurückgekommen. Unsere Tochter hätte immer noch langes glänzendes Haar und kein Messer unter der Matratze.

Aber vielleicht war es doch Millicent. Vielleicht hat sie mich die ganze Zeit darauf zugeführt.

Ich weiß es nicht mehr.

Aber ein paar Tage später werde ich wieder an diese Entscheidung erinnert. Und an ihre unbeabsichtigten Konsequenzen.

Die Kampfsportstudios lassen Jenna in einem Anfängerkurs hospitieren, damit sie sieht, ob es ihr gefällt. Zuerst gingen wir zum Teakwondo. Nach einer halben Stunde sah Jenna mich kopfschüttelnd an, und wir gingen. Sie möchte nicht an Wettkämpfen teilnehmen, und sie möchte auch keine Abzeichen und Trophäen gewinnen. Jenna möchte Owen abwehren.

Am nächsten Nachmittag gingen wir zum Krav Maga. Anders als beim Taekwondo verlangt die Krav-Maga-Schule keine Uniform und keinen Gürtel, was Jenna sehr viel besser gefiel als der weiße Gi, den beim Taekwondo alle tragen mussten. Jenna bevorzugte Jogginghose und T-Shirt.

Ich kam nie auf den Gedanken, dass sie versuchen könnte, den Jungen, der ihr etwas beibringen wollte, zu verletzen oder gar k.o. zu schlagen.

Das Ganze ging so schnell, dass niemand es sah. Nicht mal ich, und ich hatte Jenna von einer für Eltern reservierten Stuhlreihe aus beobachtet. Gerade standen sie noch, und der Junge zeigte ihr, wie man einen ordentlichen Schlag führte, und im nächsten Augenblick fiel er zu Boden und schrie vor Schmerzen.

Ein paar Blutstropfen spritzten auf die Matte, und alle drehten durch.

»Was zum …«

»Wie hat …«

»… ist das ein Stein?«

Eine Mom in einem türkisfarbenen Jumper zeigte auf Jenna. »Das war sie. Sie hat ihn mit einem Stein geschlagen.«

Das Chaos brach aus, und Schreie und schwere Anschuldigungen flogen durch den Raum.

Es dauerte ein paar Stunden, um die Sache zu regeln, zum Teil auch, weil die Mutter des Jungen erschien und anfing zu schreien, warum niemand einen Krankenwagen gerufen habe. Das veranlasste jemanden, einen Krankenwagen zu rufen. Und die Polizei.

Zwei uniformierte Polizisten kamen herein und wollten

wissen, was passiert war. Die Mutter des Jungen zeigte auf Jenna und erklärte: »Sie hat meinen Jungen geschlagen.«

Verständlicherweise waren die Polizisten verwirrt, denn wir befanden uns in einem Krav-Maga-Studio, wo regelmäßig Leute geschlagen werden. Außerdem fanden sie es ein bisschen lustig, dass der Junge von einem Mädchen geschlagen worden war. Aber der Mann, dem das Studio gehörte, fand es überhaupt nicht komisch.

Am Ende war dem Jungen nichts weiter passiert. Das Blut war aus einer kleinen Platzwunde in der Lippe gekommen, und es waren wirklich nur ein paar Tropfen. Niemand kam ins Krankenhaus, und niemand wurde festgenommen, aber Jenna und ich waren in dem Krav-Maga-Studio nicht länger willkommen.

Im Laufe des Nachmittags schwor die Mutter des Jungen mehr als einmal, sie werde uns verklagen. Zu allem Überfluss war ich auch noch gezwungen, mehrere Tennisstunden abzusagen und damit mehr als einen Kunden zu vergrätzen.

Als wir allein im Auto saßen, fragte ich: »Warum?«

Jenna starrte aus dem Fenster.

»Du musst doch einen Grund gehabt haben.«

Sie zuckte die Achseln. »Keine Ahnung. Vielleicht wollte ich sehen, ob ich es kann.«

»Ob du den Jungen mit einem Stein schlagen kannst?«

»Ob ich ihn k.o. schlagen kann.«

Ich wies sie nicht auf das Offenkundige hin. Sie hatte ihn nicht k.o. geschlagen. Sie hatte ihm nur eine blutige Lippe verpasst.

»Wirst du es Mom erzählen?«

»Ja.«

»Wirklich?«

In Wahrheit hatte ich keine Ahnung. In diesem Moment konnte ich Jenna nicht mal anschauen.

Sie hat mich nie an Millicent erinnert. Als Rory auf die Welt kam, hatte er bereits kleine rote Haarbüschel. Jenna wurde kahlköpfig geboren. Als ihr Haar schließlich wuchs, hatte es die gleiche Farbe wie meins: dunkelbraun mit einem roten Schimmer. Und ihre Augen sahen auch aus wie meine.

Ich war so enttäuscht.

Es war nichts Persönliches. Nichts, was Jenna getan oder nicht getan hatte. Ich wollte nur gern ein kleines rothaariges Mädchen haben, das zu meinem rothaarigen Jungen und meiner Frau mit den flammend roten Haaren passte. Dieses Bild hatte ich im Kopf, und so stellte ich mir meine Familie vor. Die reale Jenna passte da nicht hinein, denn sie sah aus wie meine Mutter, nicht wie ihre eigene.

An Millicent erinnerte sie mich zum ersten Mal, als sie diesen Jungen mit einem Stein schlug. Sie sah genauso aus wie Millicent, als sie Robin in unserer Küche mit dem Waffeleisen geschlagen hatte.

Was ich bei meiner Frau sexy fand, war bei meiner Tochter grauenhaft.

VIERUNDVIERZIG

Es ist spätabends, und Millicent und ich sind in ihrem Büro. Sie arbeitet für Abbott Realty, ein Geschäft wie ein kleiner Teich, in dem sie seit Jahren der große Fisch ist. Das Büro liegt in einer Ladenzeile zwischen einem Fitnessstudio und einem Chinarestaurant. Drinnen ist es leer und ruhig, denn kein Mensch will um diese Zeit Immobilien kaufen. Die Glasfassade ist ein Nachteil, denn jeder kann hereinschauen, und der offene Büroraum ohne Trennwände zwischen den Schreibtischen bietet keine Deckung; also machen wir kein Licht und setzen uns nach hinten. Unter anderen Umständen wäre es romantisch.

Millicent weiß von der Geschichte mit Jenna. Eine Freundin hat sie ihr erzählt, bevor ich es tun konnte, und sie ist unter die Decke gegangen. Sie hat angerufen und so laut geschrien, dass es mir in den Ohren geklingelt hat, weil ich sie hätte anrufen sollen, als wir noch im Studio waren. Sie hat recht.

Jetzt ist Jenna wohlbehalten zu Hause im Bett. Sie schläft und wirft nicht mit Steinen. Sie übergibt sich nicht. Sie schneidet sich nicht die Haare ab, die noch übrig sind. Millicent ist ruhig. Sie hat sogar ein Dessert gekauft, ein einzelnes Schokoladen-Eclair. Sie schneidet es mittig durch, und die Hälften sind absolut gleich groß. Ich nehme einen Bissen von meiner, sie nimmt einen Bissen von ihrer, und ich wische ihr Schokolade von der Oberlippe.

»Sie ist nicht okay«, sagt Millicent.

»Nein.«

»Wir müssen mit ihrem Therapeuten sprechen. Ich kann ihn anrufen und …«

»Ist sie wie Holly?«, frage ich.

Millicent legt ihr Eclair zur Seite, als könnte es explodieren. »Wie Holly?«

»Vielleicht ist es das Gleiche. Die gleiche Krankheit.«

»Nein.«

»Aber …«

»Nein. Holly hat angefangen, Käfer zu quälen, als sie zwei war. Jenna hat keine Ähnlichkeit mit ihr.«

Wenn man es so vergleicht, hat sie recht. Jenna schreit, wenn sie einen Käfer sieht. Sie kann keiner Spinne etwas zuleide tun und sie schon gar nicht quälen. »Dann ist es unsere Schuld«, sage ich. »Wir müssen Owen loswerden.«

»Wir haben versucht …«

»Lebt Naomi noch?«, frage ich.

Sie antwortet nicht.

»Hör zu«, sage ich. »Sorg dafür, dass ihre Leiche gefunden wird. Dass die Suche nach Naomi zu Ende ist.«

»Was hilft denn das bei …«

»Wir müssen einen Weg finden, Owen loszuwerden. Für immer.« Als Millicent auf das Offensichtliche hinweisen will, hebe ich die Hand. »Ich weiß, ich weiß. Es ist schwer, jemanden loszuwerden, der gar nicht da ist, stimmt's?«

»Das wäre eine Möglichkeit, es zu formulieren.«

»Er war eine großartige Idee, das will ich nicht bestreiten. Aber wir haben so viele Probleme verursacht.«

»So viele?«

»Jenna. Die Leute hier in der Stadt. Die Frauen haben wirklich Angst.« Ich lasse sorgfältig aus, was sie nicht weiß, zum Beispiel Trista.

Millicent nickt. »Ich wollte Jenna nie etwas antun.«

»Das weiß ich.« Ich beuge mich vor, Millicent entgegen, damit ihr nicht entgeht, was ich sage. »Es wäre schwierig, wenn nicht unmöglich, seinen Tod vorzutäuschen, wenn es keine Leiche gibt. Eigentlich geht es nur, wenn er im Meer oder in einem See ertrinkt und nie gefunden wird. Aber Zweifel würden bleiben. Und um es halbwegs plausibel zu machen, müsste jemand, der glaubwürdig ist, die Story erzählen.«

»Naomi zum Beispiel«, sagt Millicent.

»Und wie stehen die Chancen dafür?«

»Negativ.«

»Dann stirbt er vielleicht nicht. Vielleicht geht er nur weg.« Ich schweige und warte auf eine Reaktion. Als Millicent nichts sagt, rede ich weiter. »Owen hat ein Riesenego. Er hat einem Reporter geschrieben, damit alle wussten, dass er wieder da ist und wann er sich sein nächstes Opfer greifen wird. Warum soll er dann nicht auch allen erzählen, dass er wieder verschwindet. Er ist der Typ, der sich brüstet mit dem, was er getan hat. Er würde sagen, ich habe euch genau beschrieben, was ich tun und wann ich es tun werde, und ihr habt mich nicht fassen können. Jetzt werdet ihr mich niemals finden.«

Millicent nickt leise, als ob sie darüber nachdächte.

»Ich weiß, es ist nicht ideal«, sage ich. »Aber wenn Owen weg ist, wird niemand mehr über ihn reden, und vielleicht hat Jenna dann keine Angst mehr.«

»Darf ich einen Vorschlag machen?«

»Natürlich.«

»Das Timing muss stimmen«, sagt sie. »Sie müssen Naomi finden, bevor du noch einen Brief schreibst.«

»Oh, absolut.«

»Darum kümmere ich mich als Erstes.«

»Vielleicht sollten wir das zusammen tun.«

Sie legt den Kopf schräg und sieht mich an. Einen Moment lang glaube ich, dass sie gleich lächelt, aber sie tut es nicht. Die Sache ist jetzt zu ernst. »Um Naomi kann ich mich kümmern. Du konzentrierst dich auf den Brief. Alle müssen glauben, dass Owen weggegangen ist.«

Ich will widersprechen und an meiner Idee festhalten, aber was sie sagt, leuchtet ein. Ich nicke.

Sie seufzt leise. »Hoffentlich klappt es.«

»Das hoffe ich auch.«

Ich schiebe meine Hand in ihre. So sitzen wir da, bis sie den Rest meines Eclairs nimmt und ein Stück davon abbeißt. Ich nehme ihres und mache es ihr nach. Ein winziges Lächeln erscheint auf ihrem Gesicht. Ich drücke ihre Hand.

»Wir schaffen das«, sage ich.

Das hat Millicent früher gesagt. Sie hat es gesagt, als wir jung und pleite waren, mit einem Baby und einem zweiten unterwegs. Sie hat es gesagt, als wir unser erstes Haus kauften und dann das zweite, größere. Sie hat es gesagt, als Holly tot in unserem Wohnzimmer lag, der Schädel zerschmettert mit einem Tennisschläger.

Während ich vor Holly stand und zu begreifen versuchte, was ich getan hatte, ging Millicent sofort an die Arbeit.

»Haben wir die Plane noch in der Garage?«

Ich brauchte eine Sekunde, um die Frage zu verarbeiten. »Plane?«

»Von dem Rohrbruch.«

»Ich glaube schon.«

»Hol sie.«

Ich zögerte und dachte, wir sollten die Polizei rufen. Denn das tut man, wenn man jemanden in Notwehr getötet hat. Man ruft die Polizei und erklärt, was passiert ist, denn man hat nichts Unrechtes getan.

Millicent las meine Gedanken.

»Du denkst, die Polizei wird glauben, dass Holly *dich* bedroht hat?«

Mich, den Sportler. Mich mit dem zersplitterten Tennisschläger.

Holly, völlig unbewaffnet.

Ich sagte nichts dazu, sondern ging in die Garage und durchwühlte Regale und Plastikcontainer, bis ich die zusammengerollte blaue Plane gefunden hatte. Als ich ins Wohnzimmer zurückkam, war Hollys Leiche neu arrangiert worden, die Beine waren gestreckt, die Arme lagen am Körper.

Wir breiteten die Plane auf dem Boden aus, und zusammen wickelten Millicent und ich die Leiche ein wie eine Mumie.

»Bringen wir sie in die Garage«, sagte Millicent.

Es war fast, als müsste sie gar nicht darüber nachdenken.

Ich tat, was sie sagte, und Holly verschwand im Kofferraum meines Wagens. Ich fuhr hinaus in den Wald und begrub sie, während Millicent das Blut beseitigte. Als die Kinder aus der Schule kamen, war jede Spur von Holly weggeschrubbt.

Das Gleiche taten wir mit Robin, nur dass sie nicht begraben wurde. Ihre Leiche und ihr kleines rotes Auto verschwanden auf dem Grund eines Sees.

Millicent hat recht. Wir haben es immer geschafft.

Jetzt bin ich an der Reihe, dafür zu sorgen.

Beide Hälften des Eclairs sind verschwunden, und Millicent wischt die Krümel in einen Papierkorb. Wir stehen auf, gehen durch das dunkle Büro zur Tür und hinaus zum Auto. Es ist spät. Sogar das chinesische Restaurant ist geschlossen, aber das Fitnessstudio ist vierundzwanzig Stunden durchgehend geöffnet. Es sticht hervor wie ein einzelner Halogen-Stern in einem dunklen Himmel.

Bevor ich den Motor anlasse, drehe ich mich zu Millicent um. Sie checkt ihr Telefon. Ich lege ihr eine Hand an die Wange, wie sie es schon so oft bei mir getan hat. Überrascht blickt sie auf.

»Wir haben also einen Plan?«, frage ich.

Ihr Lächeln reicht bis zu den Augen hinauf. »Auf jeden Fall.«

FÜNFUNDVIERZIG

Der Lärm ist verklungen. So unwahrscheinlich es klingt, aber zum ersten Mal wird alles gleichzeitig klar. Bis zu dem Augenblick, als ich sah, wie Jenna diesen Jungen schlug, war mir nie bewusst gewesen, dass Millicent und ich mehr getan haben, als wir ahnten. Wir waren dabei, unsere Familie zu zerstören.

Owens letzter Brief ist der einfachste. Ich habe jetzt ein Ziel – ich will Owen loswerden –, und ich habe das Gefühl, ich weiß, wie ich das schaffe.

Ich werde ihn wie immer an Josh schicken, aber eigentlich ist der Brief an die Öffentlichkeit gerichtet. Ich sage den Leuten, dass sie dumm sind.

Ich habe Ihnen etwas geschenkt. Ich habe versucht, Ihnen dabei zu helfen, mich zu fangen, indem ich Sie habe wissen lassen, wann, exakt an welchem Tag, ich mir mein nächstes Opfer holen würde. Ich habe Ihnen sogar zwei Wochen Zeit gegeben, sich darauf vorzubereiten. Aber Sie haben versagt. Sie haben mich nicht aufgehalten, konnten mich nicht fangen, und Ihretwegen ist Naomi jetzt tot. Damit das klar ist: Sie sind schuld an ihrem Tod. Nicht ich.

Sie hat es gewusst. Naomi hatte die gleichen Nachrichten gesehen und meinen vorigen Brief gelesen, und trotzdem war sie am

Freitag, dem 13., immer noch allein da draußen. Naomi wusste, wie dumm das war. Aber sie hatte Vertrauen. Vertrauen darauf, dass Sie nach ihr suchten, und Vertrauen darauf, dass Sie sie finden würden. Und halb hatte sie recht.
Wenn ich Zeit hätte, würde ich Ihnen alles beschreiben, was ich mit ihr gemacht habe. Jede Wunde, jeden Schnitt, jeden Bluterguss. Aber das wäre überflüssig. Sie haben ja ihre Leiche schon. Eigentlich gibt es jetzt nichts weiter zu sagen. Wir haben ein Spiel gespielt, und Sie haben verloren. Naomi hat verloren. Alle haben verloren, nur ich nicht. Und jetzt bin ich fertig. Ich bin zurückgekommen und habe mein Ziel erreicht. Ich muss nichts mehr beweisen. Weder Ihnen noch mir.
Leben Sie wohl.
Für immer.

Als die Endfassung fertig ist, erzähle ich es Millicent. Sie ist in den Club gekommen, um Rory abzuholen, der nach der Schule Golf gespielt hat und vor mir fertig ist. Millicent macht einen Abstecher zum Tenniscourt, wo ich auf meinen nächsten Kunden warte. Ihre fleischfarbenen Absätze klappern auf dem Zementboden, als sie auf mich zukommt. Sie lächelt.

Seit unserem nächtlichen Gespräch sind Tage vergangen. Nachdem Jane Doe an die Öffentlichkeit gegangen ist, gibt sie jedem, der sie fragt, ein Interview. Es war unmöglich, ihr zu entkommen, bis gestern Abend Jane Doe Nr. 2 auftauchte.

Statt eine Pressekonferenz zu geben, schickte sie ihre Story im Livestream ins Internet, und die Lokalnachrichten nahmen sie auf den Sender. Die Frau ist jünger als die anderen, vielleicht noch auf dem College, und sie hat rabenschwarzes Haar, helle Haut und blutig rot geschminkte

Lippen. Jane Nr. 2 ist beinahe das Gegenteil der typischen Opfer Owens, und sie erzählt fast die gleiche Geschichte wie Jane Nr. 1. Nur der Parkplatz ist ein anderer, und ein paar dramatische Wendungen sind auch neu. Diese Frau behauptet, Owen habe sie ins Gesicht geschlagen, und sie präsentiert einen violetten Bluterguss auf ihrer Wange.

Als der Livestream zu Ende war, erschien mein alter Freund Josh auf dem Bildschirm. In letzter Zeit ist Josh sehr ernst aufgetreten, aber gestern Abend klang er beinahe sarkastisch. Er erklärte nicht rundheraus, dass er Jane Doe Nr. 2 für eine Lügnerin halte, aber es fehlte nicht viel. Ich kann mir nicht vorstellen, dass irgendjemand ihr glaubte. Ich weiß, ich tat es nicht.

Das Problem ist, dass Frauen wie sie dafür sorgen, dass Owen auf Platz eins in den Nachrichten bleibt. Daran brauche ich Millicent nicht zu erinnern, als sie auf den Court kommt.

»Ich bin bereit, wenn du es bist«, sage ich.

Ihre dunkle Sonnenbrille versteckt ihre Augen vor der Sonne und vor mir, aber sie nickt. »Auch dir einen guten Tag.«

»Entschuldige.« Ich beuge mich vor und küsse sie auf die Wange. Sie duftet nach Zitrusfrüchten. »Hallo.«

»Hallo. Der Brief ist fertig?«

»Willst du ihn lesen?« Ich möchte, dass sie Ja sagt, möchte zusehen, wie sie ihn liest, aber sie schüttelt den Kopf.

»Nicht nötig. Ich vertraue dir.«

»Oh, das weiß ich. Ich frage nur.«

Sie lächelt und küsst mich auf die Wange. »Wir sehen uns zu Hause. Essen um sechs.«

»Wie immer.«

Sie fährt heute nicht zu Joe's Deli. Heute wird nur gearbeitet, entweder im Büro oder bei Hausführungen.

Ich behalte den Tracker weiter im Auge und verfolge immer noch, wohin sie fährt, aber nicht, weil ich etwas über Naomi wissen will. Das weiß ich schon. Wenn sie nicht schon tot ist, wird sie es bald sein.

Ich verfolge den Tracker, weil ich Millicent gern beobachte.

Wieder ein Tag vergeht, dann noch einer, und Josh zählt von Neuem die Tage, die vergangen sind, seit Naomi verschwunden ist. Ich sehe ihm die ganze Zeit auf meinem Handy zu und warte auf die Eilmeldung, die über die Entdeckung ihrer Leiche berichtet. Sogar wenn ich mitten in der Nacht aufwache, habe ich das Bedürfnis nachzusehen, ob etwas passiert ist. Im Internet können neue Nachrichten jederzeit erscheinen. Normalerweise ist das kein Problem, aber jetzt, da ich auf Neuigkeiten warte, treibt es mich zur Raserei. Und es ist lästig.

Ich gehe hinunter in den Garten, um auf mein Handy zu schauen. Seit ich zu Bett gegangen bin, hat sich in den Nachrichten nichts geändert. Nichts ist neu, nichts hat sich entwickelt, es gibt nur langweilige Wiederholungen.

Aber ich bin nicht müde. Um zwei Uhr morgens ist die Luft so still wie die ganze Gegend. Niemand in Hidden Oaks veranstaltet mitternächtliche Partys oder spielt auch nur laute Musik. Ich sehe nicht einmal Licht in einer der Beinahevillen in unserer Nachbarschaft.

Ich wünschte, ich könnte sagen, dies sei unser Traumhaus, wir hätten nur einen Blick darauf geworfen und gleich gewusst, dass wir hier leben wollten, in dem Haus, für das wir hart gearbeitet hatten. Aber das stimmt nicht. Unser Traumhaus steht ein bisschen weiter im Zentrum von Hidden Oaks, wo die Häuser zu echten Villen werden. Der innere Ring gehört Hedgefonds-Managern und Chirurgen.

Wir wohnen im mittleren Ring, aber nur wegen einer unangenehmen Ehescheidung, die zu Guthabensperrungen und schließlich zu einer Zwangsvollstreckung führte. Weil Millicent der beteiligten Bank eine Menge Hypothekenkunden geschickt hatte, konnten wir ein Haus kaufen, das wir uns sonst nicht hätten leisten können. Deshalb wohnen wir mitten in Hidden Oaks. Wir gehören in den äußeren Ring, aber wieder einmal habe ich den Weg in die Mitte gefunden.

Ein Rascheln im Gebüsch lässt mich zusammenschrecken. Die Nacht ist windstill.

Das Geräusch kommt von der Seite des Hauses. Wenn wir einen Hund hätten, würde ich annehmen, dass er es gemacht hat. Aber wir haben keinen. Es gibt nicht mal Rehe in dieser Gegend.

Es raschelt noch einmal, und dann knarrt etwas.

Mit dem Telefon in der Hand gehe ich nachsehen. Unsere hintere Veranda reicht ungefähr über die Hälfte des Hauses, von der Küche bis zur Ecke. Im Dunkeln gehe ich bis zum hinteren Ende des Geländers. Der Weg am Haus entlang wird teilweise von einer Straßenlaterne beleuchtet, und er ist leer. Kein Tier, kein Einbrecher, kein Serienkiller.

Ein leises Scharren kommt von oben. Ich schaue gerade noch rechtzeitig hoch, um zu sehen, wie Rory ins Haus steigt.

Ich hatte keine Ahnung, dass er sich hinausgeschlichen hat.

SECHSUNDVIERZIG

Partys, Drogen, Mädchen. Oder einfach so.

Das sind die Gründe dafür, dass Rory sich aus dem Haus schleicht. Alle Teenager haben die gleichen Gründe. Ich habe mich das erste Mal hinausgeschlichen, um Gras zu rauchen. Beim zweiten Mal habe ich es getan, weil es beim ersten Mal so gut geklappt hatte. Und irgendwann tat ich es wegen Lily. Meine Eltern haben es nie bemerkt. Beziehungsweise hat es sie vermutlich nie interessiert.

Aber selbst als Rory gesehen hatte, wie *ich* mich hinausschlich, war ich nie auf den Gedanken gekommen, dass er das Gleiche tat. So sehr war ich mit mir selbst beschäftigt.

Statt Rory sofort zur Rede zu stellen, warte ich den nächsten Tag ab. So habe ich Gelegenheit nachzusehen, ob mir etwas entgangen ist, ob es etwas gibt, das ich wissen sollte, bevor ich dieses Gespräch mit ihm führe.

In seinem Zimmer herrscht ein Durcheinander wie immer, nur nicht auf seinem Schreibtisch. Der sieht aus wie bei einer Zwangsstörung. Nur dass Rory sonst in keinerlei Hinsicht heikel ist. Es ist ihm egal, wenn seine Kleider haufenweise herumliegen oder ob seine Bücher auf dem Boden verstreut sind, aber sein Schreibtisch ist immer sauber aufgeräumt. Vielleicht weil er ihn nie benutzt.

Normalerweise würde ich niemals sein Zimmer durchsuchen. Ich habe es auch noch nie getan. Aber ich habe ihn auch noch nie aus dem Haus schleichen sehen. Mein Sohn hat Geheimnisse, und damit ist eine Durchsuchung meiner Meinung nach gerechtfertigt.

Rory ist in der Schule. Sein Handy hat er bei sich, und in seinem Zimmer darf er keinen Computer haben. Meine Durchsuchung bleibt also auf die analoge Welt beschränkt. Der Nachtschrank kommt zuerst, dann sein Schreibtisch, die Kommode und der Wandschrank. Ich schaue sogar unter das Bett, unter die Kommode und in den hinteren Teil seiner Sockenschublade.

Es ist eine überaus enttäuschende Suche.

Keine Pornos, denn die sieht er sich online an. Keine Briefe von Mädchen, denn die schreiben Textnachrichten. Keine Fotos, denn die sind auf seinem Handy. Weder Drogen noch Alkohol, denn falls er so etwas zu sich nimmt, ist er nicht dumm genug, es in seinem Zimmer aufzubewahren. Das ist vermutlich immerhin etwas. Mein Sohn ist kein Idiot.

Millicent erzähle ich nichts, denn sie hat genug um die Ohren.

Sie weiß nichts davon. Wenn sie es wüsste, hätte Rory bereits lebenslänglich Hausarrest. Sie weiß nichts davon, weil sie ihn niemals hören würde. Millicent schläft wie ein Stein. Ich bin nicht mal sicher, dass der Feueralarm sie wecken würde.

Es ist fast Mittag, als ich mit der sinnlosen Suche fertig bin. Ich fahre zur Schule. Die Sekretärin schreibt eine Textnachricht an seinen Lehrer, der ihn ins Büro schickt. Rory und Jenna sind zwar auf einer Privatschule, aber Uniformen werden nicht verlangt. Immerhin haben sie einen Dresscode, und deshalb trägt Rory eine Kakihose und ein geknöpftes Hemd. Heute ist das Hemd weiß. Sein Rucksack hängt an einer Schulter, und seine roten Haare müssen geschnitten werden. Als er mich sieht, streift er sich die Ponyfransen aus der Stirn.

»Alles okay?«, fragt er.

»Alles super. Ich dachte, wir könnten den Nachmittag zusammen verbringen.«

Er zieht die Brauen hoch, aber er widerspricht nicht. Einstweilen ist es immer noch besser, mit mir zusammen zu sein, als im Nachmittagsunterricht zu sitzen.

Wir essen in Rorys Lieblingsrestaurant, und er bestellt ein Steak, das ihm Millicent nie machen würde. Zweifel kommen ihm erst, als die Kellnerin ein Soda bringt, wie wir es zu Hause nie haben. Jetzt weiß er, dass etwas im Busch ist, und deshalb ist es keine Überraschung, als er sagt: »Was ist los, Dad?« Aber es ist ein Schock, als er fortfährt. »Wollt ihr euch scheiden lassen, du und Mom?«

»Scheiden lassen? Wie kommst du auf diese Idee?«

Er zuckt die Achseln. »So was macht man, wenn man was Wichtiges zu sagen hat.«

»Ist das so?«

»Ja.« Er sagt es, als wüsste das jeder.

»Deine Mutter und ich wollen uns nicht scheiden lassen.«

»Okay.«

»Wirklich nicht.«

»Ich hab's gehört.«

Ich nehme einen großen Schluck von meinem Eistee, und er trinkt von seinem Soda. Er sagt nichts weiter, also bin ich gezwungen anzufangen.

»Wie läuft's denn so?«

»Gut, Dad. Und bei dir?«

»Alles bestens. Gibt's was Neues?«

Rory zögert. Unser Essen kommt, und das verschafft ihm Zeit, sich zu überlegen, was ich wirklich wissen will.

Als die Kellnerin weg ist, schüttelt er den Kopf. »Eigentlich nicht.«

»Eigentlich nicht?«

»Dad.«

»Hm?« Ich nehme einen Bissen von meinem Steak.

»Sag mir doch einfach, warum wir hier sind.«

»Ich will nur wissen, was es an neuen und aufregenden Dingen in deinem Leben gibt«, sage ich. »Denn es muss ja neu und aufregend sein, wenn es dich mitten in der Nacht aus dem Haus schleichen lässt.«

Rorys Hände, die gerade mit Messer und Gabel sein Steak attackieren, erstarren. Fast kann ich sehen, wie seine Gedanken sich überschlagen.

»Das war nur einmal«, sagt er.

Ich erwidere nichts.

Rory seufzt und legt sein Besteck hin. »Daniel und ich haben es beide getan. Wir wollten sehen, ob wir es schaffen.«

»Und hat er es geschafft?«

»Soweit ich weiß.«

»Und was habt ihr gemacht?«

»Eigentlich nichts. Sind zum Fußballplatz gegangen und haben ein bisschen gekickt. Und sind rumgelaufen.«

Klingt plausibel. Mit vierzehn fand ich es auch aufregend, einfach nachts unterwegs zu sein. Aber es sah nicht aus, als wäre er zum ersten Mal zum Fenster hinaufgeklettert.

In dieser Nacht schleicht er sich nicht hinaus und in der nächsten auch nicht. Kein Wunder, nachdem er erwischt worden ist. Aber ich passe nicht nur nachts auf. Ich achte auf alles, was ich bisher vielleicht nicht bemerkt habe.

Abends beobachte ich ihn, wenn er Textnachrichten verschickt, wenn sein Handy vibriert und er nachsieht, wer es ist, und wenn er vor dem Computer sitzt. Beim Filmabend beobachte ich, wie er sein Handy verdeckt neben sich hat, aber oft einen Blick darauf wirft. Einmal klingelt es, aber der Klingelton ist keine Rockmusik und kein Videogame-Piepser. Es ist ein Lied, das ich nicht kenne, die raue Stimme einer Frau, die singt, als stände sie am Rande eines Abgrunds.

Als ich die Kinder von der Schule abhole, bin ich so früh da, dass ich einen Platz in der ersten Reihe vor dem Ausgang habe. Und jetzt sehe ich das Mädchen, das meinen Sohn offenbar verrückt macht.

Sie ist eine zierliche Blonde mit rosigen Lippen, milchweißer Haut und glattem Haar, das bis zum Kinn hinunterreicht. Sie streicht es zurück, während sie miteinander sprechen, und tritt von einem Fuß auf den anderen. Das Mädchen ist genauso nervös wie er.

Wie lange schon? Wie lange hat er diese Freundin oder diese Beinahefreundin? Hätte ich ihn in der Nacht nicht erwischt, wäre es mir komplett entgangen. Vielleicht hätte ich in meinem ganzen Leben nichts von diesem kleinen blonden Mädchen erfahren, das meinem Sohn gefällt.

Hat es schon andere Mädchen gegeben – blonde, brünette, rothaarige –, die meinen Sohn so verrückt gemacht haben wie dieses hier? Ist mir das erste, das zweite, das dritte entgangen? Das kann ich in diesem Augenblick nicht wissen. Er würde es mir nicht erzählen, wenn ich ihn fragte. Er hat mir ja von dem jetzigen auch nichts erzählt.

Und ich habe es nicht bemerkt, hatte keine Ahnung, bis ich die Augen aufgemacht habe. Sonst wäre es auch diesmal an mir vorbeigegangen.

Ist es so auch meinen Eltern ergangen? Sie haben nie die Augen aufgemacht, und sie haben mich nicht bemerkt.

SIEBENUNDVIERZIG

Während des Abendessens liegen alle unsere Handys in einer Reihe auf der Theke hinter Millicent. Wir essen Pilz-Risotto mit Porree und Babymöhren als Beilage, als mein Handy tutet wie eine Hupe.

Eilmeldung.

Millicent greift hinter sich und bringt es zum Schweigen.

»Sorry«, sage ich. »Meine Sport-App.«

Sie schaut mich durchdringend an. Handys sind während des Essens auf Stumm zu schalten.

Bei dieser Eilmeldung könnte es um alles Mögliche gehen, aber ich weiß, das tut es nicht. Meine Nachrichten-App hat einen Filter: Naomis und Owens Namen und die Worte »Leiche gefunden«. Die Technologie ist etwas Erstaunliches.

Und etwas Schreckliches, denn jetzt muss ich während des ganzen Essens sitzen bleiben, ehe ich mehr erfahren kann. Das ist schlimmer, als zwanzig Minuten lang völlig ahnungslos zu sein.

Als wir schließlich fertig sind, schnappe ich mir mein Handy, während die Kinder den Tisch abräumen.

WEIBLICHE LEICHE GEFUNDEN

Ich blicke zu Millicent auf. Sie steht vor der Spüle und trägt ein altes Sweatshirt, schwarze Leggings und ein Paar von meinen Socken. Ich ziehe ihren Blick auf mich und deute auf mein Handy.

Sie nickt kaum merklich und lächelt.

Den Rest der Meldung sehe ich erst, als das Geschirr in der Maschine ist und die Kinder vor dem Fernseher sitzen. Ich gehe hinauf ins Bad und sehe mir die Nachrichten an.

Es ist perfekt.

Naomis Leiche wurde in einem Container hinter dem Lancaster Hotel gefunden. Zuletzt wurde sie auf diesem Parkplatz gesehen, nicht weit entfernt von diesem Container. Das war an jenem Freitag, dem 13., nach Feierabend. Das letzte Bild von ihr wurde von einer Überwachungskamera aufgenommen, als sie über den Platz zu ihrem Auto ging. Die Kameras erfassten nur einen Teil des Parkplatzes. Nicht Naomis Auto und nicht den Container.

Josh steht dem Hotel gegenüber auf der anderen Straßenseite, wo ich immer geparkt habe, um Naomi zu beobachten. Er wirkt berauscht – von Koffein oder Adrenalin oder beidem –, und es ist gut, ihn wieder so zu sehen. Die Jane-Doe-Frauen, vor allem die zweite, schien er als deprimierend zu empfinden.

Jetzt ist er voller Energie und sprudelt nur so vor Andeutungen und Spekulationen. Denn bisher sind nicht viele Fakten veröffentlicht worden. Eigentlich wissen wir nur, dass eine tote Frau, die aussieht wie die verschwundene Naomi, in dem Container gefunden wurde, als der von der Müllabfuhr geleert wurde. Die Polizei wurde alarmiert, der ganze Bereich wurde abgesperrt, und vielleicht wird es heute Abend eine Pressekonferenz geben. Vielleicht auch nicht, aber Josh nimmt es an.

Das Einzige, was nicht zur Sprache kommt, ist Naomis Vergangenheit. Jetzt, da sie tot und nicht mehr einfach verschwunden ist, wäre es herzlos, schlecht über sie zu reden.

Hingegen merkt Josh an, dass es Wochen her ist, seit er etwas von Owen Oliver Riley gehört hat.

Ich muss lächeln.

Der Brief ist an den Sender adressiert, mit dem Vermerk *Persönlich und vertraulich für Josh*. Sein Gesichtsausdruck, wenn er ihn bekommt, wird vermutlich an einen Orgasmus denken lassen – aber er wird nicht glücklich sein, wenn er erfährt, dass es sein letzter Brief von Owen ist. Die Briefe haben Josh zum Star gemacht, zumindest auf lokaler Ebene, und man hört, dass er ein Angebot von einem Kabelsender bekommen hat. Da würde er gut vorankommen. Er ist so ernsthaft und seriös, dass es schwerfällt, ihm nicht zu glauben.

Josh ist einer der wenigen, die wegen dieser Geschichte ein besseres Leben haben werden.

Trista nicht.

Die arme tote Trista wird nicht mal als Opfer anerkannt werden. Und sie war eins, auch wenn sie sich selbst das Leben genommen hat. Sie tut mir leid, hauptsächlich weil die anderen ihr so leidgetan haben. Es ist schwer, einen so mitfühlenden Menschen nicht zu mögen.

Jetzt können wir nichts Besseres tun, als zu verhindern, dass es noch einmal passiert.

Ich gehe wieder hinunter. Die Kinder streiten über die Frage, was sie als Nächstes sehen wollen. Millicent droht, sie nach oben zum Lesen zu schicken, wenn sie sich nicht einigen, und plötzlich wird es still im Zimmer. Die Titelmusik eines Teenager-Dramas ertönt; es ist Jennas Lieblingsserie, und Rory schafft es irgendwie, nicht zu stöhnen. Ich vermute, das liegt auch an der kleinen Blonden. Wahrscheinlich sieht sie dieselben Sendungen wie Jenna.

Millicent winkt mir, und wir gehen durch die Küche in unser formelles Esszimmer, das wir nur an Feiertagen und bei Dinnerpartys benutzen.

»Sie haben sie gefunden?«, flüstert sie.

Ich nicke. »Ja. Man wartet noch auf die offizielle Bestätigung.«

»Und jetzt musst du …«

»Ich schicke ihn morgen ab.«

»Perfekt.«

Ich lächle. Sie drückt mir einen Kuss auf die Nasenspitze.

Wir gehen wieder ins Wohnzimmer und setzen uns zu den Kindern. Weil das reguläre Fernsehprogramm läuft, ist es unvermeidlich, dass wir von Naomi hören. Die Nachricht erscheint in einer Werbepause auf dem Bildschirm, und zwar so schnell, dass keine Zeit bleibt, den Kanal zu wechseln.

Rorys Handydisplay leuchtet auf. Er nimmt das Telefon und fängt an zu schreiben.

Jenna reagiert nicht. Sie starrt den Fernseher an, als sähe sie immer noch ihre Serie, nicht die Nachrichten über eine tote Frau.

»Wer möchte Eis?«, fragt Millicent.

Rory hebt einen Finger. »Ich.«

»Jenna?«

»Ja.«

»Eine Kugel?«

»Drei.«

»Natürlich, Schatz.« Ich stehe vom Sofa auf.

Millicent zieht die Brauen hoch und folgt mir in die Küche. Ich hole vier Schalen heraus, und jeder bekommt drei Kugeln Eis. Sie will etwas sagen, aber ich schneide ihr das Wort ab.

»Lass uns heute Abend nicht über Zuckergehalt reden. Es wird noch schlimmer werden, bevor es besser wird.« Und das ist die Wahrheit. Naomi wird jeden Abend in den Nachrichten sein, und sie werden in allen Details berichten, wie sie gefunden und wie sie ermordet wurde. Es wird sogar noch schlimmer werden, wenn Josh meinen Brief bekommt, denn dann werden sie stundenlang darüber diskutieren, ob Owen wirklich weg ist oder nur darauf wartet, dass wir alle wieder in Selbstzufriedenheit versinken.

Und schließlich wird es vorbei sein. Irgendetwas anderes wird an die Stelle treten, und Owen wird für immer fort sein.

Aber bis dahin: drei Kugeln Eis.

Wir kehren zurück ins Wohnzimmer, und das Teenager-Drama ist zu Ende. Rory schaltet um, und wir sehen das Ende einer Sendung und warten auf den Beginn der nächsten. Dazwischen kommen Kurznachrichten. Bevor Millicent Gelegenheit hat, nach der Fernbedienung zu greifen, erscheint Josh auf dem Bildschirm.

Als er mit seinem Bericht über die Entdeckung der toten Naomi fertig ist, dreht Rory sich zu seiner Schwester um. »Glaubst du, sie ist gefoltert worden?«

»Ja.«

»Mehr oder weniger als die vorige?«

»Hey«, sage ich, weil ich nicht weiß, was ich sonst sagen soll.

»Mehr«, sagt Jenna.

»Willst du wetten?«

Sie zuckt die Achseln, und sie schütteln sich die Hand.

Millicent steht auf und verlässt das Zimmer.

Ich gehe mit meiner Eisschale in die Küche. Mein Handy-Akku ist fast leer, und ich wühle in unserer Gerümpelschublade nach einem Ladegerät. Die Dinger liegen ständig irgendwo herum, aber nie, wenn ich sie brauche, und in der Schublade ist keins. Als Nächstes versuche ich es in der Speisekammer, denn dort landen die verrücktesten Gegenstände. Als Jenna kleiner war, saßen ihre Stofftiere immer vor der Keksdose, um sie zu bewachen. Inzwischen lagern hier elektronische Kleinteile.

Nur heute Abend nicht. Heute Abend finde ich auf dem untersten Bord hinter ein paar Suppenkonserven ein Fläschchen Augentropfen.

Die Sorte, gegen die Millicent allergisch ist.

ACHTUNDVIERZIG

Ich sehe die Augentropfen und denke an Rory. Wenn Millicent sie benutzt hat, um zu verbergen, dass sie *stoned* war, dann sind sicher auch andere Teenager auf diese Idee gekommen. Vielleicht ist es ja das, was er treibt, wenn er sich nachts hinausschleicht. Vielleicht raucht er mit seiner kleinen Freundin Gras.

Es gibt Schlimmeres. Viel Schlimmeres.

Die Speisekammer ist kein logischer Aufbewahrungsort für Augentropfen, aber ich könnte mir vorstellen, dass er sie einfach hier versteckt hat. Vielleicht ist er high nach Hause gekommen und hat sie in letzter Minute hier gebunkert. Oder er hat sich gedacht, auf dem untersten Regalbord hinter den Suppendosen würde sie niemand suchen.

Es könnte aber auch Jenna gewesen sein. Vielleicht ist sie diejenige, die geraucht hat.

Nein, das passt nicht. Jenna würde sich die Lunge nicht ruinieren. Dafür ist ihr der Fußball viel zu wichtig.

Ich nehme das Fläschchen mit. Auf der Fahrt zum Club frage ich mich, wovon man rote Augen bekommt, abgesehen von Rauch, Staub oder ähnlichen Reizen. Allergien, Erschöpfung – aber beides muss man nicht verbergen. Ein Kater vielleicht. Vielleicht eine neue Droge, von der ich noch nicht gehört habe.

Als Kekona zum Unterricht kommt, sitze ich auf einer Bank und starre das Fläschchen mit den Augentropfen an.

Kekona ist so scharf auf Klatsch, dass sie auf den Fußballen auf und ab wippt, als wäre sie sechs und nicht sechzig. Kaum hat sie den Court betreten, fängt sie an zu reden, denn sie muss noch rasch alles loswerden, bevor sie die Stadt verlässt. Jedes Jahr geht Kekona für einen Monat zurück nach Hawaii, und der Termin der Abreise steht kurz bevor. Mit Schrecken denkt sie an all das, was sie jetzt verpassen wird, nachdem Naomis Leiche gefunden worden ist.

»Erwürgt«, sagt sie. »Wie die anderen.«

»Ich weiß.«

»Und die Folter. All diese verdammten Papierschnittwunden.«

Mein Herz setzt kurz aus. »Papierschnittwunden?«

»Die Polizei sagt, sie war davon übersät. Sie waren sogar auf ihren Augenlidern.« Sie erschauert, als wäre es kalt.

Papierschnittwunden.

Ich schließe die Augen und bemühe mich, mir nicht vorzustellen, wie Millicent das tut. Bemühe mich, den Gedanken auszuradieren, dass sie unseren Insiderscherz in etwas so Krankes verwandelt hat.

Es ist erst elf Uhr vormittags. Vorhin haben sie gesagt, ihre Fingerkuppen seien abgeschliffen worden, aber die Polizei habe Naomis Zahnarztunterlagen zum Abgleich gehabt. Sie sei es.

»Hat die Polizei von den Schnittwunden gesprochen?«, frage ich.

»Nicht offiziell. Ungenannte Quellen, hieß es«, sagt Kekona. »Aber wenn Sie mich fragen, das Irre daran ist das Timing.« Sie schweigt.

Also frage ich: »Was ist denn damit?«

»Na ja, die letzte Frau wurde ein Jahr festgehalten. Aber Naomi? Anderthalb Monate.«

»Vielleicht hatte Owen es satt, darauf zu warten, dass die Polizei ihn findet.«

Kekona lächelt. »Bisschen patzig heute, was?«

Ich zucke die Achseln und halte einen Tennisball hoch, um darauf hinzuweisen, dass wir jetzt spielen sollten, denn dafür bezahlt sie mich schließlich. Kekona streckt sich ein bisschen und schwingt den Schläger hin und her.

»Wenn es ein Film wäre, würde das unterschiedliche Timing etwas bedeuten«, sagt sie.

Sie hat recht, aber aus lauter falschen Gründen.

»Waren Sie es nicht, die gesagt hat, das Leben ist kein Horrorfilm?«

Kekona antwortet nicht.

»Aufschlag«, sage ich.

Sie schlägt zweimal auf. Ich gebe nicht zurück, denn sie will immer noch keinen Volley schlagen. Sie will ein Ass servieren.

»Sie sagen außerdem, sie war verbrannt«, erzählt Kekona.

»Verbrannt?«

»Das haben sie gesagt. Sie hatte überall Brandwunden, als wäre sie verbrüht worden.«

Ich verziehe das Gesicht bei dem Gedanken, mich versehentlich zu verbrühen. Aber Millicent hat es absichtlich getan.

»Ich weiß. Mir wird auch ganz schlecht«, sagt Kekona. Sie schlägt wieder auf und lässt den Schläger sinken. »Heute Morgen haben sie gesagt, vielleicht inszeniert er seine alten Verbrechen neu. Ein anderes Opfer hat er auch verbrannt,

Bianca oder Brianna. So ähnlich. Sie haben heute Morgen ein Bild von ihr gezeigt, und sie hat große Ähnlichkeit mit Naomi.«

Das alles habe ich verpasst. Dass ich zu Hause keine Nachrichten sehen kann, ist manchmal schon ein Problem. »Merkwürdig«, sage ich. »Aufschlag.«

Sie schlägt auf – neun Mal, zähle ich, und dann hört sie wieder auf, aber diesmal redet sie nicht über Owen.

Sie redet über Jenna.

»Ich habe von Ihrer Tochter gehört«, sagt sie.

Es überrascht mich nicht, dass Kekona von dem Zwischenfall beim Krav Maga gehört hat. Über genau solche Dinge haben wir immer getratscht. Da betrafen sie nur nicht meine Familie.

»Ja«, erwidere ich und überlege, wie ich es erklären und wie ich entschuldigen soll, dass meine Tochter ein anderes Kind mit einem Stein geschlagen hat. Sie hatte einen schlechten Tag? War bei einer Prüfung durchgefallen? Hatte vergessen, ihre Medikamente zu nehmen? Klingt alles nicht gut. Klingt alles so, als hätte meine Tochter sich nicht unter Kontrolle.

Kekona kommt herüber und tätschelt mir den Arm. »Keine Angst«, sagt sie, »Ihre Tochter wird ein krasser Feger.«

Ich muss lachen. Und ich hoffe, sie hat recht. Dass Jenna ein »krasser Feger« wird, ist mir lieber als alle anderen Möglichkeiten.

Als Kekonas Stunde zu Ende ist, habe ich endlich Gelegenheit, die Nachrichten zu sehen. Es stimmt, was sie über dieses frühere Opfer gesagt hat. Bianca und Naomi haben wirklich Ähnlichkeit miteinander. Beide hatten dunkles Haar und das gesunde Erscheinungsbild eines Mädchens von nebenan. Auch Bianca war verbrüht worden, aber nicht mit Wasser.

Sondern mit Öl.

Die Ähnlichkeit veranlasst die Medien, einen Blick zurückzuwerfen und sich Lindsay noch einmal anzuschauen, und jetzt haben sie ein früheres Opfer gefunden, das auch glattes blondes Haar hatte.

Für mich ist das alles ziemlich weit hergeholt. Die Medien brauchen etwas, worüber sie reden können, und ohne echte Informationen haben sie Zusammenhänge hergestellt, die nicht existieren. Wenn Millicent ein Verbrechen neu inszenieren wollte, wären die Details nicht ähnlich. Sie wären exakt gleich.

Diese Neuigkeiten bringen mich ein bisschen durcheinander. Auf dem Weg zur Arbeit habe ich den Brief an Josh eingeworfen. Es war so früh, dass der Parkplatz bei der Post noch leer war, und so hat niemand die OP-Handschuhe an meinen Händen gesehen, als ich ihn in den Briefkastenschlitz schob. Aber hätte ich die Nachrichten gesehen, hätte ich den Brief anders geschrieben. Ich hätte Josh mitgeteilt, dass die Presse sich irrte und wie immer einfach etwas erfunden habe. Die alten Opfer würden nicht neu kreiert, und deshalb sollten sie aufhören, von den Variationen der Folter zu reden.

Meine Tochter muss das nicht hören.

Aber ich habe die Nachrichten nicht gesehen, ich habe nichts über Bianca gehört, und jetzt ist es zu spät.

Im Clubhaus ist Josh auf allen Bildschirmen; er sieht erschöpft aus, aber auch aufgeregt. Er steht immer noch vor dem Lancaster Hotel. Im Tageslicht sieht das Gebäude beinahe knallig aus.

»Während wir wissen, dass Naomi George die Frau war, die in einem Container hinter diesem Hotel gefunden wurde, ist hingegen keiner der anderen Berichte, die im Umlauf sind, bisher bestätigt worden. Von unseren Quellen haben wir jedoch erfahren, dass Naomi erst seit einem Tag tot war, als sie gefunden wurde …«

Millicents GPS-Daten zeigen für diesen Tag nichts Ungewöhnliches. Sie war nicht mal in Joe's Deli, sondern nur bei der Schule, wo sie die Kinder abgesetzt hat, im Büro, in mehreren Häusern, die zum Verkauf stehen, im Supermarkt und an der Tankstelle. Kein Hinweis darauf, wo sie Naomi gefangen gehalten hat, es sei denn, es war in einem der angebotenen Häuser. Aber das ist unwahrscheinlich, wenn man bedenkt, dass dort von morgens bis abends Leute ein und aus gehen.

Nicht dass es jetzt noch wichtig wäre. Naomi ist gefunden worden. Und morgen hat Josh meinen Brief.

Er wird nicht warten mit der Veröffentlichung. Beim letzten Mal habe ich damit gerechnet, dass die Polizei sich mehr Zeit für die Untersuchung nehmen würde, aber die Meldung kam sofort. Diesmal dürfte es genauso sein. Der Brief sieht genauso aus wie der vorige, er riecht genauso, und sogar das Papier kommt von demselben Block. Es wird keinen Zweifel daran geben, dass auch der Absender derselbe ist wie bei den anderen. Wenn ich ein Spieler wäre, würde ich wetten, dass der Brief in den Nachrichten ist, bevor ich nach Hause komme.

Aber ich bin kein Spieler. Im Laufe von neununddreißig Jahren bin ich zu einem Planer geworden. Vielleicht sogar zu einem ziemlich guten.

NEUNUNDVIERZIG

Schwer zu sagen, ob ich meine imaginäre Wette gewonnen oder verloren habe. Es ist eine Frage von Abstufungen oder, in diesem Fall, von Stunden.

Ich habe erwartet, Josh werde den Brief unmittelbar vor den Abendnachrichten live präsentieren, sodass er auf allen Kanälen angekommen wäre, wenn die Leute sich zum Abendessen an den Tisch setzten. Stattdessen passiert es schon Stunden früher, als Jenna und ich in Dr. Beiges Praxis sind. Er findet, sie braucht häufigere Therapiesitzungen. Ich finde, sie braucht einen neuen Therapeuten. Seit Jenna zu ihm geht, ist es alles andere als besser geworden.

Millicent und ich nehmen die Termine abwechselnd wahr. Wir können uns beide nicht dreimal wöchentlich freinehmen, wie Dr. Beige es nach dem Krav-Maga-Zwischenfall vorgeschlagen hat. Heute bin ich an der Reihe; ich sitze im Wartezimmer, wo ich die Wahl zwischen therapeutischen Comics, lehrreichen Zeitschriften oder dem Fernseher habe. Sonst ist niemand da, nur eine streng aussehende Empfangsdame, die eine rabenschwarze Perücke trägt und mich ignoriert. Ich schalte eine Quizsendung ein und spiele im Kopf mit.

Die Meldung kommt ungefähr zehn Minuten, nachdem Jennas Sitzung angefangen hat, Josh erscheint auf dem Bildschirm, und nach einer kurzen Einleitung fängt er an, Owens Brief laut vorzulesen.

Die Rezeptionistin blickt auf.

Josh liest die Worte vor, die ich geschrieben habe, und mir läuft es kalt über den Rücken. Als er zum Ende kommt, zu Owens letztem Abschied, muss ich aufpassen, um nicht zu lächeln. Owen hört sich in diesem Brief wirklich an wie ein eitler Drecksack.

Leben Sie wohl.
Für immer.

Josh liest den Brief noch zweimal vor, ehe Jenna aus Dr. Beiges Zimmer kommt. Sie sieht gelangweilt aus.

Der Psychologe ist hinter ihr. Er sieht zufrieden aus.

»Tauschen«, sagt sie. Ich bin an der Reihe, ins Behandlungszimmer zu gehen, damit Dr. Beige mir eine Schale von seinem hafergrützenfarbenen Quatsch eintrichtern kann.

Aber heute weigere ich mich. »Tut mir leid, aber wir haben einfach nicht die Zeit. Wäre es möglich, dass wir später miteinander telefonieren?«

Der gute Doktor sieht nicht besonders zufrieden mit mir aus.

Mir ist es egal.

»Das wäre schön«, sagt er. »Wenn ich den Anruf nicht entgegennehmen kann, hinterlassen Sie einfach eine …«

»Sehr gut. Vielen Dank.«

Ich strecke ihm meine Hand entgegen, und es dauert einen Moment, bis er sie schüttelt. »Na dann, auf Wiedersehen.«

»Wiedersehen.«

Auf dem Parkplatz schaut Jenna mich von der Seite an.

»Du bist schräg«, sagt sie.

»Ich dachte, ich war immer schon schräg.«

»Schräger als sonst.«

»Das ist ziemlich schräg.«

»Dad.« Sie verschränkt die Arme und starrt mich an.

»Möchtest du einen Hot Dog?«

Jenna schaut mich an, als hätte ich vorgeschlagen, einen trinken zu gehen. »Einen *Hot Dog*?«

»Ja, du weißt doch, so einen kleinen Schlauch mit Fleisch oder so was in einem Brötchen mit Senf und …«

»Mom erlaubt uns keine Hot Dogs.«

»Ich sage ihr, sie soll auch kommen.«

Ich glaube, bei dieser Vorstellung gibt es eine kleine Explosion in Jennas Kopf, aber sie steigt ohne ein weiteres Wort ins Auto.

»Top Dog« bietet Hot Dogs in fünfunddreißig Variationen an, auch eine aus Tofu, die Millicent bestellt. Und sie sagt kein Wort, als Rory zwei All-Beef Chili Dogs ordert. Es fühlt sich an wie eine Feier, denn es ist auch eine. Owen ist endgültig weg. Die Nachricht läuft auf allen Fernsehern über unseren Köpfen. Heute ist alles nach Plan gegangen, und das scheinen alle zu spüren.

»Kann zu Hause jetzt wieder alles normal werden?«, fragt Rory.

Millicent lächelt. »Definiere ›normal‹.«

»Ohne Blackout. Zurück in der Zivilisation.«

»Du willst die Nachrichten sehen?«, frage ich.

»Ich will, dass es nicht verboten ist, die Nachrichten zu sehen.«

Jenna verdreht die Augen. »Du willst bloß Eindruck auf Faith machen.«

Und schon weiß ich, dass Rorys blonde Freundin Faith heißt.

»Wer ist Faith?«, fragt Millicent.

»Niemand«, sagt Rory.

Jenna kichert. Rory kneift sie, und sie quiekt.

»Hör auf«, sagt sie.

»Halt die Klappe.«

»Halt du die Klappe.«

»Moment mal, redet ihr von Faith Hammond?«, fragt Millicent.

Rory antwortet nicht, und das bedeutet Ja. Es bedeutet auch, dass Millicent Faiths Eltern kennt, wahrscheinlich weil sie den Hammonds ihr Haus verkauft hat.

»Warum haben sie ihn nicht gefangen?«, fragt Jenna und starrt zum Fernseher hinauf.

Vielleicht sind wir doch noch nicht wieder in der Normalität.

»Sie haben ihn schon mal gefangen«, sagt Rory. »Und er ist rausgekommen.«

»Also können sie ihn nicht fangen?«

»Das werden sie schon. Leute wie er bleiben nicht ewig in Freiheit«, sage ich.

Rory öffnet den Mund, um etwas zu sagen, aber Millicent bringt ihn mit einem Blick zum Schweigen.

Alles, was mir einfällt, klingt in meinem Kopf dumm, und deshalb halte ich den Mund. Nicht mal Rory sagt etwas. Niemand spricht, bis Jenna es tut.

»Mir ist nicht gut.« Sie reibt sich den Bauch. Jenna hatte einen Barbecue-and-Onion Dog, und der war fast so groß wie mein Chili Cheese Dog. Ich glaube nicht, dass ihre Magenbeschwerden heute etwas mit Stress zu tun haben.

Millicent wirft mir ihren Blick zu.

Ich nicke. Ja, es ist meine Schuld. Ich habe Hot Dogs vorgeschlagen.

Millicent greift nach ihrer Handtasche und winkt uns zu gehen. Sie hat sich äußerst anständig verhalten, wenn man bedenkt, dass die Hot-Dog-Aktion vorher nicht zwischen uns abgesprochen war. Ich nehme ihre Hand, und wir folgen den Kindern hinaus auf den Parkplatz.

»Und wie geht's deinem Magen?«, fragt sie.

»Ausgezeichnet. Und deinem?«

»Ging nie besser.«

Ich lehne mich zu ihr und will sie küssen. Sie dreht sich weg.

»Dein Atem ist abscheulich.«

»Und deiner riecht nach Tofu.«

Sie lacht, und ich lache, und meinem Magen geht es nicht annähernd so gut, wie ich behauptet habe. Als wir zu Hause sind, ist Jenna und mir übel. Sie läuft hinauf in ihr Bad, aber das schaffe ich nicht mehr. Ich benutze das Bad im Erdgeschoss.

Millicent läuft zwischen uns beiden hin und her, bringt uns Ginger Ale und kalte Kompressen.

»Hundeübel von den heißen Hunden!«, kräht Rory. Er lacht, und innerlich lache ich mit ihm.

Heute Abend ist alles komisch, sogar während ich im Bad auf dem Boden knie und kotze. Heute Abend ist es, als hätte ich ausgeatmet.

Mir war nicht klar, dass ich die Luft angehalten habe.

FÜNFZIG

In dieser Nacht hielt der Hot Dog mich wach, weshalb ich am nächsten Morgen ein bisschen länger geschlafen habe als sonst. Als ich das Haus verlasse, ist es zu spät, um an der Tankstelle haltzumachen. Stattdessen gehe ich in einen Coffeeshop gleich hinter dem Tor von Hidden Oaks. Dort gibt es Kaffee für fünf Dollar und einen Barista mit einem grässlichen Bart, der auf den Fernseher starrt. Er schüttelt den Kopf, während er mir einen einfachen Kaffee einschenkt.

»Ich muss aufhören, mir die Nachrichten anzusehen«, sagt er.

Ich nicke und verstehe ihn besser, als er ahnt. »Man kriegt nur Depressionen.«

»Aber hallo.«

Ich wusste nicht, dass es Leute gibt, die tatsächlich noch »Aber hallo« sagen. Dieser große Kerl mit seinem Bart tut es anscheinend.

Ich gehe, ohne zu fragen, was die Nachrichten gebracht haben. Sie reden immer noch darüber, ob Owen wirklich weg ist oder nicht, aber echte Neuigkeiten gibt es nicht. Keine Updates. Nur neue Arten, die alten Sachen zu wiederholen.

Und schon fängt Owen an zu verblassen. Er ist immer

noch die Topstory, aber er füllt nicht mehr die ganze Sendung.

Ganz so, wie ich dachte.

Jetzt drehen sich meine Gedanken um meine Familie, meine Kinder. Um Rorys Freundin, die ich immer noch nicht kennengelernt habe. Immerhin habe ich herausgefunden, dass die Hammonds im Nachbarblock wohnen. Rory würde ganze sechzig Sekunden brauchen, um von uns zu ihnen zu kommen, wenn er quer durch den Block liefe. Ich hätte das längst wissen müssen, so wie ich hätte wissen müssen, dass Rory sich hinausschleicht, aber ich war zu sehr damit beschäftigt, es selbst zu tun. Jetzt hole ich die verlorene Zeit nach.

Jenna ist seit Neuestem fasziniert von Make-up. Es hat erst letzte Woche angefangen, vielleicht weil sie nicht mehr versucht, sich vor Owen zu verstecken. Ich habe sie eines Morgens dabei ertappt, dass sie Lipgloss auflegte, bevor wir zur Schule fuhren, und Millicent sagte, anscheinend sei jemand in unserem Bad gewesen.

Aber sie hat immer noch das Messer unter der Matratze. Allmählich frage ich mich, ob sie vergessen hat, dass es dort liegt.

Das sind lauter Dinge, die mir entgehen würden, wenn ich noch abgelenkt wäre durch Owen, durch Naomi und Annabelle und Petra. Ich weiß nicht, wann ich den Akku des Wegwerfhandys das letzte Mal aufgeladen habe.

Und Millicent. Wir haben von einem richtigen Date-Abend gesprochen. Stattgefunden hat er noch nicht, aber wenn, dann werden wir nicht über Holly oder Owen oder so etwas sprechen. Einstweilen hat sie im Internet einen Kreuzzug gegen Hot Dogs gestartet.

Ich habe den Tracker von ihrem Wagen abgemacht. Ich will jetzt meine *Frau* ansehen, nicht einen blauen Punkt, der meine Frau darstellt.

Sogar die Arbeit boomt. Ich habe zwei neue Kunden, weil mein Zeitplan nicht mehr so unberechenbar ist. Den größten Teil des Tages verbringe ich im Club, und so habe ich Zeit für Networking, wenn ich nicht arbeite.

Andy. Mit ihm habe ich nicht mehr gesprochen, seit er aus Hidden Oaks weggezogen ist. Das hat er gleich nach Tristas Tod getan; er hat das Haus verkauft, und seitdem habe ich ihn nicht mehr gesehen. Das Clubhaus besucht er nicht mehr. Es kommt mir nicht richtig vor, dass ich ihn aus meinem Leben habe verschwinden lassen. Teils liegt es an meinem eigenen Zeitplan, aber es ist auch wegen Trista.

Ich rufe ihn an, aber er geht nicht ans Telefon, und er ruft auch nicht zurück. Halbherzig versuche ich, ihn im Internet zu suchen, um herauszufinden, wo er jetzt wohnt, aber nach ein paar Minuten gebe ich auf.

Das Fläschchen mit den Augentropfen habe ich immer noch, aber ich habe keinen Hinweis darauf gesehen, dass Rory oder sonst jemand irgendwelche Drogen nimmt. Ich kann mir nicht erklären, warum sie im Haus sind, geschweige denn in der Speisekammer. Augentropfen braucht man nicht zu verstecken.

Kekona ist für einen Monat nach Hawaii geflogen, und so ist Mrs Leland meine erste Schülerin. Sie spricht nicht gern über Verbrechen oder über Owen oder solche Dinge. Mrs Leland ist eine ernsthafte Tennisspielerin, die nur über Tennis redet.

Als ihre Stunde vorbei ist, habe ich eine Minute Zeit bis

zum nächsten Schüler, gerade genug, um eine Textnachricht von Millicent zu lesen.

?

Ich weiß nicht, was das bedeutet oder was sie wissen will, also schreibe ich zurück:

Was?

Ich bin mitten im Unterricht mit einem Rentner namens Artur, als Millicent mir den Link zu einer Pressemeldung schickt. Die Schlagzeile ergibt keinen Sinn.

OWEN IST TOT

Ich lese den Artikel, dann noch einmal, und beim dritten Mal ist er noch unglaublicher als beim ersten.

Vor fünfzehn Jahren wurde Owen Oliver Riley wegen Mordes vor Gericht gestellt und wegen eines Formfehlers freigesprochen. Er verschwand spurlos, bis vor Kurzem die Leiche einer jungen Frau gefunden wurde und jemand, der sich als Riley ausgab, einem Lokalreporter einen Brief schickte, in dem er die Verantwortung für den Mord übernahm und ankündigte, noch eine Frau zu ermorden, wobei er sogar das Datum nannte, an dem sie verschwinden würde. Als die Leiche einer zweiten Frau gefunden wurde, sah es so aus, als habe er sein Versprechen gehalten. In einem nächsten Brief behauptete er, er sei nun fertig und werde für immer verschwinden. Aber war er jemals hier?

»Nein«, sagt Jennifer Riley. Owens Schwester hat sich in der

vergangenen Woche bei der Polizei gemeldet und eine Aussage gemacht.

Sie behauptet, und das ist eine so schockierende Wendung, dass man sie kaum für real halten möchte, dass sie und ihr Bruder nach seiner Freilassung vor fünfzehn Jahren nach Europa gegangen seien. Beide sind nach ihrer Aussage nicht in die Staaten zurückgekehrt, nicht einmal zu Besuch. Sie hätten ihre Vornamen geändert und in der Anonymität gelebt.

Vor fünf Jahren, sagte sie der Polizei, habe man bei ihrem Bruder ein Karzinom der Bauchspeicheldrüse diagnostiziert, und nach mehreren Strahlenbehandlungen sei er der Erkrankung schließlich erlegen und verstorben. Sein Leichnam wurde eingeäschert, heißt es in ihrer Aussage.

In keiner amerikanischen Zeitung ist ein Nachruf auf Owen Riley erschienen. In einer britischen Zeitung jedoch, behauptet Jennifer Riley, gab es einen mit seinem angenommenen Namen. Eine Kopie davon legte sie der Polizei zusammen mit seiner Sterbeurkunde vor. Die Behörden sind zurzeit dabei, diese Informationen zu verifizieren.

Bis vor Kurzen, sagte Jennifer Riley der Polizei, habe sie keine Ahnung davon gehabt, dass ihr Bruder in die Gegend, in der sie aufgewachsen seien, »zurückgekommen« sei. »Ich wollte nichts damit zu tun haben«, fuhr sie fort. »Nachdem wir die Gegend vor so vielen Jahren verlassen hatten, wollte ich nichts damit zu tun haben. Aber eine alte Freundin hat sich bei mir gemeldet und mich überzeugt, etwas zu sagen, weil die Polizei sicher sei, dass es sich um Owen handelte.«

Und sie fährt fort: »Ich will es ganz klar und deutlich sagen: Die jüngsten Morde an zwei jungen Frauen sind von atemberaubender Tragik. Aber ich muss entschieden feststellen, dass mein Bruder nichts damit zu tun hatte.«

EINUNDFÜNFZIG

Mein Handy liegt auf dem Zementboden des Courts, und das Display ist zersplittert. Ich erinnere mich nicht, dass ich es fallen gelassen habe. Vielleicht habe ich es hingeworfen.

Eine Hand liegt auf meinem Arm. Arthur, mein Kunde, starrt mich an. Seine Augen sind von dichten grauen Brauen überschattet und von tiefen Falten umgeben. Sorgenfalten. »Alles okay?«

Nein. Nichts ist okay. »Entschuldigen Sie. Ich muss gehen. Eine Familien…«

»Natürlich. Gehen Sie nur.«

Ich hebe Handy und Tasche auf und verlasse den Court. Auf dem Weg zum Parkplatz höre ich, wie Leute Hallo sagen, aber ich sehe ihre Gesichter nicht. Ich sehe nur die Schlagzeile:

OWEN IST TOT

Als ich im Auto sitze und der Motor läuft, wird mir klar, dass ich keine Ahnung habe, wo Millicent eigentlich ist. Nicht ohne den Tracker an ihrem Auto.

Auf dem gesplitterten Display schreibe ich eine Textnachricht.

Date-Abend

Sie antwortet:

Date-Lunch. Sofort.

Ich fahre bereits vom Parkplatz.

Die Kinder sind in der Schule, also treffen wir uns zu Hause. Ihr Wagen steht draußen, und sie ist im Haus und geht im Wohnzimmer auf und ab. Sie trägt heute marineblaue Schuhe, die beim Gehen kein Geräusch machen. Ihr Haar ist jetzt kürzer; sie wollte nicht, dass Jenny in unserer Familie das einzige Mädchen mit kurzen Haaren ist.

Als ich das Zimmer betrete, bleibt sie stehen, und wir schauen einander an. Zu sagen gibt es nichts.

Nur dass wir es vermasselt haben.

Sie lächelt schmal. Es ist kein glückliches Lächeln. »Damit haben wir nicht gerechnet.«

»Das konnten wir auch nicht.«

Ich strecke die Arme aus, und sie kommt zu mir. Mein Herz schlägt schneller als sonst, und sie lehnt den Kopf dagegen.

»Sie werden anfangen, den wahren Mörder zu suchen.«

»Ja.« Sie legt den Kopf zurück und sieht zu mir auf.

»Wir könnten einfach fortgehen.«

»Fortgehen?«

»Wegziehen. Wir müssen doch nicht hier wohnen. Wir müssen nicht mal in diesem Staat wohnen. Tennisunterricht kann ich überall geben. Und Immobilien kannst du auch überall verkaufen.« Die Idee ist mir gerade erst gekommen. »Such dir einen Ort aus.«

»Das ist nicht dein Ernst.«

»Warum nicht?«

Sie löst sich von mir und fängt wieder an, auf und ab zu gehen. Ich sehe, wie sie im Geiste Listen aufstellt und sich überlegt, was alles erledigt werden muss. »Wir sind mitten im Schuljahr.«

»Ich weiß.«

»Ich wüsste gar nicht, welchen Ort ich aussuchen sollte.«

»Das können wir uns zusammen überlegen.«

Sie schweigt.

Ich wiederhole, was auf der Hand liegt. »Sie werden nach dem wahren Mörder suchen.«

Das war bisher nie ein Problem. Die erste Leiche, die sie gefunden hatten, war Lindsay. Bis dahin wusste nicht mal jemand, dass es einen Mörder gab. Sie suchten niemanden.

Aber jetzt doch. Und sie wissen, dass es jemand war, der sich als Owen ausgegeben hat.

»Sie werden nie darauf kommen, dass wir es waren«, sagt sie.

»Nie?«

Millicent schüttelt den Kopf. »Ich wüsste nicht, wie. Wir haben im Grunde alles aufgeteilt. Ich habe die Briefe nie angerührt …«

»Aber wo immer du Naomi festgehalten hast …«

»Das hast du nie gesehen. Und was ist mit dir? Hat irgendjemand dich mit …«

»Nein. Ich habe nie mit Naomi gesprochen.«

»Nie?« Millicent schweigt einen Moment. »Das ist doch gut. Niemand hat dich mit ihr gesehen.«

»Nein.«

»Und Lindsay?«

Ich schüttle den Kopf. Lindsay und ich haben beim Wandern miteinander gesprochen. »Niemand hat uns gesehen.«

»Gut.«

»Jenna«, sage ich. »Ich denke fast, wir sollten wegziehen wegen …«

»Lass uns zumindest abwarten, bis wir wissen, ob es überhaupt stimmt oder ob sich jemand einen Jux macht.«

Ich muss lächeln. Die Ironie ist zu dick aufgetragen. »Wie Owens Briefe. Auch ein Jux.«

»Ja. Genau so.«

Die Erinnerungsfunktion an meinem Telefon piepst. Meine nächste Unterrichtsstunde fängt in fünfzehn Minuten an. Entweder fahre ich jetzt los, oder ich sage ab.

»Fahr los«, sagt sie. »Wir können jetzt nur abwarten.«

»Wenn es stimmt …«

»Dann reden wir wieder darüber.«

Ich gehe zu ihr und küsse sie wieder auf die Stirn.

Sie legt mir eine Hand auf die Wange. »Wir schaffen das.«

»Wie immer.«

»Genau.«

Die Kinder haben die Nachricht schon gehört. Wir hatten vorgehabt, ihnen beim Abendessen alles zu erzählen, aber da wussten sie es schon. Das Internet und ihre Freunde sind schneller als wir.

Wenn es Rory interessiert, merkt man es ihm nicht an. Seine Hände umklammern das Handy, die Rettungsleine, die ihn mit seiner Freundin verbindet.

Jennas Gesicht ist wie versteinert. Ihre sonst so ausdrucksvollen Augen blicken einfach durch uns hindurch. Sie hört nichts, sie ist nicht mal bei uns im Zimmer. Ich habe keine

Ahnung, wo sie ist. Sie sagt nichts, bis Millicent und ich ihr ausführlich erklärt haben, was wir ihr seit Wochen erklären: Du bist in Sicherheit.

Ich habe nicht den Eindruck, dass sie uns glaubt. Ich bin nicht mal sicher, dass ich selbst uns glaube. Alles, was sie für wahr hielt, erweist sich als falsch. Owen war niemals hier. Es war schon immer jemand anders, und niemand weiß, wer.

Ich kann ihr nicht verdenken, dass sie sich verschließt. Ich täte es am liebsten auch.

Als wir fertig sind, springt Rory auf und läuft zur Treppe. Seine Finger tippen bereits auf dem Handy.

Jenna starrt weiter geradeaus.

»Baby?« Ich berühre ihre Hand. »Alles okay?«

Sie drehte sich zu mir um, und ihre Augen erfassen mich. »Dann ist also alles gelogen. Der Mörder ist vielleicht gar nicht weg.«

»Das wissen wir noch nicht«, sagt Millicent.

»Aber vielleicht.«

Ich nicke. »Vielleicht.«

Eine Minute verstreicht, dann noch eine.

»Okay«, sagt sie und zieht ihre Hand unter meiner weg. »Ich gehe nach oben.«

»Geht's dir …«

»Mir geht's gut.«

Millicent und ich sehen ihr nach.

Den Rest des Abends suche ich im Internet nach einem neuen Wohnort für uns. Ich springe hin und her zwischen Websites über Wetter, Schulen, Lebenshaltungskosten und den Nachrichten.

Es ist ein seltsames Gefühl, nicht zu wissen, was als

Nächstes kommt. Seit meinem ersten Brief an Josh waren die Nachrichten für mich zum großen Teil nicht überraschend. Ich wusste ja, was in den Briefen stand, und konnte mir denken, wie die Experten sie analysieren würden. Nicht mal Naomis Leiche war eine Überraschung. Ich kannte keine Details, aber ich wusste, sie würde gefunden werden.

Das Einzige, was mich überraschte, waren die Papierschnitte.

Aber jetzt ist gar nichts mehr vertraut, nichts ist wie erwartet. Das gefällt mir nicht.

ZWEIUNDFÜNFZIG

Ich beobachte die Entwicklung im Fernsehen, als hätte ich nichts damit zu tun. Als wäre ich nur irgendein Zuschauer. Und weil es nicht in meiner Macht steht, den Lauf dieser Geschichte zu ändern, hoffe ich eben. Immer wenn ich die Nachrichten einschalte, hoffe ich, Owens Schwester hat sich als Lügnerin entpuppt. Aber eines Abends sitze ich hinten auf der Veranda und sehe mir die Elf-Uhr-Nachrichten an, und Josh sagt etwas ganz anderes.

Heute Abend ist er im Studio und trägt Jackett und Krawatte, und sein Gesicht sieht aus, als sei es Minuten vor Beginn der Sendung rasiert worden. Josh hört sich an wie ein seriöser Reporter, als er sagt, dass Jennifer Riley nach Amerika zurückkommen will. Sie will den Namen ihres Bruders reinwaschen.

Der Drang, mein Handy noch einmal auf den Boden zu werfen, wird durch ein scharrendes Geräusch an der Seite des Hauses vertrieben. Ich stehe auf, um nachzusehen.

Rory.

Nur er würde sich weiter hinausschleichen, nachdem er beim Hinausschleichen erwischt worden ist.

Besser gesagt, nur er schafft es, sich unbemerkt weiter hinauszuschleichen, nachdem er beim Hinausschleichen erwischt worden ist. Wie oft ist es mir wohl schon entgangen?

Er sieht mich, als seine Füße den Boden berühren. Er war auf den Weg hinaus, nicht hinein.

»Oh«, sagt er. »Hey.«

»Ein bisschen frische Nachtluft schnappen?«

Er zuckt die Achseln, gibt aber nichts zu.

»Setzen wir uns«, sage ich.

Statt uns auf der Veranda niederzulassen, gehen wir in den Garten. Wir haben einen Picknicktisch mit einem Sonnenschirm, hinten zwischen der großen Eiche und dem abgebauten Spielgerüst.

»Du hast nicht viel Spielraum«, sagt Rory, »wenn du über das Wegschleichen reden willst.«

Vor ein paar Tagen, als Owen angeblich für immer verschwunden war, hätte mir diese Bemerkung vielleicht nichts ausgemacht. Ich hatte mich darauf gefreut, mit meinem Sohn über seine erste Freundin zu reden. Jetzt kommt es mir vor wie eine saure Pflicht.

Ich deute auf eine der Bänke. »Pflanz. Deinen. Arsch. Da. Hin.«

Er gehorcht.

»Zum Ersten«, sage ich, »hast du vielleicht bemerkt, dass deine Schwester gerade eine ziemlich schwierige Zeit durchmacht. Und ich bin sicher, du, ihr einziger Bruder, willst es ihr nicht noch schwerer machen. Oder?«

Er schüttelt den Kopf.

»Natürlich nicht. Deshalb weiß ich, du wirst ihr nichts von deiner kleinen Theorie erzählen, nach der ich eure Mutter betrüge.«

»Theorie?«

Ich starre ihn an.

Wieder schüttelt er den Kopf. »Ich werde nichts sagen.«

»Und ich weiß, du wirst mich nicht mit dir und der Tatsache vergleichen, dass du dich nachts aus dem Haus schleichst. Denn du bist nicht mal halb so alt wie ich. Du bist nicht mal annähernd erwachsen. Du darfst das nicht.«

Er nickt.

»Was?«, frage ich.

»Nein. Ich wollte uns nicht vergleichen.«

»Außerdem weiß ich, wenn ich dich jetzt frage, warum du heimlich verschwindest, wirst du mir nicht erzählen, du wolltest dich mit Daniel treffen. Doch das stimmt nicht, oder?«

»Nein.«

»Du triffst dich mit Faith Hammond.«

»Ja.«

»Ausgezeichnet. Ich bin froh, dass wir das geklärt haben.«

Rorys Handy vibriert. Sein Blick geht zwischen dem Telefon und mir hin und her, aber er nimmt es nicht in die Hand.

»Mach schon«, sage ich.

»Schon okay«, sagt er.

»Lass Faith nicht warten.«

Er nimmt das Handy und schreibt eine Textnachricht, und dabei streicht er sich die roten Haare aus den Augen. Faith antwortet sofort, und er schreibt noch eine. Der Schriftwechsel geht weiter, und ich warte, bis er das Handy auf den Tisch legt. Mit dem Display nach oben.

»Entschuldige«, sagt er.

Ich seufze.

Ich bin nicht wütend auf Rory. Er ist nur ein Junge, der festgestellt hat, dass Mädchen eigentlich doch nicht so übel sind. Er hat immer gesagt, Mädchen seien »abscheulich und fies und vor allem hässlich«. Das hatte er aus einem Buch, das er gelesen hatte, und es brachte mich immer zum Lachen. Ich sah dann Millicent an und sagte: »Du bist diejenige, die sie jede Woche in die Bibliothek gebracht hat.« Wenn dieser Wortwechsel zufällig in der Küche stattfand, ließ sie das Geschirrtuch in meine Richtung schnalzen. Einmal traf sie mich damit so hart, dass sie mir eine Wunde am Arm verpasste. Die Verletzung war nur oberflächlich; nur die Haut platzte ein bisschen auf, aber Rory war beeindruckt von seiner Mutter. Von mir weniger.

Und jetzt verdrückt er sich spätabends, um eine kleine Blonde namens Faith zu treffen.

»Schleicht sie sich auch weg?«, frage ich. »Trefft ihr euch irgendwo?«

»Manchmal. Aber ich kann auch rauf in ihr Zimmer.«

Ich will es ihm verbieten und ein Schloss an seinem Fenster anbringen und Faiths Eltern anrufen und ihnen sagen, die beiden seien zu jung, und es sei zu gefährlich. Owen sei tot, und ein Mörder treibe sich herum.

Aber das ist nicht wahr. Ich muss nur so tun, als wäre es so. Wie ich auch so tun muss, als ob ich mich an meine erste Freundin nicht erinnerte.

»Ihr müsst damit aufhören«, sage ich. »Du hast die Nachrichten gesehen. Es ist zu gefährlich, wenn ihr beide nachts allein draußen unterwegs seid.«

»Ja, ich weiß, aber …«

»Und du solltest überhaupt nicht heimlich verschwinden. Wenn ich es deiner Mutter erzähle, verriegelt sie dein Fenster und bringt überall Kameras an.«

Rorys Augenbrauen hüpfen nach oben. »Sie weiß es nicht?«

»Wenn sie es wüsste, hättest du Hausarrest bis zum College. Und deine Freundin auch.«

»Okay. Wir hören auf damit.«

Ich hole tief Luft. Dass ich wütend bin, bedeutet noch nicht, dass ich verantwortungslos bin. »Und wenn du schon mal eine Freundin hast, wie sieht es denn mit Verhütung …«

»Dad, ich weiß, wie man Kondome kauft.«

»Gut, gut. Also schreib ihr nachts Textnachrichten, okay? Treffen könnt ihr euch tagsüber, okay?«

Er nickt und steht hastig auf, als habe er Angst, ich könnte es mir noch anders überlegen.

»Eins noch«, sage ich. »Und antworte mir klipp und klar.«

»Okay.«

»Nimmst du irgendwelche Drogen?«

»Nein.«

»Du rauchst kein Gras?«

Er schüttelt den Kopf. »Nein. Ich schwöre.«

Ich lasse ihn gehen. Im Moment habe ich keine Zeit herauszufinden, ob er lügt.

Wenn ich nicht gerade die Nachrichten sehe, denke ich ständig darüber nach, was uns vielleicht noch alles entgangen sein mag. Ich denke an all die Möglichkeiten, überführt zu werden, an all die forensischen Daten, von denen ich im Fernsehen erfahren habe. DNA, Spurenmaterial, Fasern – das alles geht mir im Kopf herum, als ergäbe es irgendeinen Sinn, was es nicht tut, aber ich weiß, es wird nicht auf mich hindeuten. Ich habe nie ein Wort mit Naomi gesprochen. Alle Spuren, die sie finden können, werden zu Millicent führen.

Owens Schwester sehe ich zuerst im Fernsehen. Owen war

etwas über dreißig, als er mordete. Jetzt wäre er um die fünfzig. Jennifer sieht ein bisschen jünger aus, vielleicht Mitte vierzig. Sie hat seine blauen Augen, aber das Blond ihrer Haare ist ein bisschen schmutziger. Sie ist so dünn, dass ihre Schlüsselbeine hervorstechen, genau wie die Adern an ihrem Hals. Man sagt, die Kamera gibt fünf Kilo dazu, und wenn das stimmt, muss Jennifer im wirklichen Leben richtig krank aussehen.

Sie ist auf jedem Bildschirm im Clubhaus. Die Mittagsgäste sind dageblieben und trinken noch einen Cocktail, damit sie die Pressekonferenz sehen können. Es ist das erste Mal, dass die Öffentlichkeit Owens Schwester zu sehen bekommt.

Der Polizeichef steht auf der einen Seite neben ihr, der Rechtsmediziner auf der anderen. Der eine hat Haare, der andere nicht, aber ihre Bäuche sind ungefähr gleich umfangreich.

Jennifer sagt, sie sei Owen Oliver Rileys Schwester, und wir seien alle im Irrtum, was diese Morde angehe.

»Ich kann beweisen, dass Owen in den letzten fünf Jahren niemanden umgebracht hat. Ich habe den weiten Weg hierher zurück gemacht, damit alle es begreifen: Mein Bruder ist tot.« Jennifer hält ein Blatt Papier hoch und sagt, das sei Owens Todesurkunde, unterzeichnet von einem Coroner in Großbritannien und versehen mit einem amtlichen Siegel. Sie wiederholt das Wort. »*Tot.*«

Der Rechtsmediziner tritt ans Mikrofon und bestätigt, was Jennifer gesagt hat.

Tot.

Als Nächstes kommt der Polizeichef, der sich endlos darüber verbreitet, wie unvermeidlich es gewesen sei, dass seine Polizei sich auf Owen konzentriert habe. Man habe sie in die Irre geführt. Auch er bestätigt Jennifers Behauptung.

Tot.

Uns ist jetzt alles klar. Wir glauben ihr. Owen ist tot, und die Polizei wird sich noch einmal mit dem vorliegenden Beweismaterial befassen, um festzustellen, was sie übersehen hat.

Aber vorher hat Jennifer noch etwas zu sagen. »*Es tut mir leid für die Familien, und ich bedaure, dass so viel Zeit damit verschwendet worden ist, sich auf meinen Bruder zu fokussieren, statt den wahren Mörder zu suchen. Eine alte Freundin hat sich bei mir gemeldet und mir erzählt, was hier in Woodview passierte. Als sie mich bat zurückzukommen, wusste ich, ich muss tun, was richtig ist.*«

Jennifer gibt jemandem hinter ihr ein Zeichen, und der Rechtsmediziner tritt zur Seite. Die Kamera zoomt die Freundin heran.

In meinem Kopf dreht sich plötzlich alles so schnell, dass ich beinahe das Bewusstsein verliere.

Die Frau, die Jennifer Riley herangewinkt hat, ist rundlich und blond, und ihr Lächeln lässt den Bildschirm erstrahlen.

Denise. Die Frau hinter der Theke in Joe's Deli.

DREIUNDFÜNFZIG

Der GPS-Tracker liegt vorn auf der Ablage in meinem Wagen. Ich drehe ihn auf die eine, dann auf die andere Seite, und dann fange ich wieder von vorn an. Das tue ich im Geiste, seit die Frau aus Joe's Deli, Millicents neuem Lunch-Favoriten, im Fernsehen aufgetreten ist.

Denise. Die Frau, die Jenna und mich bedient hat.

Das ist ein Zufall. Es muss einer sein. Dass Owen tot ist, hilft Millicent und mir nicht. Es schadet uns.

Wenn Joe's ein Biobistro wäre, das Roastbeef von Kühen servierte, die mit Biogras gefüttert wurden, käme ich nie auf den Gedanken, dass es kein Zufall sein könnte. Aber das ist Joe's nicht. Joe's ist ein Deli, in dem »bio« ein Wort aus einer anderen Sprache ist.

Wenn ich Millicent nach dieser neuen Vorliebe für billige Deli-Sandwiches fragen könnte, würde ich es tun. Aber eigentlich sollte ich gar nichts davon wissen. Ich bin an diese Information nur gekommen, weil ich meiner Frau nachspioniert habe.

Das habe ich noch nie getan. Ich habe daran gedacht, aber getan habe ich es nie. Nicht mal damals, als Millicent mit einem Mann zusammenarbeitete, der sie nicht nur als Kollegin schätzte. Das war mir von unserer ersten Begegnung an klar.

Cooper. Der ehemalige Verbindungstudent, der nie geheiratet hatte und das auch nicht wollte. Er wollte nur eins: mit Millicent schlafen.

Cooper war der Kerl, der mit Millicent zu der Tagung in Miami flog. An dem Wochenende, als Crystal mich küsste.

Ich war überzeugt, dass Cooper mit Millicent das Gleiche getan hatte.

Als sie zurückkamen, hätte diese Überzeugung mich beinahe dazu gebracht, ihnen beiden nachzuspionieren. Aber das tat ich nicht. Jedenfalls nicht ihr. Aber Cooper, den beobachtete ich lange genug, um zu begreifen, dass er mit jeder Frau schlafen wollte. Nicht nur mit Millicent.

Und soweit ich es erkennen konnte, hatten sie nicht miteinander geschlafen.

Jetzt, nachdem ich meiner Frau nachspioniert habe, weiß ich, wo das Problem bei der Sache liegt. Ich kann mit den Informationen nichts anfangen. Der Tracker liegt vor mir auf der Ablage, und ich sitze auf dem Parkplatz des Clubs und starre das Ding an. Spionieren führt nur zu weiterem Spionieren. Hätte ich gewusst, dass es ein solcher Teufelskreis ist, hätte ich es nie getan.

Als ich noch hin und her überlege, schickt Millicent mir eine Textnachricht.

Chicken Pho zum Abendessen?

Gute Idee.

Ich warte auf eine weitere Textnachricht, beispielsweise *Date-Abend* oder irgendetwas mit einem Bezug zu den Nachrichten von heute. Aber mein Handy bleibt dunkel.

Als ich nach Hause komme, steht Millicents Auto schon in der Garage. Ich denke daran, den Tracker wieder anzubringen, aber ich lasse es bleiben.

Sie ist in der Küche und macht Chicken Pho. Ich fange an, ihr zu helfen, und schneide Gemüse, während sie frische Zwiebeln und Ingwer in die Brühe gibt.

Die Kinder sind nicht da.

»Oben«, sagt sie, bevor ich fragen kann. »Hausaufgaben.«

»Hast du die Nachrichten gesehen?«

Sie schiebt die Lippen vor und nickt. »Er ist tot.«

»Sie haben es nur an die tausend Mal gesagt.«

Ich lächle schmal. Sie auch. Wir können nichts daran ändern, dass Owen tot ist.

Eine Zeitlang sagen wir nichts und konzentrieren uns auf das Abendessen. Ich suche nach einer Möglichkeit, Denise zu erwähnen, aber die Kinder sind schneller da als irgendeine Idee.

Ich wiederhole noch einmal, dass sie nicht auf alles achten sollen, was sie in den Nachrichten hören. »Euch wird nichts passieren.«

Das steht in direktem Widerspruch zu dem, was ich Rory neulich nachts gesagt habe, als ich erklärte, es sei zu gefährlich, sich nachts hinauszuschleichen. Aber Rory schlägt auch keine Kids mit Steinen. Jenna tut das.

Er bemerkt es trotzdem, sieht mich an und verdreht die Augen. Seit unserem Gespräch im Garten haben wir nicht viel miteinander geredet. Ich weiß nicht, ob er wütend ist, weil ich ihn erwischt habe oder weil ich ihn gefragt habe, ob er Drogen nimmt. Wahrscheinlich aus beiden Gründen.

Als niemand mehr etwas über Owen zu sagen hat, wendet sich die Unterhaltung dem Samstag zu. Rory geht zum

Golf, Jenna hat ein Fußballspiel, und Millicent ist an der Reihe, sie zu begleiten. Ich werde arbeiten, und wir treffen uns alle zum Lunch.

Owen kommt erst später wieder zur Sprache, als das Essen vorbei und das Geschirr abgeräumt ist und die Kinder schlafen gegangen sind. Millicent ist in unserem Bad und macht sich bettfertig, und ich sehe die Nachrichten an. Als sie herauskommt, trägt sie eins meiner T-Shirts aus dem Club und eine Jogginghose, und ihr Gesicht glänzt von Nachtcreme. Sie verreibt sie an den Händen und starrt auf den Bildschirm.

Josh steht vor dem Lancaster Hotel, wo Jennifer Riley wohnt. Er redet von der Pressekonferenz und blendet dann das Video ein.

»Das habe ich noch nicht gesehen«, sagt Millicent.

»Nicht?«

»Nein. Ich habe die Story gesehen, wie sie im Netz steht.«

Ich stelle den Fernseher lauter. Sie zeigen Ausschnitte von der Pressekonferenz, darunter alle, in denen jemand das Wort *tot* ausgesprochen hat. Niemand hat gesagt, Owen sei *verstorben*. Nicht mal seine Schwester.

Als Denise im Bild erscheint, sehe ich Millicent an.

Sie legt den Kopf schräg.

Ich warte.

Als der Ausschnitt zu Ende ist, sagt sie: »Das ist merkwürdig.«

»Was ist merkwürdig?«

»Ich kenne die Frau. Sie ist eine Klientin.«

»Wirklich?«

»Sie hat einen Deli. Sogar ziemlich erfolgreich. Und sie sucht ein Haus.«

Sie geht wieder ins Badezimmer.

Innerlich atme ich aus. Denise ist eine Klientin. Ich bin nie auf den Gedanken gekommen, sie könnte genug Geld haben, um ein Haus zu kaufen – zumindest kein Haus von der Sorte, die Millicent verkauft –, aber sie hat es.

Ich bin so dämlich.

Obwohl ich erleichtert bin, dass es sich anscheinend nur um einen verrückten Zufall handelt, ist unser Problem damit nicht verschwunden. Owen ist tot, und jetzt sucht die Polizei den wahren Mörder.

Der Chief hat gesagt, ein neuer Detective habe den Fall übernommen. Er käme von einem anderen Revier und werde alles mit frischem Blick noch einmal aufrollen. Ich hätte mir Denise mit frischem Blick ansehen sollen.

Als Millicent aus dem Bad kommt, sind Fernseher und Nachttischlampen aus. Sie gesellt sich zu mir ins Bett, und ich drehe mich zu ihr um, obwohl es zu dunkel ist, um etwas zu sehen.

»Ich will nicht wegziehen«, sagt sie.

»Ich weiß.«

Sie schiebt ihre Hand in meine. »Ich mache mir Sorgen.«

»Wegen Jenna? Oder wegen der Polizei?«

»Wegen beiden.«

»Wie wär's, wenn wir die Stadt verlassen?«, schlage ich vor.

»Ich habe doch gerade gesagt …«

»Ich rede von einem Urlaub.«

Sie schweigt. Im Geiste gehe ich alle Gründe durch, die dagegensprechen. Die Kinder würden die Schule versäumen. Wir haben kein Geld übrig. Sie hat mehrere Abschlüsse in der Schwebe. Ich sollte meinen Kunden nicht schon wieder absagen. Dieselben Gründe gehen sicher auch ihr durch den Kopf.

»Ich überleg's mir«, sagt sie. »Mal sehen, wie es weitergeht.«

»Okay.«

»Gut.«

»Das Chicken Pho war ausgezeichnet«, sage ich.

»Unsinn.«

»Selbst wenn wir jetzt nicht in Urlaub fahren, sollten wir es tun, sobald das alles vorbei ist.«

»Machen wir.«

»Versprich es.«

»Ich verspreche es«, sagt sie. »Und jetzt schlaf.«

VIERUNDFÜNFZIG

Der neue Detective ist eine Frau. Ihr voller Name lautet Claire Wellington, und das klingt, als könne die Familie ihren Stammbaum bis zur *Mayflower* zurückführen. Aber ich wette, das kann sie nicht. Nicht dass das eine Rolle spielen würde.

Claire ist eine streng aussehende Frau mit kurzem braunem Haar, heller Haut und braunem Lippenstift. Sie trägt nüchterne Hosenanzüge in dunklen Farben, und sie lächelt nie. Das weiß ich, weil sie dauernd im Fernsehen ist. Ihre Vorstellung von kriminalpolizeilicher Arbeit besteht darin, die Öffentlichkeit um Hilfe zu bitten.

»Ich weiß, dass jemand in dieser Gemeinde etwas gesehen hat, auch wenn er es nicht weiß. Vielleicht in der Nacht, als Naomi verschwunden ist. Alle waren in dieser Nacht wachsam, und alle wussten, dass etwas passieren würde. Vielleicht auch, als Naomi Georges Leiche in den Container hinter dem Lancaster Hotel geworfen wurde. Bitte erinnern Sie sich an diese Nacht, erinnern Sie sich an das, was Sie taten, mit wem Sie zusammen waren, was Sie gesehen haben. Vielleicht haben Sie etwas gesehen, ohne es zu merken.«

Man hat eine Website eingerichtet, wo die Leute ihre Informationen hochladen können. Oder sie können eine Hinweisnummer anrufen und dort anonym alles mitteilen, was mit Lindsay und Naomi zu tun hat.

Diese Entwicklung gefällt mir nicht. Mit ihrer Public-Relations-Tour im Fernsehen kann Claire alle möglichen neuen Informationen ans Licht zerren.

»Die Polizei nutzt jetzt auch ein innovatives Computerprogramm, entwickelt an der UF Sarasota, wo Studenten einen Algorithmus geschrieben haben, der die Hinweise nach Wörtern durchsuchen kann, die mehrfach wiederholt werden. Diese Hinweise werden dann in der Reihenfolge ihrer Nützlichkeit sortiert.«

Das alles passiert innerhalb von wenigen Tagen nach Claires Ankunft. Es ist schlimm genug, dass ich sie im Fernsehen sehen muss. Die. Gan. Ze. Zeit. Jetzt muss ich mir auch noch anhören, wie innovativ und effizient sie ist. Selbst zu Hause gibt es kein Entrinnen. Millicent besteht darauf, dass wir abends nicht mehr fernsehen, weil Claire ständig in den Werbepausen aufpoppt. Die Lokalsender geben inzwischen die Nummern der Hinweistelefone auf dem Bildschirm bekannt.

Statt fernzusehen, spielen wir miteinander. Millicent hat ein Kartenspiel und ein Rack mit Chips aufgetrieben, und wir bringen den Kindern Poker spielen bei. Das ist immer noch besser, als Claire zuzusehen.

Rory kennt das Spiel schon. Er hat eine Poker-App auf seinem Handy.

Jenna begreift es schnell, denn sie begreift immer alles schnell. Außerdem hat sie das beste Pokerface. Ich glaube, es ist besser als Millicents.

Mein Pokerface ist miserabel, und ich verliere mit jedem Blatt.

Während wir spielen, erwähnt Rory, dass morgen eine Schulversammlung stattfindet. Millicent zieht die Stirn kraus und dann wieder glatt. Sie bemüht sich, die Stirn nicht mehr so oft kraus zu ziehen, damit sie keine Falten bekommt.

»Ich habe keine Mitteilung über eine Schulversammlung erhalten«, stellt sie fest.

»Dieser Detective kommt in die Schule«, sagt Jenna.

»Diese Tante«, sagt Rory.

Millicent runzelt wieder die Stirn.

»Warum kommt die Polizistin in eure Schule?«, frage ich.

Rory zuckt die Achseln. »Wahrscheinlich will sie uns fragen, ob wir was gesehen haben. Wie sie es auch im Fernsehen tut. Daniel sagt, sie geht in alle Schulen.«

Jenna nickt, als habe sie das Gleiche gehört.

»Sie nervt«, sagt Rory. »Aber wenigstens fällt der Unterricht aus.«

Millicent wirft ihm einen Blick zu. Er tut, als sähe er es nicht, und studiert seine Karten.

»Na, ich mag sie«, sagt Jenna.

»Du magst die Polizistin?«, frage ich.

Jenna nickt. »Sie sieht *tough* aus. Als ob sie ihn wirklich kriegen würde.«

»Ja, das sehe ich auch so«, sagt Rory. »Als wäre sie besessen oder so was.«

Hätte ich mir ja denken können, dass Jenna bei der Frau, die uns vielleicht kriegen wird, ein gutes Gefühl hat. »Alle trauen ihr eine Menge zu«, sage ich.

»Hoffentlich kann ich mit ihr sprechen«, sagt Jenna.

»Sie ist sicher sehr beschäftigt.«

»Schon klar. Ich sage nur.«

Als ich in der Aula von Jennas und Rorys Schule ankomme, ist sie vollgestopft mit Kindern, Lehrkräften und Eltern.

Claire war schon so oft in den Nachrichten, dass sie beinahe prominent ist.

Sie ist größer als erwartet, und selbst in einem vollen Saal wirkt sie einschüchternd. Claire hat nicht vor, über sich selbst, ihre Vergangenheit oder ihre Erfahrungen zu sprechen. Als Erstes sagt sie den Kindern, sie seien alle nicht in Gefahr.

»Wer immer diese Frauen ermordet hat, will nichts von euch. Er sucht Frauen, die älter sind als ihr. Höchstwahrscheinlich werdet ihr der Person, die Naomi und Lindsay umgebracht hat, niemals begegnen.«

Jenna sitzt mit ihren Freundinnen gleich rechts vor der Bühne. Selbst von hinten kann ich sehen, wie sie sich vorbeugt, um alles genau mitzubekommen.

Rory sitzt mit seiner Freundin in der Mitte. Vielleicht hört er zu, vielleicht auch nicht. Schwer zu sagen.

»Falls ihr diesem Mörder jedoch begegnet seid«, fährt Claire fort, »wisst ihr es vielleicht gar nicht. Vielleicht habt ihr etwas gesehen, ohne zu wissen, dass es wichtig ist. Alles, was ihr ungewöhnlich oder auffällig findet, könnte aber wichtig sein.«

Sie sagt das Gleiche wie im Fernsehen, aber in einfacheren Sätzen. Zum Schluss sagt sie, sie werde nachher noch zur Verfügung stehen, falls jemand mit ihr reden möchte. Deshalb bin ich hier. Erstens, um sicherzustellen, dass Jenna Gelegenheit bekommt, mit Claire zu sprechen. Zweitens, um sie selbst kennenzulernen.

Jennas Freundinnen sind dabei, deshalb umarmt sie mich nicht. Zusammen warten wir darauf, mit Claire sprechen zu können. Eine unordentliche Schlange von Leuten hat sich vor ihr gebildet. Als wir an der Reihe sind, stelle ich mich vor. Sie ist so groß, dass wir uns auf Augenhöhe begegnen. Im Fernsehen sind ihre Augen von schlichtem Braun. Aus der Nähe sehe ich goldene Punkte.

»Das ist meine Tochter Jenna«, sage ich.

Statt Jenna zu fragen, wie alt sie ist oder in welche Klasse sie geht, fragt Claire sie, ob sie später zur Polizei gehen möchte.

»Das wäre super!«, sagt Jenna.

»Dann musst du als Erstes lernen, dass alles wichtig ist. Selbst Kleinigkeiten, die nach nichts aussehen.«

Jenna nickt. Ihre Augen leuchten. »Das kann ich.«

»Ganz sicher.« Claire sieht mich an. »Ihre Tochter wird ein guter Detective werden.«

»Ich glaube, das ist sie jetzt schon.«

Wir lächeln beide.

Sie wendet sich der nächsten Person zu und kehrt uns den Rücken zu.

Jenna hüpft auf den Zehen auf und ab. »Glaubst du, ich kann wirklich Detective werden?«

»Du kannst alles sein, was du willst.«

Sie hört auf zu hüpfen. »Dad, du redest wie einer im Werbefernsehen.«

»Entschuldige. Aber es ist wahr. Und ich glaube, du wärst ein großartiger Detective.«

Seufzend dreht sie sich zu ihren Freundinnen um, die ihr winken. Sie schiebt mich weg, als ich sie umarmen will. »Ich muss gehen.«

Ich sehe ihr nach, als sie zu ihren Freundinnen hinüberläuft. Auf ihre Neuigkeit reagieren sie mit mehr Enthusiasmus als ich.

Dad-Versagen Nr. 79.402, und dabei ist sie erst dreizehn.

Ich bin dankbar für Claire, die sich so sorgfältig bemüht, den Kindern Sicherheit zu geben. Sie hat Jenna so glücklich gemacht, wie ich sie seit Langem nicht mehr gesehen habe.

Das bringt mich aber nicht dazu, Claire zu mögen. Im Gegenteil, jetzt, da ich ihr begegnet bin, hasse ich sie.

FÜNFUNDFÜNFZIG

Bevor ich Gelegenheit habe, unsere neue Kriminalpolizistin unter die Lupe zu nehmen, tut Jenna es schon. Beim Abendessen dürfen wir uns Claire Wellingtons Lebensgeschichte in der Internetversion anhören. Geboren in Chicago, College in New York, erste Anstellung beim New York Police Department. Umzug in den ländlichen Mittelwesten, wo sie Detective wurde und einem Sonderdezernat der Rauschgiftbekämpfung angehörte. Dann zog sie aus der Kleinstadt in eine größere und wurde schließlich zum Detective der Mordkommission befördert. Sie gehörte zu einem Team, das in einer Reihe von Morden ermittelte, die als River Park Killings bekannt wurde. Sie verhafteten den Mörder weniger als zwei Monate nach Beginn der Ermittlungen.

Claire gehört zu den erfolgreichsten Mordermittlerinnen in ihrem Department. Ihre Aufklärungsquote ist fünf Prozent höher als die aller Kollegen.

Sie ist so furchterregend, wie sie wirkt.

Die Kinder und ich sind nicht die Einzigen, die sie kennenlernen. Auch Millicent trifft mit ihr zusammen. Claire brauchte eine Mietwohnung, weil ein Hotelaufenthalt für den Etat der Polizei zu teuer ist, und deshalb hat sie in der Immobilienfirma angerufen. Klein, einfach, möbliert und mit einem Monatsvertrag. Millicent bearbeitet keine Vermietungen, aber sie war gerade im Büro, als Claire vorbeikam.

Früh am Sonntagmorgen, als wir allein in der Küche sind und die Kinder noch schlafen, frage ich Millicent, was sie von Claire Wellington hält.

»Sie ist sehr groß.«

»Sie ist clever«, sage ich.

»Und wir nicht?«

Wir lächeln.

Millicent ist eben vom Laufen zurückgekommen. Sie steht in ihrem Spandex-Trikot an der Spüle, und ich bewundere den Anblick. Sie merkt es und zieht eine Braue hoch.

»Möchtest du noch mal ins Bett?«, frage ich.

»Willst du mir etwa zeigen, wie clever du bist?«

»Ja.«

»Aber ich muss unter die Dusche.«

»Möchtest du Gesellschaft?«

Sie möchte.

Wir fangen in der Dusche an und wechseln dann ins Bett. Unser Sex ist behaglich und vertraut, nicht leidenschaftlich und verstohlen. Das ist gar nicht so übel.

Als Rory aufwacht, sind wir noch im Bett. Ich weiß, dass es Rory ist, denn er kann keine Tür schließen, ohne sie zuzuschlagen, und er poltert mit schweren Schritten hinunter in die Küche. Kurz danach steht Jenna auf und vollzieht die gleiche Routine – erst Bad, dann Küche –, aber alles ein bisschen sanfter.

Millicent kuschelt sich an mich. Sie ist nackt und warm.

»Der Kaffee steht noch da«, sagt sie. »Sie werden sich fragen, wo wir sind.«

»Sollen sie.« Ich habe nicht vor aufzustehen, solange es nicht sein muss. Ich strecke mich aus und schließe die Augen.

Der Fernseher wird eingeschaltet und laut aufgedreht. Die Kids sind wahrscheinlich froh, dass wir nicht unten sind. Normalerweise wird bei uns sonntagmorgens nicht ferngesehen; also ist es für sie ein besonderes Vergnügen. Sie schalten zwischen Cartoons und einem Film mit Explosionen hin und her.

»Ich wette, sie essen Frühstücksflocken«, sagt Millicent.

»Wir haben Frühstücksflocken?«

»Biologisch. Zuckerfrei.«

»Und wir haben Milch?«

»Sojamilch.«

Ich sage nicht laut »igitt«, aber ich denke es. »Das ist doch nicht schlecht.«

»Wohl nicht.«

Sie rückt noch ein Stückchen näher.

So war das Leben vor Holly. Alles bewegte sich ein bisschen langsamer, weniger hektisch, ohne viel Aufregung.

Die Tage verschmolzen miteinander, unterbrochen nur durch große Ereignisse. Unser erstes Haus war winzig, aber es kam uns riesig vor, zumindest bis wir aus ihm hinauswuchsen. Dann kam Millicents erster großer Abschluss, Jennas erster Schultag, ein größeres Haus und eine größere Hypothek. Die Papierschnittwunde an Rorys Hand.

Mit vier bekam Jenna eine Erkältung, die sich zu einer Bronchitis auswuchs. Sie konnte immer nur ungefähr eine Stunde schlafen, bevor der Husten sie wieder aufweckte. Millicent und ich schliefen drei Nächte lang in ihrem Zimmer, ich auf dem Boden, Millicent in Jennas Bettchen. Mit unser beider Hilfe bekam Jenna mehr Schlaf als wir. Ich brachte Rory das Radfahren bei. Er würde es niemals zugeben, aber er hat über einen längeren Zeitraum hinweg Stützräder gebraucht. Gleichgewicht war nicht sein Ding. Ist es heute noch nicht.

Nichts von alldem war aufregend, jedenfalls nicht, als es passierte. Es gab Routinen und Verantwortlichkeiten, gelegentlich ein Lächeln oder auch ein Lachen. Augenblicke des Glücks, gefolgt von langen Phasen ineinander verschwimmender, gleichförmiger Tage.

Jetzt will ich das alles zurückhaben. Vielleicht habe ich genug von der Aufregung, oder das hier ist zu aufregend, aber so oder so ist es nicht das, was ich will.

»Hey«, sagt Millicent. Sie richtet sich im Bett auf, in die Decke gewickelt und mit zerzausten roten Haaren. »Hörst du das?«

Unten plärrt die Fanfare einer Eilmeldung aus dem Fernseher. Sie bricht ab, als eins der Kinder zu einem Cartoon umschaltet.

Ich verdrehe die Augen. »Eilmeldungen alle fünf Minuten.« Ich ziehe Millicent zurück und in meine Arme. Ich werde mich erst bewegen, wenn die Polizei unsere Tür einschlägt. »Wahrscheinlich ist irgendein Promi verhaftet worden.«

»Oder gestorben.«

»Oder ein Politiker ist beim Betrügen erwischt worden.«

»Das ist keine Nachricht«, sagt sie.

Ich lache und vergrabe mich tiefer unter den Decken.

Ich hoffe, sie haben jemanden wegen der Morde verhaftet. Es wäre nicht Naomis und Lindsays Mörder, aber jemand, der andere schlimme Dinge getan hat. Jemand, der es verdient, dass man ihn einsperrt, bevor er noch jemandem etwas antut. Ich stelle mir einen ungepflegten, verlotterten Mann mit irrem Blick vor.

»Okay, das reicht«, sagt Millicent. »Ich stehe auf.« Sie wirft alle Decken auf einmal ab, wie eine Entfesselungskünstlerin. Es funktioniert. Ohne sie ist es nicht mehr behaglich im Bett.

Sie zieht einen Bademantel über und läuft die Treppe hinunter. Ich springe vorher unter die Dusche.

Die Kinder sitzen auf der Couch und sehen sich eine Teenagerserie mit Aliens an. Die leeren Müslischälchen stehen auf dem Tisch, und mich wundert, dass Millicent sie nicht weggeräumt hat. Sie steht in der Küche neben der Kaffeemaschine. Ihre Tasse ist umgekippt, und der Kaffee läuft von der Theke herunter auf den Boden. Sie schaut gar nicht hin. Ihr Blick ist starr auf den kleinen Fernseher gerichtet, den sie in der Küche hat.

Josh ist im Bild. Er steht vor einem Wald, der so dicht ist, dass ich das Gebäude dahinter durch das Unterholz nicht sehen kann, nur den Glockenturm, der hoch über die Bäume ragt. Ich kenne die Kirche nicht und weiß nicht, wo sie steht. Die Holztafel davor ist verwittert, die Schrift verblichen. Josh bewegt den Mund, aber ich höre keinen Ton.

Ich brauche auch keinen. Die Nachricht steht am unteren Bildschirmrand.

HAUS GOTTES ODER HAUS DES GRAUENS?
UNTERIRDISCHER KERKER IN VERLASSENER
KIRCHE ENTDECKT

SECHSUNDFÜNFZIG

Eine Sekunde lang dachte ich, Millicent sei so entsetzt, weil die Nachricht so schrecklich war, so schockierend; weil sie nichts mit uns zu tun hatte. Zumindest möchte ich gern glauben, dass ich so etwas dachte.

Aber eine Sekunde später wusste ich, was es war. Die Kirche, in die sie Lindsay und Naomi gebracht hatte.

»Eine *Kirche*?«

Wir sind wieder oben in unserem Schlafzimmer, aber die Stimmung ist völlig verändert. Nichts ist sexy an einem Verlies in einer Kirche.

Unsere Familie geht nicht in die Kirche und hat es auch nie getan. Millicent ist agnostisch aufgewachsen, ich bin katholisch erzogen und frühzeitig Atheist geworden. Die Kirche ist ein Ort für Hochzeiten, Beerdigungen und Kuchenbasare. Doch selbst für mich ist dieser Ort so verstörend wie kaum ein anderer, den Millicent hätte aussuchen können. Noch schlimmer wäre nur ein Kindergarten gewesen.

Millicent hat den Schock durch die Entdeckung überwunden, und sie hat auch keine Angst. Sie ist in die Defensive gegangen. »Ich brauchte einen Ort. Einen, wo sie niemals suchen würden.«

»Sprich leiser.« Die Kinder sitzen unten vor dem Fernseher, aber ich habe trotzdem Angst, dass sie uns hören.

»Niemand hat ihn gefunden, oder? Nicht solange sie noch lebten.«

»Nein. Niemand hat die Kirche gefunden, bis Claire in die Stadt kam.« Josh sagt, man hat die Kirche durch einen Hinweis entdeckt. Jemand hat ein Auto auf dem ehemaligen Parkplatz gesehen, der jetzt von Unkraut überwuchert ist.

Millicent steht vor mir, die Hände in die Hüften gestemmt. Sie ist immer noch im Bademantel.

Hinter ihr läuft unser Schlafzimmerfernseher. Die Presse hat die Kirche noch nicht betreten dürfen, und es gibt auch noch keine neuen Bilder. Josh muss wiederholen, was seine ungenannten Quellen ihm erzählt haben.

»Ein abscheulicher Anblick … Ketten an den Wänden … eiserne Handschellen voller Blut … Sogar ein erfahrener Polizist brach in Tränen aus … wie aus einem Film.«

Millicent wedelt mit einer Hand und wischt die Worte beiseite. »Da ist nichts voller Blut. Und der Raum ist kein Gewölbe, sondern ein Keller. Die Kirche muss hundert Jahre alt sein. Wer weiß, was da stattgefunden hat?«

»Aber du hast sauber gemacht?«

Ihre Augen werden schmal. »Fragst du mich das wirklich?«

Statt einer Antwort hebe ich die Hände.

Millicent kommt zu mir, und ihr Gesicht ist näher an meinem als vorhin im Bett, aber nichts an ihr ist behaglich und warm. »Wage es ja nicht, im Nachhinein an mir zu zweifeln. Nicht jetzt.«

»Ich habe nicht …«

»Hast du doch. Hör auf.«

Ihr Mantel raschelt, als sie sich abwendet und im Badezimmer verschwindet.

Ich kann ihren Ärger verstehen. Es ärgert sie, dass die Kirche entdeckt wurde, und es ärgert sie, dass ich sie infrage stelle. Aber ich hätte in diesem Keller nicht ein Tröpfchen Blut zurückgelassen. Den ganzen Raum hätte ich getränkt mit Ammoniak oder Bleichmittel oder was man sonst nimmt, um Blut und Flüssigkeiten und DNA jeglicher Art zu beseitigen. Vielleicht hätte ich eine brennende Zigarette hinterlassen, damit alles abbrennt und aussieht wie ein Unfall.

Aber zu alldem hatte ich nie Gelegenheit, denn ich wusste nichts von der Kirche. Ich habe es nie über mich gebracht zu fragen.

Millicent bestimmt, dass wir heute Nachmittag alle ins Kino gehen. In Anbetracht der Umstände ist der Vorschlag absurd, aber ich sage mir, dass das sicher besser ist, als den ganzen Tag Nachrichten zu sehen. Ja, es ist eine gute Idee, aus dem Haus zu kommen. Den Kopf freizumachen. Josh nicht mehr zu sehen. Das wiederhole ich im Stillen, während ich mich anziehe und versuche, diese Kirche und den Keller zu verdrängen. Beinahe hätte es funktioniert.

»Mir ist nicht gut.« Zur Illustration lege ich mir die Hände an den Bauch.

Millicent wirft mir ihren Blick zu. »Vielleicht hilft ein bisschen Popcorn.«

»Nein, nein, geht ihr nur. Amüsiert euch.«

Sie fahren ohne mich los.

Ich schalte die Nachrichten nicht ein. Stattdessen fahre ich hinaus zu der Kirche.

Fernsehen ist nicht gut genug. Ich will ihn selbst sehen, diesen Ort, wo Millicent Lindsay und Naomi gefangen gehalten hat.

Die Kirche steht draußen an einer einsamen Straße zwischen Nichts und Nirgendwo. Die einzigen Gebäude am Weg sind eine mit Brettern vernagelte Bar, eine heruntergekommene Tankstelle und eine verlassene Ranch am Ende einer Privatstraße. Deshalb hat der GPS-Tracker mir die Kirche nie gezeigt. Die Ranch steht zum Verkauf, und ihre Adresse ist auf dem Tracker mehrmals erschienen. Millicent konnte dort zur Hintertür hinausspazieren und innerhalb von ein paar Minuten bei der Kirche sein. Von der Straße aus konnte niemand sie sehen.

Die Gegend ist überschwemmt von Autos, TV-Übertragungswagen und Neugierigen. Ich ziehe eine Jacke an, setze eine Baseballmütze auf und versuche, mich unauffällig unter die Leute zu mischen.

Eine Front von Reportern hat sich vor der Kirche aufgebaut, und hinter ihnen ragt der Kirchturm auf. Sie stehen unmittelbar vor dem gelben Flatterband, das von uniformierten Cops gesichert wird. Manche haben Babygesichter, andere sind aufgedunsen und stehen kurz vor der Pensionierung.

Noch nie war ich Josh so nah, aber ich habe ihn auch noch nie anderswo als im Fernsehen gesehen. Er ist kleiner und schlanker als auf dem Bildschirm.

Eine ältere Frau steht neben mir. Ihr Blick geht zwischen den Reportern hin und her.

»Entschuldigen Sie, wissen Sie, ob sie vielleicht schon was Neues gesagt haben?«, frage ich sie.

»Seit wann?« Sie hat die rasselnde Stimme einer Raucherin, dichtes weißes Haar und gelbliche Augen.

»Seit ungefähr einer halben Stunde.«

»Nein, da haben Sie nichts verpasst.«

Durch eine dichte Baumgruppe sieht man die Spitze eines weißen Zeltes von der Sorte, wie man sie bei Hochzeiten und Kinderfesten benutzt. »Was ist das?«

»Hat die Polizei als Erstes aufgestellt. Sie nennen es ›Home Base‹.«

»Der Chief ist dahinten«, sagt ein Mann, der hinter mir steht. Er ist ein Riese, mindestens eine Handbreit größer als ich und gut dreißig Zentimeter breiter.

»Sie wollen sichergehen«, sagt er.

»Inwiefern sichergehen?«

»Dass es nur diese beiden Frauen waren«, sagt er. »Und nicht noch mehr.«

»Gott behüte«, sagt die Frau.

Natürlich gab es noch zwei andere – Holly und Robin –, aber die waren nie hier im Keller.

Jedenfalls nicht, dass ich wüsste.

Ein grelles Licht strahlt auf, als Josh auf Sendung geht. Wieder erwähnt er seine Quellen, die allesamt namenlos sind.

Sie haben ihm weitere Informationen über den Kellerraum unter der Kirche gegeben, und er sagt, man habe etwas gefunden. An der Wand, versteckt in einer Ecke ist etwas, das aussieht, als habe jemand, der hier gefangen gehalten wurde, versucht, eine Nachricht zu hinterlassen.

SIEBENUNDFÜNFZIG

Einen Moment lag denke ich daran, Josh zu fragen, ob er noch weitere Informationen hat. Wir haben noch nie miteinander gesprochen, und abgesehen von den Briefen habe ich nie mit ihm kommuniziert, aber dieses Gerücht über eine verborgene Nachricht versetzt mich in Panik. Beinahe jedenfalls.

Aber statt eine Dummheit zu machen, wie ich es in der Vergangenheit so oft getan habe, halte ich mich zurück. Denk nach. Kalkuliere. Und komme zu einem Schluss: Unsinn. Diese Geschichte ist blanker Unsinn.

Joshs Quellen irren sich. Wenn die Polizei weniger als einen Tag gebraucht hat, um diese sogenannte Nachricht zu finden, ist es ausgeschlossen, dass Millicent sie übersehen hat. Sie weiß vielleicht nicht, dass ihr Sohn sich nachts aus dem Haus schleicht, aber Staub sieht sie noch aus zwei Zimmern Entfernung. Eine Nachricht an der Wand würde ihr nicht entgehen.

Und was für eine Nachricht sollten Naomi oder Lindsay auch hinterlassen haben? *Hilfe? Ich bin gefangen?*

Es ist undenkbar, dass Millicent ihnen ihren Namen genannt hat; deshalb können sie auch die Identität ihrer Entführerin nicht preisgegeben haben.

Die verborgene Nachricht muss eine Lüge sein, die Claire

in die Welt setzt, zweifellos, um uns aus der Deckung zu locken. Jeder Fernsehzuschauer weiß, dass die Polizei lügt. Das ist wahrscheinlich genug, um mich weggehen zu lassen. Fahr nach Hause. Sprich mit Millicent.

Als ich zu Hause ankomme, ist niemand da. Ich schalte den Fernseher ein und zappe durch die Nachrichten. Josh redet immer noch von dieser angeblichen Botschaft, aber neue Details hat er nicht. Ein Reporter auf einem anderen Kanal wiederholt, was Josh gesagt hat. Der dritte Reporter redet von der Kirche.

Die Christliche Kirche vom Brot des Lebens begann mit einer einzigen Familie und wurde zu einer Gemeinde von etwa fünfzig. Auf alten Bildern sieht man eine streng blickende Gruppe mit erschöpften Gesichtern und verschlissenen Kleidern. In späteren Jahren ging es ihnen anscheinend gut, und sie hatten deutlich mehr Brot. Sie waren fülliger, und einige lächelten sogar. Ihren Höhepunkt hatten sie in den Fünfzigern, und als die Achtziger kamen, waren sie verschwunden. Nach allem, was man weiß, steht das Gebäude seit mindestens zwanzig Jahren leer. Weil Sonntag ist, kann man die Blaupausen im Katasteramt der Stadt nicht einsehen, aber Lokalhistoriker vermuten, dass der Keller zum ursprünglichen Gebäude gehörte. Vielleicht diente er als Kühlraum.

Ich zappe zwischen den Kanälen hin und her und warte darauf, dass etwas Neues passiert. Millicent und die Kinder kommen erst gegen fünf nach Hause. Sie haben den Nachmittag im Kino und in der Mall verbracht. Jenna hat noch ein Paar Schuhe bekommen und Rory einen neuen Hoodie. Beide stürmen die Treppe hinauf, sodass Millicent und ich allein zurückbleiben.

»Geht's dir besser?«, fragt sie. Es klingt sarkastisch.

»Eigentlich nicht.«

Sie zieht eine Braue hoch.

Der Fernseher ist aus. Ich habe keine Ahnung, wie viel sie mitbekommen hat. »Sie reden von einer Nachricht«, sage ich.

»Von einer was?« Millicent geht in die Küche, um das Abendessen vorzubereiten. Ich folge ihr.

»Von einer Botschaft an der Wand. Hinterlassen von jemandem, der dort festgehalten wurde.«

»Ausgeschlossen.«

Ich starre sie an. Sie zerreißt Salatblätter. »Ja, das dachte ich mir auch«, sage ich.

»Hier, mach das fertig.« Sie schiebt mir die Schüssel mit dem Salat herüber. »Ich dachte, ich mache heute Abend Thunfischtoast, mit Käse überbacken.«

»Den Thunfisch habe ich zu Mittag gegessen.«

»Den ganzen?«

»Fast.« Hinter mir reißt sie die Kühlschranktür auf. Sie sagt nichts, aber ich höre dennoch, dass sie wütend ist.

»Ich nehme an, ich kann einen Auberginenauflauf oder so was hinkriegen«, sagt sie.

»Hört sich doch gut an.«

Wir arbeiten Seite an Seite; sie schneidet die Auberginen in Scheiben, und ich reibe den Käse, der schließlich darauf verteilt wird. Als die Kasserolle in den Ofen gewandert ist, dreht Millicent sich zu mir um. Die Ringe unter ihren Augen sind dunkler denn je.

»Tut mir leid wegen vorhin«, sagt sie.

»Schon gut. Wir sind beide nervös wegen Claire und der Kirche und alldem.«

»Hast du Angst?«

»Nein.«

»Wirklich nicht?« Sie klingt überrascht.

»Du etwa?«

»Nein.«

»Dann ist alles gut, oder?«

Sie schlingt die Arme um meinen Nacken. »Alles wunderbar.«

So fühlt es sich an.

Ich gehe nach oben, um den Kindern Gute Nacht zu sagen. Bei Rory ist es dunkel, aber er ist wach und tippt auf seinem Handy.

Bevor ich ein Wort sagen kann, antwortet er: »Ja, ich schreibe mit Faith. Und mit Daniel. Und ich spiele ein Spiel.«

»Machst du irgendetwas davon gut?«

Er lässt das Handy sinken und wirft mir diesen Blick zu. Es ist der gleiche wie bei Millicent. »Und ich rauche kein Gras.«

Also ist er immer noch wütend.

»Und wie geht's der Freundin?«, frage ich.

»Faith.«

»Wie geht's Faith?«

Er seufzt. »Immer noch meine Freundin.«

»Aber du schleichst dich heute Nacht nicht aus dem Haus, ja?«

»Nur wenn du es auch nicht tust.«

»Rory.«

»Ja, Vater?« Seine Stimme trieft von Klugscheißertum. »Welche Lektion möchtest du mir heute Abend erteilen?«

»Gute Nacht.«

Ich schließe die Tür hinter mir, bevor er antworten kann. Ich will nichts hören. Nicht heute Abend.

Jenna geht eben ins Bett, und ich setze mich hin, um mit ihr zu reden. Beide Kinder wissen schon von der Kirche und dem Keller darunter, wie sie überhaupt alles immer mit Hyperlichtgeschwindigkeit erfahren. Ich wünschte, es gäbe eine Möglichkeit, das zu verhindern, denn Jenna ist noch so jung. Nicht mehr jung genug, um mit Stofftieren zu schlafen, aber jung genug, um sie noch zu behalten. Trotzdem weiß sie zu viel über solche Dinge. Mädchen werden entführt und eingesperrt, in Büchern, Filmen, im Fernsehen und im wirklichen Leben. Das kann ihr unmöglich entgangen sein, und das ist es auch nicht.

»Sie waren da unten angekettet, oder?«, fragt sie.

Ich schüttle den Kopf. »Das wissen wir noch nicht.«

»Lüg nicht.«

»Wahrscheinlich waren sie es.«

Sie nickt und drehte sich auf die Seite, zum Nachttisch. Die Lampe, die darauf steht, hat einen blütenförmigen Schirm. Orangegelb natürlich.

»Wie geht's deinem Magen?«, frage ich.

»Gut.«

»Schön.«

»Warum macht jemand so was?«

Ich zucke die Achseln. »Manche Menschen sind einfach falsch verdrahtet. Schlecht ist für sie gut.«

»Ich wette, Claire erwischt ihn.«

»Ich wette, du hast recht.«

Sie lächelt leise.

Ich hoffe, sie hat unrecht.

ACHTUNDFÜNFZIG

Die ersten Bilder aus dem Keller sind eine Überraschung. Er sieht nicht aus wie das mittelalterliche Verlies, das ich mir in meiner Fantasie gebaut habe.

Stattdessen sieht er aus wie der unvollendete Keller eines alten Gebäudes. Lehmboden, Holzregale an der Wand, eine alte Treppe. Nur die Wand am anderen Ende, der Treppe gegenüber, ist anders, denn nur sie lässt erahnen, was in diesem Keller vielleicht passiert ist. Diese Wand ist neu aufgemauert und verputzt worden. Ein Knäuel von Ketten und Handschellen liegt davor auf dem Boden.

Claire präsentiert die Bilder am Abend in einer Pressekonferenz, und ich bin in einer Bar, als ich sie sehe. Es ist dieselbe Bar, in der ich war, als Lindsays Leiche gefunden wurde.

Ich nuckle an einem Bier und sitze so, dass ich aus dem Fenster sehen kann. Auf der anderen Straßenseite ist der First Street Bar & Grill, wo sie riesige Hamburger machen, zu denen man riesige Gläser von ihrem Craft Beer trinken kann, und alles ist billiger, als es klingt. Aber Millicent ist nun mal kein Fan von Burgern oder Bier, und deshalb gehen wir dort nur hin, um Kunden zu treffen, oder wenn eine Party stattfindet.

Claire zeigt jedes Bild einzeln und beschreibt die Details. Es gibt Nahaufnahmen von Flecken an der Wand und auf dem Lehmboden. Sie sehen aus wie Rost, aber Claire sagt, es ist Blut.

Der Barkeeper schüttelt den Kopf. Niemand sagt ein Wort. Alle haben genug damit zu tun, zu trinken und zuzuschauen.

Ich kann mir nicht vorstellen, dass Millicent so viel Blut zurücklässt – wenn es wirklich welches ist. Vielleicht lügt Claire ja. Sie blickt fest in die Kamera, sodass es aussieht, als starrte sie mich an. Oder den Mann neben mir. Oder den Barkeeper. Es ist verstörend.

Ich hasse Claires Hosenanzüge. Der von heute Abend ist marineblau, und dazu trägt sie eine dunkelgraue Bluse. Sie sieht immer aus, als ginge sie zu einer Beerdigung.

Claire steht auf einem Podium in der Nähe der Kirche, aber nicht nah genug: Man sieht nichts als Bäume. Nicht mal der Kirchturm ist im Bild. Der Polizeichef und der Bürgermeister flankieren sie auf der einen Seite, und auf der anderen Seite hat man eine Staffelei aufgestellt. Stark vergrößerte Kopien der Bilder stehen darauf, und zwei uniformierte Cops blättern sie nacheinander auf, während Claire redet.

»Wir sind bereits dabei, die Blutspuren zu analysieren und sie mit Proben von Naomi und Lindsay zu vergleichen. Wir haben außerdem Speichelspuren entdeckt, die ebenfalls getestet werden.«

Fragen lässt sie nicht zu. Die ganze Pressekonferenz dauert um die zwanzig Minuten, sodass die Nachrichtensprecher und Experten danach noch genug Zeit haben, das Gesagte auseinanderzunehmen. Claire hat keine Botschaft an der Wand erwähnt, und auch auf den Fotos war keine zu sehen.

Der Barkeeper schaltet zu den Sportnachrichten um. Ich bestelle noch ein Bier, aber ich rühre es kaum an.

Vierzig Minuten später sehe ich ihn. Auf der anderen Straßenseite geht Josh in den First Street Bar & Grill. Das ist sein Lieblingsrestaurant.

Das habe ich zufällig erfahren, als ich vor zwei Tagen abends durch die First Street gefahren bin. Ich stand an einer roten Ampel und sah, wie Josh aus seinem Wagen stieg und hineinging. Am nächsten Abend bin ich wieder dort vorbeigefahren, und sein Wagen parkte vor der Tür. Das Gleiche am dritten Abend; ich ging diesmal zu Fuß vorbei und sah ihn allein mit einem Bier an der Bar sitzen und fernsehen.

Ich überquere die Straße und setze mich ein paar Hocker weiter neben Josh an den Tresen. Weil ich schon zu Abend gegessen habe, bestelle ich nur einen Schnaps und ein Bier. Das Gleiche, was er trinkt.

Ich schaue zu ihm hinüber und wieder weg. Dann schaue ich noch einmal hin, als ob ich ihn erkannt hätte.

Ohne auch nur einen Blick in meine Richtung zu werfen, sagt er. »Ja. Ich bin der Typ aus den Nachrichten.«

»Ich dachte es mir schon. Ich sehe Sie jeden Abend im Fernsehen«, sage ich. Im wirklichen Leben sieht Josh ganz anders aus. Sein Gesicht ist nicht so glatt. Er hat unreine Haut. Seine Nase ist rot, und seine Augen sind es auch. Schade, dass ich die Augentropfen nicht dabeihabe.

Er seufzt und dreht sich endlich doch zu mir herum. »Danke fürs Zuschauen.«

»Nein, ich danke Ihnen für Ihre Berichte. Sie sind wirklich der maßgebliche Mann in diesem großen Fall, was? Mit den ermordeten Frauen?«

»Das war ich.«

»Sind Sie immer noch. Anscheinend wissen Sie alles immer als Erster.«

Josh trinkt sein Bierglas in einem Zug um ein Drittel leer. »Sind Sie einer von diesen True-Crime-Freaks?«

»Überhaupt nicht. Ich will nur, dass dieses Arschloch gefasst wird.«

»Cool.«

Ich winke dem Barkeeper. »Hey, Mann«, sage ich zu Josh. »Ich gebe Ihnen einen aus.«

»Nichts für ungut, aber ich bin nicht schwul.«

»Macht nichts. Ich auch nicht.«

Josh akzeptiert den Schnaps, und der Barkeeper bringt noch zwei Bier dazu.

Zusammen verfolgen wir die Sportsendung und kommentieren diese oder jene Mannschaft. Ich bestelle noch zwei Schnäpse, schütte meinen aber in eine Erdnussschale, als er nicht herschaut. Josh kippt seinen hinunter und ordert noch einmal zwei.

Als ein Fußballspiel anfängt, deutet er mit dem Kopf zum Bildschirm. »Ich setze auf die Blazers. Und Sie?«

»Ebenfalls.« Gelogen.

»Spielen Sie? Sie sehen so aus.«

Ich zucke die Achseln. »Eigentlich nicht.«

Er trinkt sein Bier aus und bestellt mit einem Handzeichen zwei weitere. »Ich habe in einer Mannschaft namens Marauders gespielt. Wir waren Mist, aber die Leute hatten trotzdem Angst vor uns. Das war Wahnsinn.«

»Hört sich so an.«

In der Werbepause kommt ein Hinweis auf die heutige Pressekonferenz in den Lokalnachrichten. Wieder ist Claire Wellington auf dem Schirm.

Josh schüttelt den Kopf und schaut zu mir herüber. »Wollen Sie eine Insiderinformation?«

»Immer.«

Er deutet auf den Fernseher. »Sie ist ein Miststück.«

»Echt?«

»Nicht weil sie eine Frau ist. Das hat wirklich nichts damit zu tun. Aber das Problem bei einer Frau in der Führungsposition ist, dass sie alles anders machen muss. Um sich zu beweisen, wissen Sie? Es ist nicht ihre Schuld, dass sie das tun muss, das ist mir schon klar. Ich wünschte nur, sie würde nicht alles auf den Kopf stellen.«

»Ist das wahr?«

»Zu einer Million Prozent.«

Der junge ernste Reporter, den ich im Fernsehen gesehen habe, ist nicht derselbe Mensch wie der in der Bar. Ich weiß nicht, warum ich erwartet habe, dass er es sein würde.

Ich bestelle noch zwei Schnäpse. Josh trinkt seinen aus und knallt das Glas auf den Tresen.

»Vor zwei Tagen hab ich was berichtet, das eine Quelle mir erzählt hatte. Am nächsten Tag ruft er mich an und sagt, ich darf darüber nicht mehr sprechen. Formal gesehen kann ein Polizist gefeuert werden, wenn er mit der Presse redet. Sie hat nur beschlossen, diese Vorschrift tatsächlich anzuwenden.« Er hebt die Hände, als sei das ein Frevel. »Sogar wenn sie mit *mir* sprechen. Dabei hab ich *mit der Polizei kooperiert*, als ich die Briefe von Owen bekommen habe. Oder wer immer sie geschickt hat. Das hätte ich nicht zu tun brauchen. Ich hätte sie einfach in der Sendung vorlesen können, ohne der Polizei etwas zu sagen.«

»Was heißt das?«, frage ich ihn. »Dass Ihre Quellen Ihnen nichts mehr erzählen?«

»Oh, sie reden noch mit mir. Ich darf nur nicht mehr in der Sendung darüber berichten. Na ja, schätze, ich könnte es schon tun. Aber ich bin ein netter Kerl. Ich will nicht, dass jemand seinen Job verliert, schon gar nicht jemand, den ich brauche. Dieses Miststück wird ja nicht immer hier sein.«

Bevor ich antworten kann, vibriert sein Handy. Er wirft einen Blick darauf und verdreht die Augen. »Sehen Sie, das meine ich. Ich kriege einen Tipp von einem Informanten. Es ist das zweite Mal, dass ich diese Information höre, aber ich kann nichts damit anfangen. ›Nur für den internen Gebrauch‹, heißt es.« Er seufzt tief und geräuschvoll. »›Gebrauch‹ ist da wohl ein Witz.«

»Das ist blöd.«

»Was Sie nicht sagen.«

Ich warte, starre auf den Fernseher und sage kein Wort, um ihm zu vermitteln, dass mich nichts von alldem interessiert. Je weniger Interesse ich zeige, desto größer wird die Chance, dass er es mir trotzdem erzählt.

Er braucht noch einen Schnaps.

»Okay, irgendwem muss ich es erzählen«, sagt er mit schwerer Zunge. »Aber wenn Sie mit jemandem darüber reden, werde ich bestreiten, dass ich es Ihnen gezeigt habe. Zumindest bis es offiziell bekannt gemacht wird.«

»Glauben Sie, das wird es?«

»Da bleibt denen nichts anderes übrig.«

Josh schiebt das Handy zu mir herüber. Die Textnachricht auf dem Display ist von jemandem namens J. Das Ganze erinnert mich ein bisschen an meinen Auftritt als Tobias.

Bis ich den Text lese.

Nur für den internen Gebrauch: Unter der Kirche sind Leichen begraben.

NEUNUNDFÜNFZIG

Ich hatte vermutet, es werde in der Textnachricht um die angebliche Botschaft an der Wand gehen. Stattdessen geht es um begrabene Leichen. »Und?«, frage ich.

»Und?«, wiederholt Josh.

»Die Kirche ist über hundert Jahre alt«, sage ich. »Da ist wahrscheinlich ein ganzer Friedhof voller Leichen.«

»Bestimmt sogar. Aber davon redet er nicht.« Josh lehnt sich zu mir herüber und senkt die Stimme. Der Geruch von dem vielen Alkohol schlägt mir ins Gesicht. »Waren Sie schon draußen?«

Fast hätte ich Ja gesagt, aber dann fällt mir ein, dass ich kein True-Crime-Freak bin. »Nein.«

»Sie haben da ein großes Zelt aufgestellt, aber hinter ein paar Bäumen. Da bringen sie die Leichen hin.«

»Was ist mit diesen Leichen?«

»Die Leichen in dem Keller. Die sind keine hundert Jahre alt«, sagt er. »Das sind Frauen, die vor Kurzem ermordet wurden.«

»Nein.«

»Doch. Und ich darf damit nicht auf Sendung.«

Josh schwadroniert immer weiter und meckert über Claire und seine Quellen. Ich höre ihm nicht mehr zu.

Naomi und Lindsay sind schon gefunden. Damit bleiben

Holly und Robin. Holly wurde draußen umgebracht, im Wald mitten im Nirgendwo, und dort haben wir sie begraben.

Robin ist in unserer Küche gestorben. Ihr Auto und ihre Leiche liegen auf dem Grund eines nahen Sees.

Ich falle Josh ins Wort. »Wissen Sie, wann diese Information freigegeben wird?«

»Sicher bald. Sie können die Leichen ja nicht ewig verstecken.«

Er redet weiter, aber ich denke nur an Claire Wellington. Sie wird nicht mehr als eine Minute brauchen, um vor unserer Tür zu stehen und sich nach Millicents Schwester Holly zu erkundigen.

Und warum sie nie als vermisst gemeldet wurde.

Weil wir dachten, sie sei weggezogen.

Weil es uns egal war.

Weil sie meine Frau gequält hat.

Weil sie verrückt war.

Ich schreibe Millicent eine Nachricht.

Wir brauchen einen Date-Abend.

Sie lehnt ab.

Nein. Bin im Krankenhaus.

Das lese ich dreimal. Dann werfe ich Geld auf die Theke und verlasse den First Street Bar & Grill ohne ein weiteres Wort zu Josh. Vielleicht sage ich auch, ich muss weg. Ich weiß es nicht.

Millicent ruft mich an, als ich versuche, sie anzurufen. Sie spricht schnell, und ich habe getrunken; deshalb bekomme ich nur das Wichtigste mit.

Rory. Notaufnahme. Aus dem Fenster gefallen.

Das Auto lasse ich stehen. Es ist so nah, dass ich hinrennen kann. Das Krankenhaus ist drei Straßen weiter, und als ich dort ankomme, geht Millicent im Flur auf und ab.

Als ich sie sehe, weiß ich Bescheid.

Mit Rory ist alles okay. Jedenfalls bald wieder.

Millicent hat die Fäuste geballt und die Lippen vorgeschoben, und es ist, als stünde sie unter Strom. Wenn Rory wirklich etwas passiert wäre, sähe sie besorgt aus, geschockt, und sie würde weinen. Aber das tut sie nicht. Sie platzt vor Wut.

Sie packt mich und umarmt mich, schnell und wild. Dann weicht sie zurück und schnuppert an meinem Atem.

»Bier«, sage ich. »Was ist denn passiert?«

»Unser Sohn hat sich aus dem Haus geschlichen, um seine Freundin zu besuchen. Er ist zu ihrem Fenster hochgeklettert und heruntergefallen.«

»Aber es ist alles okay?«

»Ja. Wir dachten erst, er hätte sich das Handgelenk gebrochen, aber es ist nur eine böse Zerrung. Er muss die Hand in einer Schlinge tragen …«

»Warum hast du mich nicht gleich angerufen, als es passiert ist?«, frage ich.

»Hab ich doch. Ich habe dir eine SMS geschrieben.«

Ich ziehe mein Handy heraus, Da steht sie, mitten auf dem gesplitterten Display. Je nach Blickwinkel ist sie kaum zu sehen. »O Gott, es tut mir leid …«

»Schon gut. Du bist ja jetzt hier. Wichtig ist, dass ihm nichts passiert ist.« Millicents Wut ist wieder da – falls sie je weg war. »Er hat nur hundert Jahre Hausarrest.«

Jemand kichert. Jenna sitzt in einem Wartebereich um die Ecke und winkt. Ich winke zurück. Millicent bringt mich zu einem Kaffeeautomaten. Der Kaffee ist bitter und brennt auf der Zunge, und genau das brauche ich jetzt. Er beruhigt mich, statt mich aufzuregen, denn mein Herz schlägt zu schnell nach dem Sprint zum Krankenhaus und vom Alkohol, und weil mein Sohn im Krankenhaus ist.

Millicent verschwindet im Untersuchungszimmer, um bei Rory zu sein. Als sie herauskommen, trägt Rory eine Schiene am Handgelenk und eine Schlinge um den Arm. Millicents Wut ist milder geworden, wenigstens vorläufig.

Er sieht mir nicht in die Augen. Vielleicht ist er immer noch wütend auf mich, vielleicht ahnt er auch, dass er jetzt Ärger bekommt. Schwer zu sagen, denn im Moment weiß ich nicht, soll ich ihm eine Kopfnuss verpassen oder ihn in die Arme nehmen. Ich fahre ihm durchs Haar.

»Wenn du nicht mehr Golf spielen willst, hättest du es nur zu sagen brauchen.«

Er lächelt nicht. Er liebt Golf.

Es ist nach Mitternacht, als wir nach Hause kommen. Ein paar Minuten nachdem er ins Bett gegangen ist, sehe ich noch einmal nach Rory. Sogar er ist sofort eingeschlafen.

Ich setze mich erschöpft auf mein Bett.

Mein Auto steht immer noch am First Street Bar & Grill.

Und unter der Kirche sind Leichen begraben.

»Millicent«, sage ich.

Sie unterbricht ihre abendliche Routine und kommt aus dem Bad. »Was ist?«

»Ich habe heute Abend mit Josh Bier getrunken. Mit dem Reporter.«

»Wie kommst du auf die …«

»Er hat mir erzählt, in dem Keller unter der Kirche sind Leichen begraben.«

»Leichen?«

Ich nicke und beobachte sie. Ihre Überraschung sieht echt aus. »Hat er gesagt, was für Leichen?«, fragt sie.

»Holly und Robin, nehme ich an.«

»Die sind nicht mal in der Nähe der Kirche. Das weißt du.« Sie verschwindet wieder im Badezimmer.

Ich folge ihr. »Du weißt wirklich nicht, was für Leichen da unten vergraben sind?«

»Ich habe absolut keinen Schimmer.«

»Nur dass da ein Haufen Leichen im Keller liegen.«

»Gott, ich weiß es nicht. Das ist derselbe Reporter, der behauptet hat, da steht eine Botschaft an der Wand. Wo ist die denn geblieben?«

Da ist was dran.

Vielleicht irrt sich Josh. Oder jemand füttert ihn mit Lügen, um ihn von der Wahrheit abzulenken.

Im Film tut die Polizei so was ständig. Und Claire ist sicher nicht weniger clever.

SECHZIG

Nachdem Millicent jetzt herausgefunden hat, dass Rory eine Freundin hat und sich nachts zu ihr hinüberschleicht, will sie sich mit Faiths Eltern treffen, um die Situation zu besprechen. Die Hammonds sind Klienten von ihr, und sie sind sofort bereit, mit uns zu Abend zu essen. Rory und Faith sind nicht eingeladen.

Wir sind auf dem Weg zum Restaurant, einem traditionellen Lokal mit weißen Tischdecken und einer Speisekarte voll tröstlicher Hausmannskost. Die Hammonds haben es ausgesucht, nicht Millicent.

»Das sind vernünftige Leute«, sagt Millicent.

»Das glaube ich«, sage ich.

Als wir ankommen, warten die Hammonds schon am Tisch. Hank Hammond ist klein und blond wie seine Tochter. Corinne Hammond ist nicht klein und nicht naturblond. Beide sind konventionell gekleidet und lächeln höflich. Wir bestellen sofort das Essen, und niemand ordert Wein.

Hanks Stimme passt in einen doppelt so großen Körper.

»Faith ist ein gutes Kind. Sie hat sich noch nie aus dem Haus geschlichen – bis sie Ihren Sohn kennengelernt hat«, sagt er.

Fast sehe ich, wie der Ball in unserer Hälfte aufschlägt.

Millicent lächelt höflich und sirupsüß. »Das Gleiche könnte ich auch über unseren Sohn sagen. Aber Schuldzuweisungen bringen uns nicht weiter.«

»Ich rede nicht über Schuld. Ich rede davon, die beiden voneinander fernzuhalten.«

»Sie wollen Rory und Faith verbieten, einander zu sehen?«

»Wir haben Faith bereits verboten, Ihren Sohn außerhalb der Schule zu sehen«, sagt Hank. »Dort ist es ja wohl kaum zu umgehen.«

»Sie könnten sie zu Hause unterrichten«, meint Millicent. »Dann würden sie einander gar nicht mehr sehen.«

Ich lege Millicent eine Hand auf den Arm. Sie schüttelt sie ab.

»Vielleicht ist Ihr Sohn derjenige, der zu Hause unterrichtet werden sollte«, sagt Hank.

Corinne nickt.

»Glauben Sie wirklich, wenn man ihnen verbietet, einander zu sehen, werden sie ... aufhören, sich zu treffen?«, fragt Millicent.

»Unsere Tochter wird tun, was man ihr sagt«, erwidert Hank.

Ich spüre, wie Millicent sich auf die Zunge beißt, denn das tue ich auch.

Corinne bricht die Anspannung. Ihre Stimme klingt kräftiger als erwartet. »Es ist doch nur zum Besten«, sagt sie.

Millicent richtet den Blick auf Corinne und schweigt kurz, bevor sie sagt: »Ich mache es mir nicht zur Gewohnheit, meinen Kindern Dinge einfach zu verbieten.«

Lüge.

»Ich schätze, da unterscheiden wir uns«, sagt Hank.

»Vielleicht sollten wir zum Thema zurückkehren«, sage

ich. »Ich glaube nicht, dass wir unsere erzieherischen Philosophien diskutieren müssen.«

»Gut«, sagt Hank. »Halten sie Ihren Sohn von meiner Tochter fern, und damit hat sich's.«

Die Rechnung kommt, und Millicent greift danach, bevor Hank es kann. Sie gibt sie mir und sagt: »Wir übernehmen das.«

Der Abschied fällt unterkühlt aus.

Auf der Heimfahrt schweigt Millicent.

Rory wartet an der Tür, als wir nach Hause kommen. Er hat ein verstauchtes Handgelenk, kann nicht Golf spielen und hat Hausarrest. Faith ist das Einzige, was er hat. Das dachte er jedenfalls. Ich freue mich nicht darauf, ihm zu sagen, dass er sie auch verloren hat.

Aber dazu kommt es nicht. Millicent geht zu Rory und legt ihm eine Hand auf die Wange. »Alles okay«, sagt sie.

»Alles okay? Wirklich?«

»Schleich dich nur nie wieder aus dem Haus«, sagt sie.

»Versprochen.«

Er wieselt mit seinem Handy davon, um Faith anzurufen, die von ihren Eltern eine ganz andere Botschaft bekommen wird.

Millicent zwinkert mir zu.

Ich frage mich, ob manche Mädchen auf diese Weise lernen, so verschlagen zu sein. Von einer anderen Mutter.

Am nächsten Tag kommt ein Anruf von der Schule. Es geht um Jenna, nicht um Rory. Und nicht wegen einer Waffe oder wegen Magenproblemen. Nein, es sind ihre Noten.

Sie war immer eine ausgezeichnete Schülerin, aber im Verlauf des letzten Monats haben ihre Leistungen nachgelassen. Heute hat sie es versäumt, eine Arbeit abzugeben, die fällig war. Und sie hatte nicht mal eine Entschuldigung.

Millicent und ich hatten keine Ahnung. Jenna war immer eine so gute Schülerin, dass ich mir nicht mal die wöchentlichen Berichte im Internet ansehe. Nach einem Wirbelsturm von Textnachrichten und Telefonaten beschließen wir, nach dem Essen mit ihr zu reden.

Millicent sagt ihr, dass die Schule angerufen hat. »Erzähl uns, was los ist.«

Jenna hat keine vernünftige Antwort; sie druckst herum und schüttelt den Kopf.

»Ich verstehe das nicht«, sagt Millicent. »Du warst immer eine erstklassige Schülerin.«

»Und wofür?«, fragt Jenna. Sie steht von ihrem Bett auf und geht quer durch das Zimmer. »Wenn mich jemand einfach in einem Keller einsperren und foltern kann – wofür dann das Ganze?«

»Das wird niemand tun«, sage ich.

»Ich wette, diese toten Frauen haben das auch geglaubt.«

Wieder ein Schlag in die Magengrube. Diesmal mit einem Eispickel.

Millicent atmet tief durch.

Seit der Begegnung mit Claire schien es Jenna besser zu gehen. Sie redete ständig davon, Detective zu werden. Aber damit war Schluss, als wir von der Kirche hörten.

Wir drehen uns im Kreis mit ihr und versuchen, ihr die Angst mit logischen Argumenten zu nehmen. Aber eigentlich funktioniert das nicht. Alles, was wir von ihr bekommen, ist das Versprechen, in keinem ihrer Fächer durchzufallen.

Als wir aus dem Zimmer gehen, sehe ich ein aufgeschlagenes Notizbuch auf ihrem Bett. Sie hat recherchiert, wie viele Frauen jedes Jahr entführt und ermordet werden.

Millicent hängt sich ans Telefon und versucht, einen neuen Therapeuten aufzutreiben.

Dies ist der dritte Tag ohne neue Informationen über die Kirche. Claire veranstaltet jeden Abend eine Pressekonferenz und wiederholt, was wir schon wissen.

Tag vier beginnt mit einem bellenden Hund. In der Nachbarschaft haben wir mehrere, und ich weiß nicht, welcher mich morgens um fünf weckt. Aber er hört nicht auf zu bellen.

Ich sitze aufrecht im Bett und frage mich, warum ich nicht eher daraufgekommen bin.

Ein Hund.

Einer, der groß genug ist, damit Jenna sich sicher fühlt, und wachsam genug, um zu bellen, wenn jemand sich draußen herumtreibt. Zum Beispiel Rory, wenn er herein- oder hinausschleicht.

Ich könnte mir selbst einen Tritt geben, weil ich nicht eher daran gedacht habe. Ein Hund würde so viele unserer Probleme lösen.

Ausnahmsweise bin ich vor Millicent auf. Als sie in ihren Laufsachen herunterkommt, trinke ich Kaffee und recherchiere Hunde im Internet. Sie erstarrt, als sie mich sieht.

»Möchte ich wissen, warum du …«

»Sieh mal.« Ich zeige auf den Bildschirm. »Der ist im Tierheim, eine Rottweiler-Boxer-Mischung.«

Millicent nimmt mir den Kaffeebecher aus der Hand und trinkt einen Schluck. »Du willst einen Hund.«

»Für die Kinder. Er kann Jenna beschützen und aufpassen, dass Rory nicht mehr hinausklettert.«

Sie sieht mich an und nickt. »Das ist beinahe brillant.«
»Auch ich habe meine Momente.«
»Und du wirst für diesen Hund sorgen?«
»Nein, die Kinder.«
Sie lächelt. »Wenn du meinst.«
Das ist für mich ein Ja.
In der Pause zwischen zwei Stunden fahre ich zum Tierheim. Eine nette Frau führt mich herum, und ich erkläre ihr, was wir suchen. Sie empfiehlt ein paar verschiedene Hunde, und einer davon ist der Rottweiler-Boxer-Mix. Er heißt Digger. Sie wirft einen Blick in die Unterlagen und sagt, er sei ein guter Familienhund, aber die Kinder müssten ins Tierheim kommen und ihn kennenlernen, bevor wir ihn adoptieren dürfen. Ich verspreche der Frau wiederzukommen.
Der Hund stimmt mich ein bisschen optimistisch.
Ich halte an einem Drive-through und bestelle mir einen Eiskaffee und ein Panino. Während ich am Schalterfenster sitze und auf mein Mittagessen warte, kann ich den Fernseher drinnen sehen. Claire Wellington gibt wieder eine Pressekonferenz. Als ich die Schrift am unteren Bildschirmrand lese, setzt mein Herz für einen Moment kurz aus.

WEITERE LEICHEN IN KIRCHE ENTDECKT

Als die Kassiererin das Fenster aufschiebt und mir meine Bestellung herausreicht, höre ich Claires Stimme.
»... hat man die Leichen von drei jungen Frauen im Keller begraben gefunden.«
Drei Frauen. Alle vor Kurzem ermordet.
Bei der Zeitangabe muss die Polizei sich irren. Es ist

unmöglich, dass jemand dort Leichen begraben hat, während Lindsay …

»Mindestens zwei der drei Leichen sind noch so frisch, dass die Ermittler feststellen konnten, wie sie ermordet wurden. Wie die anderen wurden sie erwürgt. Außerdem finden sich Spuren von Folter.«

Ich kann den Atem nicht anhalten, weil Claire nicht aufhört zu reden.

»Außerdem haben wir an der Kellerwand hinter einem Regal mit Blut geschriebene Worte gefunden. Die Ergebnisse der DNA-Untersuchung sind zwar noch nicht gekommen, aber die Blutgruppe entspricht Naomis.«

Als Claire sagt, welche Worte da an der Wand standen, bleibt mir das Herz stehen.

Tobias.

Taub.

EINUNDSECHZIG

Naomi kann Tobias' Namen nicht geschrieben haben. Sie ist ihm nie begegnet.

Ich überlege hin und her und versuche herauszufinden, wie es passiert sein konnte. Lindsay kannte Tobias. Sie wusste, dass er taub war.

Aber ihre Leiche wurde gefunden, bevor Naomi verschwand. Sie konnten nicht miteinander gesprochen und solche Informationen ausgetauscht haben.

Millicent ist die Einzige.

Das ergibt keinen Sinn. Das alles nicht.

Als ich mein Essen bezahlt habe und hinausfahre, schalte ich das Radio ein, um den Rest der Pressekonferenz zu hören. Als sie vorbei ist, reden die Radiosprecher weiter, und sie wiederholen immer wieder die Worte, die an der Wand standen.

Tobias.

Taub.

Naomi wusste nichts von Tobias.

Aber Lindsay.

Und Millicent.

Ich halte am Straßenrand an. Ich bin so durcheinander, dass ich nicht gleichzeitig denken und fahren kann.

Tobias.

Taub.

Ich schalte das Radio aus und schließe die Augen. Im Geiste sehe ich nur Naomi im Keller der Kirche an die Wand angekettet. Ich versuche, das Bild zu vertreiben und klar zu denken. Aber ich sehe sie immer noch, in einer Ecke kauernd, schmutzig und voller Blut.

Mir wird schlecht davon. Galle steigt mir in die Kehle, und ich schmecke sie im Mund. Ich steige aus, schwindlig vor Übelkeit. Mein Handy klingelt.

Millicent.

Sie redet schon, als ich den Anruf annehme.

»Reifenpanne?«, fragt sie.

»Wie bitte?«

»Du stehst am Straßenrand.«

Ich schaue hoch, ob da eine Drohnenkamera mich beobachtet, aber da ist nur der klare Himmel. Nicht mal ein Vogel. »Woher weißt du, dass ich hier bin?«

Sie seufzt. Es ist ein tiefer, genervter Seufzer, wie ich ihn nicht ausstehen kann. »Schau unter das Auto«, sagt sie.

»Was?«

»Unter. Das. Auto.«

Ich knie nieder und schaue nach. Ein Tracker. Genau wie der, den ich unter ihr Auto gehängt habe.

Deshalb habe ich von der Kirche nichts erfahren.

Sie wusste, dass ich sie verfolge.

Die Erkenntnis dessen, was hier vorgeht, explodiert wie eine Bombe in meinem Kopf.

Es gibt nur eine Person, die diese Worte mit Naomis Blut geschrieben haben kann. Das wusste ich bereits, als ich davon hörte. Ich habe nur nach einer anderen Erklärung gesucht.

Es gibt keine.

»Du hast sie mir in die Schuhe geschoben«, sage ich. »Sie alle. Lindsay, Naomi …«

»Und die anderen drei. Die darfst du nicht vergessen.«

Bilder fluten mir durch den Kopf, wie Millicent allein Frauen ermordet und mir die Taten anhängt.

Jetzt weiß ich, was sie getan hat, während ich an all den Tagen und Nächten bei Jenna zu Hause war, weil sie krank war.

Die Zukunft rollt sich vor mir aus wie ein blutroter Teppich.

Ich schließe die Augen, lege den Kopf zurück und denke an die vielen Möglichkeiten, die Millicent hat, um mir die Taten in die Schuhe zu schieben. Die DNA, zu der sie Zugang hatte. Alles, was sie bei den Toten hinterlassen und der Polizei geben konnte. Ganz zu schweigen von den Leuten, die mich als gehörlosen Mann namens Tobias kannten.

Annabelle. Petra. Sogar die Barkeeper.

Sie werden sich erinnern.

Alles wird auf mich deuten.

Mein Verstand wehrt sich gegen diesen Gedanken. Ich drehe mich im Kreis, entwickle eine Idee, folge ihr bis zum Ende und begreife, dass sie nicht funktionieren wird. Jeder Weg ist mir versperrt, jede Idee hat Millicent bereits gehabt. Ich bin in einem riesigen Labyrinth ohne Ausgang. Ich bin also doch kein Planer, nicht wie meine Frau.

Ich gehe am Auto entlang auf und ab. Schockwellen rollen durch meinen Kopf.

»Millicent, warum tust du das?«

Sie lacht. Es klingt giftig. »Mach deinen Kofferraum auf.«

»Was?«

»Deinen Kofferraum«, sagt sie. »Mach ihn auf.«

Ich zögere und frage mich, was darin sein mag. Und wie viel schlimmer es noch werden kann.

»Mach schon«, sagt sie.

Ich öffne den Kofferraum.

Da ist nichts außer meinen Tennissachen. Jeder Schläger an seinem Platz. »Was hast du …«

»Das Ersatzrad«, sagt sie.

Mein Telefon, das Wegwerfhandy. Das mit den Nachrichten von Lindsay und Annabelle. Ich greife in die Felge, aber ich finde es nicht. Stattdessen finde ich etwas anderes.

Pixy Stix.

Lindsay.

Die Erste, mit der ich geschlafen habe.

Nach der zweiten Wanderung.

Du bist süß, hatte sie gesagt.

Nein, du bist süß.

Millicents Stimme holt mich zurück in die Gegenwart. »Weißt du, es ist erstaunlich, was Menschen dir alles erzählen, wenn sie ein Jahr lang eingesperrt sind.«

»Was hast du …«

»Sie hat dich gesehen, in der Nacht, als wir sie entführt haben. Lindsay ist aufgewacht, bevor du weg warst. Sie war übrigens ziemlich überrascht, dass du gar nicht taub warst.«

Eine Woge der Übelkeit überkommt mich bei dem Gedanken an das, was ich getan habe. Was meine Frau getan hat.

»Das Komische ist«, sagt sie, »dass Lindsay dachte, ich foltere sie, weil sie mit dir geschlafen hat. Ich habe versucht, ihr zu sagen, dass das nicht stimmte, anfangs jedenfalls nicht. Aber ich vermute, sie hat mir nie geglaubt.«

»Millicent, was hast du getan?«

»*Ich* habe nichts getan«, sagt Millicent. »Du warst das. Du hast das alles getan.«

»Ich weiß nicht, was du glaubst, was da passiert ist …«

»Komm mir nicht herablassend und leugne alles.«

Ich beiße mir auf die Zunge, bis ich Blut schmecke. »Wie lange hast du das geplant?«

»Ist das wichtig?«

Nein. Nicht mehr.

»Kann ich es dir erklären?«, frage ich.

»Nein.«

»Millicent …«

»Was? Es tut dir leid, es ist einfach passiert, und es hatte nichts zu bedeuten?«

Ich beiße mir die Zunge durch. Buchstäblich.

»Und was wirst du jetzt tun?«, fragt sie. »Weglaufen und dich verstecken? Oder bleiben und kämpfen?«

Weder noch. Beides. »Bitte, tu das nicht.«

»Siehst du, das ist dein Problem.«

»Was?«

»Du konzentrierst dich immer auf die falschen Dinge.«

Ich will sie fragen, was die falschen Dinge sind, aber ich lasse es bleiben. Ich bestätige sie nur.

Sie lacht.

Die Verbindung ist beendet.

ZWEIUNDSECHZIG

Mir müsste schlecht sein. Ich müsste erbrechen, was ich im Magen habe, weil die Frau, mit der ich seit fünfzehn Jahren verheiratet bin, mir einen mehrfachen Mord angehängt hat, und davon sollte mir speiübel sein. Stattdessen habe ich das Gefühl, als wäre mein ganzer Körper mit Novokain vollgepumpt.

Was nicht schlecht ist, denn so kann ich denken, statt zu fühlen.

Weglaufen und mich verstecken. Bleiben und kämpfen.

Beides ist nicht verlockend. Ebenso wenig wie Gefängnis, Todesstrafe, Giftspritze.

Weglaufen.

Als Erstes mache ich eine Bestandsaufnahme. Auto, halb voller Tank, Panino, ein Rest Eiskaffee, ungefähr zweihundert Dollar in bar. Kreditkarten, die ich nicht benutzen kann, weil Millicent es verfolgen würde.

Habe ich noch Zeit, Bargeld von der Bank abzuheben?

Darüber hinaus werden meine Optionen schnell weniger. Das Auto kann ich nicht lange behalten, wenn ich das Kennzeichen nicht loswerde. Dann ist die Frage, wohin. Kanada ist zu weit. Bevor ich dort ankomme, ist mein Foto in allen Nachrichten.

Mexiko ist die einzige Möglichkeit mit dem Auto, und

selbst bis dahin ist es weit. Alles hängt davon ab, wie schnell die Sache sich entwickelt. Mein Name und mein Foto können in wenigen Stunden veröffentlicht sein.

Ich könnte ins Ausland fliegen, aber dann würde ich auf jeden Fall meinen Pass einsetzen müssen. Man würde wissen, wo ich lande. Und auf diese Art von Flucht bin ich nicht im Geringsten vorbereitet.

Millicent weiß das.

Wenn ich weglaufe, werde ich gefasst.

Außerdem muss ich meine Kinder zurücklassen. Bei Millicent.

Jetzt wird mir schlecht. Am Straßenrand, hinter meinem Wagen, leere ich meinen Magen aus. Ich höre erst auf, als nichts mehr drin ist.

Weglaufen und mich verstecken. Bleiben und kämpfen.

Es gibt noch eine dritte Möglichkeit. Was ist, wenn ich in ein Polizeirevier spaziere und dort alles erzähle?

Nein. Millicent würde vielleicht verhaftet, aber ich auch. Mich für unschuldig erklären ist keine Option, denn das bin ich nicht.

Aber es muss doch einen Weg geben. Eine Möglichkeit, sie an meiner Stelle zu belasten. Schließlich habe ich niemanden ermordet. Mit dem richtigen Anwalt, dem richtigen Staatsanwalt, dem richtigen Beweismaterial könnte ich einen Deal hinbekommen. Aber das habe ich alles nicht. Anders als Millicent habe ich meine Ehepartnerin nicht wegen Mordes ans Messer geliefert.

Du konzentrierst dich immer auf die falschen Dinge.

Vielleicht hat sie recht; vielleicht kommt es auf das Warum nicht an. Das wird noch kommen. Das Warum wird mich verfolgen, an das Warum werde ich denken, wenn ich nachts im Bett liege. Falls ich in einem Bett liege. Vielleicht ist es auch eine Gefängnispritsche. Sie hat recht, was das Warum angeht. Es ist falsch, darüber nachzudenken.

Weglaufen und verstecken. Bleiben und kämpfen.

Immer wieder gehen mir diese Optionen durch den Kopf, genau wie die Worte an der Kellerwand. Millicent hat sie konstatiert, als wären es die Einzigen, die es gibt. Als wäre es ein Entweder-Oder.

Aber das stimmt nicht. Die Optionen stimmen nicht.

Erstens, ich werde bleiben. Meine Kinder zu verlassen kommt nicht infrage.

Und wenn ich bleibe, muss ich mich verstecken. Zumindest bis ich weiß, wie ich die Polizei dazu bringe, mir zu glauben, was ich über Millicent sage.

Das bedeutet, ich muss kämpfen.

Bleiben, mich verstecken, kämpfen. Nicht weglaufen.

Die Polizei. Ich könnte zur Polizei gehen und dort alles erzählen, ich könnte sagen ...

Nein. Geht nicht. Ich habe echtes Blut an den Händen, und jeder Anfänger könnte das herausfinden. Und wenn ich mich nicht an die Polizei wenden kann, muss ich ihr aus dem Weg gehen.

Geld. Mit den zweihundert Dollar in der Brieftasche werde ich nicht weit kommen. Ich fahre geradewegs zur Bank und hebe so viel cash ab, wie ich kann, ohne dass eine Mitteilung ans Finanzamt geschickt wird. Millicent wird es wissen, denn der Tracker ist noch an meinem Wagen.

Millicent. Wie lange weiß sie es schon? Seit wann verfolgt sie mich? Wann hat sie angefangen, das alles zu planen? Die Fragen sind endlos, und es gibt keine Antworten.

Nach allem, was wir durchgemacht, was wir zusammen

geschafft haben, ist es unfassbar, dass sie nicht mit mir gesprochen, mich nicht gefragt, mir nicht mal einen Vertrauensbonus eingeräumt hat. Ich hatte keine Chance, keine Gelegenheit, irgendetwas zu erklären.

Es kommt mir ein bisschen verrückt vor.

Und es bricht mir das Herz.

Aber ich kann jetzt weder über das eine noch über das andere nachdenken. Innerhalb weniger als einer Stunde ist mein Leben auf das primitivste Niveau reduziert worden: auf das Überleben.

Bis jetzt bin ich darin noch nicht sehr gut. Millicent weiß, wo ich bin, und ich habe keine Ahnung, was ich als Nächstes tun soll.

Nach Hause. Da fahre ich immer hin. Auch jetzt.

Ich raffe zusammen, was ich kann – Kleidung, Toilettensachen, meinen Laptop. Der, mit dem wir Frauen gesucht haben, ist verschwunden, wahrscheinlich zerstört, aber ich finde Millicents Tablet und nehme es mit. Und Fotos. Ich nehme zwei Fotos der Kinder von der Wand. Und ich schicke ihnen eine SMS.

Glaubt nicht alles, was ihr hört. Ich liebe euch.

Bevor ich abfahre, schalte ich den GPS-Tracker aus, aber ich behalte ihn bei mir. Eine Zeitlang wird sie sich fragen, ob ich einfach im Haus herumsitze. Vielleicht. Aber das setzt voraus, dass ich meine Frau überhaupt kenne.

Ich fahre aus der Einfahrt die Straße hinunter, und ich habe keine Ahnung, wohin.

Zu einem leeren Gebäude, einem Motel am Highway,

einem Parkplatz? In den Sumpf, in den Wald, zu den Wanderpfaden? Ich habe keine Ahnung, aber es kommt mir nicht clever vor, irgendwo zu sein, wo ich mich nicht auskenne. Ich brauche ein ruhiges Plätzchen, wo ich nachdenken kann. Wo mich in den nächsten paar Stunden niemand behelligen wird.

Der totale Mangel an Möglichkeiten und Originalität treibt mich in den Country Club.

Als Angestellter habe ich einen Schlüssel zum Büro, den ich nie benutze, und einen für die Geräteschuppen und den Tennisplatz. Ich gehe kurz in den Laden und hole mir etwas zu essen, Junkfood hauptsächlich, und bis nach neun Uhr mache ich mich unsichtbar. Dann wird das Licht auf den Tenniscourts abgeschaltet, und die Security schließt sie für die Nacht ab.

Dort gehe ich hin. Im Gebäude hat der Club Kameras installiert. Auf den Tenniscourts nicht.

DREIUNDSECHZIG

Alles auf dem Tennisplatz ist mir vertraut. Ich bin hier aufgewachsen, auf diesen Courts. Hier habe ich Tennisspielen gelernt, aber das ist nicht alles, was ich getan habe. Mein Coach ließ mich unzählige Runden um diese Courts laufen, um mich in Form zu bringen. Hier habe ich Trophäen gewonnen und Prügel bezogen, manchmal beides an einem Tag.

Hier war meine Zuflucht; hierhin habe ich mich vor meinen Freunden geflüchtet, vor der Schule und vor allem vor meinen Eltern. Anfangs bin ich hergekommen, um auszutesten, ob sie nach mir suchten. Als sie es nicht taten, benutzte ich es als Versteck, und hier habe ich sogar meinen ersten Kuss bekommen.

Lily. Sie war ein Jahr älter als ich und viel erfahrener. So kam es mir jedenfalls vor. An einem Halloween vor einer Million Jahren verkleideten meine Freunde und ich uns als Piraten. Sie und ihre Freundinnen trugen eine Art Baby Doll. Beim Bonbonssammeln irgendwo in Oaks liefen wir einander über den Weg, und Lily sagte, ich sei ziemlich süß. Ich nahm an, das bedeutete, dass sie mich liebte, und ich glaube, sie tat es auch.

Eine Bemerkung führte zur nächsten, und wenig später fragte ich sie, ob sie Lust hätte, irgendwas Cooles zu machen. Sie sagte Ja.

»Cool« war vielleicht übertrieben, aber mit dreizehn fand ich es cool, abends mit einem Mädchen draußen unterwegs zu sein. Lily fand es auch nicht übel, denn sie küsste mich. Sie schmeckte nach Lakritz und Schokolade, und das gefiel mir.

Eine Sekunde lang bin ich so überwältigt von dieser Erinnerung, dass ich das Gefühl habe, alles wäre okay. Aber das ist es nicht. Ich bin auf diesem Tennisplatz, weil die Polizei hinter mir her ist und ich nicht nach Hause kann.

Aber bei dem Gedanken an Lily wird mir klar, dass es doch noch etwas gibt, wo ich hin kann.

Die Alarmfunktion an meinem Handy weckt mich um fünf. Ich springe auf, raffe meine Sachen zusammen und steige ins Auto. Der Versuch, auf einer Bank am Platzrand zu schlafen, hat mir reichlich Zeit verschafft, mir einen Plan zurechtzulegen. Und das Internet auf meinem Handy hat dafür gesorgt, dass es ein guter Plan wurde. Es gibt Dutzende von Websites, auf denen erklärt wird, wie man untertaucht und vollständig von der Bildfläche verschwindet, wie man sich vor der Polizei, seinem Chef oder seiner wütenden Frau versteckt. Jeder ist vor irgendetwas auf der Flucht.

Ich fahre zur Stadt hinaus und bleibe mindestens eine Stunde auf dem Interstate Highway. Schließlich halte ich an einer Tankstelle, schalte den GPS-Tracker ein und hänge ihn unter einen Sattelschlepper. Dann nehme ich den Akku aus meinem Handy, gehe in einen Supermarkt und kaufe ein billiges Wegwerfhandy.

Danach fahre ich zurück nach Hidden Oaks.

Das, was jetzt kommt, wird vom Internet nicht empfohlen, aber das Internet hat auch keine Kinder. Wenn ich keine hätte, würde ich weiterfahren; ich würde die Kennzeichenschilder an meinem Wagen austauschen oder den Wagen ganz loswerden und mit dem Greyhound von Staat zu Staat reisen, bis ich schließlich in Mexiko wäre.

Das ist keine Option. Nicht solange Jenna und Rory noch bei meiner Frau sind.

Auf halbem Weg zurück mache ich halt und kaufe eine Kofferraumladung Lebensmittel. Ich werfe einen Blick auf die Zeitungen und suche nach meinem Gesicht, aber ich sehe es nirgends. Die Schlagzeilen bestehen aus zwei Wörtern.

TOBIAS TAUB

Ich mache mich auf den Heimweg und frage mich, ob ich schon wieder eine Dummheit begehe.

Es gibt zwei Tore in Hidden Oaks. Am vorderen stehen die Wachleute; man muss an ihnen vorbei, um hineinzukommen.

Aber Hidden Oaks ist ziemlich groß mit seinem Golfplatz und Hunderten von Häusern, und deshalb gibt es auch ein Hintertor. Genauer gesagt zwei. Für das eine braucht man einen Code, für das andere eine Fernöffnung wie für eine Garage. Aber dafür gibt es keine Wachleute. Dort fahre ich hinein.

Drinnen steuere ich an den weniger teuren Häusern vorbei und durch den mittleren Bereich bis zu einem Haus, das doppelt so groß ist wie meins. Es hat sechs Schlafzimmer, mindestens ebenso viele Bäder und einen Swimmingpool im Garten. Kekonas Haus steht derzeit leer, weil sie immer noch auf Hawaii ist.

Dies ist der brillanteste Teil meines Plans. Oder der

dümmste. Das weiß ich erst, wenn ich versuche hineinzukommen.

Hier hat Lily gewohnt. An jenem Halloween-Abend wurde sie meine erste Freundin. Und danach habe ich mich oft nachts aus dem Haus geschlichen, zu ihr, genau wie mein Sohn es heute mit seiner Freundin tut.

Das letzte Mal ist viele Jahre her, und das Haus ist neu gestrichen, umgebaut und renoviert worden. Die Schlösser sind wahrscheinlich mehrmals ausgewechselt worden. Nur ist das so eine Sache bei diesen Immobilien: Die Eigentümer wechseln ständig die Schlösser an Vorder- und Hintertüren, aber ich wette, das Schloss der Terrassentüren an der Veranda im ersten Stock auf der Rückseite ist nie ausgetauscht worden. Dieses Schloss hat nie richtig geschlossen. Man brauchte dafür keinen Schlüssel.

Das Klettern fällt in meinem Alter nicht mehr so leicht wie damals, aber ich habe keine Angst, dass man mich sehen könnte. Kekonas Haus steht mitten im Zentrum von Oaks, in der teuren Gegend, wo alle größere Grundstücke haben, als sie brauchen. Die nächsten Nachbarn sind von vorn kaum zu sehen und von hinten gar nicht.

Irgendwie schaffe ich es, nicht herunterzufallen, und richtig, ich weiß es schon, bevor ich einen Versuch mache. Die Türen sind gestrichen und vielleicht sogar neu versiegelt worden, aber das Schloss ist das alte. Ich lächle zum ersten Mal seit vierundzwanzig Stunden.

Ein paar Sekunden später bin ich im Haus und gleich darauf wieder draußen in der Garage. Kekona hat nur ein Auto, ein SUV, und so ist in der Garage noch Platz für meins.

Ich bringe die Lebensmittel ins Haus, gehe unter die Dusche und richte mich dann ein. Zum ersten Mal habe ich das Gefühl, ich habe eine Chance. Eine Chance wozu, das weiß ich nicht genau, aber wenigstens schlafe ich nicht mehr auf einem Tenniscourt.

Als ich meinen Laptop aufklappe, stehe ich vor Problem Nummer eins. Das WLAN-Passwort.

Kekona hat den Sticker mit dem Code von der Unterseite des Routers entfernt, und so ist das Passwort nicht leicht zu finden. Ich brauche viel zu lange, um zu entdecken, dass der Sticker an der Kühlschranktür klebt.

Als ich online bin, versuche ich in Millicents Tablet einzudringen. Dazu brauche ich eine vierstellige PIN. Ohne es auszuprobieren, weiß ich, sie würde niemals ein Geburtsdatum oder einen Jahrestag nehmen. Ich muss mir etwas Besseres einfallen lassen.

Im Fernsehen hören sie nicht auf, über die Pressekonferenz zu reden, über Tobias und über die drei Frauenleichen im Keller.

Ich versuche herauszufinden, wer sie sind, wen Millicent da ausgesucht hat. Frauen von unserer Liste? Frauen, die ich abgelehnt habe, wie Annabelle oder Petra? Hoffentlich ist es nicht Annabelle. Sie hat nichts getan, um Millicent zu verdienen.

Nein, das ergäbe auch keinen Sinn. Jemand muss noch am Leben sein, um einen gehörlosen Mann namens Tobias zu identifizieren. Sie kann nicht jeden umgebracht haben, der ihn gesehen hat.

Vielleicht hat Millicent Fremde genommen, Frauen, die ich nie gesehen und mit denen ich nie gesprochen habe. Aber vielleicht wäre ihr das zu beliebig.

Ich befehle mir, damit aufzuhören. Meine Gedanken drehen sich im Kreis herum und kommen nirgends an.

Ich arbeite weiter an dem Tablet und hoffe, darauf Antworten zu finden. Als die Sonne untergeht, bin ich meinem Ziel noch kein Stück näher gekommen.

Es ist sechs Uhr, und ich sollte zu Hause sein und zu Abend essen. Heute ist Filmabend, und ich bin nicht da. Wenn Rory und Jenna an meiner SMS nicht erkannt haben, dass etwas nicht in Ordnung ist, merken sie es an meiner Abwesenheit.

Als ich aufwache, denke ich, ich bin zu Hause. Ich lausche nach Millicent, die vom Jogging zurück ist und unten Frühstück macht. Mein heutiger Stundenplan geht mir durch den Kopf. Meine erste Unterrichtsstunde beginnt um neun. Ich rolle mich herum und lande dumpf auf dem Boden.

Ich bin nicht zu Hause. Ich habe auf der Couch in Kekonas Wohnzimmer geschlafen. Ihre seegrüne Polsterlandschaft ist riesig, aber ich bin trotzdem heruntergerollt. Der Holzboden ist harte Realität.

Der Fernseher geht an, die Kaffeemaschine brodelt, der Computer fährt hoch. Den vergangenen Abend habe ich damit verbracht, Listen aufzustellen. Was ich weiß, was ich nicht weiß, was ich herausfinden muss. Wo ich die nötigen Informationen herbekomme. Die letzte Liste ist ziemlich kurz, schließlich bin ich kein Hacker und kein Detektiv. Aber immerhin weiß ich, dass ich zwei Möglichkeiten habe: Ich muss beweisen, dass sie diese Frauen ermordet hat, oder ich muss beweisen, dass ich es nicht getan habe. Idealerweise beides.

In der Nacht, in der Naomi verschwand, bin ich nach Hause gefahren und bei den Kindern geblieben und habe Millicent mit ihr allein gelassen. Das Gleiche bei Lindsay; da war ich bei Jenna, weil sie krank war. Die Kinder sind mein Alibi, aber ein gutes Alibi sind sie nicht. Irgendwann sind sie eingeschlafen und können nichts mehr bestätigen.

Aber kann ich beweisen, dass Millicent es getan hat? Ebenso wenig, wie ich beweisen kann, dass ich es nicht getan habe.

Millicents Tablet ist ein größeres Problem, als ich dachte. Es gibt zwar eine Software, mit der man die PIN zurücksetzen kann, aber das geht nur, wenn ich mich bei der E-Mail-Adresse des Tablets anmelde. Das Passwort dazu habe ich nicht, und ich kann es auch nicht erraten. Mitten in der Nacht bin ich darauf verfallen, Hacker-Foren zu lesen, bevölkert von Teenagern, die das Gleiche wollen wie ich.

Es könnte noch eine andere Möglichkeit geben. Vielleicht. Aber nur, wenn ich jemanden überreden kann, mir zu helfen.

Den halben Vormittag lang zerbreche ich mir den Kopf, ob es besser ist, jetzt zu fragen, bevor mein Gesicht überall in den Nachrichten erscheint, oder später, wenn nach mir gefahndet wird. Ich versuche mir vorzustellen, wie es wäre, wenn jemand zu mir käme und um Hilfe bäte, der vielleicht ein Psychopath wäre. Würde ich ihm helfen, oder würde ich die Tür zuschlagen und die Polizei rufen?

Die Antwort ist immer die gleiche: Es kommt darauf an.

Und meine Auswahl ist begrenzt. Meine Freunde sind Millicents Freunde; wir haben sie gemeinsam. Ich habe viele Kunden, aber die meisten sind nicht mehr als das. Nur einer fällt mir ein, ein Einziger, der bereit und in der Lage sein könnte, mir zu helfen.

Wenn er einverstanden ist.

Andy.

VIERUNDSECHZIG

Das Golden Wok ist ein chinesisches Selbstbedienungsrestaurant, eine halbe Stunde von Hidden Oaks entfernt. Ich bin einmal da gewesen, auf dem Weg woandershin, und es ist genau wie jedes andere chinesische Selbstbedienungsrestaurant, das ich kenne. Ich bin frühzeitig da und fülle mir den Teller mit mongolischem Rindfleisch, Schweinefleisch süßsauer, Chicken Chow Mein und frittierten Frühlingsrollen. Mein Teller ist halb leer, als Andy Preston hereinkommt.

Ich stehe auf und reiche ihm die Hand. Er schiebt sie beiseite und umarmt mich.

Andy ist nicht mehr der Mann, den ich kannte, bevor Trista sich umgebracht hat. Er ist nicht einmal der, den ich auf ihrer Beisetzung gesehen habe. Sein Übergewicht ist weg; jetzt ist er beinahe zu dünn. Ungesund. Ich sage ihm, er soll sich einen Teller holen.

Das Restaurant hat er ausgesucht. Nach Tristas Tod hat er Hidden Oaks verlassen, und Kekona hat mir erzählt, er habe seinen Job aufgegeben und verbringe seine Tage im Internet, wo er Fremde dazu ermutigt, sich nicht umzubringen. Ich glaube ihr.

Andy setzt sich an den Tisch und sieht mich an. Sein Lächeln wirkt hohl.

»Und was gibt's Neues?«, frage ich. »Wie geht's dir?«

»Nicht toll, aber es könnte schlimmer sein. Es kann immer alles noch schlimmer sein.«

Ich nicke und bin beeindruckt, weil er nach dem, was ihm zugestoßen ist, so etwas sagen kann. »Da hast du recht.«

»Und bei dir? Wie geht's Millicent?«

Ich räuspere mich.

»Oha«, sagt er.

»Ich brauche Hilfe.«

Er nickt – und stellt keine einzige Frage, denn er ist immer noch mein Freund, auch wenn ich ihm kein guter Freund gewesen bin.

Den ganzen Vormittag über habe ich hin und her überlegt, wie viel ich Andy über meine Situation erzählen soll. Zuerst das Tablet. Ich ziehe es aus meiner Sporttasche und schiebe es über die Laminatplatte des Tischs. »Kannst du mir helfen, da hineinzukommen? Man braucht eine PIN, und die kenne ich nicht.«

Andy schaut das Tablet und dann mich an. Sein Blick wird wachsamer. »Jeder Achtjährige könnte da hineinkommen.«

»Meine Kinder kann ich nicht fragen.«

»Also gehört es Millicent.«

Ich nicke. »Aber es ist nicht so, wie du denkst.«

»Nicht?«

»Nein.« Ich deute auf seinen Teller. »Iss zu Ende. Dann erzähle ich dir alles.«

Ich sage »alles«, aber das meine ich nicht so.

Als wir fertig sind, setzen wir uns in seinen Truck. Es ist ein alter Pick-up und hat keine Ähnlichkeit mit dem Sportwagen, den er früher gefahren hat.

»Was hast du getan?«, fragt er.

»Wie kommst du darauf, dass ich etwas getan habe?«

Er wirft mir einen Seitenblick zu. »Du siehst beschissen aus, du hast eine neue Telefonnummer, und du willst in den Computer deiner Frau eindringen.«

So gern ich jemandem *alles* erzählen würde, ich kann es nicht. Wir kennen uns zwar schon lange, aber jede Freundschaft hat ihre Grenzen. Eine davon ist Mord. Eine andere ist es, Geheimnisse über die Frau des Freundes zu wahren.

»Ich habe Millicent betrogen«, sage ich.

Er sieht nicht überrascht aus. »Keine gute Idee, nehme ich an.«

»Das ist untertrieben.«

»Und jetzt hat sie dich rausgeworfen und will alles behalten? Das Haus, die private Zusatzrente, den College-Fond für die Kinder?«

Ich wünschte, das wäre alles, was sie will. »Nicht ganz«, sage ich. »Millicent will mehr als das.«

»Ich kann nicht sagen, dass mich das überrascht.« Er schweigt kurz und schüttelt den Kopf. »Jetzt, wo du alles vermasselt hast, kann ich dir ja die Wahrheit sagen.«

»Und die wäre?«

»Ich konnte Millicent nie leiden. Sie kam mir immer ein bisschen kalt vor.«

Ich würde am liebsten laut loslachen, aber das wäre unpassend. »Sie hängt mir Dinge an, die ich nicht getan habe. Ein paar ziemlich schlimme Dinge.«

»Illegales Zeug?«, fragt er.

»Ja. Sehr illegal sogar.«

Er hebt die Hand, als wollte er mich daran hindern, ihm mehr zu sagen. »Also hatte ich recht. Sie ist kalt.«

»Du hattest recht, ja.«

Eine Zeitlang sagt er nichts. Er streicht mit der Hand übers

Lenkrad, wie man es tut, ohne zu denken, weil man schon zu viel anderes zu denken hat. Nur mit Mühe kann ich den Mund halten und ihn entscheiden lassen, wie verrückt ich bin.

»Wenn du nur dieses Tablet knacken willst und sonst nichts, warum erzählst du mir dann den Rest?«

»Weil wir beide uns schon so lange kennen. Ich bin dir die Wahrheit schuldig.«

»Und?«

»Und weil ich wahrscheinlich bald in den Nachrichten vorkomme.«

»In den Nachrichten? Was zum Teufel macht sie denn mit dir?«

»Du bist der Erste, der mich seit gestern gesehen hat«, sage ich. »Bitte sprich mit niemandem darüber.«

Er starrt durch das Fenster auf das Schild des Golden Wok. »Mehr will ich gar nicht wissen, was?«

Ich schüttle den Kopf. Nein.

»Das wäre also die eigentliche Gefälligkeit«, sagt er. »Ich soll den Mund halten.«

»Sozusagen. Ja. Aber ich muss wirklich in dieses Ding rein«, sage ich und deute auf Millicents Tablet, das vorn auf der Ablage liegt. »Hilfst du mir?«

Wieder schweigt er.

Er wird es tun. Vielleicht weiß er es noch nicht, aber er hat bereits beschlossen, mir zu helfen. Sonst wäre er längst gegangen. Und nach seinem Gesicht zu urteilen braucht er es genauso sehr wie ich.

»Du bist mir immer schon auf den Sack gegangen«, sagt er. »Und nur der Vollständigkeit halber: Deine Tennisstunden sind viel zu teuer.«

Ich lächle ein bisschen. »Ist registriert. Aber du hast mir vorgeworfen, ich hätte mit deiner Frau geschlafen. Du schuldest mir was.«

Er nickt. »Gib schon her.«

Ich gebe ihm das Tablet.

Das Warten ist das Schlimmste. Als wüsste man, dass etwas explodieren wird, aber nicht, wann oder wo. Oder wer. Den nächsten Tag verbringe ich in Kekonas Kinozimmer. Sie hat dort einen Bildschirm, so breit wie die Wand, und Ruhesessel aus antikisiertem Leder. Josh redet nonstop über Tobias. Er spricht sogar mit Experten darüber, wie es ist, taub zu sein.

Ich muss zugeben, ein paar dieser Informationen sind interessant. Ich hätte sie seinerzeit gut brauchen können.

Die Eilmeldungsfanfare reißt mich aus meinen Gedanken. Ein Bild erscheint im Fernsehen, und mein Herz macht einen Satz.

Annabelle.

Die süße Annabelle, die Politesse, deren Freund von einem betrunkenen Autofahrer umgebracht wurde.

Sie lebt.

Und sie ist so lieblich wie eh und je mit ihren kurzen Haaren und dem zarten Gesicht. Aber sie lächelt nicht. Sie sieht überhaupt nicht glücklich aus, als Josh sie vorstellt als »die Frau, die dem gehörlosen Mann namens Tobias begegnet ist«.

Es wundert mich nicht, dass sie sich als Erste meldet. Sie konnte ihren Freund nicht retten, und jetzt will sie alle anderen retten.

Annabelle erzählt unsere Geschichte, wie sie sie kennt,

und fängt an mit dem Augenblick, als sie mir beinahe einen Strafzettel für das Auto verpasst hätte. Das sie für meins gehalten hat. Sie berichtet, wie wir uns auf der Straße getroffen haben und ich sie eingeladen habe, etwas mit mir zu trinken. Sie nennt sogar den Namen der Bar. Wenn Eric, der Barkeeper, sich nicht schon gemeldet hat, wird er es jetzt tun.

Annabelle lässt nichts aus, nicht mal die SMS, die sie mir geschickt hat. Diese Telefonnummer hat die Polizei jetzt auch.

Wird Millicent ihren Anruf annehmen, wenn er kommt?

Zu guter Letzt sagt Annabelle, sie habe den Vormittag mit einem Polizeizeichner verbracht. Seine Zeichnung wird gleich nach dem Interview veröffentlicht.

Das Porträt sieht exakt aus wie ich, und gleichzeitig hat es nicht die geringste Ähnlichkeit mit mir.

Ich stelle mir vor, wie Millicent die Zeichnung sieht und kritisiert. Die Nase sei zu groß, und die Augen seien vielleicht ein bisschen zu klein. Das Muttermal an meinem Ohr fehle, und meine Hautfarbe sei ein wenig anders. Sie würde alles sehen, denn das tut sie immer.

Es wird nicht lange dauern, bis man mich identifiziert, aber auch jetzt müssen schon Leute nach mir suchen. Mein Arbeitgeber im Club zum Beispiel. Und Millicent spielt sicher verrückt und tut, als wäre ich grundlos verschwunden.

Jenna und Rory – wer weiß, was sie denken?

Den Rest des Tages bleibe ich im Haus. Ich wage mich nicht hinaus, solange es noch hell ist.

Dabei muss ich an den Tag denken, an dem ich Millicent geheiratet habe, an das Haus ihrer Eltern mitten im Nirgendwo. Ich sehe sie vor mir in diesem einfachen Kleid, die Haare hochgesteckt und mit winzigen Blüten bestreut, als wäre sie eine Fee oder eine Nymphe aus einer anderen Welt. So war sie. Alles an ihr war unwirklich. Und das ist es vermutlich immer noch.

Ich denke auch an das, was sie an dem Tag gesagt hat, denn es passt jetzt so gut.

Los geht's.

Die neuen Nachrichten kommen jetzt immer schneller. Kein Wunder – die Öffentlichkeit hat genug Informationen bekommen, um immer mehr davon zu liefern.

Der Zweite, der angibt, Tobias zu kennen, ist ein Barkeeper, aber nicht Eric, sondern der junge Mann aus der Bar, in der ich Petra kennengelernt habe. Josh ist zwar ganz aus dem Häuschen über all diese Neuigkeiten, aber von dem jungen Mann ist er anscheinend ein bisschen enttäuscht: Er kann sich nicht genau erinnern, an welchem Tag und um welche Zeit er Tobias gesehen hat. Er erinnert sich überhaupt an so wenig, dass es peinlich ist, wenigstens für ihn. Und zu allem Überfluss stimmt in seiner Aussage das Getränk nicht. Tobias hat noch nie einen Wodka Tonic bestellt.

Ich bin fast beleidigt. Ich habe immer gedacht, Tobias sei einprägsamer.

Vielleicht ist dieser Barkeeper aber auch bloß ein Schwachkopf.

Als nichts Neues mehr passiert, wird das Bekannte wiederholt. Immer wieder sehe ich das Interview mit Annabelle, und sie zeigen die besten Stellen, bis ich sie auswendig kenne. In den Werbepausen frage ich mich, ob meine Kinder wohl denselben Sender sehen.

Millicent tut es, das weiß ich. Ich sehe sie vor mir, wie sie auf der Couch sitzt und Annabelles Auftritt auf unserem großen Bildschirm verfolgt. In meiner Vorstellung lächelt sie dabei. Oder sie zieht die Stirn kraus. Oder beides.

In den Abendnachrichten ist Eric da, aber auf einem anderen Kanal. Josh bekommt das Interview mit ihm nicht. Die Reporterin, die mit ihm spricht, ist eine Frau mittleren Alters, eine unserer berühmteren Lokalgrößen. Bis jetzt habe ich noch nicht gesehen, dass sie über diesen Fall berichtet hätte – nicht, als Owen zurückkam, und nicht, als sich herausstellte, dass er tot war. Die Tatsache, dass sie jetzt mit im Spiel ist, beunruhigt mich. Bald wird eine massive Menschenjagd beginnen, oder sie hat schon begonnen. Und alle suchen nach mir.

Eric erinnert sich besser als der letzte Barkeeper, angefangen mit dem Drink: Gin and Tonic. Er beschreibt meine Kleidung bis zu der Krawatte, die ich getragen habe. Er erinnert sich an meine Augenfarbe, an meine Sonnenbräune, sogar an die Länge meines Haars.

Bei jeder neuen Offenbarung dreht sich mir der Magen um. Irgendwie habe ich es geschafft, in der ganzen Stadt den einzigen Barkeeper zu finden, der über ein fotografisches Gedächtnis verfügt.

Innerhalb von Minuten wiederholen die anderen Sender, was Eric gesagt hat. Ein bisschen widert es mich an zu hören, wie Josh all diese persönlichen Äußerungen über mich wiederholt. Ich wünschte, ich hätte gewusst, was für ein grässlicher Mensch er in Wirklichkeit ist. Dann hätte ich ihm niemals Briefe geschrieben.

Aber vermutlich kommt mir kein Urteil darüber zu, wer ein grässlicher Mensch ist und wer nicht.

Stunde um Stunde vergeht, bis spät in der Nacht die alten Spielfilme und Infomercials anfangen. Ich klappe meinen

Laptop auf und durchsuche die True-Crime-Seiten. Die Zeichnung ist überall, genau wie die Interviews, die ich schon gesehen habe. Ich durchsuche sämtliche Foren. Mein Name taucht nicht auf, aber das sollte er auch nicht. Noch nicht, jedenfalls.

FÜNFUNDSECHZIG

Ich schlafe nicht lange, und ich bin kaum eine Stunde wach, als die Nachrichtensender eine Pressekonferenz mit Claire Wellington ankündigen. Vom Kaffee bekomme ich Magenkrämpfe, während ich darauf warte, dass die Konferenz anfängt. Von Claire ist noch nie etwas Gutes gekommen, und ich weiß, heute Morgen wird sich daran nichts ändern.

Vor dem Polizeirevier hat man ein Podium errichtet. Es ist flankiert von der amerikanischen Flagge und der Staatsflagge und umgeben von Mikrofonen, Kameras und Scheinwerfern. Zehn Minuten nach der angekündigten Zeit kommt Claire zum Podium. Heute trägt sie keinen Hosenanzug, sondern einen marineblauen Rock und eine dazu passende Jacke, ein Outfit, wie Millicent es immer trägt, nur nicht so eng. Irgendwie weiß ich, das ist ein schlechtes Zeichen.

Claire beginnt mit der Zeichnung, die bereits veröffentlicht wurde, und bittet die Community, sie in Geschäften, Schulen und Verwaltungsgebäuden aufzuhängen und sie auf die Websites der Gemeinde hochzuladen. Obwohl jeder, der sie inzwischen noch nicht gesehen hat, keinen Fernseher und kein Internet haben kann. Oder im Koma liegt.

Aber das ist nicht der Grund für Claires Pressekonferenz. Es ist nur der erste Akt. Der Hauptteil kommt jetzt.

»Inzwischen habe ich ein Update zu den drei Frauen, die wir im Keller der Kirche gefunden haben. Sie zu identifizieren ist ein mühsames Verfahren angesichts der unterschiedlichen Stadien ihrer Verwesung, und da ihre Fingerkuppen abgeschliffen wurden.«

Sie holt tief Luft. *»Diesen Schwierigkeiten zum Trotz haben Rechtsmedizin und Kriminaltechnik von Woodview erstaunliche Arbeit geleistet. Die erste der drei Frauen wurde inzwischen identifiziert und ihre Familie verständigt. Der harten Arbeit vieler Menschen ist es zu verdanken, dass diese junge Frau endlich zur letzten Ruhe gebettet werden kann.«*

Bevor sie den Namen der Frau nennt, erscheint ein Bild auf dem Fernsehschirm.

Ich kenne sie.

Jessica.

Die Kassiererin im EZ-Go-Supermarkt, wo ich immer meinen Kaffee hole. Sie hat vor nicht allzu langer Zeit dort aufgehört. Der Typ, der ihr nachgefolgt ist, hat gesagt, sie wolle in einem anderen Staat zur Schule gehen. Es erschreckt mich, dass Millicent wusste, wer sie war. Millicent kauft weder Kaffee noch sonst etwas im EZ-Go.

Sie muss mir sehr viel länger gefolgt sein, als mir klar war. Vielleicht hat Millicent schon immer beobachtet, was ich tue. Und mit wem ich spreche.

Bei diesem Gedanken schlägt mein Herz zu schnell. Ich stelle den Kaffee hin.

Im Fernsehen sieht man jetzt einen Split Screen – Jessica auf der einen Seite, Claire auf der anderen. Die Polizistin spricht immer noch und erklärt, dass die anderen Frauen noch nicht identifiziert wurden.

Jetzt weiß ich, was Millicent getan hat. Sie hat Frauen ermordet, die ich kenne und die man mit mir in Verbindung bringen kann. Vielleicht gehörte das zu ihrem Plan, mich hereinzulegen.

Vielleicht denkt sie auch, ich hätte mit allen geschlafen.

Vielleicht betreibt sie eine Politik der verbrannten Erde und vernichtet alles, was ihr zur Bedrohung werden kann.

Mein Gehirn läuft auf Hochtouren, als ich überlege, wer die beiden anderen sein könnten. Keine von meinen Tennisschülerinnen. Keine von denen ist in letzter Zeit verschwunden; wenn doch, wüsste ich es. Reiche Leute verschwinden nicht einfach, ohne dass jemand nach ihnen sucht.

Im Geiste gehe ich alle Frauen durch, vor allem die jungen, die auf Owens Profil passen. Ein paar von ihnen arbeiten im Club als Barkeeperinnen, Kellnerinnen, Verkäuferinnen. Ich kenne sie alle vom Sehen und grüße die meisten. Ein paar sind länger da als andere. Die meisten sind *immer noch* da. Sie liegen nicht tot im Keller einer Kirche.

Mit einer Ausnahme.

Beth.

Die kesse Beth aus Alabama, eine Kellnerin im Club. Wir hatten nie etwas miteinander; sie war einfach eine nette junge Frau, und manchmal haben wir uns unterhalten, wenn ich im Clubhaus gegessen habe. Das war alles.

Vor Kurzem ist sie gegangen, und zwar wegen eines Notfalls in ihrer Familie zu Hause in Mobile. Das hat mir der Restaurantleiter erzählt. Niemand hat irgendwelche Zweifel angemeldet. Niemand hatte den Verdacht, ihr könnte etwas passiert sein. Niemand ist erschienen, der nach ihr suchte.

Ihre Familie hätte es vielleicht getan, wenn mehr Zeit vergangen wäre.

Ich stehe auf und fange an, hin und her zu gehen – erst im

Kinozimmer, dann im ganzen Haus, oben, unten, durch sämtliche Zimmer und wieder von vorn.

Eine noch.

Millicent hat drei Frauen ermordet. Niemand sonst ist verschwunden – nicht dass ich wüsste –, und so frage ich mich, ob es Petra sein könnte. Warum nicht sie beseitigen, wenn Annabelle und die Barkeeper Tobias schon identifiziert haben?

Das Klingeln eines Handys schrillt durch meine Panik. Der Einzige, der meine neue Nummer hat, ist Andy.

»Das bist du«, sagt er. Er erwähnt die Polizeizeichnung nicht, aber das muss er auch nicht.

Ich nicke, als könnte er mich durchs Telefon sehen. »Das hab ich dir doch gesagt. Sie will mich reinlegen.«

»Ja, das hab ich schon verstanden. Aber es ist dir nicht gelungen, das Ausmaß ihres Zorns zu vermitteln.«

»Ich habe gesagt, das willst du nicht wissen. Ich hab's gesagt.«

»Wie schafft sie das denn?«

Wieder möchte ich es ihm erzählen, aber ich kann nicht. Ich weiß keine gute Antwort auf diese Frage. »Wenn ich es wüsste, würde ich es der Polizei sagen.«

Er seufzt. Bevor er auflegt, sagt er: »Verdammt.«

Und er hat immer noch Millicents Tablet.

Den ganzen Tag verfolge ich die Nachrichten, durchforsche meinen Laptop und suche meine Kinder im Internet. Meine Suche erbringt nichts Neues – nur ein paar alte Artikel aus der Lokalzeitung über Jennas Fußballmannschaft und Rory bei einem Golfturnier.

Ich sehe mir die Bilder an, die ich vom Haus gemacht

habe. Es ist, als wären sie hundert Jahre alt, aus einem Leben, das mir jetzt vorkommt wie ein Traum.

In der Nacht wandere ich draußen um den Pool herum. Wenn Kekona Nachbarn hätte, würden sie mich wohl für einen Verrückten halten, und vielleicht bin ich auch einer, aber niemand ist nah genug. Weil das so ist, springe ich irgendwann voll bekleidet ins Wasser und tauche unter, bis es nicht mehr geht. Die Luft ist wie ein Schock, als ich auftauche. Sie weckt mich auf und beruhigt mich zugleich.

Ich klettere aus dem Becken, lege mich auf die Terrasse und starre zum Himmel hinauf. Ich möchte nicht daran denken, wie viel schlimmer es noch werden kann.

Mein Leben ist mir soeben um die Ohren geflogen, und ich sollte wütend sein. Ich glaube, die Wut ist auch da und brodelt unter der Oberfläche, vermischt mit Trauer und Herzweh, Schuld und Scham und Schrecken. Das alles wird heraufkochen, und es wird mich überwältigen, aber noch nicht jetzt. Erst wenn ich weiß, wie ich mich aus diesem Schlamassel befreien soll.

Und wie ich meine Kinder zurückbekomme. Im Gedanken an sie schlafe ich ein. Nur wir, ohne Millicent.

Die Sonne und die Vögel wecken mich. Es ist so friedlich hier bei Kekona, so leicht, so zu tun, als existierte der Rest der Welt nicht. Ich verstehe, warum sie Hidden Oaks so selten verlässt. Warum sollte jemand freiwillig von hier weg und hinaus in die Realität gehen? Ich täte es nicht, wenn ich nicht müsste.

Irgendwann gehe ich ins Haus und schalte den Fernseher ein.

Da bin ich.

Ich starre mir von der Wand entgegen. Mein Bild füllt den Fernsehschirm aus, und mein Name steht darunter. Auf einem Laufband lese ich:

VON POLIZEILICHEM INTERESSE

Obwohl ich damit gerechnet habe, falle ich auf die Knie.

So schnell. Mein ganzes Leben ist in weniger als einer Woche in Stücke gegangen. Wenn es mir nicht selbst passiert wäre, würde ich es nicht für möglich halten.

Als ich Joshs Stimme höre, blicke ich auf. Er redet, redet unentwegt, aber diesmal ist er kein Reporter. Weil wir uns im First Street Bar & Grill getroffen haben, wird er jetzt interviewt. Er ist der Star.

Das meiste, was er sagt, ist gelogen und außerdem verkürzt. Ich hätte ihn angesprochen. Ich hätte nach dem Fall gefragt. Ich hätte ihn angefleht, ihm die Namen seiner Quellen zu geben. Er lässt aus, dass er betrunken war, Claire Wellington ein Miststück genannt und sich beklagt hat, weil er Informationen besitze und weitergegeben habe, aber in der Sendung nicht darüber sprechen dürfe.

»Wie ich höre, sucht die Polizei nach diesem Mann, und vielleicht ist ja nichts weiter dabei. Ich kann Ihnen nur sagen, was mein Gefühl war. Sie kennen das, wenn man weiß, dass etwas einfach nicht in Ordnung ist? Als ob da ein kleiner Alarm in Ihrem Kopf losgeht und Ihnen rät zu verschwinden? So ging es mir bei diesem Mann.«

Diese Äußerung ist so gruselig, dass es sich anhört, als wäre ich schuldig, auch wenn Josh in seinem Zustand überhaupt nichts mehr gefühlt haben dürfte, als ich mit ihm gesprochen habe.

Ich möchte den Akku wieder in mein normales Telefon einsetzen, um zu sehen, ob die Kinder mir etwas geschrieben haben, ob sie sich Sorgen machen und ob sie glauben, was man über mich sagt. Oder um zu sehen, wie oft die Polizei angerufen hat.

Stattdessen bin ich allein, eingesperrt in Kekonas wunderschönem Haus, ohne jemanden, mit dem ich reden kann.

Bis das Telefon klingelt. Andy.

Ich nehme den Anruf an, sage aber kein Wort. Er redet schon.

»Diese Morde haben Trista wirklich zugesetzt. Ich bin fast froh, dass sie nicht mehr sehen kann, wie viele es sind.«

Wenn Trista noch leben würde, wüsste sie, dass Owen diese Frauen nicht umgebracht hat. Und sie hätte keinen Grund, sich das Leben zu nehmen. Das erwähne ich nicht.

»Ich erinnere mich noch«, sage ich. »Sie hat im Club davon gesprochen.«

»Aber du warst es nicht.«

»Ich habe diese Frauen nicht umgebracht.« Stimmt. Nur Holly, und die hat niemand gefunden.

»Wenn ich rauskriege, dass es anders ist ...«

»Ruf die Polizei«, sage ich. »Zeig mich an.«

»Ich wollte sagen, dann bringe ich dich selbst um.«

Ich atme tief durch. »Abgemacht.«

»Ich habe das Tablet geknackt. Kannst du mir sagen, wo du bist?«

»Zu deinem eigenen Besten ...«

»Will ich es lieber nicht wissen«, sagt er. »Kapiere.«

Wir treffen uns auf einem anderen Parkplatz, nicht vor dem Golden Wok. Meine Verkleidung besteht aus einer Baseballmütze und einer Sonnenbrille, und ich habe mich seit zwei Tagen nicht rasiert. Viel ist das nicht, aber niemand wird mich in Kekonas SUV suchen. Ich verlasse Hidden Oaks durch das hintere Tor, damit die Security mich nicht sieht.

Es ist schon dunkel, denn tagsüber gehe ich nicht aus dem Haus. Ich will auch nicht, dass Andy den Wagen oder das Nummernschild sieht; deshalb stelle ich ihn zwei Straßen weiter ab und gehe zu Fuß zum Parkplatz. Andy steht vor seinem Truck und hält Millicents Tablet in der Hand. Andere Autos sind nicht da, und nirgends brennt Licht. Der Platz gehört zu einem mit Brettern verrammelten Autozubehörgeschäft.

Andy steht ein bisschen aufrechter als bei unserer letzten Begegnung und hält das Kinn hocherhoben.

»Das ganze verdammte County sucht dich«, sagt er.

»Ja, das hab ich mitgekriegt.«

Andy dreht sich um, stellt das Tablet auf die Haube und hält es mit einer Hand aufrecht.

»Wenn du jetzt sagst, du hast nichts rausbekommen, halte ich dich nicht mehr für ein Genie«, sage ich.

»Ich bekomme immer was raus«, sagt er. »Aber ich weiß nicht, ob irgendwas davon hilfreich ist.« Er wischt über das Display, und ein Keyboard leuchtet auf. »Neue PIN. Sechs-drei-sieben-vier. Zuerst die schlechte Nachricht. Sie weiß offenbar, dass du es genommen hast, denn sie hat alles in der Cloud gelöscht.«

»Natürlich weiß sie es.«

»Keine Sorge, es gibt auch gute Nachrichten. Sie hat auch Informationen auf dem internen Speicher. Da ist sie nicht rangekommen.«

Er zeigt mir ein paar Bilder. Ein paar von den Kindern,

ein paar von Häusern, die sie besichtigt hat, und das Foto einer Einkaufsliste.

Ich schüttle den Kopf. Das ist alles zu alltäglich, um mir weiterzuhelfen.

»Sie spielt gern«, sagt Andy. Er öffnet ein paar »Match 3«-Games und Kreuzworträtsel.

Meine Hoffnungen verwehen wie trockenes Laub. Natürlich ist da nichts auf dem Tablet. So dumm wäre Millicent niemals.

»Ein paar Rezepte habe ich auch gefunden.« Andy ruft ein paar pdf-Dateien auf.

»Gefüllte Champignons, was?«, frage ich.

»Der Spinat-Hummus-Dip klingt gut.«

Ich seufze. »Du bist ein Arschloch.«

»Hey, das ist *deine* Frau«, sagt er. »Und zu guter Letzt ihre Internet-Suchanfragen und die Seiten, die sie aufgesucht hat. Sie hat die Chronik gelöscht, aber ich habe den größten Teil retten können, was immer das wert ist.«

Nicht viel. Weitere Kochrezepte, medizinische Websites über verstauchte Handgelenke und Magenbeschwerden, der Online-Kalender der Schule und mehrere Immobilien-Websites.

»Kein rauchender Colt«, stelle ich fest.

»Sieht so aus.«

Ich seufze. »Du kannst nichts dafür. Danke, dass du es versucht hast.«

»Du stehst für immer in meiner Schuld«, sagt er.

»Wenn ich nicht lebenslänglich ins Gefängnis komme.«

Er umarmt mich, bevor er mit seinem alten Truck davonfährt.

Ich bin wieder allein und habe es nicht eilig, zu Kekona

zurückzukehren. Selbst in einem großen Haus kann einem die Decke auf den Kopf fallen.

Stattdessen beschäftige ich mich wieder mit dem Tablet und schaue mir all die Immobilien-Websites an, die sie aufgerufen hat. Niemand ist vollkommen, sage ich mir. Nicht einmal Millicent. Irgendwie, irgendwo, hat sie einen Fehler gemacht.

Fast fangen meine Augen an zu bluten, als ich ihn finde.

SECHSUNDSECHZIG

Die Website, die Millicent am häufigsten besucht hat, ist eine Immobilien-Datenbank. Dort war sie jeden Tag und hat Verkaufsunterlagen und Objektübertragungen recherchiert, die öffentlich zugänglich sind. In ihrem Browser sind die Adressen gespeichert, die sie recherchiert hat.

Eine davon gehört zu einem gewerblichen Gebäude: 1121 Brownfield Avenue. Vor sechs Monaten hat ein Mann namens Donald J. Kendrick es für $ 162 000 verkauft. Es existiert seit über zwanzig Jahren und hat einen Langzeitmieter.

Joe's Deli.

Donald hat das Gebäude an eine Gesellschaft mit beschränkter Haftung verkauft, die einer anderen Gesellschaft mit beschränkter Haftung gehört, deren Eigentümer eine dritte ist. Letzten Endes gehört das Gebäude jetzt einer Gesellschaft mit beschränkter Haftung namens R.J. Enterprises.

Rory. Jenna.

So ist Millicent, wenn sie clever ist, denn sie würde es niemals als Fehler betrachten. Unsere Kinder sind kein Fehler. Das hier ist Absicht.

Meine Gedanken gehen sechs Monate zurück. Sie hatte damals drei Häuser nacheinander verkauft. Reichlich Bargeld, das sie einsetzen konnte.

Denise war nie Millicents Klientin.

Sie ist eine Mieterin. Eine Mieterin, die zufällig mit Owens Schwester bekannt ist.

Wie ich Millicent kenne, hat sie stundenlang Owens Vergangenheit durchforscht. Seine Familie, wo sie wohnten, wo er zur Schule ging. Bei ihren Nachforschungen fand sie schließlich heraus, dass Owen bereits verstorben war, und dann suchte sie jemanden, der das beweisen konnte. Wie Owens Schwester. Sie musste sie nur nach Amerika zurückholen.

Wer konnte das besser als eine alte Freundin? Speziell eine alte Freundin mit einem anspruchsvollen Vermieter. Eine, die Kontakt mit Jennifer Riley aufnahm und sie bat, sich über Owens Tod zu äußern.

Millicent. Immer wieder Millicent. Und alles innerhalb der letzten sechs Monate.

Jetzt verstehe ich ihre Reaktion auf Jane Doe Nr. 1 und 2 in den Nachrichten. Millicent war überzeugt, dass sie logen; sie bestand darauf, dass der echte Owen nicht zurückgekommen sei. Denn sie wusste schon, dass er tot war.

Die Hingabe, mit der sie meinen Untergang betrieben hat, wäre bewundernswert, wenn sie nicht so krankhaft wäre.

Aber ich habe immer noch keinen Beweis. Nur eine GmbH und ein gewerbliches Gebäude. Auch ein schlechter Anwalt würde behaupten, das sei ein Investment und kein Komplott, um jemandem mehrere Morde anzuhängen.

Ich fahre zurück nach Hidden Oaks und benutze Kekonas Fernöffnung für das hintere Tor. Drinnen überkommt mich der Drang, zu Hause vorbeizufahren. Die Sonne geht auf, und ich frage mich, ob die Kinder schlafen. Ob sie schlafen können. Wenn wir woanders wohnen würden, wären sie umzingelt von Reportern. Aber nicht hier. Hier hat die Öffentlichkeit keinen Zutritt.

Ich fahre nicht zu Hause vorbei. Es wäre dumm.

Stattdessen kehre ich in Kekonas Haus zurück und schalte den Großbildfernseher ein.

Da bin ich. Alles dreht sich um mich.

Jetzt, da ich identifiziert worden bin, hat jeder etwas über mich zu sagen, und alle sagen es vor der Kamera. Ehemalige Tennisschüler, Kollegen, Bekannte – alle stürzen sich auf die Tatsache, dass die Polizei sich für mich interessiert. Und dass ich verschwunden bin.

»Ein netter Kerl. Ein bisschen zu glatt vielleicht, aber was wollen Sie von einem Tennislehrer erwarten?«

»Meine Tochter hatte Unterricht bei ihm. Jetzt bin ich nur froh, dass sie noch lebt.«

»Ich habe ihn oft im Club gesehen. War immer drauf aus, sich Schüler zu angeln.«

»Meine Frau und ich kennen die beiden seit Jahren. Das hätten wir nie gedacht. Nie im Leben.«

»Hier in Hidden Oaks? Unglaublich. Wirklich.«

»Erschreckend.«

Josh wird von verschiedenen Reportern interviewt. Weil er mit mir gesprochen hat, ist er jetzt ein Teil der Story.

Mein Chef sagt, ich sei der beste Tennislehrer, den er je beschäftigt habe, und es sei wirklich schade, dass ich ein Irrer sei.

Und Millicent. Meine Frau tritt nicht vor die Kameras, und sie zeigen auch kein Bild von ihr, aber sie veröffentlicht ein Statement.

Meine Kinder und ich bitten Sie, in dieser unvorstellbar schweren Zeit unsere Privatsphäre zu respektieren. Ich arbeite in vollem Umfang mit der Polizei zusammen und habe derzeit weiter nichts zu sagen.

Kurz und bündig und aufgeschrieben von Millicent. Wahrscheinlich diktiert von einem Rechtsanwalt, vielleicht von einem ihrer Klienten. Von einem, der mein Freund war.

Jetzt habe ich nur noch Andy, aber der würde mich umbringen, wenn er die Wahrheit wüsste.

Ich denke an Kekona. Ist sie meine Freundin? Würde sie mir glauben, wenn sie hier wäre? Wir kennen uns seit mindestens fünf Jahren, und beim Tennis plaudern wir entspannt miteinander. Wenn sie eine Stunde versäumt, zahlt sie trotzdem, und wenn sie eine Party gibt, lädt sie uns immer ein. Macht sie das zur Freundin? Ich weiß es nicht mehr.

Ich bin es nicht gewohnt, so allein zu sein. Siebzehn Jahre lang war Millicent bei mir, und über einen großen Teil dieser Zeit hinweg waren es auch die Kinder. Ich musste mich um eine Familie sorgen, die sich im Gegenzug um mich sorgte. In den ersten paar Jahren, als wir wieder nach Hidden Oaks zurückgekommen waren, fingen meine alten Freunde an zu heiraten, wegzuziehen und eigene Familien zu gründen. ich fand es nicht sonderlich schlimm, dass sie nicht mehr da waren. Ich hatte auch ohne sie genug zu tun.

Jetzt erkenne ich, dass das ein Fehler war. Mich nur noch auf meine Familie zu fokussieren hat dazu geführt, dass ich isoliert und allein bin und nur noch einen einzigen alten Freund habe, der niemals die Wahrheit erfahren darf.

Meine Selbstmitleidsparty wird beendet von Claire Wellington, die Partys hasst, darauf wette ich. Sie gehört zu denen, die dabei immer auf die Uhr schauen, an einem Glas Wasser nippen und darauf warten, dass sich ein Fluchtweg auftut. Ich habe keine Ahnung, ob das stimmt, aber ich glaube es trotzdem.

Sie gibt um fünf wieder eine Pressekonferenz, rechtzeitig für die Abendnachrichten. Die Farbe ihres Anzugs ist heute ein hässliches Grau. Es sieht aus wie Flanell, ist aber keins, denn wir sind in Florida, und da wäre es verrückt. Ihr Haar ist stumpf, ihre Haut ebenfalls. Sie bekommt nicht genug Schlaf und sollte wahrscheinlich weniger arbeiten.

»*Wie Sie wissen, haben wir ein Team von Leuten, die daran arbeiten, die Frauen zu identifizieren, die wir im Keller der Kirche gefunden haben. Die dreiundzwanzigjährige Jessica Sharpe war die Erste, die wir identifiziert haben. Und jetzt kennen wir auch die beiden anderen.*«

Sie holt tief Luft, genau wie ich.

Rechts und links neben ihr werden Staffeleien aufgestellt. Beide sind verdeckt, und ein uniformierter Polizist enthüllt die Erste.

Ich wusste es. Es ist Beth.

Auf dem Foto trägt sie kein Make-up, und ihr Haar ist zu einem Pferdeschwanz zusammengebunden. Sie sieht damit aus wie zwölf.

»*Beth Randall war vierundzwanzig und kam aus Alabama, und zuletzt arbeitete sie als Kellnerin im Hidden Oaks Country Club. Vor nicht allzu langer Zeit bekamen ihre Eltern einen Brief, von dem sie annahmen, er sei von ihr. Wer immer der Absender war, behauptete, Beth gehe hinauf nach Montana, um dort auf einer Farm zu arbeiten.*«

Millicent. Ihren Humor erkenne ich überall. Das Einzige,

was sie noch mehr verabscheute als Fischerboote, waren Farmen.

»Gleichzeitig bekam ihr Arbeitgeber einen Brief, in dem es hieß, es gebe einen Notfall in ihrer Familie, und sie müsse zurück nach Alabama, um zu helfen. In beiden Fällen ahnte niemand, dass der Brief eine Fälschung war.«

Claire schweigt einen Moment lang, und die Kameras zoomen Beths Foto heran. Dann wendet sie sich der anderen Staffelei zu. Ich gehe davon aus, dass es sich um Petra handelt. Ich wüsste sonst keine Frau, die verschwunden oder weggezogen ist. Und ich habe lange nicht mehr nach Petra gesehen. Wenn ich das Haus hätte verlassen können, hätte ich es vielleicht getan.

Der Polizist enthüllt das Foto.

Diesmal habe ich mich geirrt. Es ist nicht Petra.

Sondern Crystal.

Die Frau, die bei uns gearbeitet hat.

Die mich geküsst hat.

An sie habe ich nie gedacht. Wenn ich es mir jetzt überlege, hätte ich es wohl tun sollen. Aber ich habe Crystal seit über einem Jahr nicht gesehen. Der Kontakt ist eingeschlafen, nachdem sie nicht mehr bei uns arbeitete.

Hat Millicent von dem Kuss gewusst? Hat sie Crystal deshalb umgebracht? Oder war sie nur ein Kollateralschaden, ein Teil von Millicents größerem Plan?

Vielleicht werde ich es niemals wissen. Unter all den Fragen, die ich Millicent stellen würde, gehören diese nicht zu den Top Ten.

Aber ich vermute, Crystal hat es Millicent erzählt. Nachdem sie gefoltert worden war.

Ich will nicht darüber nachdenken.

Die Pressekonferenz ist noch im Gange, und Claire stellt einen Mann vor, dessen Namen ich aus einem Dokumentarfilm über Owen kenne. Er ist ein ziemlich berühmter Profiler im Ruhestand; er arbeitet als unabhängiger Berater und hat mehrere True-Crime-Bücher geschrieben. Dieser Mann – dieser hochgewachsene, dürre, hinfällig aussehende Mann – kommt zum Podium und sagt, er habe noch nie einen Mörder wie mich gesehen.

»Er tötet Frauen, die er flüchtig kennt, und er hat sich eine separate Persönlichkeit geschaffen, einen gehörlosen Mann namens Tobias, die er benutzt, um weitere Opfer zu finden. Die Vielfalt seiner Methoden ist möglicherweise der Grund, weshalb er so lange unentdeckt geblieben ist.«

Oder das alles ist eine Lüge. Aber das sagt niemand.

Stück für Stück wird mein Leben zerstört, als wäre es nie Wirklichkeit gewesen, sondern nur eine Reihe von Dominosteinen, aufgestellt von Millicent. Je schneller sie fallen, desto weniger wahrscheinlich ist es, dass ich da noch herauskommen kann.

Und noch immer schaue ich zu.

Ich schaue zu, bis mein Blick verschwimmt und mein Kopf sich anfühlt, als zerbröckele er innerlich.

Eindeutige Beweise. Das ist es, was ich brauche. So etwas wie eine DNA-Spur an einer Mordwaffe oder ein Video, auf dem zu sehen ist, wie Millicent eine dieser Frauen umbringt.

Aber so etwas habe ich einfach nicht.

Das Telefon weckt mich. Mitten in der Betrachtung meiner persönlichen Apokalypse bin ich eingedöst. Die Sessel in Kekonas Kinozimmer sind einfach zu bequem.

Ich greife zum Handy und höre Andys Stimme.

»Du atmest noch?«

»So gerade.«

»Ich kann nicht fassen, dass sie dich noch nicht haben.«

»Du unterschätzt meine Intelligenz.« Im Fernsehen zeigen sie ein Bild von mir auf dem Schulball der Highschool.

»Wohl eher reines Glück«, sagt er.

Zu allem anderen kommt das Schuldbewusstsein. Andy glaubt mir, weil er nicht mal die Hälfte von allem weiß.

Im Fernsehen tritt wieder ein Profiler auf. Er spricht mit dunkler Stimme und einem näselnden Akzent, bei dem ich am liebsten umschalten würde. Aber ich tue es nicht.

»Das Ausmaß der Folter steht in einer unmittelbaren Beziehung zum Ausmaß der Wut, die der Mörder seinem Opfer entgegenbringt. Die Brandwunden an Naomis Körper beispielsweise deuten darauf hin, dass der Mörder aus irgendeinem Grund wütend auf sie war. Wir wissen leider nicht, ob die Wut mit etwas zu tun hatte, das sie getan hat, oder damit, dass sie ihn an jemanden erinnerte. Das werden wir wahrscheinlich erst erfahren, wenn er gefasst ist.«

Jetzt schalte ich um. Und sehe ein Gespenst. Mein Gespenst.

Petra.

SIEBENUNDSECHZIG

Sie ist nicht nur am Leben, sie sieht auch verändert aus. Nicht so viel Make-up, weniger grell. Irgendwie gehobener, als habe sie sich in den letzten Tagen ein neues Design zugelegt. Der Blick ihrer blauen Augen ist scharf und konzentriert, und ihr bis dahin wenig bemerkenswertes Haar ist stylish glänzend.

Ich erinnere mich an ihr Apartment, an ihr Bett. An den Kater namens Lionel. Sie mag Limettengrün und Eis mit französischer Vanille, und sie konnte nicht glauben, dass ich Schinken auf meiner Pizza mag. Was auch nicht stimmt.

Ich erinnere mich auch an den Klang ihrer Stimme, als sie mich fragte, ob ich wirklich taub bin. Es ist die gleiche Stimme wie jetzt im Fernsehen. Misstrauisch. Vorwurfsvoll. Ein bisschen gekränkt.

»Ich habe Tobias in einer Bar kennengelernt.«

Als der Reporter fragt, warum sie so lange gewartet hat, bis sie sich gemeldet hat, zögert Petra, bevor sie antwortet:

»Weil ich mit ihm geschlafen habe.«

»Sie haben mit ihm geschlafen?«

Sie nickt und lässt beschämt den Kopf hängen. Weil sie mit mir Sex hatte oder weil sie *mich* dazu ausgesucht hat, weiß ich nicht. Vielleicht aus beiden Gründen.

Erst haben die Medien mich als kranken, perversen, psychopathischen Serienkiller porträtiert. Jetzt bin ich ein kranker, perverser, psychopathischer Serienkiller, *der seine Frau betrügt*.

Als ob die Leute noch einen Grund brauchten, mich zu hassen.

Wenn sie wüssten, wo ich bin, würden sie mit Mistgabeln draußen aufmarschieren. Aber sie wissen es nicht, und so kann ich noch hier vor dem Fernseher sitzen, Junkfood essen und warten, bis sie mich entweder finden oder Kekona zurückkehrt. Was immer zuerst passiert.

Petra kommt aus dem Nichts und ist bald überall. Manches von dem, was sie erzählt, ist gelogen, anderes ist wahr. Mit jedem Interview gewinnt ihre Geschichte an Details, und meine Depressionen werden ein bisschen schwerer.

Es gibt immer noch Augenblicke, in denen ich denke, ich kann etwas tun, und stundenlang durchstöbere ich das blöde Tablet, als könnte da etwas Neues zutage kommen. Vielleicht ein Video von Millicent in diesem Keller oder eine Liste der Frauen, die sie ermorden will.

Wenn ich nichts Nutzloses unternehme, bin ich zu gar nichts zu gebrauchen. Ich bin ein Kloß aus Selbstmitleid und Abscheu vor mir selber, und ich frage mich, warum ich überhaupt geheiratet habe. Ich wünschte, ich hätte Millicent nie gesehen und schon gar nicht neben ihr im Flugzeug gesessen. Ohne sie wäre ich nicht zu dem geworden, der ich jetzt bin.

Wenn ich nicht im Treibsand der Depressionen versinke, starre ich auf den Bildschirm und tue so, als wären es die Probleme eines anderen.

Ich frage mich, wie sehr meine Kids mich hassen. Und was Dr. Beige über mich sagt. Ich wette, er erzählt Jenna, ich sei die Wurzel all ihrer Probleme. Es war nie Millicent, nie Owen, sondern immer ich. Denn Millicent konnte es nicht sein.

Andy ruft an.

»Ich habe deine Frau gesehen«, sagt er.

»Du hast was?«

»Millicent. Ich bin zu euch gefahren und habe sie besucht.«

»Warum?«

»Hör zu, ich versuche hier, dir zu helfen. Es ist nicht so, dass ich gern mit dieser Frau in einem Zimmer bin«, sagt er. »Also, ich habe sie angerufen. Millicent und ich haben eine Menge gemeinsam. Wir haben beide unseren Ehepartner verloren.«

Nur dass ich nicht tot bin. »Waren die Kinder da?«

»Ja, ich habe sie beide gesehen. Es geht ihnen gut. Abgesehen von einem kleinen Hüttenkoller vielleicht, weil sie im Haus bleiben müssen. Die Presse und so weiter.«

»Haben sie etwas über mich gesagt?«

Kurze Pause. »Nein.«

Das ist wahrscheinlich eine gute Nachricht, aber es tut trotzdem weh.

»Hör zu, was immer du vorhast, du solltest es schnell tun«, sagt Andy. »Millicent will die Kids nehmen und für eine Weile verschwinden.«

Das wäre vernünftig bei einer Frau, die entdeckt hat, dass ihr Mann ein Serienmörder ist. Es wäre auch vernünftig bei einer Serienmörderin, die ihren Mann hereingelegt hat. »Sie hat nicht gesagt, wohin, oder?«

»Nein.«

»Dachte ich mir.«

»Eins noch«, sagt er.

»Ja?«

»Wenn ich nicht mit dir gesprochen hätte, bevor das alles passiert ist – ich weiß nicht, ob ich dir glauben würde. Nicht nachdem ich Millicent so gesehen habe.«

»Nämlich wie?«

»Als wäre sie am Boden zerstört.«

Das ist es, was mir Sorgen bereitet. Niemand wird mir ein Wort glauben. Nicht ohne einen Beweis.

Die Stunden vergehen, und ich versinke immer tiefer in Kekonas Sessel. Die Bilder auf dem Fernsehschirm schwimmen an meinen Augen vorbei: Lindsay, Naomi, ich, Petra, Josh. Er redet und redet und wiederholt alles. *Autopsie. Erwürgt. Gefoltert.* Mindestens eine Million Mal muss er es schon gesagt haben.

Beim eine Million und ersten Mal sitze ich plötzlich senkrecht.

Ich springe auf, renne in Kekonas Haus umher, werfe Kleidungsstücke und Müll zur Seite, bis ich es gefunden habe.

Millicents Tablet.

Sie hat sich medizinische Websites angesehen, um Informationen über die Krankheiten der Kinder zu finden, aber vielleicht war da noch mehr. Vielleicht ist mir etwas entgangen.

Wenn ich jemanden foltern, aber nicht töten wollte, müsste ich recherchieren. Und als Erstes würde ich auf medizinischen Websites diverse Verletzungen suchen.

Es ist eine vage Vermutung. Eine sehr, sehr vage Vermutung.

So dumm ich mir vorkomme, weil ich denke, diese Art Beweismaterial könnte sich auf Millicents Tablet finden – was mich antreibt, ist die Vorstellung, wie dumm ich aussehen würde, wenn ich nicht nachgesehen hätte, obwohl ich die ganze Zeit recht hatte.

Ich finde das Tablet in Kekonas Esszimmer auf einem Tisch, der Platz für sechzehn Personen bietet. Für mich der perfekte Ort, um mich hinzusetzen und das Tablet noch einmal zu durchsuchen. Ich rufe jede Website auf und suche nach Informationen über Folter und Strangulation. Ich suche nach Verbrühungen und Verbrennungen mit heißem Wasser und Öl, nach inneren Blutungen und Schnitten auf den Augenlidern. Ich suche sogar nach Zigarettenbrandwunden, was absurd ist, weil Millicent sich weigert, auch nur in die Nähe von Zigaretten zu kommen.

Und ich finde nichts.

Sie hat nachgesehen, wie lange es dauert, bis ein verstauchtes Handgelenk heilt. Sie hat eine Vielzahl von Informationen über Magenbeschwerden gelesen – was sie verursacht und was man dagegen tun kann.

Und das ist alles.

Nichts über Folterungen, nichts, was mir weiterhilft. Ich hätte es wissen sollen.

Ich schiebe das Tablet weg, und es rutscht über die Tischplatte. Meine erste Reaktion ist nachzusehen, ob ich Kekonas Tisch zerkratzt habe. Als wäre das wichtig – aber ich tue es trotzdem. Ich stehe auf, betrachte die Tischplatte und streiche mit dem Finger über das Holz, und da fällt mir etwas auf dem Display ins Auge.

Es ist immer noch eine Seite über Magenbeschwerden. Am rechten Rand ist eine Liste der möglichen Ursachen. Einer der Links ist violett statt blau, denn er ist angeklickt worden.

Augentropfen.

ACHTUNDSECHZIG

Tetrahydrozolin ist der aktive Wirkstoff von Tropfen, die gegen rote Augen helfen. Davon große Mengen zu schlucken kann schwere Probleme verursachen. Die Tropfen senken den Blutdruck und können jemanden ins Koma versetzen. Oder töten.

Das Verschlucken einer kleinen Menge verursacht Magenbeschwerden und Erbrechen. Kein Fieber.

Die Augentropfen gehören Millicent.

Sie hat sie Jenna verabreicht.

Nein.

Unmöglich.

Bei dem Gedanken wird mir körperlich übel. Jenna ist unser Kind, unsere Tochter. Sie ist nicht Lindsay oder Naomi. Man quält sie nicht.

Oder doch. Vielleicht ist Jenna nicht anders als die anderen. Nicht für Millicent.

Meine Tochter hat keine immer wiederkehrenden Magenprobleme.

Sie hat eine Mutter, die sie vergiftet.

Ich will Millicent umbringen. Ich will nach Hause fahren, meine Frau umbringen und Schluss. So wütend bin ich.

Das Gefühl ist neu. Bisher habe ich nie wirklich gedacht,

»Ich will eine Frau umbringen« oder wenigstens »Ich will diese spezielle Frau umbringen«. So klar, so schlüssig, war mein Verlangen nicht. Es ging um Millicent und um uns beide, und was ich dabei wollte, war komplexer.

Jetzt ist es einfach. Ich will, dass meine Frau stirbt.

Ich gehe zur Haustür ohne Mütze, ohne Tarnung, ohne irgendeine Waffe. Ich bin wütend und angewidert, und es ist mir egal, ob ich einen Plan habe oder nicht. Meine Hand liegt auf dem Türknauf, als mir klar wird, wie dumm ich bin. Wie dumm ich immer bin.

Ich könnte wahrscheinlich quer durch Hidden Oaks fahren, ohne bemerkt zu werden. Die meisten glauben, ich sei auf der Flucht, nicht in einem Versteck in meiner Nachbarschaft. Und wenn ich bei meinem Haus wäre, könnte ich auch hineinkommen, denn ich habe einen Schlüssel. Vorausgesetzt, es wird nicht bewacht.

Und auf der anderen Seite ist da meine Frau. Von der ich jetzt weiß, sie ist ein Monster.

Genau wie der echte Owen.

Und meine Kinder. Sie sind im Haus, und beide glauben, ich bin eins, nicht ihre Mutter. Ich bin das Monster. Und jetzt sehe ich im Geiste nur noch ihre Reaktion, wenn ich ihre Mutter umbringe.

Ich öffne die Tür nicht.

Und ich brauche nicht nur einen Plan. Ich brauche auch Beweise. Denn im Fernsehen deutet alles auf mich.

Meine DNA. Es dürfte zwar nicht überraschen, aber Millicent verblüfft mich immer noch. Das sage ich, seit ich sie kenne.

Sie hat es geschafft, meine DNA überall in der Christlichen Kirche vom Brot des Lebens zu verteilen. Mein

Schweiß findet sich vorn an der Türklinke, am Schloss der Kellertür und auf dem Treppengeländer. Es ist, als habe sie eine Pipette mit meinem Schweiß gehabt und alles damit betupft.

Ein Tropfen von meinem Blut wurde an dem Regal an der Wand gefunden.

Schweißspuren an den Handschellen.

Blut an den Ketten und auf dem Lehmboden.

Sie lässt es aussehen, als hätte ich alles abgewischt und ein paar Stellen übersehen.

In einer Pressekonferenz am Mittag gibt Claire das alles bekannt. Ich bin nicht mehr nur von polizeilichem Interesse, sondern offiziell zum Verdächtigen aufgestiegen. Und ich bin der einzige Verdächtige.

Claire sagt sogar, ich sei »wahrscheinlich bewaffnet und zweifellos gefährlich«.

Nachdem ich ein paar Stunden lang zugesehen habe, wie Experten, Reporter und ehemalige Freunde mich ans Kreuz nageln, verlasse ich schließlich das Haus, fahre durch das Tor und hinaus in die Welt, wo man mich erkennen kann.

Ich fahre quer durch die Stadt und vorbei an dem EZ-Go, wo ich immer Kaffee geholt habe. Aber statt anzuhalten, fahre ich zehn Meilen weiter auf dem Interstate zu einem anderen EZ-Go, wo sie den gleichen Selbstbedienungsautomaten haben. Mit der Baseballkappe auf dem Kopf und einem fast eine Woche alten Bart im Gesicht gehe ich hinein und hole mir einen Kaffee.

Der junge Typ hinter der Theke blickt kaum von seinem Telefon hoch. Es ist fast ernüchternd.

Es macht mich auch ein bisschen kühner. Nicht jeder Mensch auf der Welt ist auf der Suche nach mir. Ich könnte wahrscheinlich in einem Restaurant essen, in der Mall einkaufen und ins Kino gehen, bevor mich jemand erkennt. Aber ich will nichts davon.

Als ich wieder in Hidden Oaks bin, fahre ich aus irgendeinem Grund zu Hause vorbei. Auf dem Rasen liegt kein Spielzeug, und das Willkommen-Schild an der Tür ist weg. Die Jalousien sind heruntergelassen, die Vorhänge geschlossen.

Ob Millicent wohl eine neue Flasche Augentropfen gekauft hat? Oder hat sie die alte wenigstens gesucht?

Und ist Jenna die Einzige, die sie vergiftet hat?

Mir war auch ein paarmal schlecht. Wenn Millicent ihre eigene Tochter mit Magenschmerzen traktiert, dann kann sie das auch mit anderen tun

Aber ich gehe nicht ins Haus. Noch nicht. Ich fahre zurück zu Kekona. Die Polizei erwartet mich nicht, und niemand ist mir gefolgt. Drinnen sieht alles aus wie immer.

Fast lasse ich den Fernseher ausgeschaltet, um eine Pause zu machen, aber ich kann es nicht.

So gut wie alle reden von der DNA, und die einzige Ausnahme ist Josh. Er ist wieder Reporter, und er interviewt einen forensischen Pathologen. Die Stimme des Mannes ist weniger unangenehm, aber er klingt ein bisschen wie ein langweiliger Professor, bis er auf die Papierschnittwunden bei Naomi zu sprechen kommt.

»Die Position der Papierschnittwunden ist wichtig bei der Beantwortung der Frage, was sie verursacht hat. Wir sagen ›Papier‹, aber es gibt auch verschiedene Sorten von Papier. So hatte Naomi beispielsweise oberflächliche Papierschnittwunden in härteren Hautpartien wie etwa an den Fußsohlen und tiefere Schnitte in weicheren Hautpartien, zum Beispiel an der Innenseite der Oberarme. Das

deutet darauf hin, dass dasselbe Werkzeug zum Schneiden benutzt wurde, aber ein normales Stück Papier kann es nicht gewesen sein. Es muss etwas gewesen sein, mit dem man die Haut an einer Ferse durchschneiden kann.«

Ich springe von der Couch, als hätte ich einen Stromschlag bekommen. Und in gewisser Weise habe ich das auch. Ich weiß, womit Millicent sie geschnitten hat.

NEUNUNDSECHZIG

Millicent tut selten etwas aus Versehen. Sie hat einen Grund für alles, und sei es nur, um sich zu amüsieren. Wie hier.

Angefangen hat es vor vielen Jahren, als sie mich fragte, wie ich sie vor Arschlöchern im Flugzeug beschützen würde.

Ich würde sie zwingen, den mittleren Sitz zu nehmen, die ganze Armlehne beanspruchen und sie mit der Karte mit den Notfallinformationen schneiden.

Die Karte mit den Notfallinformationen aus dem Flugzeug. Die ich ihr an unserem ersten gemeinsamen Weihnachtsfest geschenkt habe. Sie hat sie immer behalten.

In ihrem alten Apartment war sie mit Klebstreifen am Badezimmerspiegel befestigt.

Unsere erste gemeinsame Wohnung war das kleine gemietete Haus, und da hing die Karte mit einem Magneten mit glotzäugigem Gesicht an der Kühlschranktür.

Als wir unser erstes Haus kauften, schob sie die Karte unter den Rahmen unseres großen Spiegels.

In unserem größeren, teureren Haus haben wir zwei Kinder, die den Witz mit der Notfallkarte nicht zu schätzen wissen. Sie finden so etwas kitschig. Seitdem hat Millicent sie bei sich. Sie klemmt hinter der Sonnenblende in ihrem Auto. Wenn ihr die Sonne ins Gesicht scheint und sie die Blende herunterklappt, bringt die Karte sie zum Lachen.

Mit dieser Karte hat sie ihnen all diese Schnittwunden beigebracht. Da bin ich hundertprozentig sicher.

Sich in Hidden Oaks zu verstecken ist nicht so leicht. Die Leute bemerken neue Autos, vor allem, wenn sie einfach aufkreuzen und parken. Jogger oder Walker bemerken sie nicht. Die Bewohner fangen immer mit irgendwelchen Trainingsprogrammen an und hören wieder auf; an manchen Tagen sind zehn von ihnen unterwegs und an manchen keiner. Ein paar sind immer da, wie Millicent, aber die meisten kommen und gehen.

Mit meiner Baseballmütze und dem immer dichteren Bart, mit einer ausgebeulten Jogginghose und einem großen T-Shirt – Kekona sei Dank für ihren großen Vorrat an *oversized* Kleidungsstücken – verlasse ich ihr Haus durch die Hintertür, springe über den Zaun und jogge auf die Straße hinaus.

Es ist erst eine Woche her, dass ich verschwunden bin, und die Presse ist immer noch überall. Im Moment dürfte es für Millicent und die Kinder unmöglich sein, ein normales Leben zu führen. Sie kann nicht zur Arbeit gehen, und die Kinder können nicht in die Schule, aber ich möchte wissen, ob Millicent das Haus überhaupt jemals verlässt. Es wäre sehr viel einfacher, an diese Notfallkarte zu kommen, wenn sie den Wagen aus der Garage holen und ihn irgendwo parken würde, wo ich hinkommen kann.

Bei dieser Idee kann so gut wie alles schiefgehen. Vielleicht hat sie die Karte gründlich gereinigt, sodass keine Spur von DNA mehr daran haftet, weder von ihr noch von den Frauen. Oder sie hat sie gar nicht mehr, sie hat sie weggeworfen oder verbrannt.

Um meinetwillen hoffe ich, sie hat es nicht getan.

Ich weiß vielleicht nicht alles, was sie tut oder getan hat, aber ich weiß, wer sie in ihrem Innern ist. Und sie behält die Karte zur Erinnerung an uns. Und zur Erinnerung an das, was sie mit den Frauen gemacht hat. Es macht ihr Spaß. Das weiß ich jetzt.

Wird die Polizei mir glauben, wenn ich ihr die Karte bringe? Wenn sie DNA-Spuren von einer oder mehreren toten Frauen und von Millicent trägt, aber nicht von mir? Wahrscheinlich nicht.

Werden sie mir glauben, wenn ich ihnen von dem Gebäude erzähle, das Millicent über drei GmbHs gekauft hat, und von Denise und von Owens Schwester, und wenn ich ihnen zeige, wie mein Zeitplan aussah, als alle diese Frauen verschwanden? Ich war immer zu Hause. Aber ich habe keine Ahnung, was die Kinder über diese Abende aussagen werden.

Nein, sie würden mir nicht glauben. Angesichts meiner DNA im Keller und der vielen Leute, die mich als Tobias identifiziert haben, von Millicents Theater ganz zu schweigen, würden sie nicht eine Sekunde lang glauben, ich sei unschuldig. Aber sie *könnten* glauben, dass Millicent und ich die Frauen zusammen umgebracht haben, und dann wären meine Kinder in Sicherheit.

Es ist meine einzige Chance. Nicht nur, mich zu retten, sondern vor allem, sie dahin zu bringen, wo sie hingehört: ins Gefängnis oder in die Hölle. Beides soll mir recht sein, solange sie nicht in der Nähe meiner Kinder ist.

Ich jogge durch die Straße, die parallel zu unserer verläuft, und spähe durch die Fußwege zwischen den Häusern, um zu sehen, ob ich Millicents Auto entdecken kann. Bei meiner zweiten Runde jogge ich die Straße entlang, in die sie einbiegen würde, um zur Schule zu fahren.

Wie erwartet bekomme ich ihr Auto nicht zu sehen.

Den ganzen Tag über schaue ich immer wieder nach, aber nie sehe ich sie wegfahren. Ich kann einfach nicht sicher sein. Es wäre so viel leichter, wenn ich den Tracker unter ihrem Wagen gelassen hätte. Ich versuche es trotzdem weiter, denn das muss ich. Jogging und Walking sind mein neues Hobby. Schade, dass ich den Hund im Tierheim nicht adoptieren konnte. Er wäre jetzt sehr hilfreich.

Ich rufe Andy an. Anscheinend ist er überrascht, von mir zu hören. Vielleicht überrascht es ihn, dass ich überhaupt noch lebe.

»Ich habe nur eine Frage«, sage ich.

»Schieß los.«

Ich frage ihn, ob Millicent jemals das Haus verlässt. »Ich nehme an, sie geht nicht mal ins Büro.«

Er zögert mit seiner Antwort. »Ich glaube nicht. Die Nachbarn bringen jeden Tag Essen. Es hat sich ja überall herumgesprochen. Ich glaube, sie sind abgetaucht, um der Presse zu entgehen.«

»Das dachte ich mir.«

»Warum?«, fragt er.

»Egal. Nochmals danke. Du ahnst nicht, wie sehr du mir hilfst.«

Er räuspert sich.

»Was ist?«, frage ich.

»Ich muss dich bitten, mich nicht wieder anzurufen.« Als ich nichts sage, redet er weiter. »Es ist wegen der DNA. Die ganze Sache ist einfach um so viel größer geworden als …«

»Ich verstehe. Mach dir keine Sorgen.«

»Ich glaube dir wirklich«, sagt er. »Ich kann nur nicht weiterhin …«

»Ich weiß. Ich rufe dich nicht mehr an.«

Er legt auf.

Überraschend ist nur, dass er so lange hinter mir gestanden hat. Ich habe seine Freundschaft nicht verdient. Nicht nach Tristas Tod.

Die Sonne geht allmählich unter, und ich beschließe, noch ein letztes Mal am Haus vorbeizugehen, bevor ich versuche hineinzukommen. Ich muss ja nur in die Garage und an ihr Auto. Aber das geht nur, wenn Millicent schläft.

Und ich habe einen Schlüssel.

Eine Viertelstunde später laufe ich durch die Parallelstraße und halte Ausschau nach etwas Ungewöhnlichem. Nach einem zivilen Polizeiwagen zum Beispiel, weil sie nur darauf warten, dass ich genau das tue, was ich jetzt tue. Aber da ist nichts. Kein ungewöhnliches Auto, kein Lieferwagen. In der ganzen Umgebung sehe ich nichts, was ich nicht kenne. Außer mir, dem bärtigen Typen, der zu viel joggt. Es ist erstaunlich, dass mich noch niemand angesprochen hat.

Ich laufe durch andere Straßen zurück zu Kekona. Es ist ein Umweg, aber die kurze Strecke habe ich schon benutzt. Als ich am Ende des Wendehammers vor ihrem Haus angekommen bin, bleibe ich wie angewurzelt stehen.

Da steht eine Town-Car-Limousine.

Der Fahrer hebt einen Koffer aus dem Kofferraum.

Ich höre ihre Stimme. Kekona ist wieder da.

SIEBZIG

Sie wird es wissen, und dann wissen es alle.

Kekona wird Sekunden brauchen, um zu begreifen, dass jemand in ihrem Haus gewohnt hat. Ein paar Sekunden später erfährt es auch die Polizei. Mein Wagen steht in der Garage. Meine Fingerabdrücke sind überall, meine DNA ebenso. Millicents Tablet liegt auf dem Küchentisch.

Ach ja, und meine Brieftasche. Ich habe sie zum Joggen nicht mitgenommen. Sie liegt auch auf dem Küchentisch.

Ich mache kehrt und jogge bis hinaus zu den billigsten Häusern in Hidden Oaks. Hier ist eine kleine Grünfläche, abseits des Spielplatzes, und ich mache bei ein paar Bäumen halt und tue so, als absolvierte ich ein paar Stretching-Übungen.

Ich kann nirgends mehr hin. Ich habe keinen Andy, den ich anrufen, und kein Telefon, mit dem ich es tun kann. Kein Geld, keine Freunde und fast keine Hoffnung mehr. Aber ich habe Schlüssel. Sie sind das Einzige, was ich in der Tasche habe.

Heute sollte sowieso der Abend sein, der Abend, an dem ich in die Garage eindringe, um die Karte zu holen. In dieser Hinsicht hat sich nichts geändert. Geändert hat sich nur, dass ich ein neues Versteck brauche, wo ich mich verkriechen kann, bis Millicent schläft.

Mein erster Gedanke ist der Club. Viele kleine Räume und Kammern, in denen ich bis tief in die dunkle Nacht hinein bleiben kann. Problematisch ist nur das Hinein- und Hinauskommen. Zu viele Kameras.

Der Golfplatz ist nachts verlassen, aber seine weiten, offenen Flächen sind von der Straße aus überall sichtbar.

Ein unverschlossenes Auto werde ich niemals finden, nicht in Hidden Oaks. Hier haben alle nur moderne, teure Wagen mit Computern, die alles erledigen, auch das Abschließen.

Einen Moment lang denke ich daran, unter ein Auto zu kriechen. Aber ich habe Angst, jemand könnte einsteigen und losfahren.

In der Ferne heulen Sirenen. Sie kommen näher, aber sie wollen nicht zu mir, sondern zu Kekona.

Die Optionen schwinden dahin, und ich muss mich in Bewegung setzen. Ich kann nicht für immer und ewig auf dieser kleinen Grünfläche bleiben. Es sei denn, ich wollte mich eingraben.

Ich denke sogar daran, mich in meinem eigenen Garten zu verstecken. Und dann tue ich es.

Von oben sieht alles anders aus. Die Nachbarschaft, die Autos, der Himmel. Mein Haus. Meine Küche, in der das Licht brennt.

Millicent.

Sie hat mich damals dazu überredet, auf einen Baum zu klettern. Ich hatte nicht vor, so etwas noch einmal zu tun, aber hier sitze ich versteckt auf der großen Eiche am hinteren Ende unseres Gartens. Weit genug weg vom Haus, dass niemand das Rascheln des Laubs hören konnte, als ich hinaufgestiegen bin.

Millicent räumt die Küche auf. Sie ist so weit weg, dass ich nur ihr rotes Haar und die schwarze Kleidung erkennen kann. Ich wette, sie trägt jetzt immer Schwarz, aber auf jeden Fall, wenn die Polizei vorbeikommt. Sie trauert um die Frauen, um ihren Mann und um das Ende ihrer Familie.

Ich bin gleichzeitig beeindruckt und angeekelt.

Rory kommt in die Küche und geht geradewegs zum Kühlschrank. Er bewegt den rechten Arm nicht. Vermutlich trägt er ihn noch in der Schlinge. Er nimmt sich etwas, bleibt ein paar Augenblicke stehen und redet mit Millicent.

Jenna kommt nicht in die Küche, aber ich muss einfach glauben, dass es ihr gut geht und sie nicht krank ist. Millicent hat keinen Grund, sie heute zu vergiften.

Meine Beine verkrampfen sich, und ich rutsche ein Stückchen herum. Ich kann nirgendshin. Das Licht in der Küche geht aus, aber in den Schlafzimmern bleibt es hell. Zum Schlafen ist es noch zu früh.

In der Umgebung wird es still, als die Bewohner zur Ruhe kommen. Auf der Straße sind nur wenige Autos unterwegs. Es ist Dienstagabend, nicht der Tag für große Unternehmungen. Ich kann den Kopf an den Baumstamm lehnen und warten.

Um zehn sollten alle im Bett sein. Um elf wäre ich beinahe hinuntergestiegen, aber dann lasse ich noch eine halbe Stunde verstreichen. Um halb zwölf klettere ich vom Baum und wandere am Rand des Gartens am Zaun entlang und zum Haus.

An der seitlichen Garagentür schaue ich hoch.

Bei Rory ist es dunkel, und sein Fenster ist geschlossen.

Die Seitentür zur Garage benutzen wir fast nie. Ich bin hier kurz ohne Deckung, denn sie ist dem hinteren Gartentor zugewandt. Ich schiebe den Schlüssel ins Schloss, und es öffnet sich mit einem Klicken. Das Geräusch klingt viel lauter, als es wahrscheinlich ist, und ich erstarre für einen Moment, bevor ich eintrete.

In der Garage, neben der Tür, bleibe ich stehen und warte, bis meine Augen sich an die Dunkelheit gewöhnt haben, damit ich kein Licht machen muss.

Die Umrisse von Millicents Wagen treten langsam hervor. Der luxuriöse Crossover parkt mitten in der Garage. Sie braucht ja keinen Platz mehr für mich zu lassen. Ich gehe zur Fahrerseite herum und sehe dankbar, dass das Seitenfenster offen ist. Ich brauche nicht mal die Tür zu öffnen. Ich lange einfach hoch und klappe die Sonnenblende herunter. Etwas fällt von dort auf den Sitz.

Ich taste herum, aber ich finde keine Notfallkarte und auch nichts, was sich so ähnlich anfühlt. Ich öffne die Wagentür. Unvermittelt geht das Licht an, und ich sehe etwas auf dem beigefarbenen Ledersitz.

Einen blauen Glasohrring.

Petra.

Sie hat es gewusst. Millicent hat von beiden Frauen gewusst, mit denen ich geschlafen habe.

Rory hat es Jenna nie erzählt. Er hat es seiner Mutter erzählt.

Ich falle auf die Knie. Besiegt ist nicht das richtige Wort. Erledigt. Ich bin einfach erledigt.

Schließlich liege ich auf dem Zementboden, zusammengerollt wie ein Fötus. Ich habe nicht mehr die Willenskraft, aufzustehen oder gar wegzulaufen. Es ist leichter, hierzubleiben und zu warten, bis sie mich finden.

Ich schließe die Augen. Der Boden ist kühl, fast kalt, und die Luft riecht nach einer Mischung aus Staub, Öl und etwas Auspuffgas. Nicht behaglich, nicht angenehm. Ich rühre mich trotzdem nicht.

Eine Stunde vergeht, vielleicht auch zwei. Keine Ahnung. Vielleicht sind es auch nur fünf Minuten.

Meine Kinder bringen mich schließlich wieder auf die Beine.

Und das, was Millicent ihnen antun könnte.

EINUNDSIEBZIG

Im Haus ist es nicht stockfinster. Das Licht der Straßenbeleuchtung und des Mondes sickert zu den Fenstern herein, sodass ich genug sehen kann, um nicht zu stolpern und keinen Lärm zu machen. Ich weiß, man wird mich fassen, und zwar bald, aber noch darf es nicht passieren.

Unten an der Treppe bleibe ich stehen und lausche. Oben rührt sich nichts. Ich gehe hinauf.

Die fünfte Stufe knarrt leise. Vielleicht habe ich das gewusst und nie darauf geachtet.

Ich gehe weiter.

Jennas Zimmer liegt links, Rorys dahinter, und am Ende des Korridors ist das Elternschlafzimmer.

Bei meiner Tochter fange ich an.

Sie liegt auf der Seite, dem Fenster zugewandt, und atmet gleichmäßig. Friedlich. Ihr dickes weißes Oberbett hüllt sie ringsum ein wie eine Wolke. Ich möchte sie berühren, aber ich weiß, das ist keine gute Idee. Ich schaue sie an und präge mir alles ein. Wenn man mich für immer ins Gefängnis sperrt, will ich mein kleines Mädchen so im Gedächtnis behalten. Beschützt. Behaglich. Gesund.

Nach einer Weile wende ich mich ab und schließe die Tür hinter mir.

Rory liegt in seinem Bett, alle viere von sich gestreckt.

Oder fast alle. Der Arm mit der Schlinge liegt an seiner Seite. Er schläft mit offenem Mund, aber er schnarcht nicht. Sehr merkwürdig. Ich betrachte ihn, wie ich Jenna betrachtet habe. Hoffentlich wird mein kleiner Junge ein besserer Mann als sein Vater. Hoffentlich begegnet er niemals einer Frau wie Millicent.

Ich kann ihm nicht vorwerfen, dass er seiner Mutter alles erzählt hat. Ich mache mir selbst Vorwürfe. Wegen Petra, und weil ich die Ohrringe mitgenommen habe. Wegen allem.

Ich gehe aus dem Zimmer, schließe lautlos die Tür und gehe weiter durch den Korridor. Ich stelle mir vor, wie Millicent im Bett liegt, zusammengerollt unter der Decke, das rote Haar auf dem weißen Kissen ausgebreitet, und ich höre ihre tiefen Atemzüge, wie sie klingen, wenn sie fest schläft. Und ich sehe ihre erschrockenen Augen, wenn sie aufwacht und meine Hände an ihrer Kehle fühlt.

Denn ich werde meine Frau umbringen.

Als Millicent erfuhr, dass ich sie betrogen habe, hat sie ihre Belastungsgrenze erreicht.

Und jetzt stehe ich vor meiner.

Vor der geschlossenen Schlafzimmertür bleibe ich stehen, beuge mich vor und lausche. Lautlose Stille. Als ich die Tür öffne, sehe ich als Erstes das Bett.

Es ist leer.

Ich folge meinem ersten Instinkt und schaue hinter die Tür. Vielleicht, weil ich weiß, Millicent würde mich hinterrücks erstechen.

Da ist nichts.

»Es wurde aber auch Zeit.«

Ihre Stimme kommt von der anderen Seite des Zimmers.

Ich sehe einen Schatten, ihre Silhouette. Millicent sitzt im Dunkeln am Fenster. Und hat auf mich gewartet.

»Ich wusste, du würdest kommen«, sagt sie.

Ich mache einen Schritt vorwärts. Keinen großen. »Ist das wahr?«

»Natürlich. So was tust du halt.«

»Nach Hause kommen?«

»Du kannst doch sonst nirgendshin.«

Die Wahrheit trifft mich wie eine Ohrfeige. Und das Schlimmste ist, ich kann hören, wie sie lächelt. Es ist zu dunkel, um es zu sehen, bis sie das Licht anknipst und aufsteht. Millicent trägt ihr langes Baumwollnachthemd. Es ist weiß und schwingt um ihre Füße. Ich war nicht darauf gefasst, dass sie wach ist. Ich habe nicht mal eine Waffe mitgebracht.

Aber sie.

Die Pistole in ihrer Hand hängt herunter und ist auf den Boden gerichtet, nicht auf mich. Aber sie verbirgt sie nicht.

»Ist das dein Plan?« Ich zeige auf die Pistole. »Mich in Notwehr umzubringen?«

»Bist du nicht deshalb hier? Um *mich* umzubringen?«

Ich hebe beide Hände. Leer. »Wohl kaum.«

»Du lügst.«

»Ja? Vielleicht will ich nur mit dir reden.«

Sie lacht leise. »So dumm kannst du nicht sein. Wenn du es wärst, hätte ich dich nicht geheiratet.«

Das Bett steht zwischen uns. Es ist ein Kingsize-Bett, und ich frage mich, ob ich hinüberspringen kann, bevor sie die Waffe heben und schießen kann.

Wahrscheinlich nicht.

»Die Notfallkarte hast du nicht gefunden, was?«, fragt sie.

Ich antworte nicht.

»Rory hat mir diesen billigen kleinen Ohrring gegeben«, sagt sie. »Er dachte, du betrügst mich, aber dann wurde ihm klar, dass du dich aus dem Haus schlichst, um Frauen zu ermorden. Natürlich habe ich ihm nicht gesagt, dass er mit seiner ersten Vermutung recht hatte.«

Ich schüttle den Kopf und bemühe mich, ihr zu folgen. »Warum …?«

»Ich habe diese Frau am Leben gelassen, damit jedermann erfährt, was für ein betrügerischer Drecksack du bist«, sagt sie.

Petra.

Petra lebt noch, weil sie mit mir geschlafen hat. Und das wird sie nie erfahren.

»Hast du eine Ahnung«, sagt Millicent, »wie lange die Therapie dauern wird, die unser Sohn braucht?«

Das Ausmaß des Wahnsinns in dem, was sie getan hat, ist unfassbar. Die atemberaubend endlose Geduld. Die Disziplin. »Warum hast du mich nicht einfach verlassen?«, frage ich. »Warum hast du all das getan?«

»Was getan? Uns ein Heim geschaffen, für die Kinder gesorgt, dafür gearbeitet, dass immer alles glattlief? Die Finanzen im Auge behalten und das Essen gekocht? Oder meinst du Owen? Denn der ursprüngliche Plan war es, ihn zurückzuholen. *Für uns.*« Sie tritt einen Schritt näher an das Bett, kommt aber nicht herum.

»Nein …«

»Und du warst so willig. Ich brauchte kaum etwas zu tun. Du hast Holly umgebracht, nicht ich.«

»Sie hat dich bedroht. Unsere Familie bedroht.«

Millicent wirft den Kopf zurück und lacht. Lacht mich aus.

Ich starre sie an und denke an all die Geschichten über Holly, die sie mir erzählt hat. Die Verletzungen, die Unglücksfälle, die Drohungen. Die Schnittwunde an ihrer Hand zwischen Daumen und Zeigefinger. Die Mosaiksteine ordnen sich neu in meinem Kopf, ein Puzzle, das falsch zusammengefügt wurde.

Millicent hatte sich das alles selbst zugefügt. Und Holly dafür die Schuld gegeben.

»Mein Gott«, sage ich. »Holly war nie eine Bedrohung, oder?«

»Meine Schwester war nichts als ein schwaches, winselndes Mädchen, das alles verdient hat, was ich ihr angetan habe.«

»Sie hat den Autounfall herbeigeführt, weil du sie gequält hast«, sage ich. »Nicht andersherum.«

Millicent lächelt.

Alles prasselt auf einmal auf mich ein, so heftig, dass mir schwindlig wird. Millicent hat mit ihrer Schwester ein abgekartetes Spiel getrieben, genau wie mit mir.

Sie hat immer schon Menschen gequält. Ihre Schwester. Lindsay. Naomi.

Jenna. Vielleicht hat sie Jenna nicht nur vergiftet, um mich loszuwerden.

Und mich. Immer wenn mir übel war – vielleicht hatte sie dafür gesorgt.

Denn Millicent macht es Spaß, Leuten wehzutun.

»Du bist ein Monster«, sage ich.

»Schon komisch: Die Polizei sagt das Gleiche über dich.«

Ihr Gesichtsausdruck ist triumphierend, und zum ersten Mal sehe ich, wie hässlich sie ist. Ich kann nicht fassen, dass ich sie jemals schön gefunden habe.

»Ich habe die Augentropfen gefunden«, sage ich. »In der Speisekammer.«

Ihre Augen blitzen.

»Du hast unsere Tochter vergiftet«, sage ich.

Damit hat sie nicht gerechnet. Sie hat nicht gedacht, dass ich es herausfinden würde.

»Du bist wirklich verrückt«, sagt sie. Aber es klingt etwas weniger überzeugt.

»Ich habe recht. Du hast sie krank gemacht, wieder und wieder.«

Sie schüttelt den Kopf. Aus den Augenwinkeln sehe ich eine Bewegung. Ich schaue zur Tür.

Jenna.

ZWEIUNDSIEBZIG

Sie steht in der Tür in ihrem orange-weißen Pyjama. Ihre Haare stehen zu Berge, und ihre Augen sind weit aufgerissen. Hellwach. Sie starrt ihre Mutter an.

»Du hast mich krank gemacht?« Ihre Stimme ist so dünn, dass sie sich anhört wie ein kleines Mädchen. Ein kleines Mädchen mit gebrochenem Herzen.

»Ganz bestimmt nicht«, sagt Millicent. »Wenn dich jemand vergiftet hat, dann war es dein Vater.«

Jenna sieht mich an. Ihre Augen füllen sich mit Tränen.

»Dad?«

»Baby, nein. Das war ich nicht.«

»Er lügt«, sagt Millicent. »Er hat dich vergiftet, und er hat die Frauen ermordet.«

Ich starre Millicent an und weiß nicht, wen ich da geheiratet habe. Sie starrt zurück, und ich wende mich meiner Tochter zu. »Sie hat dir Augentropfen ins Essen getan, damit dir übel wurde.«

»Du bist wahnsinnig«, sagt Millicent.

»Erinnere dich«, sage ich zu Jenna. »Immer wenn du krank warst – wer hat da dein Essen gekocht? Wie oft koche ich überhaupt?«

Jenna starrt mich an und richtet den Blick dann auf ihre Mutter.

»Baby, hör nicht auf ihn«, sagt Millicent.

»Was ist hier los?«

Die neue Stimme erschreckt uns alle.

Rory.

Er tritt hinter Jenna heran. Er reibt sich die verschlafenen Augen, während sein Blick von mir zu seiner Mutter und weiter zu seiner Schwester wandert. Das alles verwirrt ihn. Meine Kinder haben in der letzten Woche erlebt, wie ihr eigenes Leben implodiert ist. Ihr Vater wird als Serienkiller gesucht, und ihre Mutter hat ihnen wahrscheinlich erzählt, dass er einer ist. Ich weiß nicht, ob sie es glauben.

»Dad?«, sagt er. »Warum bist du hier?«

»Ich habe nicht getan, was man mir vorwirft, Rory. Das musst du mir glauben.«

»Hör auf zu lügen«, sagt Millicent.

Jenna sieht ihren Bruder an. »Dad sagt, Mom hat mich krank gemacht.«

»Das stimmt«, sage ich.

»Er lügt«, sagt Millicent. »Alles, was er sagt, ist gelogen.«

Rory sieht sie an. »Hast du schon die Polizei gerufen?«

Sie schüttelt den Kopf. »Ich hatte noch keine Gelegenheit. Er ist eben ins Schlafzimmer gekommen.«

»Und da hattest du zufällig eine Pistole in der Hand?«, sage ich.

Rory reißt die Augen auf, als er die Waffe an ihrer Seite sieht. Sie hat die Hand immer noch nicht erhoben.

»Sie hat darauf gewartet, dass ich komme«, sage ich. »Damit sie mich umbringen und dann behaupten kann, ich hätte sie angegriffen.«

»Halt die Klappe«, sagt Millicent.

»Mom?«, fragt Jenna. »Ist das wahr?«

»Dein Vater ist hier, um mich zu ermorden.«

Ich schüttle den Kopf. »Das ist nicht wahr. Ich bin hier, um euch beide von eurer Mutter wegzubringen«, sage ich und gehe noch ein Stück weiter, denn sie müssen es wissen: »Eure Mutter hat mich reingelegt. Ich habe die Frauen nicht ermordet.«

»Moment«, sagt Rory. »Ich kapiere nicht …«

»Was ist hier los?«, schreit Jenna.

»Das reicht«, sagt Millicent. Ihre Stimme klingt leise und hart.

Wir alle verstummen, wie wir es immer tun, wenn sie das sagt. Es ist so still, dass man jeden von uns atmen hören kann.

»Kinder«, sagt Millicent, »geht jetzt. Geht nach unten.«

»Was hast du vor?«, fragt Jenna.

»Ihr sollt gehen.«

»Dad hat keine Waffe«, sagt Rory.

Wieder hebe ich die leeren Hände. »Ich habe nicht mal ein Telefon.«

Rory und Jenna schauen ihre Mutter an.

Millicent funkelt mich an, als sie um sie herumgeht und die Hand hebt. Sie zielt mit der Pistole auf mich.

»Mom!«, schreit Jenna.

»Halt!« Rory macht einen Satz nach vorne zwischen mich und die Waffe. Er streift die Schlinge ab und streckt beide Arme aus.

Millicent senkt die Hand nicht. Sie hebt die andere und umfasst die Waffe mit beiden Händen. Sie ist jetzt auf unseren Sohn gerichtet.

»Geh aus dem Weg«, sagt sie.

Er schüttelt den Kopf.

»Rory, du musst zur Seite gehen«, sage ich.

»Nein. Leg das Ding weg.«

Millicent macht einen Schritt nach vorn. »Rory.«

»Nein.«

Ich sehe die Wut in ihrem Blick, in ihrem ganzen Gesicht. Sie läuft unnatürlich rot an.

»Rory«, sagt sie. »*Aus dem Weg.*«

Ihre Stimme ist zu einem Knurren geworden. Ich sehe, wie Jenna zusammenzuckt.

Rory rührt sich nicht von der Stelle. Ich strecke die Hand aus und will seinen Arm packen, um ihn zur Seite zu ziehen. Im selben Moment schwenkt Millicent die Pistole herum und drückt ab. Die Kugel fährt in unser Bett.

Jenna schreit.

Rory erstarrt.

Millicent kommt einen Schritt auf ihn zu.

Sie hat die Kontrolle verloren. Ich sehe es in ihren pechschwarzen Augen. Wenn es sein muss, wird sie Rory erschießen.

Sie wird uns alle erschießen.

Ich mache einen Satz nach vorn, stoße Rory zu Boden und bedecke ihn mit meinem Körper. Als wir landen, sehe ich einen Wirbel von orangegelben und weißen Punkten. Und blitzendes Metall.

Jenna. Sie hat ein Messer unter der Matratze, und ich habe nicht gesehen, dass sie es in der Hand hält.

Sie stürzt sich mit erhobenem Messer auf Millicent und prallt gegen sie. Beide kippen rückwärts auf das Bett.

Ein zweiter Schuss fällt.

Wieder ein Schrei.

Ich springe auf, Rory ist dicht hinter mir. Er greift nach der Pistole, die Millicent aus der Hand gefallen ist. Ich packe Jenna und ziehe sie von Millicent weg. Sie behält das Messer in der Hand, Die Klinge gleitet aus Millicent heraus.

Blut.

So viel Blut.

Millicent liegt auf dem Boden und presst die Hände auf den Leib. Das Blut kommt von ihr.

Hinter mir schreit Jenna, und ich drehe mich um und will sehen, ob sie verletzt ist. Rory schüttelt den Kopf und deutet zur Wand. Die zweite Kugel steckt dort, nicht in meiner Tochter.

»Bring sie raus«, sage ich.

Rory zerrt Jenna aus dem Zimmer. Sie ist völlig hysterisch und kreischt im Korridor. Das blutige Messer lässt sie fallen.

Ich drehe mich zu Millicent um.

Sie liegt auf dem Boden und starrt zu mir auf. Ihr weißes Nachthemd färbt sich vor meinen Augen rot. Sie sieht exakt aus wie meine Frau und hat gleichzeitig nicht die geringste Ähnlichkeit mit ihr.

Sie öffnet den Mund, um zu sprechen. Blut quillt heraus. Millicent sieht mich an. Ihr Blick ist wild. Sie hat nicht mehr viel Zeit, ein paar Minuten, ein paar Sekunden, und sie weiß es. Sie versucht immer noch, etwas zu sagen.

Ich hebe das Messer auf und stoße es ihr mit aller Kraft in die Brust.

Millicent bekommt nicht das letzte Wort.

EPILOG

Drei Jahre später

Die Karte an der Wand zeigte die ganze Welt, von Australien bis Amerika, vom Nordpol bis zum Südpol. Wir benutzten keine Darts, denn wir alle haben eine Abneigung gegen scharfe oder spitze Gegenstände aus Metall. Stattdessen wühlten wir das alte »Häng dem Esel den Schwanz an«-Spiel hervor und befestigten neue Klebstreifen an den Bändern, die als Schwänze dienten. Mit verbundenen Augen kamen wir nacheinander an die Reihe, Jenna zuerst, dann Rory und ich zuletzt.

Ich seufzte erleichtert, als ich sah, dass zwei der drei ersten Schwänze in Europa landeten. Weder die Arktis noch die Antarktis fand ich besonders einladend.

Wir hängten eine Europakarte auf und spielten noch einmal – waschen, spülen, wiederholen –, bis wir unseren neuen Wohnort gefunden hatten: Aberdeen in Schottland.

Die Entscheidung war gefallen.

Das war vor zweieinhalb Jahren, gleich nachdem die Polizei mich endlich freigelassen hatte. Ich hatte nicht geglaubt, dass es dazu kommen würde. Im Gegenteil, ich dachte, Millicent würde als eins meiner Opfer behandelt werden. Niemand wusste, dass Jenna ihr das Messer in den Leib gestoßen hatte – nicht nachdem ich es abgewischt und dafür gesorgt hatte, dass nur meine eigenen Fingerabdrücke darauf zu finden waren. Und ich legte ein Geständnis ab. Ich sagte der Polizei, ich hätte meine Frau in Notwehr erstochen, und sie sei die wahre Mörderin. Ich wäre nie auf den Gedanken gekommen, dass irgendjemand mir glauben würde.

Sie hätten es auch nicht getan, wenn Andy nicht gewesen wäre, der aussagte, ich könne es nicht gewesen sein. Ich könne ja nicht mal ein Tablet bedienen, erklärte er. Wie zum Teufel sollte ich dann so viele Frauen umbringen, ohne gefasst zu werden.

Dann kam Kekona und sagte, ich sei ein schlechter Lügner und könne niemals ein Serienkiller sein. Allerdings erwähnte sie, dass ich ein ziemlich guter Tennislehrer sei.

Und meine Kinder. Jenna sagte der Polizei, sie habe unseren Streit gehört, und ihre Mutter habe zugegeben, mich hereingelegt zu haben. Rory gab an, ich hätte aus Notwehr gehandelt, weil seine Mutter ihn habe erschießen wollen. Keiner der beiden erzählte der Polizei, was wirklich geschehen war. Auf diese Details kommt es nicht an.

Ich stelle mir gern vor, dass die Polizei all denen glaubte, die für mich eintraten und erklärten, sie wüssten, dass ich kein Mörder sein könne. Aber ausschlaggebend war die DNA. Das gesamte Beweismaterial aus dem Keller unter der Kirche wurde im FBI-Labor in Quantico strengen Tests unterzogen. Das Resultat bestätigte, was wir schon wussten: Die DNA stammte von mir.

Die Proben stammten aus zwei Quellen: Schweiß und Blut. Und sie haben mich gerettet. Besser gesagt, Millicents Unwissenheit hat mich gerettet. Anscheinend hatte Millicent diese Flüssigkeiten einmal gesammelt und sie dann alle zur selben Zeit verteilt. Der Befund ergab, dass ich nur einmal in dem Keller gewesen sein könne, weil die gesamte DNA an einem einzigen Tag dort hinterlassen worden sei. Das war unmöglich, wenn ich diese Frauen zu verschiedenen Zeiten ermordet hatte.

Es ist wirklich schade, dass Millicent nie erfahren hat, wie sehr sie es vermasselt hatte.

Sobald meine Unschuld erwiesen war, verkauften wir das Haus und verließen Hidden Oaks. Und das Erste, woran ich mich gewöhnen musste, war die Kälte. Und der Schnee.

Ich habe noch nie irgendwo gelebt, wo es schneit, aber jetzt sind wir von Schnee umgeben. Zuerst ist er leicht und flaumig wie handgesponnene Zuckerwatte. Wenn er die Stadt zudeckt, wird alles still. Es ist, als sei Aberdeen in die Wolken hinaufgeschwebt.

Am nächsten Tag ist er matschig und schmutzig, und die ganze Stadt sieht aus, als wäre sie mit Ruß bedeckt.

Unser dritter Winter steht bevor, und mittlerweile habe ich mich ein wenig daran gewöhnt. Im Gegensatz zu Rory. Gestern hat er mir die Website für ein College in Georgia gezeigt.

»Zu weit weg«, sagte ich.

»Wir sind in Schottland. Hier ist alles weit weg.«

Da war etwas dran. Und genau das war es ja – weit weg von unserem alten Leben zu sein. Es geht uns gut. Das kann ich ganz ehrlich sagen.

Jenna hat einen neuen Therapeuten und nimmt Medikamente. Ich finde es erstaunlich, dass sie überhaupt irgendwie klarkommt, wenn man bedenkt, was Millicent ihr angetan hat. Rory hat auch einen Therapeuten, genau wie ich. Ab und zu haben wir eine Gruppensitzung, und wir haben einander noch nicht verletzt.

Ich erzähle ihnen nicht, dass sie mir fehlt. Manchmal. Mir fehlt die Familie, die sie erbaut hat, die Struktur, die Art, wie sie uns organisiert hat. Aber nicht immer. Wir haben jetzt nicht mehr so viele Regeln, aber ein paar gibt es noch. Es liegt nur bei mir. Ich kann eine Regel aufstellen, und ich kann es lassen. Ich kann sie brechen oder nicht. Niemand ist da, der mir sagt, ob ich recht habe oder nicht.

Heute bin ich in Edinburgh, einer Stadt, die größer ist als Aberdeen. Ich muss zu meinem Steuerberater. Auszuwandern ist eine komplizierte Sache. An mehreren Orten müssen Steuern gezahlt werden, je nachdem, wo das Geld liegt. Unser Haus in Hidden Oaks ist zu einem guten Preis verkauft worden, und im Moment geht es uns mehr als gut. Außerdem gebe ich Tennisunterricht. Das ist ein sehr verbreiteter Sport in Schottland; allerdings spielen wir die meiste Zeit in der Halle.

Als ich mit dem Steuerberater fertig bin, habe ich noch ein bisschen Zeit bis zum nächsten Zug nach Aberdeen. Ich gehe in einen Pub am Bahnhof und bestelle ein frisch gezapftes Ale. Der Barkeeper füllt einen Krug mit einer dunklen, sirupartigen Flüssigkeit, anders als jedes Bier, das ich zu Hause getrunken habe.

Die Frau neben mir hat dunkles Haar und helle Haut. Sie ist gekleidet, als käme sie eben aus dem Büro und wollte noch ein Glas trinken, bevor sie nach Hause geht. Ich spüre, wie erleichtert sie ist, dass der Tag fast vorbei ist.

Nach einem halben Glas blickt sie zu mir auf und lächelt.

Ich lächle zurück.

Sie schaut weg und dann wieder her.

Ich hole mein Handy heraus, tippe eine Nachricht und schiebe es über den Tresen.

Hallo. Ich heiße Quentin.

DANKSAGUNG

Als ich mich hinsetzte, um das hier zu schreiben, wurde mir klar, dass ich keine Ahnung hatte, wo ich anfangen sollte. Ich habe noch nie eine Danksagung geschrieben, aber ich weiß, dass viele, viele Leute sehr hart gearbeitet haben, damit dieses Buch in Ihre Hände kommen konnte. Ich kann niemals allen genug dafür danken, aber ich will es versuchen.

Da ist meine Agentin, Barbara Poelle. Ohne sie wäre *Meine wunderbare Frau* nicht veröffentlicht worden. Wie sich gezeigt hat, ist sie genauso gestört wie ich und verrückt genug, um das Risiko mit einem Nobody wie mir einzugehen.

Meine Lektorin, Jen Monroe. Sie hat dieses Buch besser gemacht, hat alle meine Fehler gefunden und sich geweigert, mir irgendetwas durchgehen zu lassen. Mein Herz setzt jedes Mal aus, wenn ich ihren Namen im Posteingang sehe, aber das ist nur gut

Alle bei Berkley. Ich bin so dankbar, dass ihr beschlossen habt, dieses Buch zu verlegen, und dankbar auch für all die Zeit und die Mittel, die ihr dazu aufgebracht habt.

Meine Freunde, kritische Partner und Schriftstellerkollegen, ohne die ich nirgendwo wäre. Angefangen mit Rebecca Vonier, die mir nicht erlaubt hat aufzugeben. Ohne sie hätte ich es nicht zu Ende geschrieben, und es wäre nie veröffentlicht worden. Marti Dumas, die auf alle Probleme mit Story und Figuren hinweist und immer recht hat. Laura Cherry, die jede Kleinigkeit bemerkt und mich darauf hinweist. Und Hoy Hughes, der die Autorengruppe gegründet hat, in der ich alle diese wunderbaren Leute kennengelernt habe.

Es gibt noch viele, viele andere, die sich die Zeit zum Lesen genommen und ihre Meinung zu meinen (meist schlechten) Texten geäußert haben. Ich versuche gar nicht erst, jeden Namen zu nennen, denn sicher vergesse ich sonst irgendjemanden. Aber ihr wisst, wer ihr seid.

Alle Blogger, Autoren, Kritiker und jeder, dem dieses Buch in die Hände gefallen ist. Zuerst und zuoberst bin ich eine Leserin. Ich bin dankbar für die Freude, die Bücher mir geschenkt haben, und dankbar jedem, der meine Worte lesen möchte.

Meine Chefin im Tagesjob und langjährige Freundin Andrea kann ich nicht auslassen. Sie hat mich immer unterstützt.

Zu guter Letzt und vor allem meine Familie. Meine Mom, die immer für mich da ist, ganz gleich, was für verrückte Abenteuer ich gerade erlebe. Und mein Bruder, der mich hart gemacht hat.